L'OMBRE DE GRAY MOUNTAIN

Auteur de renommée internationale né en 1955, John Grisham a été avocat pendant 10 ans avant de connaître son premier succès littéraire avec *La Firme* publiée en 1991. Aujourd'hui auteur à temps plein, il est un véritable phénomène éditorial aux États-Unis, où chacun de ses livres se vend en plusieurs millions d'exemplaires et fait l'objet d'adaptation cinématographique très remarquée. Marié, père de deux enfants, John Grisham est l'un des auteurs les plus lus dans le monde.

Paru dans Le Livre de Poche :

L'Allée du sycomore

JOHN GRISHAM

L'Ombre de Gray Mountain

ROMAN TRADUIT DE L'ANGLAIS (ÉTATS-UNIS)
PAR DOMINIQUE DEFERT

JC LATTÈS

Titre original :

GRAY MOUNTAIN
Publié par Doubleday, une division de Random House LLC, New York
et au Canada par Random House of Canada Limited, Toronto, des filiales
de Penguin Random House.

À la mémoire de
Rick Hemba
1954-2013
Adieu, champion.

1

L'horreur, c'était l'attente – l'inconnu, les insomnies, les ulcères. Les employés s'évitaient, se terraient dans leurs bureaux. Secrétaires et assistants juridiques colportaient les nouvelles, n'osant regarder personne. Tout le monde était inquiet, chacun se demandant : « Qui va être le prochain ? » Même les associés – les gros bonnets – étaient hagards et refusaient tout contact avec leurs équipes. Ils allaient peut-être recevoir l'ordre de décimer leur propre troupe.

Les rumeurs étaient terribles : dix avocats du service Contentieux licenciés (en réalité, c'était seulement sept) ; le département Immobilier fermé, et tout le personnel dehors, salariés comme associés (ça, c'était vrai) ; huit associés du service Antitrust sur le point de quitter le navire (ça, c'était faux – pour l'instant).

L'atmosphère était irrespirable au bureau. Samantha s'échappait de l'immeuble à la moindre occasion et allait travailler avec son portable dans les cafés du Financial District. Un jour où il faisait beau, elle s'était installée dans un parc – dix jours après la chute de Lehman Brothers – et avait contemplé la grande tour au loin. On l'appelait le 110 Broad. La moitié supérieure était louée par Scully & Pershing, le plus grand cabinet d'affaires du monde. C'était là qu'elle travaillait, pour le moment du moins, car l'avenir était plus qu'incertain. Deux mille avocats dans vingt pays, dont la moitié rien qu'ici, à New York. Ils étaient mille là-haut, parqués entre le trentième et le soixante-cinquième étage. Combien d'entre eux avaient envie de sauter par la fenêtre ? Difficile à dire, mais elle n'était pas la seule, c'était une évidence. Le Léviathan s'effondrait avec ses congénères. Les gros cabinets d'avocats paniquaient, comme les fonds d'investissement, les banques d'affaires, les banques classiques, les compagnies d'assurances, mais aussi le gouvernement ; tout le monde tremblait, des huiles de la Maison Blanche jusqu'au vendeur de hot dogs en bas de la rue.

Dix jours passèrent sans bain de sang. Puis un autre. Le matin du douzième jour, il y eut une petite lueur d'espoir quand Ben, un collègue de Samantha, entendit dire que le secteur du crédit à Londres se détendait un peu. Les emprunteurs avaient peut-être trouvé de l'argent ailleurs ? Mais, plus tard dans l'après-midi, la rumeur cessa. Tout était faux. Alors l'attente reprit.

Deux associés dirigeaient le département Immobilier Commercial de Scully & Pershing. L'un était près de la retraite et avait déjà été poussé vers la sortie. L'autre, Andy Grubman, quarante ans, était un rond-de-cuir qui n'avait jamais mis les pieds dans un tribunal. En sa qualité d'associé chez S&P, il avait droit à un joli bureau avec vue sur l'Hudson, un panorama auquel il n'avait jamais prêté attention. Sur une étagère, derrière son fauteuil, au milieu de son « ego-mur », trônait une série de gratte-ciel miniatures. Il les appelait « Mes Immeubles ». Chaque fois que la construction d'une de ces tours était achevée, il demandait à un sculpteur de lui en faire une réplique en modèle réduit ; il distribuait aussi des copies, à une échelle encore plus petite, aux membres de « son équipe ». En trois ans, depuis que Samantha avait intégré S&P, sa collection s'élevait à six unités, mais cela n'irait pas plus loin.

— Prenez place, ordonna-t-il en refermant la porte de son bureau.

Samantha s'assit à droite de Ben, Izabelle à sa gauche. Les trois avocats gardaient la tête baissée, attendant la sentence. Samantha eut envie de serrer la main de Ben, comme une condamnée à mort devant le peloton d'exécution. Andy se laissa tomber dans son fauteuil. N'osant les regarder en face, il se lança dans un résumé de la situation.

— Comme vous le savez, Lehman Brothers a dévissé il y a deux semaines.

Sans blague ! La crise financière et l'effondrement du secteur bancaire avaient mis le monde entier au bord du gouffre. Toute la planète était au courant ! Mais Andy n'avait jamais fait preuve d'une grande originalité, en quelque domaine que ce soit.

— On a cinq projets en cours, tous financés par Lehman. J'ai parlé avec nos clients : ils arrêtent les frais. On en a trois autres dans les tuyaux, deux avec Lehman, un avec la Lloyd's. Mais les crédits sont gelés. Les banquiers se retirent dans leur bunker et ne veulent plus lâcher un sou.

Oui, Andy, on sait. C'est partout à la Une. Va droit au but et qu'on en finisse.

— Le comité de direction s'est réuni hier et a fait des coupes. On se sépare des trente nouvelles recrues de l'an passé. Pour certains, c'est dehors point barre, pour d'autres c'est licenciement économique. Toutes les embauches sont ajournées, jusqu'à nouvel ordre. Le département Legs et Successions est démantelé. Et, je ne vais pas y aller par quatre chemins, notre service saute aussi. Il est mort. Rayé de la carte. Personne ne sait quand les gens vont se mettre à construire de nouveaux immeubles. Peut-être jamais. S&P ne peut se permettre de continuer à vous payer en attendant que le secteur bancaire remonte la pente. On se dirige peut-être bien vers une nouvelle Grande Dépression. Et ce qu'on vit là, ce ne sont que les premiers coups de rabot. Je suis désolé, les gars. Vraiment.

Ben fut le premier à parler :

— C'est donc la porte ?

— Non. Je me suis battu pour vos fesses, vous savez ? Au début, leur idée, c'était la simple lettre de licenciement. Inutile de vous rappeler que l'Immobilier Commercial est le plus petit service de la boîte et sans doute le plus touché par la crise. J'ai réussi à leur faire accepter le principe du congé sans solde. Vous partez sur-le-champ, mais vous reviendrez plus tard, peut-être.

— Peut-être ? répéta Samantha.

Izabelle essuya une larme mais ne craqua pas.

— Oui, c'est un gros « peut-être », je le reconnais. On navigue à vue en ce moment, Samantha. On ne sait plus quoi faire. Dans six mois, on risque tous de se retrouver à la soupe populaire. Vous vous rappelez ces photos de 1929.

La soupe populaire ? N'exagère pas, Andy. Tu es associé et ton doggy-bag l'année dernière était de deux millions huit cent mille dollars ; et c'est le bonus moyen d'un associé chez S&P ! La boîte, au regard des dividendes redistribués, se place dans le Top cinq des cabinets les plus rentables de la planète. Mais, cela ne vous suffisait pas, du moins jusqu'à ce que Lehman s'effondre, que Bear Stearns explose et que les subprimes vous pètent au nez. Être dans les cinq premiers, finalement, ce n'était pas si mal, hein ?

— C'est quoi le deal au juste ? s'enquit Ben.

— La boîte vous garde sous contrat pour les douze prochains mois, mais vous ne serez pas payés.

— Super, marmonna Izabelle.

Andy ignora la remarque et poursuivit :

— Vous conservez votre couverture sociale, mais uniquement si vous travaillez pour des causes humanitaires. La DRH vous fournira une liste de jobs possibles. Vous partez faire vos BA, vous sauvez le monde et vous priez pour que l'économie sorte de l'ornière. Et dans un an en gros, vous réintégrez la boîte, sans avoir perdu les bénefs de votre ancienneté. Vous ne serez plus à l'IC, mais le cabinet trouvera un endroit où vous recaser.

— Nous sommes donc sûrs de retrouver un emploi chez S&P quand la crise sera passée ? demanda Samantha.

— Non. Rien n'est dans le marbre. Franchement, personne ne peut dire où on en sera l'année prochaine. On est en pleine période électorale, l'Europe part en vrille, les Chinois sont terrifiés, les banques font le gros dos et les marchés s'écroulent. Plus personne n'achète ou ne construit quoi que ce soit. C'est quasiment la fin du monde.

Les trois employés restèrent un moment silencieux. La fin du monde…

— Et toi, Andy ? questionna finalement Ben. Toi aussi, tu es éjecté ?

— Non. Ils m'ont transféré au service fiscal. Vous vous rendez compte ? Je déteste ça. Mais c'était ça ou être chauffeur de taxi. J'ai un master en droit fiscal, alors ils se sont dit que je pouvais être utile.

— Félicitations, lança Ben.

— Je suis désolé, les gars.

— Non, je suis sérieux. Je suis content pour toi.

— Tu sais, je serai peut-être jeté dehors le mois prochain.

— Et on doit partir quand ? s'enquit Izabelle.

— Immédiatement. La procédure est la suivante : vous signez votre congé sans solde, vous ramassez vos affaires, videz votre bureau et sortez de l'immeuble. La DRH vous enverra un mail avec la liste d'emplois bénévoles et tous les papiers nécessaires. Désolé, les gars.

— Arrête de dire que tu es désolé, intervint Samantha. Aucune parole ne fera mieux passer la pilule.

— C'est vrai, mais ça pourrait être pire. La majorité de l'équipage n'a pas droit à cette offre. Ils sont mis à la porte purement et simplement.

— Excuse-moi, Andy. C'est juste si soudain, si violent.

— Pas de problème. Je comprends. Vous avez le droit d'être en colère et tout retournés. C'est vrai. Tous les trois, vous avez fait les meilleures universités et vous êtes jetés dehors comme des malpropres. C'est terrible de vous infliger ça. Certains associés ont proposé de réduire leurs salaires de moitié pour vous éviter cette humiliation.

— Je parie qu'ils n'étaient pas nombreux.

— C'est vrai. Ils étaient très peu. Mais c'est comme ça. Le comité a tranché.

*

Une femme en costume et cravate noirs apparut devant l'espace de travail que Samantha partageait avec trois collaborateurs, dont Izabelle. Ben, quant à lui, officiait au bout du couloir.

— Je m'appelle Carmen, annonça la femme en tentant de sourire. Vous avez besoin d'aide ?

Elle avait dans les bras une grande boîte, sans inscription ni logo du cabinet. Personne ne devait savoir que ces cartons contenaient les effets personnels des ex-employés de S&P.

— Non, merci, répondit Samantha, en parvenant à garder un ton aimable.

Elle aurait pu être cassante, grossière, mais la vigile ne faisait que son travail. Samantha commença à récupérer ses affaires. Dans l'un des tiroirs, il y avait des dossiers de S&P.

— Et ça, j'en fais quoi ?

— Ça reste ici.

La femme surveillait les gestes de Samantha. Comme si elle allait voler quelque document important ! Tout ce qui avait de la valeur était stocké dans ses deux ordinateurs – dans celui du bureau et dans un portable qu'elle emmenait presque partout – un portable estampillé « Scully & Pershing » qui, lui aussi, devait rester là. Samantha avait aussi accès à tous les dossiers depuis son PC personnel, mais évidemment, les mots de passe avaient déjà dû être changés.

Comme une somnambule, Samantha vida ses tiroirs et récupéra les six gratte-ciel miniatures, bien que son premier réflexe fût de les jeter à la poubelle. Izabelle arriva. À elle aussi, on donna un carton. Tous leurs collègues – avocats, secrétaires, assistants – vaquaient à des affaires pressantes, soudain accaparés par leur travail. Un protocole avait vite été adopté : quand quelqu'un débarrassait son bureau, on le laissait tranquille. Pas de témoins, pas de regards effarés, ni adieux ni épanchements.

Les yeux d'Izabelle étaient rouges et enflés. Sans doute était-elle partie pleurer aux toilettes.

— Appelle-moi, murmura-t-elle. Buvons un verre ce soir.

— D'accord.

Samantha remplit son carton, sa mallette, son sac à main et suivit la vigile jusqu'aux ascenseurs du quarante-huitième étage. Pendant qu'elles attendaient, Samantha garda la tête droite. Elle ne voulait pas regarder autour d'elle, contempler une dernière fois ce lieu où elle avait travaillé. Les portes s'ouvrirent. Par chance, l'ascenseur était vide.

— Je vais vous le porter, proposa Carmen en désignant le carton qui était plein à ras bord et commençait à se déformer.

— Non, répondit Samantha en entrant dans la cabine.

Carmen appuya sur le bouton du rez-de-chaussée. Pourquoi l'escortait-on jusqu'à la sortie ? Pourquoi ? Plus elle se posait cette question, plus la colère montait. Elle avait envie de pleurer, de cogner les murs, mais surtout, elle voulait appeler sa mère. La cabine s'arrêta au quarante-troisième étage et un jeune type dans un beau costume entra. Il avait dans les mains un carton identique, un gros sac en bandoulière et un attaché-case sous le bras. Il avait ce même air abasourdi et inquiet. Samantha l'avait déjà croisé dans l'ascenseur mais ne lui avait jamais parlé. Ce cabinet était un ventre immense qui digérait tout le monde. À chaque fête de Noël – quel cauchemar ces soirées ! – les gens devaient porter un badge indiquant leur nom ! Un autre vigile dans un costume noir escortait le jeune homme. Quand chacun eut pris place, Carmen enfonça à nouveau le bouton rez-de-chaussée. Samantha regardait le sol, bien déterminée à ne pas dire un mot, même si on lui parlait. Au trente-neuvième, nouvel arrêt : Kirk Knight monta à bord, les yeux rivés sur l'écran de son smartphone. Lorsque les portes se furent refermées, il jeta un coup d'œil autour de lui et vit les deux cartons. Il se raidit d'un coup. On l'entendit presque hoqueter. Knight était un associé senior du service Fusions & Acquisitions, et membre du comité de direction. Soudain, face à deux de ses victimes, il était tout embarrassé. Il déglutit en grimaçant, regardant fixement le sol. Tout à coup, il appuya sur le bouton du vingt-huitième étage.

Samantha était trop sonnée pour l'insulter. L'autre avocat avait les yeux clos. Quand l'ascenseur s'arrêta, Knight sortit en hâte. Lorsque les portes se refermèrent derrière lui, Samantha se souvint que le cabinet louait les étages trente à soixante-cinq. Qu'allait-il donc faire là ? Aucune importance.

Carmen lui fit traverser le hall et l'accompagna jusqu'aux portes donnant sur Broad Street.

— Désolée, lâcha la vigile pour la forme.

Samantha ne répondit pas. Chargée comme une mule, elle se mit à avancer parmi les piétons, tel un automate. Elle se souvint des photos où l'on voyait des flots d'employés quitter Lehman et Bear Stearns, avec leurs affaires dans des cartons, comme si les immeubles étaient en feu et qu'ils se sauvaient pour échapper à l'incendie. Dans l'un des clichés, en couverture de la section Business du *Times*, on voyait un trader de chez Lehman en pleurs, marchant hagard sur le trottoir.

Mais cette débâcle était déjà de l'histoire ancienne pour les infos, et Samantha ne vit aucun appareil photo alentour. Elle posa sa boîte au coin de Broad et Wall Street, puis scruta le carrefour à la recherche d'un taxi.

2

Samantha entra dans son joli loft de SoHo, qui lui coûtait deux mille dollars par mois, lâcha ses affaires dans l'entrée et s'écroula sur le canapé. Elle attrapa son téléphone portable, mais attendit. Elle prit de profondes inspirations, les yeux clos, pour contenir ses émotions. Elle avait besoin d'entendre la voix de sa mère, d'être rassurée, mais ne voulait pas paraître une petite chose blessée et vulnérable.

Contre toute attente, une bouffée de soulagement l'envahit : elle n'aurait plus à faire ce travail qu'elle détestait. Ce soir, à 19 heures, elle serait peut-être au cinéma, ou dans un bar, à boire un verre avec des amis ; fini l'esclavage moderne, à toujours courir contre la montre. Ce dimanche, elle pourrait quitter la ville sans penser à Andy Grubman et à sa pile de dossiers urgents pour son nouveau gros contrat. Elle avait rendu son « S&P-Phone », petite menotte hi-tech qui ne la quittait pas depuis trois ans. Elle se sentait soudain libre, légère.

Le problème, c'était la perte de revenus et le coup d'arrêt à son beau plan de carrière. Embauchée comme avocate depuis trois ans, elle gagnait cent quatre-vingt mille dollars en base annuelle, plus une jolie prime. Cela faisait beaucoup d'argent, mais New York n'avait pas son pareil pour tout dévorer. Et la moitié partait en impôts. Elle avait un compte épargne, ce dont elle ne se vantait pas. À vingt-neuf ans, célibataire, libre, avec un métier plus rémunérateur d'année en année, pourquoi se soucier de faire des économies ? Une amie de Columbia, où Samantha avait fait son droit, était chez S&P depuis cinq ans et venait de passer associée du cabinet. Elle allait gagner un demi-million de dollars cette année, et Samantha suivait cette voie-là.

Elle connaissait aussi des gens qui avaient sauté du train au bout de douze mois et étaient ravis d'avoir fui le monde impitoyable des grands cabinets d'affaires. L'un d'entre eux était aujourd'hui moniteur de ski dans le Vermont. Autrefois rédacteur à la *Columbia Law Review*, il s'était échappé des entrailles de S&P pour vivre dans un chalet à côté d'une rivière et répondait rarement au téléphone. Treize mois chez S&P, et cet avocat plein d'avenir était devenu un légume dormant sur son bureau. Juste avant qu'intervienne la DRH, il avait craqué et quitté la ville. Samantha pensait souvent à lui, presque toujours avec une pointe d'envie.

Le soulagement, la peur, l'humiliation, tout se mêlait. Ses parents lui avaient payé les meilleures écoles ; elle était sortie de Georgetown parmi les premiers de sa promo, avec un master de sciences politiques en poche. Faire son droit à Columbia n'avait été qu'une formalité et elle avait fini avec les félicitations du jury. Une dizaine de grands cabinets lui avaient proposé un

poste après son stage à la cour fédérale. Les vingt-
neuf premières années de sa vie avaient été une suite
ininterrompue de succès, avec quasiment aucun loupé.
Être remerciée de cette manière, c'était si humiliant.
Escortée comme une voleuse jusqu'au trottoir ! Ce
n'était pas un simple accroc dans son beau plan de
carrière, c'était une déchirure béante.

Les chiffres apportaient un peu de réconfort. Depuis
que Lehman avait volé en morceaux, des milliers de
jeunes avocats s'étaient retrouvés à la rue. Mais à
cet instant-là, elle n'avait de compassion que pour
elle-même.

— Appelle Karen Kofer, demanda-t-elle à son téléphone.

Elle resta étendue sur son canapé, immobile, s'effor-
çant de respirer lentement.

— M'man, c'est moi, dit-elle. Ça y est. Ils l'ont
fait. Ils m'ont virée.

Elle se mordit la lèvre et retint ses larmes.

— Oh… je suis si triste pour toi, Samantha. C'est
arrivé quand ?

— Il y a une heure. Ce n'est pas une surprise, mais
c'est dur à avaler.

— Je sais, ma chérie. C'est terrible.

Depuis la semaine dernière, elles ne parlaient que
de son éventuel licenciement.

— Où es-tu ? s'enquit sa mère. Chez toi ?

— Oui. Mais ça va. Blythe est au travail. Je ne
lui ai pas encore annoncé la nouvelle. Je ne l'ai dit
à personne en fait.

— Je suis désolée pour toi.

Blythe, une amie de Columbia, était sa colocataire. Elle exerçait dans un autre grand cabinet. Hormis cet appartement, elles ne partageaient pas grand-chose. Quand on travaillait soixante-quinze heures par semaine, ça laissait peu de temps libre. Les voyants étaient aussi au rouge pour Blythe et elle se préparait au pire.

— Ça va, m'man. Ne t'inquiète pas.

— Non, ça ne va pas. Viens donc passer quelques jours à la maison.

« La maison » était une notion assez floue. Sa mère louait un bel appartement à Washington, du côté de Dupont Circle, et son père habitait un petit immeuble sur les rives du Potomac à Alexandria. Samantha n'avait jamais passé plus d'un mois chez l'un ou l'autre. Et n'avait aucune envie pour l'instant d'affronter sa famille.

— Je viendrai, m'man, mais plus tard.

Il y eut un long silence.

— Que comptes-tu faire ? demanda finalement sa mère.

— Aucune idée. Je suis encore sous le choc. C'est le trou noir pour l'instant.

— Je comprends. Comme je voudrais être auprès de toi.

— Je vais bien, m'man. Ne t'inquiète pas.

Avoir sa mère ici n'aurait rien arrangé. Elle l'aurait assaillie de questions, ne l'aurait pas laissée souffler une seconde.

— C'est quel type de licenciement ?

— Ils appellent ça un congé sans solde. On joue les bénévoles pendant un an ou deux et, en échange, on conserve notre couverture sociale. Et si la situation s'arrange, le cabinet nous reprend sans perte d'ancienneté.

— Autrement dit, ils vous gardent sous le coude.

Merci d'y mettre les formes, maman ! Karen continua sur sa lancée :

— Pourquoi ne dis-tu pas à ces ordures d'aller se faire voir ?

— Parce que j'aimerais bénéficier encore d'une assurance santé, et croire aussi qu'un retour est possible.

— Tu peux trouver ailleurs.

C'était bien le discours d'une fonctionnaire. Karen Kofer était une haute responsable au sein du ministère de la Justice, son seul employeur, et ce depuis près de trente ans. Elle parlait comme tous ses collègues qui étaient sûrs de garder leurs postes. Qu'il y ait des dépressions, des guerres, des crises gouvernementales, des catastrophes nationales, des bouleversements politiques, et autres calamités, Mme la procureur Karen Kofer était assurée de toucher son salaire. Et cela induisait chez elle, comme chez beaucoup de bureaucrates à l'abri dans leur bunker, une sorte d'arrogance débonnaire.

Nous sommes intouchables, parce que irremplaçables.

— Non, m'man. Il n'y a de travail nulle part. Au cas où cela t'aurait échappé, nous sommes en pleine crise financière, et la dépression est à nos portes. Tous les cabinets d'affaires se débarrassent de la piétaille et remontent le pont-levis.

— Allons, la situation n'est pas si noire.

— Ah oui ? Scully & Pershing a gelé toutes les nouvelles embauches, ce qui veut dire qu'une dizaine de personnes, parmi les plus brillantes de Harvard, à qui on avait promis un poste en septembre, se retrouvent sur le carreau. Et c'est pareil pour Yale, Stanford, Columbia.

— Mais tu as tellement de capacités, Samantha.

Ne jamais discuter avec une fonctionnaire ! Samantha prit une profonde inspiration, prête à dire au revoir, quand Karen reçut un appel urgent – « c'est la Maison Blanche… ». Elle devait raccrocher. Elle promit de rappeler sa fille tout de suite après, dès qu'elle aurait sauvé le pays ! Pas de problème, m'man. Malgré son travail, sa mère avait toujours été présente auprès d'elle. Samantha était fille unique et, finalement, cela avait été une chance au vu des dégâts qu'avait causés le divorce de ses parents.

C'était une belle journée, d'un point de vue météorologique du moins, et Samantha avait besoin de marcher. Elle se promena dans SoHo, puis poussa jusqu'à West Village. Installée à une table d'un café désert, elle appela enfin son père. Marshall Kofer était autrefois un ténor du barreau, connu pour poursuivre en justice les compagnies aériennes après les crashs. Il avait fondé un redoutable cabinet à Washington, et passait six nuits par semaine aux quatre coins du monde, soit à chercher des affaires, soit à les défendre devant les tribunaux. Il gagnait des fortunes, menait grand train.

Samantha, adolescente, avait conscience que sa famille était plus riche que celle de la plupart de ses camarades de classe. Alors que son père enchaînait les procès médiatiques, sa mère montait un à un les échelons au ministère de la Justice. Ses parents s'entendaient-ils encore ? Samantha n'en savait rien ; son père n'était tout simplement jamais à la maison. À un moment, sans que personne puisse dire quand au juste, une jeune et jolie assistante juridique fit son entrée en scène et Marshall plongea. Le flirt devint liaison, puis histoire d'amour. Au bout de deux ans, Karen eut des soupçons. Elle interrogea son mari. D'abord il nia, puis reconnut les faits. Il voulait divorcer ; il avait trouvé l'amour de sa vie.

Curieusement, à peu près au moment où Marshall sabordait sa vie de famille, il prit plusieurs mauvaises décisions, dont une consista à dissimuler au fisc de gros honoraires. Un 747 de l'United Asia Airlines s'était écrasé au Sri Lanka, avec quarante Américains à bord. Il n'y avait eu aucun survivant et Marshall Kofer, comme à son habitude, arriva sur place avant tout le monde. Pendant la négociation des dommages et intérêts, il créa une série de sociétés écrans en Asie et dans les Antilles pour faire cheminer et disparaître ses émoluments substantiels.

Samantha avait tout un dossier empli de coupures de presse et de rapports d'enquête explicitant la tentative d'évasion fiscale de son père. Cela aurait pu faire un bon livre, mais elle n'avait aucune envie de l'écrire. Il s'était fait attraper ; il avait été humilié, jeté en pâture aux journalistes, condamné, radié du barreau, et finalement envoyé en prison pour trois ans. Deux semaines avant que Samantha ne termine ses études à Georgetown, on avait accordé à son père la liberté conditionnelle. Aujourd'hui, Marshall officiait comme consultant dans un petit cabinet du vieil Alexandria. D'après ses dires, il conseillait d'autres avocats dans des affaires de recours collectifs, mais sans donner plus de détails. Samantha était convaincue, comme sa mère, que Marshall était parvenu à cacher un joli magot quelque part dans les Antilles. Mais Karen ne voulait plus se battre.

Marshall, de son côté, était persuadé que son ex-femme était à l'origine de ses démêlés avec la justice. Elle était haut placée et avait le bras long. Mais Karen avait toujours nié y être pour quoi que ce soit.

— Papa, ils m'ont virée, annonça Samantha à voix basse.

Le café était désert mais le serveur était tout près.

— Oh, ma petite Sam, je suis désolé. Raconte-moi.

Son père semblait avoir appris une chose en prison, une seule, et ce n'était pas l'humilité, ni la patience, la tolérance, le pardon, ni quelque autre bénéfice qu'on prête à ce genre d'épreuve. Il était toujours aussi ambitieux et motivé, toujours aussi impatient à saisir la moindre opportunité et prêt à écraser quiconque se mettrait en travers de sa route. Cependant, pour des raisons obscures, Marshall Kofer avait appris à écouter, du moins à écouter sa fille. Elle lui narra en détail les derniers événements, et durant tout son récit il ne l'interrompit pas une fois. Elle lui assura à plusieurs reprises qu'elle allait bien. Elle crut un instant qu'il allait se mettre à pleurer.

D'ordinaire, il aurait lâché des commentaires acerbes sur les choix qu'elle avait faits dans sa carrière. Il détestait ces grands cabinets d'affaires, parce qu'il les avait comme adversaires depuis des années. À ses yeux, c'étaient des sociétés avides de profits, et non des avocats se battant pour leurs clients. Il avait des dizaines de sermons tout prêts sur les méfaits de ces grands cabinets. Samantha les connaissait tous par cœur et n'était pas d'humeur à les entendre.

— Tu veux que je passe ? demanda-t-il. Je peux être là dans trois heures.

— C'est gentil, mais non. Pas encore. Donne-moi un jour ou deux. J'ai besoin d'un peu de temps. Je songe à quitter la ville pour quelques jours.

— Je viendrai te chercher.

— Pourquoi pas, mais pas tout de suite. Tout va bien, papa, juré craché.

— Non, tu ne vas pas bien. Et tu as besoin de ton père.

C'était toujours bizarre d'entendre cette sollicitude paternelle chez quelqu'un qui avait brillé par son absence pendant toute l'enfance et l'adolescence de sa fille. Au moins, il essayait de se rattraper.

— Merci, papa. Je te dirai ça.

— Faisons un voyage, trouvons une plage et buvons du rhum !

Elle rit malgré elle, parce qu'ils n'étaient jamais allés nulle part tous les deux, tous les deux seulement. Il y avait eu des vacances express quand elle était petite, des visites de villes en Europe, presque toujours écourtées par des affaires urgentes. L'idée de lézarder sur une plage avec son père lui paraissait si saugrenue, quelles que soient les circonstances.

— Merci, papa. Plus tard peut-être, mais pas maintenant. J'ai des choses à régler d'abord.

— Je peux te trouver un travail, tu sais. Un vrai travail.

Il recommençait ! Mais elle ne fit aucune remarque. Depuis plusieurs années, son père la pressait de se lancer dans une réelle activité d'avocate – où il s'agissait de poursuivre en justice de grosses entreprises. Dans le monde de Marshall Kofer, toutes les grandes sociétés commettaient les pires péchés pour se tailler leur place dans la jungle du capitalisme. La mission des avocats (et même de ceux radiés du barreau comme lui) était de mettre au jour leurs escroqueries et de demander réparation devant la nation.

— Merci, papa. Je te rappelle.

C'était drôle de voir son père insister pour que sa fille suive la même voie que lui, une voie qui l'avait pourtant mené en prison. Le pénal, les procès, les batailles, tout ça ne l'intéressait pas. Elle ne savait pas ce qu'elle voulait au juste, sans doute un emploi agréable derrière un bureau, avec un bon salaire. Parce qu'elle était une femme avec une tête bien faite, elle avait de bonnes chances de devenir associée chez Scully & Pershing. Mais à quel prix ?

Et voulait-elle réellement de cette existence ? Pour l'instant, elle voulait marcher dans les rues de Manhattan et se vider l'esprit. Elle traversa tout

Tribeca. Sa mère appela deux fois, son père une fois, mais elle ne décrocha pas. Izabelle et Ben voulurent aussi prendre de ses nouvelles. En vain. Elle n'avait aucune envie de parler à quelqu'un. Elle se retrouva au Moke's Pub à côté de Chinatown. Elle resta un moment derrière les vitres à regarder la salle. C'était là qu'elle avait bu son premier verre avec Henry, il y avait si longtemps. Des amis communs les avaient présentés. Il voulait devenir acteur, comme un million de personnes à New York, et elle venait d'être embauchée chez S&P. Ils s'étaient fréquentés pendant un an avant que les horaires infernaux de Samantha et les déboires professionnels de Henry mettent un terme à leur relation. Il était parti tenter sa chance à L.A. Aux dernières nouvelles, il était chauffeur de limousine pour des acteurs inconnus et faisait de la figuration dans des pubs TV.

En d'autres circonstances, elle aurait pu aimer Henry. Il avait du temps libre, de la curiosité et de la passion. Mais elle était trop épuisée. Dans ces grands cabinets, les femmes s'apercevaient souvent qu'à quarante ans, elles étaient toujours célibataires et qu'une décennie venait de passer.

Samantha s'éloigna du Moke's et retourna vers SoHo.

*

Anna de la direction des Ressources humaines se montra très efficace. À 17 heures, Samantha reçut un long e-mail où figurait une liste de dix offres de stage non rémunéré, du pur bénévolat pour les troupes démoralisées qui venaient d'être débarquées du plus grand cabinet d'avocats du monde : l'association pour la sauvegarde des marais de Lafayette, en Louisiane ; le foyer pour femmes battues à Pittsburgh ; le centre d'accueil des immigrants à Tampa ; le centre d'aide juridique de la Montagne à Brady, en Virginie ; le comité pour l'euthanasie de Tucson ; la maison des SDF de Louisville ; la fondation pour la protection du lac Érié, etc. Pas une seule proposition dans la région de New York.

Samantha regarda fixement cette liste. Elle allait donc devoir quitter la ville ? Sur les sept dernières années, elle en avait passé six à New York : trois à l'université Columbia et trois comme salariée chez S&P. Après la faculté de droit, elle avait été assistante pour un juge de la cour fédérale de Washington, et sitôt son stage terminé, elle s'était empressée de retourner à New York. En tout cas, elle n'avait jamais quitté les lumières de la côte Est.

La Louisiane ? La Virginie ?

Dans une prose bien trop badine au regard de la situation, Anna laissait entendre qu'il n'y aurait peut-être pas d'autres offres de stage. Dépêchez-vous de signer, les gars, sinon vous risquez de ne pas pouvoir travailler gratuitement pendant un an dans un bled perdu ! Mais Samantha était trop sonnée pour prendre si vite une décision.

Blythe passa en coup de vent, le temps de dire bonjour et de se faire chauffer des pâtes au micro-ondes. Samantha lui avait annoncé la nouvelle par SMS en arrivant et sa colocataire était au bord des larmes. Samantha parvint à la tranquilliser et à la convaincre que ce n'était quand même pas la fin du monde. Le cabinet de Blythe défendait les intérêts de sociétés de prêts hypothécaires et l'ambiance là-bas était aussi sinistre que chez Scully & Pershing. Depuis des jours, les deux jeunes femmes ne parlaient plus que chômage et recherche d'emploi. Blythe n'avait pas fini ses pâtes que son téléphone vibra. C'était son chef qui avait besoin d'elle. Alors, à 18 h 30, elle quitta en trombe l'appartement et fonça au bureau, craignant que le plus petit retard ne soit prétexte à la mettre dehors.

Samantha se versa un verre de vin, et se fit couler un bain. Elle se lava, but son vin, et décida, malgré les coquets revenus, qu'elle détestait les grands cabinets d'affaires et qu'elle n'y remettrait jamais les pieds. Elle ne voulait plus se faire crier dessus parce qu'elle n'était pas à son bureau le soir ou avant l'aube. Elle ne se laisserait plus charmer par les sirènes de l'argent. Elle avait enduré tant de choses indignes durant ces années. Tout ça était fini.

Sur le plan financier, la situation était délicate, mais pas désespérée. Elle avait trente et un mille dollars d'économies et pas de dettes, hormis les trois mois de loyer encore à payer pour le loft. Si elle réduisait son train de vie et parvenait à vivoter avec des petits boulots, elle pourrait tenir jusqu'à ce que la tempête soit passée. À supposer, bien sûr, que le monde ne s'écroule pas d'ici là. Elle n'avait jamais imaginé être serveuse dans un restaurant ou vendeuse de chaussures, mais ça, c'était avant – avant que tout s'arrête brutalement. La ville grouillerait bientôt de petites mains bardées de diplômes.

Chez S&P, elle avait un plan de carrière : devenir associée à trente-cinq ans, être l'une des rares femmes à atteindre ce niveau de responsabilité, jouir d'un beau bureau d'angle duquel elle pourrait mener la vie dure aux garçons de l'équipe. Elle aurait alors une secrétaire, un adjoint, quelques assistants juridiques, et un chauffeur à disposition, ainsi qu'un plafond quasi illimité en notes de frais, et des tailleurs uniquement de grands couturiers dans son dressing. La centaine d'heures de travail par semaine serait réduite à un quota plus supportable. Elle gagnerait deux millions de dollars par an pour les vingt ans à venir, puis prendrait sa retraite et voyagerait aux quatre coins de la planète. En chemin, elle aurait trouvé un mari, fait un enfant ou deux, et la vie serait belle.

Voilà ce qu'elle avait prévu, un rêve désormais brisé.

*

Elle retrouva Izabelle pour un martini au bar du Mercer Hotel, à cinq cents mètres de son appartement. Elles avaient invité Ben à se joindre à elles, mais il venait de se marier et avait mieux à faire. Cette mise à pied avait des effets différents suivant les personnes : Samantha faisait son travail de deuil ; mieux que ça, elle réfléchissait déjà à d'autres moyens de gagner sa vie. Elle avait de la chance, elle n'avait pas à rembourser de prêt étudiant. Ses parents lui avaient payé ses études dans les meilleurs établissements. Mais

Izabelle traînait ces vieux emprunts comme autant de boulets et s'inquiétait du lendemain. Elle attaqua rapidement son cocktail, pour faire monter au plus vite l'alcool au cerveau.

— Je ne pourrais pas tenir un an sans revenus, bredouilla-t-elle. Et toi ?

— C'est jouable, répondit Samantha. Si je réduis mes dépenses et ne mange plus que des pâtes, je peux rester en ville.

— Pas moi. (Izabelle avala une nouvelle lampée de son martini.) Je connais un gars au Contentieux. Il s'est fait jeter vendredi dernier. Il a déjà appelé cinq des dix offres de stage que propose la boîte, et les cinq ont déjà été prises. Tu le crois ça ? Alors il a joint la DRH pour leur passer un savon ; ils lui ont assuré qu'ils travaillaient à agrandir la liste, qu'ils avaient d'autres offres dans les tuyaux. Tu parles ! Non seulement, ils nous mettent dehors, mais leur plan est foireux. Personne ne veut de nous, même si on est prêts à travailler pour rien. C'est l'horreur.

Samantha but une petite gorgée de son martini. L'alcool l'apaisa.

— Je ne crois pas que je vais accepter leur deal.

— Mais ta couverture santé ? Tu ne peux pas te retrouver comme ça sans rien.

— Pourquoi pas ?

— Et si tu tombes malade ? Ils vont tout te prendre.

— Je n'ai pas tant à perdre.

— C'est de la folie, Sam. (Izabelle avala une autre gorgée, quoiqu'un peu moins démesurée que les précédentes.) Tu es prête à abandonner un avenir doré chez Scully & Pershing ?

— La boîte nous a lâchés. Toi, moi. Comme tant d'autres. Il doit y avoir un meilleur endroit où travailler, une meilleure façon de gagner sa vie.

— D'accord, trinquons à ça !

Une serveuse passa. Les deux femmes commandèrent une autre tournée.

3

Samantha dormit douze heures d'affilée et se réveilla avec l'envie irrésistible de fuir la ville. Étendue sur son lit, elle regardait fixement les poutres blanches au plafond. En se repassant le film de ces derniers mois, elle s'aperçut qu'elle n'avait pas quitté Manhattan depuis sept semaines. Il y avait eu ce projet de week-end en août à Southampton, annulé au dernier moment à cause de Andy Grubman. Au lieu de se reposer et de faire la fête, elle avait consacré son samedi et son dimanche au bureau, à relire un contrat de trente centimètres d'épaisseur.

Sept semaines ! Elle prit vite une douche et remplit une valise avec l'essentiel. À 10 heures, elle montait à bord d'un train à Penn Station et laissait un message à Blythe. Elle partait à Washington pour quelques jours. Appelle-moi s'ils te fichent dehors.

Pendant que le train traversait le New Jersey, la curiosité l'emporta : elle envoya un e-mail à la fondation pour la protection du lac Érié, et un autre au foyer pour femmes battues de Pittsburgh. Une demi-heure s'écoula sans qu'elle reçût de réponse. Elle tua le temps en lisant le *Times*. Pas un mot dans le magazine sur l'hécatombe chez S&P. Partout l'économie croulait : les sociétés financières licenciaient à tour de bras. Les banques refusaient de prêter de l'argent, d'autres fermaient purement et simplement. Le Congrès ne savait plus à quel saint se vouer. Obama jetait l'opprobre sur Bush. Le duo McCain/Palin rejetait la faute sur les démocrates. Samantha consulta son ordinateur. Un autre e-mail était arrivé de la DRH. Six nouvelles offres d'emploi bénévoles s'étaient ajoutées à la liste, s'enthousiasmait Anna toute guillerette. Il n'y avait pas de temps à perdre, les gars !

Le foyer pour femmes battues avait renvoyé un message très aimable : merci, madame Kofer, pour votre intérêt, mais le poste vient d'être pourvu. Cinq minutes plus tard, les braves gens du lac Érié lui tinrent à peu près le même langage. Ce n'était pas gagné. Piquée au vif, Samantha adressa des e-mails à cinq autres œuvres caritatives figurant sur la liste de la DRH, plus un autre à Anna lui demandant poliment de mettre à jour sa liste. Entre Philadelphie et Wilmington, les défenseurs des marais de Louisiane lui dirent non, l'antenne de l'*Innocence Project* en Georgie aussi, comme le centre d'accueil des immigrants de Tampa, le comité contre la peine de mort, et le cabinet d'aide juridique de St. Louis. Non, merci de votre courrier. Toutes ces offres ont trouvé preneur.

Zéro sur sept. Elle ne parvenait même pas à décrocher un stage !

Elle prit un taxi à sa sortie de l'Union Station, près du Capitole, et se pelotonna sur son siège tandis

que la voiture se frayait un chemin sur les boule-
vards encombrés de la capitale ; une suite de minis-
tères, d'organismes divers, d'hôtels, d'appartements
luxueux, d'immeubles de bureaux grouillant d'avocats
et de lobbyistes. Les trottoirs étaient noirs de monde,
des myriades pressées, s'occupant des affaires de la
nation alors que la planète était au bord du précipice.
Elle avait passé les vingt-deux premières années de sa
vie ici. Elle trouvait maintenant cette ville ennuyeuse.
Washington attirait toujours des gens brillants, mais
tous ne parlaient que politique et immobilier. Les
lobbyistes étaient les pires. Ils étaient désormais plus
nombreux que les avocats et les politiciens réunis.
C'étaient eux qui dirigeaient la ville. Ils avaient la
mainmise sur le Congrès, et décidaient donc du budget
de l'État. Pendant les cocktails ou les dîners, ils vous
assommaient avec le récit de leurs hauts faits – comment l'un avait tiré son épingle du jeu, comment l'autre
avait obtenu le changement d'un article du code fiscal.
Tous ses amis d'enfance et de Georgetown étaient
payés directement ou indirectement par les deniers de
l'État. Sa propre mère touchait cent quarante-cinq mille
dollars du ministère de la Justice.

Samantha ne savait trop comment son père gagnait
sa vie. Elle avait décidé de lui rendre visite en premier.
Karen Kofer faisait de longues journées et ne serait
pas de retour avant ce soir. Samantha alla déposer
sa valise chez sa mère, et prit le même taxi pour
traverser le Potomac et rejoindre Alexandria. Son
père l'accueillit avec un sourire et une embrassade
affectueuse. Il avait tout le temps pour elle. Il avait

déménagé dans un immeuble beaucoup plus cossu, et renommé son cabinet le Kofer Group.

— On dirait le nom d'un lobby, lança-t-elle, en contemplant la réception joliment agencée.

— Oh non, pas du tout. On se tient à l'écart de cette folie là-bas, fit-il en tendant le bras dans la direction de Washington, comme si c'était un ghetto.

Ils empruntèrent un couloir flanqué de portes donnant sur des petites pièces de travail.

Qu'est-ce que tu fais au juste, papa ? Mais Samantha préféra garder cette question pour plus tard. Il la conduisit dans un bureau d'angle, avec une vue au loin sur le Potomac, un peu comme celui de Andy Grubman. Ils s'installèrent dans des fauteuils disposés autour d'une table basse. Une secrétaire partit aussitôt faire du café.

— Comment vas-tu ? demanda Marshall, visiblement inquiet, en lui tapotant le genou comme si elle venait de tomber des escaliers.

— Ça va, répondit Samantha, sentant aussitôt une boule monter dans sa gorge.

Elle se raidit et déglutit.

— C'est si soudain, reprit-elle. Il y a un mois encore tout allait bien, tout était sur des rails, aucun problème en vue. Des horaires de fou, bien sûr, mais c'est le métier qui veut ça. Et puis il y a eu des rumeurs, comme un tam-tam au loin annonçant un danger. Et c'est arrivé si vite. Si brutalement.

— Oui. Une vraie bombe.

Le café fut servi sur un plateau. La secrétaire s'éclipsa et referma la porte derrière elle.

— Tu lis Trottman ? s'enquit-il.

— Qui ça ?

— Il sort une newsletter hebdomadaire sur la finance et la politique. Il est à Washington depuis un bon bout de temps. Et il est plutôt bon. Il y a six mois, il a prédit la crise des subprimes. Il disait que cela faisait des années qu'on jouait avec le feu, et qu'il y aurait un retour de bâton et une grosse récession. Il a conseillé à tout le monde de retirer ses billes du marché, de tous les marchés.

— Et c'est ce que tu as fait ?

— Mon activité n'a rien à voir avec les marchés. Et si c'était le cas, je ne suis pas certain que j'aurais suivi son conseil. Il y a six mois, on était tous sur un petit nuage. Personne ne pensait que l'immobilier allait s'écrouler. Le crédit était quasiment donné et tout le monde empruntait à tour de bras. Le ciel était bleu. Pas un nuage en vue.

— Et que dit ce Trottman aujourd'hui ?

— Eh bien quand il ne pavoise pas, il donne des conseils au gouvernement. Il prévoit une grande récession, au niveau mondial, mais pas un nouveau 1929. Selon ses prédictions, tous les marchés vont dévisser de cinquante pour cent ; le chômage va atteindre de nouveaux sommets, les démocrates vont gagner en novembre et deux grosses banques vont disparaître. On va traverser une période de doute et de peur, mais le monde survivra. Qu'est-ce qui se dit sur Wall Street ? Tu es au cœur des choses, du moins tu l'étais.

Il était chaussé du même type de mocassins noirs qu'autrefois. Son costume sombre était sans doute fait sur mesure, comme du temps de sa splendeur. En laine worsted et très cher. Une cravate en soie avec un nœud impeccable. Des boutons de manchettes. La première fois qu'elle lui avait rendu visite en prison, il portait une chemise de coton et une salopette orange, la tenue réglementaire ; il se plaignait de ne plus avoir ses vêtements. Marshall avait toujours aimé les beaux habits. Maintenant qu'il était de retour, il avait repris ses vieilles habitudes.

— C'est la panique, répondit-elle. Il y a eu deux suicides hier, à en croire le *Times*.

— Tu as déjeuné ?

— J'ai pris un sandwich dans le train.

— Allons au restaurant ce soir, juste toi et moi.

— J'ai promis de dîner avec maman, mais je suis libre demain midi.

— Vendu. Comment va Karen ?

À en croire son père, ses parents avaient des relations amicales et se téléphonaient au moins une fois par mois. Selon sa mère, ils avaient un contact au mieux une fois par an. Marshall aurait aimé qu'ils soient amis, mais Karen en avait trop supporté. Et Samantha n'avait jamais tenté de les rabibocher.

— Elle va bien, je suppose. Elle est surchargée de boulot, comme d'habitude.

— Elle voit quelqu'un ?

— Je ne lui ai pas posé la question. Et toi ?

La jeune et jolie assistante juridique l'avait plaqué deux mois après son incarcération, Marshall était donc célibataire depuis plusieurs années. Célibataire, mais rarement seul. Il avait près de soixante ans, il était

40

toujours svelte et en forme, avec des cheveux gris lissés en arrière et un sourire carnassier.

— Oh, je ne me suis pas encore rangé des voitures ! lança-t-il en riant. Et toi ? tu as quelqu'un ?

— Non. Malheureusement. J'ai passé les trois dernières années recluse dans ma bulle, coupée du monde. J'ai vingt-neuf ans et je suis de nouveau une vestale.

— Il faut que ça change. Tu restes combien de temps ?

— Je ne sais pas encore. Je t'ai dit le deal que propose le cabinet. Je regarde ce que ça donne.

— Tu travailles gratuitement pendant un an, puis tu récupères ton ancien poste sans perdre ton rang ni ton ancienneté.

— C'est l'idée.

— Ça pue. Tu leur fais confiance ?

Elle prit une profonde inspiration, puis but une gorgée de café. Ils risquaient d'aborder des sujets qui étaient encore trop douloureux pour elle.

— Pas vraiment. En réalité, non, je ne fais pas confiance aux dirigeants de Scully & Pershing. Trois fois non.

Marshall secouait la tête, content de voir sa fille partager son avis.

— Et tu ne tiens pas réellement à retourner là-bas, pas après ce qui s'est passé, ni maintenant ni dans douze mois. Pas vrai ?

— Je n'arrive pas à me projeter. Mais non, j'imagine mal un avenir dans ce cabinet.

— Très bien. (Il posa sa tasse et se pencha vers sa fille.) Samantha, je peux te proposer un poste ici, un vrai poste avec un salaire, et qui t'occupera la tête pendant un an, ou juste le temps que tu y voies plus clair. Cela peut être pour longtemps ou pas. Mais tu auras tout le loisir d'en décider. Nous ne pratiquons pas le droit, pas au sens strict du terme, mais je pense que cela a été ton cas également ces trois dernières années.

— Maman dit que tu as deux associés et qu'eux aussi ont été radiés du barreau.

Il se força à sourire.

— Karen t'a dit ça ? Oui, c'est vrai, on a été tous les trois jugés, condamnés, radiés et incarcérés, et je suis fier de te l'annoncer : nous nous sommes totalement réinsérés dans la société.

— Excuse-moi, papa, mais je me vois mal travailler dans un cabinet où tous les dirigeants ont été radiés.

Les épaules de Marshall s'effondrèrent imperceptiblement. Le sourire s'effaça.

— Ce n'est pas vraiment un cabinet d'avocats, n'est-ce pas ? insista-t-elle.

— Certes. On ne peut rien faire officiellement car nous n'avons pas été réintégrés dans nos fonctions.

— Que faites-vous, alors ?

Marshall reprit vite la main.

— On gagne beaucoup d'argent. On officie comme consultants.

— Tout le monde est consultant, papa. Qui conseilles-tu, et dans quel domaine ?

— Tu connais le principe du financement juridique ?

— On va dire que non. Je t'écoute.

— Il s'agit de trouver des bailleurs de fonds privés pour investir dans des gros procès. Supposons, par exemple, qu'une petite société de création de logiciels est convaincue que les affreux de Microsoft lui ont volé son programme. Malheureusement, elle n'a pas les moyens de poursuivre Microsoft et de faire jeu égal avec eux devant un tribunal. Ils sont sûrs de perdre. Alors la petite société va voir le fonds de financement juridique, qui étudie son affaire. Si le dossier tient, et qu'il y a beaucoup d'argent à gagner, les bailleurs financent les frais de justice et les honoraires des avocats. Dix millions, vingt millions, peu importe. Ils sont pleins aux as. Le fonds, évidemment, prend une com. Le combat devient alors équitable et, le plus souvent, on parvient à un accord à l'amiable sans aller jusqu'au procès. Notre boulot est de conseiller ces gens, leur dire s'ils doivent ou non se lancer dans l'affaire. Toutes les causes ne valent pas le coup d'être défendues, même dans notre pays. Mes deux collaborateurs étaient des experts en litiges et contentieux jusqu'à ce qu'on leur demande, officiellement, de rendre leur tablier. Notre secteur est en plein boum, récession ou pas. En fait, la crise actuelle nous serait plutôt bénéfique. Beaucoup de banques sont assignées en justice, et pour des sommes considérables.

Samantha écoutait, en buvant son café. Elle n'oubliait pas qu'elle parlait à quelqu'un qui, autrefois, obtenait des verdicts à plusieurs millions de dollars en charmant les jurés.

— Qu'en penses-tu ? s'informa-t-il.

Tu ne m'embobineras pas, répondit-elle en pensée, mais elle se contenta de plisser le front comme si elle réfléchissait sérieusement à la question.

— C'est intéressant, parvint-elle à dire.

— On prévoit une croissance exponentielle.

Oui, et avec trois ex-condamnés aux commandes, les problèmes vont croître plus vite encore.

— Je ne connais rien au droit pénal, papa. J'ai toujours veillé à ne jamais m'approcher d'un tribunal. Je m'occupe de finance, tu te souviens.

— Tu t'y mettras vite. Je t'aiderai, Samantha. Qu'est-ce que tu risques ? Essaie quelques mois, le temps de faire le point.

— Mais je n'ai pas encore été radiée du barreau, papa ! (Ils rirent tous les deux et pourtant ce n'était pas drôle.) Je vais y réfléchir. Merci de la proposition.

— Cela t'ira à merveille, je t'assure. Quarante heures par semaine, un joli bureau, de belles personnes. Cela vaut bien ta vie d'esclave à New York.

— Mais New York, c'est chez moi. Pas Washington.

— D'accord, d'accord. Je ne veux pas te presser. L'offre est sur la table.

— Et j'apprécie le geste.

Une secrétaire toqua à la porte et passa la tête par le chambranle.

— Votre rendez-vous de 16 heures est là, monsieur.

Marshall fronça les sourcils en consultant sa montre.

— J'arrive dans une minute.

L'employée referma la porte. Samantha ramassa son sac à main.

— Il faut que j'y aille.

— Il n'y a pas le feu. Ça peut attendre.

— Je sais que tu es très pris. Je te vois demain pour déjeuner.

— On va bien s'amuser. Dis bonjour pour moi à Karen.

Ils s'enlacèrent devant la porte et elle fila.

*

Le huitième « non merci » vint de la Chesapeake Society à Baltimore, et le neuvième d'un comité de sauvegarde des séquoias de Californie du Nord. Jamais, au cours de sa vie dorée, Samantha Kofer n'avait essuyé neuf refus en une seule journée, dans quelque domaine que ce soit. Pas même en une semaine. Pas même en un mois. Son ego pourrait-il en supporter un dixième ?

Elle buvait un déca à la cafétéria de Kramerbooks, la grande librairie près de Dupont Circle. Pour tromper le temps, elle conversait par e-mail avec des amis. Blythe avait encore un travail mais la situation empirait d'heure en heure. Elle avait entendu que son cabinet, le quatrième mondial, se débarrassait de ses employés à tour de bras et que lui aussi avait prévu un protocole de licenciement comparable à celui de Samantha pour garder sous le coude ses meilleurs éléments. Elle écrivait : « Ils doivent être au moins mille dehors à quémander un travail. »

Samantha n'avait pas le courage d'annoncer son score : zéro sur neuf.

C'est alors que le numéro dix tinta. Un message lapidaire d'une certaine Mattie Wyatt du centre d'aide juridique de la Montagne, à Brady, en Virginie : « Si vous êtes disponible, appelez-moi maintenant sur mon portable. » Elle donnait son numéro. Après neuf bras d'honneur, enfin un pouce levé.

Samantha prit une grande inspiration, une autre gorgée de café, et jeta un regard circulaire pour s'assurer qu'on ne pouvait l'entendre – comme si les autres clients risquaient de s'intéresser à ses affaires insignifiantes ! –, puis elle composa le numéro.

4

Le centre d'aide juridique de la Montagne œuvrait dans une ancienne quincaillerie de la rue principale de Brady, une bourgade de deux mille deux cents âmes qui se dépeuplait chaque année un peu plus. Brady se trouvait au sud-ouest de l'État de Virginie, dans les Appalaches, la grande région minière du pays. Brady était, géographiquement, à seulement cinq cents kilomètres de Washington, la capitale, mais à un siècle dans le temps.

Mattie Wyatt dirigeait le centre de la Montagne depuis qu'elle l'avait fondé, vingt-six ans plus tôt. Son portable sonna. Elle décrocha, lâchant son laconique : « Mattie Wyatt à l'appareil. »

Une voix, un peu intimidée, répondit à l'autre bout du fil.

— Bonjour. Je suis Samantha Kofer. Je viens de recevoir votre e-mail.

— Merci de me rappeler, madame Kofer. J'ai reçu votre demande cet après-midi, avec quelques autres. À l'évidence, c'est la débandade du côté des gros cabinets.

— Ce n'est rien de le dire.

— Nous n'avons jamais eu de stagiaires d'une grande boîte de New York, mais cela pourrait nous être bien utile. Ce n'est pas les malheureux qui manquent ici, ni les problèmes. Vous êtes déjà venue dans notre secteur ?

Samantha avait parcouru le monde, mais ne s'était jamais aventurée dans ce coin sinistré des Appalaches.

— Non, désolée, répliqua-t-elle, le plus poliment possible.

Le ton de Mattie Wyatt était amical, avec un petit accent montagnard. Samantha devait se montrer sous son meilleur jour.

— Alors vous allez avoir un choc. Madame Kofer, vous êtes déjà trois à m'avoir contactée aujourd'hui et nous ne pouvons accueillir trois nouveaux qui ne connaissent rien à la région. Alors, la seule façon de choisir, c'est de faire des entretiens. Vous pouvez passer nous voir ? Les deux autres ont dit qu'ils essaieraient. L'un des deux, d'ailleurs, est du même cabinet que vous.

— Bien sûr. Je peux venir en voiture.

Que pouvait-elle dire d'autre ? La moindre hésitation de sa part et c'était le dixième refus de la journée.

— Quand souhaiteriez-vous qu'on se voie ? enchaîna Samantha.

— Demain, ou après-demain, quand vous voulez. Je ne m'attendais pas à ce que des avocats viennent me demander de travailler gratuitement. Mais, ça se bouscule au portillon, alors je dirais : le plus tôt sera le mieux. Mais New York, ce n'est pas la porte à côté.

— Je suis à Washington. Je peux m'arranger pour être là demain après-midi.

— Parfait. Je n'ai pas beaucoup de temps pour faire passer des entretiens, alors je vais sans doute embaucher le premier qui se montrera et remercier les autres. Pour peu que le premier soit sympathique.

Samantha ferma les yeux, tentant de faire le point sur sa situation. Hier matin encore, elle entrait dans son bureau d'un des plus grands cabinets du monde, avec une coquette rémunération et un bel avenir. Et trente heures plus tard, elle était sans emploi, assise dans la cafétéria d'une librairie, et quémandait un stage non rémunéré dans un trou perdu des Appalaches.

— Je suis venue à Washington l'année dernière, poursuivit Mattie, pour assister à une conférence. Cela m'a bien pris six heures en voiture. On va dire 16 heures, ça vous va ?

— Parfait. Je serai là. Merci, madame Wyatt.

— Non, c'est moi qui vous remercie, et appelez-moi Mattie.

Samantha fouilla le web et trouva un site sur le centre juridique de Brady. Sa mission était simple : « Fournir une assistance gratuite aux habitants démunis du sud-ouest de la Virginie. » Ses compétences incluaient les affaires familiales, l'endettement, l'habitat, la santé, l'éducation et le dédommagement des mineurs silicosés. À la fac de droit, Samantha avait brièvement étudié ces questions, mais plus depuis qu'elle travaillait chez S&P. Le centre ne s'occupait pas d'affaires criminelles. En plus de Mattie Wyatt, l'équipe comptait une autre avocate, une assistante juridique, et une standardiste. Rien que des femmes.

Samantha en parlerait avec sa mère et laisserait la nuit lui porter conseil. Elle n'avait pas de voiture et, à vrai dire, elle ne se voyait pas faire la route jusqu'aux Appalaches. Mieux valait encore être serveuse à SoHo. Tandis qu'elle regardait fixement l'écran de son ordinateur, la maison des SDF de Louisville répondit. Un « non » parfaitement courtois. Dix refus en une journée. C'en était trop. Sa quête pour sauver le monde s'arrêtait là.

*

Karen Kofer arriva au Firefly peu après 19 heures. Elle enlaça sa fille, les yeux brillants d'émotion. Après avoir supporté pendant plus d'une minute les paroles apitoyées de sa mère, Samantha mit le holà. Elles se dirigèrent vers le bar et commandèrent du vin en attendant qu'une table se libère. Karen avait cinquante-cinq ans et était une femme encore très séduisante. Une bonne part de son salaire partait dans ses vêtements. Toujours élégante, pour ne pas dire chic, sa mère jugeait que tous ses collègues au ministère de la Justice s'habillaient comme des sacs. Elle semblait se faire un devoir de remonter le niveau. Elle était célibataire depuis dix ans, mais ne manquait pas de prétendants. Restait à trouver le bon. Comme d'habitude, elle détailla sa fille de la tête aux pieds, mais ne fit aucun commentaire. Samantha se fichait de sa tenue. Elle avait d'autres soucis en tête.

— Papa te dit bonjour, annonça-t-elle pour éviter que sa mère ne commence à lui parler du ministère.

Dans l'instant, Karen fronça les sourcils, tous ses voyants d'alerte passant au rouge.

— Oh, tu l'as vu ?

— Oui, j'ai été à son bureau. Il semble aller bien. Il est en forme et développe son cabinet, à ce qu'il dit.

— Il t'a proposé un travail ?

— Oui. Pour tout de suite, quarante heures par semaine dans un joli bureau, avec plein de gens merveilleux.

— Tous radiés du barreau !

— Oui, tu me l'as déjà dit.

— Leur activité semble légale, pour l'instant du moins. Tu ne comptes tout de même pas travailler pour ton père ? C'est une bande d'escrocs et, sous peu, les ennuis vont arriver.

— Tu les surveilles donc ?

— Disons que j'ai des amis, Samantha. Beaucoup, et là où il faut.

— Et tu voudrais le voir à nouveau en prison ?

— Non, ma chérie. Avec ton père, c'est de l'histoire ancienne. On s'est séparés il y a des années et j'ai mis du temps pour digérer tout ça. Il a caché son argent et m'a roulée dans la farine pour le divorce, mais je suis parvenue à passer outre. J'ai une belle vie et je ne veux plus recevoir les ondes négatives de Marshall Kofer.

Elles burent leur verre en regardant le barman s'activer, un beau spécimen dans un T-shirt moulant.

— Non, je ne vais pas travailler pour papa. Ce serait un désastre.

L'hôtesse les conduisit à leur table et un serveur leur remplit un verre d'eau.

— Je suis si triste pour toi, Samantha, recommença Karen, une fois seules. C'est si soudain.

— C'est bon, maman. N'en rajoute pas.

— Je sais, mais je suis ta mère et c'est plus fort que moi.

— Dis-moi, je pourrais t'emprunter ta voiture demain et après-demain ?

— Bien entendu. Pour quoi faire ?

— Il y a un cabinet d'aide juridique à Brady, en Virginie. C'est l'une des offres de stage de ma liste. Je compte y descendre, jeter un coup d'œil. C'est sans doute une perte de temps, mais du temps, j'en ai justement à revendre en ce moment. Et puis je n'ai rien à faire demain, un long trajet en voiture m'aidera à faire le point.

— De l'assistance juridique ?

— Pourquoi pas ? C'est juste un entretien pour un stage. Si je ne le décroche pas, je reste sans emploi. Si je l'ai, je peux toujours m'en aller si ça ne me plaît pas.

— Et ce n'est pas payé du tout ?

— Pas un dollar. Cela fait partie du contrat. Je fais un stage gratuit pendant un an et la boîte me garde sous son aile.

— Mais tu pourrais trouver un petit cabinet sympa à New York.

— On en a déjà discuté, maman. Les gros cabinets licencient à tour de bras et les petits font le gros dos. Tu ne mesures pas la folie qui règne là-bas. Tu es à l'abri toi, et aucun de tes amis ne risque de perdre son travail. Mais dans le vrai monde, c'est la panique et le chaos.

— Parce que, selon toi, je ne vis pas dans le vrai monde ?

Par chance, le serveur revint, pour énumérer la longue liste des spécialités du chef. Quand il fut reparti, les deux femmes finirent leur verre de vin en contemplant les tables autour d'elles.

— Samantha…, reprit Karen, rompant le silence. Je pense que tu commets une erreur. Tu ne peux pas t'en aller comme ça, disparaître pendant un an. Et ton appartement ? Tes amis ?

— Mes amis ont la tête dans le seau comme moi, du moins la plupart. Et je n'en ai pas tant que ça.

— Je n'aime pas ça.

— Ah oui ? Et quelles autres options j'ai ? Travailler pour le Kofer Group ?

— Hors de question. Tu finirais derrière les barreaux.

— Et tu viendrais me rendre visite, à moi ? Car lui, tu n'es jamais allée le voir en prison.

— Cette idée ne m'a même pas effleuré l'esprit. Pour tout dire, j'étais ravie quand ils l'ont arrêté. Tu me comprendras peut-être un jour, si l'homme que tu aimes te quitte pour une autre ; mais je prie pour que cela ne t'arrive pas.

— D'accord. N'empêche que tout ça date de Mathusalem.

— Certaines choses ne s'oublient pas.

— As-tu essayé, au moins ?

— Écoute, Samantha, tous les enfants veulent que leurs parents restent ensemble. C'est un instinct de survie. Et quand ils se séparent, l'enfant veut qu'ils restent amis. Certains parents y parviennent, d'autres non. Je ne veux pas me trouver dans la même pièce que Marshall Kofer, et je préfère ne pas parler de lui. Changeons de sujet, tu veux bien ?

— Entendu.

Samantha n'avait jamais été aussi loin dans une tentative de médiation. Elle fit marche arrière. Le serveur leur apporta les salades et elles commandèrent une bouteille de vin.

— Comment va Blythe ? s'enquit Karen, abordant des sujets moins délicats.

— Inquiète, mais pas encore à la rue.

Elles parlèrent de Blythe un moment, puis d'un certain Forest qui avait tourné autour de Karen pendant un mois. Il avait quelques années de moins qu'elle (ce qu'elle aimait) mais il n'y avait rien eu entre eux. Forest était conseiller d'Obama pour sa campagne et la conversation dévia sur le candidat. Leurs verres à nouveau remplis, elles analysèrent le premier débat de la présidentielle. Samantha, toutefois, ne s'intéressait guère aux élections, et Karen, de par sa fonction, évitait les politiciens.

— J'avais oublié que tu n'avais pas de voiture, dit-elle.

— Cela fait des années que je n'en ai plus aucune utilité. Je me disais que je pourrais toujours en louer une au besoin.

— Ça me revient maintenant... J'ai besoin de la mienne demain soir. Une soirée bridge chez une amie à McLean.

— Aucune importance. J'en louerai une pour deux jours. Plus j'y pense, plus j'ai envie de faire cette longue route. Toute seule.

— C'est très long ?

— Six heures.

— En six heures, on peut facilement aller à New York.

— Oui, mais demain, je pars de l'autre côté.

Les plats arrivèrent. Elles étaient affamées.

5

Il lui avait fallu une heure pour louer une Toyota Prius rouge. Elle roulait sur l'autoroute pour sortir de Washington, cap à l'ouest, les mains cramponnées au volant, les yeux rivés sur ses rétroviseurs. Elle n'avait pas conduit depuis longtemps et elle était un peu tendue. Les voies de l'autre côté étaient à l'arrêt, saturées de banlieusards venant travailler en ville. Dans l'autre sens, la circulation était dense, mais sans embouteillage. Passé Manassas, le flot de voitures s'éclaircit et elle commença enfin à se détendre. Izabelle appela ; les deux jeunes femmes bavardèrent pendant un quart d'heure. Scully & Pershing avait remercié d'autres collaborateurs la veille, dont un ami de Samantha. Un de plus. Un nouveau bataillon d'avocats se retrouvait à la rue. Et une dizaine d'associés avaient pris une retraite anticipée, apparemment contraints et forcés. Le nombre d'assistants avait été réduit de quinze pour cent. La peur régnait partout, les gens s'enfermaient dans leur bureau et n'en sortaient plus. Izabelle pensait aller à Wilmington, vivre chez sa sœur, travailler comme bénévole pour une association de défense des droits de l'enfant, et chercher un petit boulot. Elle ne reviendrait sans doute pas à New York, mais il était trop tôt pour parler avenir. La situation était tellement instable… personne ne pouvait dire ce qu'il ferait dans un an. Samantha reconnut qu'elle était plutôt contente de quitter le monde des grands cabinets d'affaires et d'explorer cette nouvelle piste qui s'offrait à elle.

Elle appela son père pour annuler le déjeuner. Sitôt passé le moment de déception, il lui déconseilla vivement de faire ce stage dans ce « pays d'arriérés » et réitéra son offre.

Elle dut mettre les points sur les « i ».

— Non, papa. Je ne veux pas de ce job, mais merci de me le proposer.

— Tu fais une erreur, Sam.

— Je ne t'ai pas demandé ton avis.

— Mais je te le donne quand même. Je t'en prie, écoute-moi. C'est une folie.

— Au revoir, papa. Je te rappelle.

À la hauteur de la petite ville de Strasburg, elle piqua au sud sur la nationale 81 et se retrouva au milieu d'un convoi de trente-huit tonnes, qui visiblement n'avait que faire des limitations de vitesse. Quand Samantha avait consulté la carte, elle avait imaginé un agréable voyage à travers la Shenandoah Valley. Au lieu de ça, elle se retrouvait coincée avec les poids lourds sur une quatre voies. Il y en avait des milliers. De temps en temps, entre deux camions, elle apercevait à l'est la Blue Ridge et à l'ouest les Appalaches. C'était le premier jour d'octobre et les feuilles viraient au rouge, mais il était dangereux de s'attarder à regarder le paysage dans une telle circulation. Des SMS ne cessaient d'arriver sur son téléphone. Elle parvint à les ignorer. Elle s'arrêta à un fast-food près de Staunton pour manger une salade défraîchie. Pendant son repas, elle respirait lentement, écoutait les bavardages des locaux, tentant de ne pas laisser la panique l'envahir.

Elle reçut un e-mail de Henry, son ancien petit ami. Il était de retour et lui proposait de boire un verre. Il avait appris la mauvaise nouvelle et était de tout cœur avec elle. Sa carrière d'acteur avait fait pschitt à L.A., plus vite encore qu'à New York. Il en avait assez de conduire des limousines pour des acteurs de seconde zone qui avaient moins de talent que lui. Elle lui manquait. Il pensait souvent à elle, et maintenant qu'elle avait perdu son travail peut-être pourraient-ils passer un peu de temps ensemble, à peaufiner leur C.V. et à éplucher les petites annonces ? Elle préféra ne pas répondre, pas tout de suite du moins. Peut-être quand elle serait de retour à New York, si elle se sentait vraiment trop seule.

Malgré les camions et la circulation, elle commençait à prendre plaisir à la conduite et à la solitude. Elle tenta d'écouter NPR, la radio nationale, mais les mêmes mauvaises nouvelles tournaient en boucle : la crise économique, le spectre de la récession. Tout un tas de gens très intelligents se succédaient au micro pour prédire une dépression. D'autres pensaient que l'affolement passerait, que le monde survivrait. À Washington, les têtes pensantes étaient tétanisées devant la pléthore de solutions contraires qui étaient proposées, débattues et rejetées. De guerre lasse, Samantha négligea la radio, le téléphone, et se contenta de rouler dans le silence, laissant vagabonder ses pensées. Le GPS lui ordonna de sortir à Abingdon en Virginie, et elle s'empressa d'obéir, trop heureuse de quitter la grande route. Pendant deux heures, elle sinua entre les montagnes en direction de l'ouest. Plus la largeur de la chaussée diminuait, plus elle se demandait ce qu'elle faisait là. Qu'espérait-elle trouver à Brady ? Qu'est-ce qui, là-bas, pourrait bien l'occuper pendant un an ? Rien – c'était la seule réponse. Mais il n'était pas question de faire demi-tour. Elle allait vivre sa petite aventure jusqu'au bout. Elle aurait peut-être des anecdotes rigolotes à raconter à ses copines à son retour. Ou pas. Peu importe. Pour l'heure, c'était déjà un soulagement de mettre de la distance entre elle et New York.

Arrivée dans le comté de Noland, elle tourna sur la Route 36, et la chaussée se rétrécit encore ; les montagnes se firent plus pentues, le feuillage plus chatoyant. Elle était seule et s'enfonçait dans les Appalaches. La bande de macadam était si étroite qu'elle se demandait si ce n'était pas la seule voie d'accès dans cette région. Brady devait être un îlot perdu au bout d'un cul-de-sac. Ses oreilles se mirent à siffler. Sans s'en rendre compte, elle montait de plus en plus. Un panneau défoncé indiquait : Dunne Spring, 201 habitants. Elle franchit un col, laissa une station-service à sa gauche, une épicerie de campagne à sa droite.

Quelques secondes plus tard, une voiture apparut juste derrière elle, un gyrophare bleu sur le toit. Puis il y eut le vagissement d'une sirène. Prise de panique, elle freina un grand coup et la voiture de police faillit la percuter. Elle se rangea au plus vite sur le bas-côté, à proximité d'un pont. Le temps que le policier marche jusqu'à sa portière, elle sentait déjà les larmes lui monter aux yeux. Elle attrapa son téléphone pour envoyer un texto, prévenir quelqu'un, mais il n'y avait pas de réseau.

Le représentant de la loi articula quelque chose du genre : « Papiers, s'il vous plaît. » Elle fouilla dans son sac, en tira son permis de conduire. Ses mains tremblaient quand elle lui présenta la carte plastique. Le policier la prit et la porta quasiment à son nez. Était-il myope comme une taupe ? Samantha trouva enfin le courage de relever la tête ; la vue n'était pas la seule chose qui clochait chez ce policier. Son uniforme était un assemblage disparate : un pantalon de toile taché, une chemise marron passé, bardée d'insignes de guingois, aux pieds, des rangers usés jusqu'à la corde, sur la tête, un chapeau Smokey the Bear deux tailles trop grand, retenu par deux oreilles tout aussi démesurées. Des touffes hirsutes de cheveux bruns saillaient sous le couvre-chef.

— New York ?

Sa diction était loin d'être irréprochable, mais l'animosité était parfaitement distincte.

— Oui, monsieur l'agent. Je vis à New York.

— Pourquoi alors vous conduisez une voiture immatriculée dans le Vermont ?

— C'est une voiture de location, répondit-elle en attrapant le contrat Avis.

Elle le lui tendit, mais le flic continuait à scruter son permis de conduire, comme s'il avait du mal à lire.

— Une Prius ? C'est quoi ça ? demanda-t-il avec un fort accent du terroir.

— C'est une Toyota, monsieur l'agent. Une hybride.

— Une quoi ?

Elle ne connaissait rien aux voitures. Mais c'était sans importance, vu son état de nervosité. Un doctorat en mécanique automobile ne lui aurait pas davantage permis d'expliquer le fonctionnement d'une hybride !

— Une hybride, vous savez… ces voitures qui fonctionnent à l'essence et à l'électricité.

— Vous m'en direz tant !

Que répondre à ça ? Elle se contenta de lui retourner son plus gentil sourire. L'œil gauche du policier semblait sur le point de tomber sur son nez.

— Ça a l'air de rouler vite, en tout cas, lança-t-il. Je vous ai chronométrée à quatre-vingts dans une zone limitée à trente. Cela fait cinquante au-dessus. C'est un délit en Virginie, vous savez ça ? Dans le Vermont ou à New York, je n'en sais rien, mais ici, c'est un délit. Oui, m'dame. Un délit.

— Mais je n'ai pas vu de panneau de limitation.

— Ça, ce n'est pas mon problème. C'est le vôtre.

Un vieux pick-up arriva à leur hauteur, et ralentit. Le conducteur se pencha à la fenêtre.

— Ça suffit, Romey ! Tu ne vas pas recommencer.

Le policier se retourna, furieux.

— Fous le camp !

Le pick-up stoppa au milieu de la route.

— Il faut vraiment que tu arrêtes ça, tu sais.

Le flic dégaina son arme et visa le chauffeur.

— Fous le camp, je t'ai dit !

Le conducteur remit les gaz, et le véhicule s'éloigna dans un crissement de pneus. Le policier leva le bras et tira un coup de feu en l'air. La déflagration résonna dans toute la vallée. Samantha poussa un cri et se mit à pleurer. Le flic regarda le pick-up disparaître au loin, puis se tourna vers la jeune femme.

— C'est bon, c'est bon. Il faut toujours qu'il se mêle de tout celui-là. Où en étions-nous ?

Il rengaina son pistolet et se battit avec la pression de l'étui.

— Je ne sais pas, répondit Samantha, en s'essuyant les yeux de ses mains tremblantes.

— Tout va bien, madame. Tout va bien. Vous avez donc un permis de New York et des plaques du Vermont sur cette petite voiture bizarre et vous rouliez cinquante kilomètres/heure au-dessus de la vitesse autorisée. Que faites-vous ici ?

En quoi ça vous regarde ? faillit lâcher Samantha, mais elle préférait jouer profil bas pour ne pas aggraver la situation. Elle regardait droit devant elle, en prenant de profondes inspirations pour recouvrer son calme.

— Je me rends à Brady, articula-t-elle. Pour un entretien d'embauche.

Ses oreilles sifflaient encore.

Il lâcha un rire bizarre.

— Il n'y a pas de travail à Brady, c'est moi qui vous le dis !

— C'est pour le centre d'aide juridique, précisa-t-elle, les dents serrées.

Cette conversation était surréaliste.

Il eut un moment d'hésitation.

— Je vais quand même vous embarquer. Cinquante au-dessus, c'est très grave. Le juge va sans doute piquer une colère. Je dois vous emmener.

— Où donc ?

— À la prison de Brady.

Elle baissa la tête et se massa les tempes.

— C'est de la folie, souffla-t-elle.

— Désolé, madame. Descendez de la voiture. Je vous laisserai monter à l'avant.

Il se tenait les mains sur les hanches, les doigts bien trop près de son arme.

— Vous êtes sérieux ?

— Sérieux comme une crise cardiaque.

— Je peux passer un coup de fil ?

— Pas question. À la prison peut-être. De toute façon, il n'y a pas de réseau ici.

— Vous m'arrêtez et me mettez en prison ? Comme ça ?

— Vous avez tout compris. Ici, ce n'est pas New York. On a notre façon de faire.

— Et ma voiture ?

— La dépanneuse viendra la chercher. Ça vous coûtera quarante dollars de plus.

Les pensées se bousculaient dans sa tête, mais à la moindre protestation il risquait de sortir encore son pistolet et de tirer tous azimuts. Lentement, elle prit son sac et descendit de voiture. Avec son mètre soixante-dix, même sans talons hauts, elle dépassait Romey de cinq bons centimètres. Elle marcha vers le véhicule du policier, avec son gyrophare qui tournait toujours. Elle regarda la portière et ne vit aucune inscription ni logo. Devançant sa question, il annonça :

— C'est un véhicule banalisé. C'est pour ça que vous ne m'avez pas vu. Ça marche à tous les coups. Montez côté passager. Je ne vais pas vous mettre les menottes.

Elle parvint à marmonner un « merci ».

C'était une Ford bleu foncé. Elle ressemblait vaguement à une voiture de patrouille, un vieux modèle abandonné depuis dix ans. Il y avait une banquette à l'avant, en skaï déchiré qui laissait entrevoir la mousse crasseuse dessous. Deux radios étaient fixées au tableau de bord. Romey attrapa un micro et dit, dans un débit rapide quasiment inintelligible, quelque chose comme : « Unité dix. Retour à Brady avec la contrevenante. Sur place dans cinq minutes. Prévenez le juge. Besoin d'une dépanneuse à Thack's Bridge, pour une petite japonaise bizarre. »

Il n'y eut aucune réponse, comme si personne n'était en ligne. Samantha se demanda si la radio fonctionnait. Sur la banquette, entre eux deux, il y avait un scanner de fréquence, lui aussi étrangement silencieux. Romey actionna un bouton et coupa le gyrophare.

— Vous voulez entendre ma sirène ?

Il avait un grand sourire, comme un gamin voulant montrer ses jouets.

Elle secoua la tête. Sans façon.

Hier, elle croyait avoir touché le fond, avec dix refus en une seule journée… et, l'avant-veille, elle avait été mise à la porte et raccompagnée jusqu'à la rue par les vigiles. Mais ça ? Se retrouver arrêtée à Ploucville et jetée en prison ? Son cœur tambourinait dans sa poitrine, sa gorge était serrée comme dans un étau.

Il n'y avait pas de ceinture. Romey démarra et, quelques instants plus tard, il filait sur la route, la vieille Ford roulant et tanguant comme une coque de noix sur l'eau. Après quatre ou cinq kilomètres, il déclara :

— Je suis désolé pour tout ça. Je ne fais que mon travail.

— Vous êtes quoi au juste ? Policier ? Adjoint du shérif ?

— Je suis un agent. Je m'occupe principalement de la sécurité routière.

Elle opina du chef comme si cela l'éclairait. Il conduisait d'une main nonchalante, le poignet posé sur le volant qui vibrait à chaque chaos. Sur une portion de plat, il accéléra et les trépidations s'amplifièrent. Elle regarda le compteur qui ne fonctionnait pas. Il aboya de nouveau dans le micro, comme un mauvais acteur, et encore une fois personne ne lui répondit. Ils abordèrent un virage bien trop vite et, quand la voiture commença à chasser, Romey la remit calmement en ligne d'un petit coup de frein.

Je vais mourir ! songea Samantha. Soit des mains de ce psychopathe, soit d'un accident de voiture ! Son estomac se soulevait ; elle se sentit défaillir. Elle serra son sac contre elle et pria en silence.

Quand elle vit les faubourgs de Brady se profiler au loin, elle se détendit un peu. Si ce Romey comptait la violer et se débarrasser de son corps dans les montagnes, il l'aurait fait plus tôt, pas une fois arrivé en ville. Ils passèrent devant des boutiques flanquées de parkings gravillonnés, des alignements de petites maisons proprettes, toutes peintes en blanc. Partout, des clochers s'élevaient au-dessus des toits. Juste à l'entrée de la grand-rue, Romey tourna brusquement et s'arrêta en dérapant sur le parking de la prison du comté de Noland.

— Descendez !

Elle fut presque soulagée d'être menée en prison.

Alors qu'elle le suivait vers la porte d'entrée, elle regarda autour d'elle pour s'assurer qu'il n'y avait pas de témoin. Quelle importance pourtant ? À l'intérieur, une petite salle d'attente poussiéreuse. Sur la porte à sa gauche, le mot « prison » écrit au pochoir. Romey lui désigna les chaises de plastique sur la droite.

— Mettez-vous là le temps que je remplisse la paperasse. Et pas de bêtises, d'accord ?

La pièce était déserte.

— Où pourrais-je aller ? Je n'ai plus de voiture.

— Asseyez-vous et tenez-vous tranquille.

Elle s'installa sur une chaise et Romey disparut derrière la porte. Les murs ne devaient pas être épais, car elle l'entendit dire :

— J'ai une fille de New York. Je l'ai arrêtée à Dunne Spring. Elle roulait à quatre-vingts. Dingue, non ?

Une voix d'homme grommela :

— Oh non, Romey. Pas encore.

— Si. Et je l'ai attrapée.

— Il faut que tu arrêtes tes conneries, Romey.

— Ne commence pas, Doug.

Il y eut des bruits de pas, les voix s'éloignèrent. Puis des profondeurs de la prison, elle entendit une altercation. Elle ne pouvait distinguer les paroles, mais apparemment ils étaient deux à passer un savon à Romey. Après un long silence, un homme joufflu dans un uniforme bleu apparut à la porte.

— Bonjour. Vous êtes madame Kofer ?

— Oui. C'est moi, répondit-elle, en jetant un regard circulaire dans la pièce vide.

Il lui rendit son permis de conduire.

— Vous voulez bien attendre un instant, s'il vous plaît ?

— Bien sûr.

De toute façon, elle ne risquait pas de dire non.

Dans le fond, elle perçut de nouveaux éclats de voix, puis plus rien. Elle envoya un SMS à sa mère, un autre à son père, et un autre encore à Blythe. Si on ne retrouvait pas son corps, ils auraient au moins quelques infos.

La porte s'ouvrit et un jeune homme pénétra dans la salle d'attente. Il portait un jean passé, des chaussures de randonnée, et une jolie veste en tweed. Il lui lança un grand sourire.

— Vous êtes Samantha Kofer ?

— Oui.

Il tira une chaise et s'assit en face d'elle. Leurs genoux se touchaient presque.

— Je m'appelle Donovan Gray. Je suis votre avocat, et je viens de faire lever toutes les charges qui pesaient contre vous. Il serait préférable de partir sans tarder.

Il lui tendit sa carte. Samantha y jeta un coup d'œil. Elle paraissait authentique. Son bureau était sur la grand-rue.

— D'accord. Pour aller où ?

— Récupérer votre voiture.

— Et l'agent de police ?

— Je vous raconterai en chemin.

Ils quittèrent aussitôt la prison et s'installèrent dans une Jeep Cherokee dernier modèle. Quand il démarra, Bruce Springsteen rugit dans les haut-parleurs. Il baissa au plus vite le volume. Il avait entre trente-cinq et quarante ans, supposa-t-elle, des cheveux en bataille, une barbe d'au moins trois jours et des yeux sombres et tristes.

— Attendez ! lança-t-elle au moment où il faisait marche arrière. Il faut que j'envoie un message à des gens.

— Ne vous inquiétez pas. Vous aurez du réseau pendant trois kilomètres.

Elle annonça à sa mère, son père et Blythe, qu'elle n'était plus en prison et que sa situation semblait s'améliorer. Bref, pas de panique. Elle se sentait rassurée. Elle leur téléphonerait plus tard pour tout leur raconter.

Quand la ville fut derrière eux, l'avocat lui expliqua la situation :

— Romey n'est pas officier de police, ni même un simple agent. Il n'est ni de près ni de loin un représentant de la loi. Ce qu'il faut savoir, c'est qu'il lui manque une case. Peut-être davantage. Il a toujours voulu être shérif, et de temps en temps, il se prend pour un flic et se met à patrouiller, toujours dans le secteur de Dunne Spring. Il repère tous les étrangers qui passent dans le coin. Si vos plaques sont du Tennessee ou de Caroline du Nord, vous ne risquez rien. Mais si vous venez du Nord, alors Romey va s'exciter et commencer son cirque. Il pense vraiment se rendre utile en traquant ceux qui roulent trop vite, en particulier les gens de New York. Et du Vermont.

— Pourquoi personne ne l'empêche de faire ça ?

— Oh, on essaie. Tout le monde le dispute, mais on ne peut l'avoir à l'œil vingt-quatre heures sur vingt-quatre. Il est discret et connaît ces routes comme personne. D'ordinaire, il se contente d'arrêter les conducteurs imprudents, de pauvre gars du New Jersey. Il leur fiche une peur bleue et les laisse repartir. Personne ne le sait. Mais, de temps en temps, il ramène quelqu'un à la prison et insiste pour qu'on l'enferme.

— C'est du délire !

— Il n'a jamais blessé quelqu'un.

— Il a tiré sur un gars en pick-up. Mes oreilles en sifflent encore.

— Oui, il est toqué, comme pas mal de monde ici.

— Alors, placez-le à l'asile. Il y a des lois contre les usurpations d'identité et les kidnappings.

— C'est le cousin du shérif.

Samantha poussa un profond soupir et secoua la tête de dépit.

— C'est la vérité. Son cousin est notre shérif depuis longtemps. Romey en est très jaloux. Il s'est même présenté contre lui une fois. Il a eu dix voix, et après ça, il a vraiment pété les plombs. Il s'est mis à arrêter des Yankees à tour de bras jusqu'à ce qu'on le fasse interner pendant quelques mois.

— Qu'il y retourne donc à l'asile !

— Ce n'est pas si simple. Et vous avez eu de la chance qu'il ne vous emmène pas dans sa prison.

— Sa prison ?

Donovan sourit, déjà amusé par ce qu'il allait lui raconter.

— Sa prison, absolument. Il y a cinq ans, le frère de Romey a trouvé une voiture avec des plaques de l'Ohio garée derrière leur ferme. En inspectant les lieux, il a entendu du bruit et a trouvé le type de l'Ohio enfermé dans l'écurie. Romey avait fermé la porte avec du fil de fer barbelé et le pauvre gars était coincé là depuis trois jours. Il avait à manger et tout le confort. Il avait été bien traité, Romey passait plusieurs fois par jour s'assurer qu'il ne manquait de rien.

— Vous inventez…

— Pas du tout. Romey ne prenait plus son traitement et était en pleine crise monomaniaque. Et ça a mal tourné. Le gars de l'Ohio a porté plainte et engagé un bataillon d'avocats. Romey a été poursuivi pour séquestration et pléthore d'autres chefs d'accusation, mais l'affaire a fait long feu. Romey n'avait pas de biens, hormis sa voiture de patrouille, alors un procès au civil ne servait à rien. Le type a quand même tenu à lui faire un procès au pénal pour kidnapping. Romey a plaidé coupable pour alléger la sentence. Il a été condamné à un mois de prison – dans la prison du comté, pas la sienne. Puis renvoyé à l'HP pour se faire soigner. Romey n'est pas un mauvais gars, vous savez.

— Un véritable agneau !

— Il y a pas mal de vrais flics dans le coin qui sont bien plus dangereux que lui. J'aime bien Romey. J'ai une fois défendu son oncle. Pour trafic de meth.

— De meth ?

— Des cristaux de méthamphétamine. Après le charbon, c'est sans doute la plus grosse source de revenus du coin.

— Je peux vous poser une question un peu personnelle ?

— Allez-y. Je suis votre avocat. Vous pouvez tout me demander.

— Pourquoi y a-t-il un pistolet dans votre vide-poche ? dit-elle en désignant l'arme, juste sous son coude gauche.

Un pistolet noir, de bonne taille, et au vu de tout le monde.

— L'arme est déclarée. J'ai beaucoup d'ennemis.

— Quel genre ?

— Je poursuis les compagnies minières.

Cela méritait quelques détails, mais elle sentait que l'explication serait longue ; elle se contenta de pousser un nouveau soupir et de regarder la route devant elle. Après avoir narré les mésaventures de Romey, Donovan semblait apprécier le silence. Il ne lui avait pas demandé ce qu'elle faisait dans le comté de Noland, la première question pourtant qui venait à l'esprit. Arrivé à Thack's Bridge, il fit demi-tour sur la route et se gara derrière la Prius.

— Je vous dois donc des honoraires…

— Absolument. Un café.

— Il y a un bar par ici ?

— Non, mais il y en a un sympa en ville. Mattie est coincée au tribunal au moins jusqu'à 17 heures. Vous avez donc un peu de temps devant vous.

Elle voulut dire quelque chose, mais les mots ne vinrent pas.

— Mattie est ma tante. C'est pour suivre son exemple que j'ai fait du droit. Et elle m'a aidé pendant mes études. J'ai travaillé avec elle pendant que j'étais à la fac, puis pendant trois ans après avoir eu mon diplôme. Maintenant, je suis à mon compte.

— Et Mattie vous a dit que j'allais venir pour un entretien ?

Pour la première fois, elle remarqua l'alliance à son doigt.

— Pure coïncidence. Je passe souvent à son bureau en début de journée, pour faire un brin de causette, boire un café. Elle m'a parlé ce matin de ces e-mails que lui envoient des avocats de New York qui soudain se découvrent une passion pour le bénévolat. C'est là qu'elle m'a dit qu'une candidate venait aujourd'hui. C'est drôle pour nous de voir des avocats de grands cabinets d'affaires débarquer dans notre bled, prêts à marcher dans la boue. Ensuite, il s'est trouvé que j'étais à la prison – pour voir un client – quand notre ami Romey a ramené son nouveau trophée. Et voilà.

— Je ne comptais pas, en fait, retourner à Brady. Pour tout dire, j'avais l'intention de faire demi-tour avec cette petite voiture et m'en aller loin, très loin.

— D'accord. Juste un conseil : ralentissez quand vous traverserez Dunne Spring.

— Comptez sur moi !

Ils regardèrent un instant la Prius en silence.

— C'est bon, lança-t-il. C'est moi qui vous l'offre ce café. Ce serait quand même bien que vous rencontriez Mattie. Je comprends que vous vouliez vous en aller, mais la première impression est souvent trompeuse. Brady est une ville agréable et Mattie a beaucoup de clients que vous pourriez aider.

— Le hic, c'est que je n'ai pas de flingue.

Il esquissa un sourire.

— Mattie n'en a pas non plus.

— Elle est pourtant avocate, non ?

— Oui, et une grande avocate, totalement dévouée à ses clients, dont pas un seul ne peut la payer. Faites l'essai. Voyez-la au moins.

— Ma spécialité, c'est le financement de gratte-ciel à Manhattan. Je ne suis pas sûre d'être de taille pour le travail que me propose Mattie.

— Vous apprendrez vite, et vous allez adorer ça, parce que vous aiderez des gens dans le besoin, des gens ayant de vrais problèmes.

Samantha lâcha un soupir. Une petite voix lui disait : « Va-t'en ! Va-t'en ! » Mais pour aller où ? Son goût de l'aventure la convainquit de retourner à Brady, ne serait-ce que pour jeter un coup d'œil. Et elle aurait son avocat armé comme garde du corps.

— D'accord, fit-elle. Je verrai Mattie. Ce sera votre rétribution pour vos services.

— Parfait. Suivez-moi.

— Dois-je encore me méfier de Romey ?

— Non. J'ai eu une discussion avec lui. Comme avec son cousin. Mais restez bien derrière moi.

*

La rue principale était composée de six blocs d'immeubles du début du XXᵉ siècle. Le quart était vide, les vitrines et fenêtres piquetées d'écriteaux « À vendre ». Le cabinet de Donovan Gray occupait un bâtiment d'un étage, avec de grandes baies, et son nom peint en petits caractères. Au premier, un balcon surplombait le trottoir. Cent cinquante mètres plus bas, se trouvait la vieille quincaillerie où le centre d'aide juridique de la Montagne avait élu domicile. Tout au bout de la rue, à l'ouest, se profilait le petit palais de justice de Brady, là où l'on pouvait rencontrer la plupart des responsables du comté de Noland.

Ils poussèrent les portes du Brady Grill et se dirigèrent vers un box au fond de la salle. Trois clients à une table lancèrent un regard noir à Donovan. Le jeune homme sembla ne rien remarquer. Sitôt installés, une serveuse leur apporta du café. Samantha se pencha vers lui.

— Les trois gars, là-bas, ne semblent pas vous porter dans leur cœur. Vous les connaissez ?

Il jeta un coup d'œil puis hocha la tête.

— Je connais tout le monde à Brady. Et la moitié d'entre eux me détestent. Comme je vous l'ai dit, je combats l'industrie minière, or le charbon est le premier employeur par ici. Comme dans toutes les Appalaches.

— Pourquoi les attaquez-vous en justice ?

Il sourit, but une gorgée de café, et consulta sa montre.

— Ça risque d'être un peu long.

— Je ne suis pas très pressée.

— D'accord. Les compagnies minières créent beaucoup de problèmes, du moins un bon nombre d'entre elles. Il y a quelques sociétés honnêtes et scrupuleuses, mais les autres, la majorité, se contrefichent de l'environnement et des ouvriers. L'extraction du charbon est un travail sale. Cela a toujours été le cas. Mais c'est encore pire aujourd'hui. Vous avez entendu parler du rasage de montagne ?

— Non.

— C'est un type d'exploitation à ciel ouvert. On a commencé à extraire le charbon dans la région dès le XIXᵉ siècle. Il s'agissait alors de minage en profondeur, où l'on creusait des puits et des tunnels dans le massif. Mon grand-père était mineur de fond, son père aussi. Pas mon père. Mais lui, c'est un cas particulier. Passons. Bref, en 1920, on comptait huit cent mille mineurs, de la Pennsylvanie au Tennessee. C'est un travail dangereux. L'histoire du charbonnage est émaillée de luttes sociales et de grèves, de combats syndicaux, de violence, de corruption. C'est le cas de toutes les régions minières, dans tous les pays.

Le travail au fond des mines était très pénible. Mais, vers les années 1970, les compagnies ont décidé de passer à l'extraction à ciel ouvert pour économiser des millions de dollars en main-d'œuvre. Ce type d'exploitation est bien moins onéreux que les puits, car elle nécessite beaucoup moins de travailleurs. Aujourd'hui, il ne subsiste que quatre-vingt mille mineurs, dont la moitié travaille en surface, dans des sites à l'air libre.

La serveuse passa à proximité de leur table et Donovan s'interrompit. Il but une gorgée de café, en regardant avec nonchalance autour de lui. Quand elle se fut éloignée, il reprit son récit :

— Le rasage de montagne, c'est de la mine à ciel ouvert gonflée aux stéroïdes. Le charbon des Appalaches se présente par veine, comme les couches d'un millefeuille. Au sommet de la montagne, il y a la forêt, puis une strate de terre, puis de la roche, et enfin la veine de charbon. Elle peut faire un mètre d'épaisseur comme six mètres. Quand une compagnie obtient un permis d'exploitation, elle attaque la montagne au sens propre, à l'artillerie lourde. D'abord elle coupe les arbres, une déforestation totale. Puis elle retire au bulldozer la terre, qui n'est pas très épaisse. Et quand ils atteignent le rocher, ils le font sauter à l'explosif. Les arbres, le sol arable et la roche sont alors jetés au bas des pentes – c'est ce qu'on appelle le comblement de vallées. La végétation, la faune et les rivières sont ainsi détruites. Et c'est une deuxième catastrophe écologique. Si vous vous trouvez en aval du chantier, vous êtes fichus. Et comme vous allez vous en rendre compte, ici, nous sommes justement en aval.

— Et c'est légal ?

— Oui et non. L'extraction à ciel ouvert est légale en vertu des lois fédérales, mais les procédés employés sont totalement illégaux. Inspecteurs et organismes de contrôle sont bien trop laxistes et proches des compagnies minières. Un long passé sordide de collusions. C'est toujours le même cas de figure : les compagnies se contrefichent des terres et des gens parce qu'elles ont le pouvoir et l'argent.

— Revenons-en au millefeuille. On était arrivé à la couche de charbon.

— Oui. Une fois qu'ils ont trouvé la houille, d'autres machines gigantesques arrivent sur le site pour extraire le minerai et le transporter, tout en continuant à faire sauter le massif jusqu'à exhumer le filon suivant. Ils peuvent faire disparaître comme ça cent cinquante mètres de montagne. Et il ne faut pas beaucoup de monde. Une poignée d'hommes peut araser tout un sommet en quelques mois.

La serveuse vint remplir leur tasse. Donovan se fit silencieux, sans lui accorder un regard. Quand elle fut repartie, il se pencha vers Samantha.

— Quand le charbon a été prélevé, il faut le laver, ce qui est une autre catastrophe écologique. Le lavage du minerai crée une boue noire qui contient des produits toxiques et des métaux lourds. Cette boue, ça s'appelle le schlamm. Puisqu'on ne peut pas s'en débarrasser, les compagnies minières le stockent derrière des digues en terre dans de vastes bassins de décantation. La conception de ces retenues est médiocre et les enveloppes craquent régulièrement. Je vous laisse deviner les conséquences pour le biotope.

— Ces boues, ils les gardent longtemps ?

Donovan haussa les épaules, et jeta un regard autour de lui. Il ne paraissait ni nerveux ni inquiet ; il se méfiait simplement des oreilles indiscrètes. Il était calme, et parlait posément, avec cette pointe d'accent des Appalaches. Samantha était fascinée tout autant par son récit que par son regard sombre.

— Ils les gardent *ad aeternam*. Jusqu'à ce que le barrage cède et qu'une marée de boue toxique dévale la montagne, inondant maisons et écoles, un flot noir qui détruit tout sur son passage. Vous avez entendu parler de l'*Exxon Valdez*, ce supertanker qui s'est échoué sur les récifs de l'Alaska. Quarante mille tonnes de pétrole brut ont souillé les eaux cristallines de ce sanctuaire. L'affaire a fait la une des journaux pendant des semaines et toute la nation était horrifiée. Vous vous souvenez de ces images de loutres mazoutées ? Mais vous n'avez jamais entendu parler de la marée noire du comté de Martin, j'en mets ma main à couper, qui est pourtant la plus grande catastrophe écologique à l'est du Mississippi. Ça s'est produit il y a huit ans au Kentucky, quand une retenue de schlamm a cédé et que quatre cent mille tonnes de boues toxiques se sont répandues dans la vallée. Quatre cent mille tonnes ! Une marée noire dix fois plus grande que celle de l'*Exxon Valdez*, et pas un mot dans la presse. Et vous savez pourquoi ?

— Je suis tout ouïe.

— Parce que ce sont les Appalaches. Le Pays Noir. Les compagnies minières détruisent nos montagnes, nos villes, notre patrimoine, nos vies. Mais tout le monde s'en fiche.

— Alors pourquoi ces types à côté vous détestent ?

— Parce qu'ils pensent que l'extraction du charbon est une bonne chose. Ça crée de l'emploi, et le travail est rare par ici. Ce ne sont pas de mauvais bougres, ils sont simplement mal informés, mal conseillés. Les mines à ciel ouvert tuent notre communauté. Elles ont détruit dix mille emplois. Les habitants ont été contraints de quitter leur maison à cause des dynamitages, des poussières, des boues, des inondations. Les routes ne sont plus sûres parce que leurs camions dévalent des montagnes à tombeau ouvert. Je me suis occupé de cinq accidents mortels ces cinq dernières années, des gens écrasés par ces engins chargés de quatre-vingt-dix tonnes de charbon. De nombreuses bourgades ont été rayées de la carte. Les compagnies minières rachètent les maisons et les rasent. Les comtés dans cette région ont perdu quasiment toute leur population en vingt ans. Mais beaucoup de personnes, dont ces trois gentlemen, pensent que quelques emplois c'est mieux que rien.

— Mais si ce sont des gentlemen, pourquoi portez-vous une arme ?

— Parce que certaines compagnies ont des hommes de main. C'est de l'intimidation, ça va parfois au-delà… c'est vieux comme le monde. Samantha, je suis né dans cette région, je suis fils de gueules noires

79

et fier de l'être. Je pourrais vous parler pendant des heures de l'histoire de ce pays minier, et c'est un chemin sanglant.

— Vous craignez pour votre vie ?

Il se tut un moment et jeta un nouveau regard circulaire.

— Il y a eu mille meurtres à New York l'année dernière. Est-ce que vous craignez pour autant pour votre vie ?

— Pas vraiment.

Il esquissa un sourire.

— C'est pareil ici. Nous avons eu trois meurtres l'an passé, tous liés à la meth. Il faut juste faire attention.

Son portable vibra dans sa poche. Il le sortit et lut le message.

— C'est Mattie. Elle vient de sortir du tribunal et est de retour à son bureau. Elle est prête à vous recevoir.

— Comment sait-elle que je suis avec vous ?

— C'est une petite ville, Samantha.

6

Ils marchèrent jusqu'au cabinet de Donovan. Ils se serrèrent la main sur le perron. Elle le remercia d'avoir été son avocat gratuitement et le félicita pour son efficacité. Si d'aventure elle décidait de rester quelques mois dans cette ville, ils se promirent de déjeuner ensemble au Brady Grill.

Il était près de 17 heures quand elle traversa la rue en dehors des clous. Allait-on encore l'arrêter ? Elle jeta un coup d'œil vers l'ouest, où les montagnes occultaient déjà le soleil couchant. Les ombres recouvraient la ville. On se serait cru en hiver. Une cloche tinta quand elle entra dans le hall encombré du centre d'aide juridique. Un bureau croulant de dossiers indiquait que d'ordinaire quelqu'un était là pour répondre au téléphone et accueillir les clients, mais pour l'heure il n'y avait personne. Samantha, en attendant, observa les lieux. La disposition était simple : un étroit couloir scindait en son milieu l'espace qu'occupait autrefois le magasin. Tout ici paraissait vieux et patiné par les années. Les parois du couloir étaient blanchies à la chaux et ne montaient pas jusqu'au plafond. Au sol, il y avait une moquette élimée. Le mobilier, du moins celui de la réception, était une collection hétéroclite de pièces de vide-greniers. Les murs, toutefois, étaient décorés d'huiles et de pastels réalisés par un artiste local, tous à vendre à un prix plus que raisonnable.

L'art. L'année précédente, les associés chez Scully & Pershing avaient mené une fronde contre un décorateur qui voulait acheter pour deux millions de dollars d'œuvres contemporaines afin d'embellir le vaste hall d'entrée de la société. Le décorateur avait finalement été remercié et l'argent réintroduit dans les bonus.

Dans le couloir, une porte s'ouvrit. Une femme, plutôt petite et potelée, apparut pieds nus.

— J'imagine que vous êtes Samantha ? déclara-t-elle en marchant vers elle. Je suis Mattie Wyatt. À ce qu'il paraît, vous avez eu un accueil mouvementé en arrivant chez nous ! Je suis désolée.

— Ravie de faire votre connaissance, répondit Samantha en regardant les lunettes rose bonbon perchées au bout de son nez.

Le rose des lunettes était de la même couleur que les pointes de ses cheveux courts et hérissés, qu'elle avait décolorés. Jamais Samantha n'avait vu une telle coiffure, mais cela avait son charme, du moins ici. Certes, elle avait vu des mises bien plus extravagantes à New York, mais jamais chez une avocate.

— Par ici, lança Mattie en lui indiquant la porte de son bureau.

Une fois dans la pièce, elle referma le battant derrière elle.

— Un jour ou l'autre, ce maboule de Romey finira par blesser quelqu'un. Et le shérif se décidera enfin à bouger. Je suis vraiment confuse. Asseyez-vous, je vous en prie.

— Ne vous inquiétez pas pour Romey. Ça s'est bien terminé. Et ça me fera une bonne histoire à raconter.

— C'est vrai. Et vous aurez encore plein de choses à raconter si vous restez parmi nous. Du café ?

Mattie se laissa tomber dans son fauteuil, derrière un bureau parfaitement organisé.

— Non merci. Je viens d'en prendre un avec votre neveu.

— Oui, bien sûr. C'est bien que vous ayez rencontré Donovan. C'est l'une des sources de lumière dans le coin. Je l'ai quasiment élevé, vous savez. Son histoire familiale est tragique. Il se dévoue entièrement à son travail et il est plutôt agréable à regarder, vous ne trouvez pas ?

— Oui, c'est vrai, répliqua Samantha avec prudence, ne voulant ni parler de son physique ni connaître ses drames familiaux.

— Bref, voilà la situation : je dois rencontrer un autre exclu du Financial District demain et je m'arrête là. Je n'ai pas de temps à perdre à faire passer des entretiens. J'ai reçu quatre autres e-mails aujourd'hui et j'ai cessé de répondre. Je verrai ce gars demain, puis notre comité de direction décidera.

— D'accord. Qui siège à ce comité ?

— Donovan et moi, en fait. Annette est l'autre avocate du cabinet et elle aurait dû assister aux entretiens, mais elle est en déplacement. On agit vite ici, et souvent sans filet. Si on décide de faire affaire avec vous, quand pouvez-vous commencer ?

— Je ne sais pas. Tout s'est passé si rapidement.

— Je croyais que vous étiez plutôt désœuvrée ces temps-ci ?

— C'est vrai. Mais je voudrais un jour ou deux pour réfléchir, répondit Samantha tentant de se détendre sur cette chaise qui grinçait à chacune de ses respirations. C'est juste que je ne suis pas sûre encore de…

— D'accord. Pas de problème. Une stagiaire ne nous changera pas la vie, de toute façon. On en a déjà fait l'expérience. On a eu quelqu'un pendant deux ans, qui avait fait son droit à Stanford et avait travaillé dans une grosse boîte de Philadelphie.

— Que faisait-il ici ?

— Elle. Evelyne. Elle s'occupait des cas de silicose, la maladie du « poumon noir » comme on dit ici, et des questions de sécurité dans les mines. Une acharnée du travail, très brillante. Mais au bout de deux ans, elle nous a lâchés, en nous laissant sur les bras un tas de dossiers. Je ne sais pas si elle aussi s'est retrouvée à la rue. Ce doit être difficile là-bas.

— Oui. Très difficile. Sans vouloir être indiscrète, madame Wyatt, mais…

— Appelez-moi Mattie, je vous ai dit.

— D'accord, Mattie. Ce qui me trouble, c'est que vous ne semblez pas très enchantée d'avoir un coup de main.

— Pardonnez-moi, je ne voulais pas être déplaisante. En fait, toute aide est la bienvenue. Comme je vous l'ai dit au téléphone, ce ne sont pas les pauvres gens avec des problèmes juridiques qui manquent ici. Les chômeurs sont légion, les addicts à la meth plus nombreux encore. Et les compagnies minières sont d'une imagination débordante quand il s'agit de duper les gens. Croyez-moi, toutes les aides possibles sont les bienvenues.

— Qu'est-ce que je devrais faire ?

— Tout. Répondre au téléphone, ouvrir le courrier jusqu'à préparer des procès à la cour fédérale. D'après votre C.V., vous avez le droit d'exercer aussi en Virginie.

— J'ai été assistante pour un juge à Washington après la fac de droit et j'ai passé l'examen au barreau de Virginie.

— Vous avez mis les pieds dans un tribunal ces trois dernières années ?

— Non.

Mattie eut un moment d'hésitation, comme si c'était rédhibitoire.

— Bon, c'est peut-être une chance, après tout. Vous n'êtes pas allée en prison non plus, je suppose ?

— Pas depuis cet après-midi.

— Oui, bien sûr. Encore une fois toutes mes excuses. Vous vous mettrez vite à la page. Quel type de travail faisiez-vous à New York ?

Samantha prit une grande inspiration en réfléchissant à la meilleure façon de noyer le poisson. Mais aucune idée ne lui vint.

— Je m'occupais de droit immobilier. C'était assez assommant pour tout dire. D'un ennui total. On représentait des types pleins aux as et parfaitement antipathiques qui construisaient des immeubles sur la côte Est, en particulier à New York. Comme je n'avais que trois ans d'ancienneté, je passais mon temps à préparer les accords de financement avec les banques, de gros contrats qui devaient être relus et épluchés avant signature.

Derrière ses lunettes roses, Mattie prit un air affligé.

— Ça paraît effectivement horrible comme travail.

— Ça l'était. Ça l'est toujours.

— Vous êtes donc contente d'en être libérée ?

— Je ne sais pas encore quoi penser, Mattie, en toute honnêteté. Il y a un mois, je me battais pour être la meilleure, je luttais contre moi, contre les autres, quitte à jouer des coudes. J'avais l'impression que ça avait un sens à l'époque, même si, à présent, je suis incapable de dire ce que je cherchais au juste. Une tempête approchait, mais on avait trop la tête dans le guidon pour la remarquer. Et puis Lehman est tombé, pendant deux semaines cela a été l'angoisse totale. On s'est mis à travailler encore plus dur, en espérant que quelqu'un le remarquerait. Aligner cent heures par semaine c'était mieux encore que quatre-vingt-dix en croyant que ça suffirait à sauver notre peau. Et puis soudain, c'était fini ; on a été jeté dehors. Pas d'indemnités. Rien. Juste une vague promesse… que personne ne tiendra, sans doute.

Mattie parut sur le point de verser une larme.

— Et vous voulez y retourner ?

— Je ne sais pas. Non, probablement pas. Je n'aime pas le travail, ni les gens de la boîte, et encore moins nos clients. C'est triste, mais c'est le lot de presque tous les avocats que je connais.

— Eh bien, ma chère, ici au centre d'aide juridique de la Montagne, nous aimons nos clients et ils nous le rendent bien.

— Je suis persuadée qu'ils sont beaucoup moins déplaisants que les miens.

Mattie jeta un coup d'œil à sa montre, un cadran jaune citron avec un bracelet vert pomme.

— Vous savez ce que vous faites après ?

Samantha secoua la tête.

— Je n'ai pas réfléchi aussi loin.

— Vous n'allez pas rentrer à Washington ce soir.

— Romey fait des rondes nocturnes ? Il y a des bandits sur les routes ?

Mattie lâcha un petit rire.

— Les routes sont juste traîtres. Vous n'allez pas rouler de nuit. Venez dîner à la maison. On avisera ensuite.

— C'est très gentil. Mais je ne peux…

— Allons. Vous êtes dans les Appalaches, Samantha, au cœur des montagnes, et nous ne renvoyons jamais des visiteurs à l'heure du repas. J'habite tout près et mon mari est un vrai cordon bleu. On boira un verre sur la terrasse et on parlera plus en détail. Je vous dirai tout sur Brady.

Mattie récupéra ses chaussures et ferma le centre. Elle lui assura que la Prius ne risquait rien sur le parking.

— Je me rends au travail à pied, expliqua Mattie. C'est à peu près mon seul exercice physique.

Les boutiques et les bureaux étaient fermés. Les deux cafés servaient déjà à dîner à quelques clients. Les deux femmes remontèrent la rue, croisant des enfants jouant sur le trottoir, des voisins sur leur perron. Passé deux pâtés de maisons, elles tournèrent sur la 3e Rue, une allée ombragée bordée de maisonnettes en brique datant du début du siècle dernier, toutes identiques, ou presque, avec des auvents blancs et des toits à deux pentes. Samantha voulait reprendre la route, filer vers Abingdon où elle pourrait trouver des hôtels à l'entrée de l'autoroute. Mais il eût été discourtois de refuser l'hospitalité de Mattie.

Chester Wyatt lisait le journal dans un rocking-chair quand sa femme fit les présentations.

— J'ai dit à Samantha que tu étais un cordon bleu.

— Autrement dit, je suis de corvée de cuisine ! lança-t-il dans un sourire. Bienvenue.

— Et elle a très faim, précisa Mattie.

— Qu'est-ce qui vous ferait plaisir ?

— Tout me va, répondit Samantha.

— Et si tu nous faisais du poulet avec ton riz à l'espagnole ?

— C'était exactement ce que j'avais en tête, rétorqua Chester. Un peu de vin en attendant ?

Les deux femmes dégustèrent un vin rouge pendant une heure alors que la nuit tombait. Samantha veillait à boire très peu, parce qu'il lui fallait reprendre la voiture pour quitter le comté de Noland. Elle n'avait pas repéré d'hôtels ni de motels à Brady, et vu l'état d'abandon de la ville, il était peu probable qu'il y ait des chambres à louer chez l'habitant. Au cours de la conversation, Samantha apprit que les Wyatt avaient deux enfants adultes qui avaient fui la région dès la fin de leurs études. Ils avaient trois petits-enfants qu'ils voyaient rarement. Donovan était comme un fils pour eux. Chester était facteur avant de prendre sa retraite. Il faisait les tournées dans toutes les fermes reculées et connaissait tout le monde. Aujourd'hui, il était bénévole dans un groupe écologiste qui surveillait les mines à ciel ouvert et était en lutte avec des dizaines d'organismes. Son père et son grand-père étaient mineurs. Le père de Mattie avait travaillé au fond des puits pendant près de trente ans avant de mourir de silicose à l'âge de soixante et un ans.

— J'ai fêté mes soixante et un ans tout dernièrement, dit-elle. C'était horrible.

Pendant que les femmes bavardaient, Chester faisait des allers et retours en cuisine, pour vérifier la cuisson du poulet ou remplir leurs verres. Alors que Chester était devant ses fourneaux, Mattie annonça :

— Ne vous inquiétez pas. Nous avons une chambre d'amis.

— Non, vraiment, je…

— Je vous en prie. J'insiste. Il n'y a aucun logement décent en ville, vous pouvez me croire. Il y a deux hôtels de passe qui font payer à l'heure, et même eux, ils vont mettre la clé sous la porte. C'est bien triste. Les gens, autrefois, allaient au motel pour s'envoyer en l'air avant le mariage. Aujourd'hui, il leur suffit d'emménager ensemble.

— On pense donc au sexe dans le coin ?

— Un peu mon neveu ! Ma mère avait sept enfants. Celle de Chester, six. C'est quasiment la seule distraction ! Et en ce moment, septembre octobre, ça accouche de partout.

— Pourquoi donc ?

— Il y a eu une grosse et longue tempête après Noël.

Chester passa la tête par la porte moustiquaire.

— De quoi parlez-vous ?

— De sexe, répondit Mattie. Samantha était étonnée d'apprendre que les gens avaient des relations sexuelles par chez nous.

— Certains ont cette chance…

— Oui, certains, répliqua Mattie avec un sourire malicieux.

— Ce n'est pas moi qui ai lancé ce sujet, se défendit Samantha. Mattie me disait que vous aviez une chambre d'amis.

— Bien sûr, elle est à votre disposition. Mais fermez bien votre porte à clé, comme ça je ne serai pas tenté.

Sur ce, Chester s'éclipsa à nouveau.

— Ne vous inquiétez pas, murmura Mattie, il est totalement inoffensif.

Donovan passa dire bonjour. Samantha était contente qu'il n'ait pas entendu cette partie de la conversation. Il habitait « dans la montagne » et s'apprêtait à rentrer chez lui. Il ne voulut pas boire de vin. Il semblait avoir la tête ailleurs. Au bout d'un quart d'heure seulement, il s'en alla, murmurant qu'il était fatigué.

— Pauvre petit, soupira Mattie après son départ. Il est séparé avec sa femme. Elle est retournée vivre à

Roanoke avec leur petite fille. Elle a cinq ans et est belle comme un cœur. Sa femme, Judy, ne s'est jamais habituée à la vie dans les montagnes. À un moment, elle n'a plus supporté. Je les sens mal partis tous les deux, pas vrai Chester ?

— Judy est quelqu'un de très bien mais elle était malheureuse ici. Et puis quand les problèmes ont commencé, ça a été la goutte de trop. C'est à ce moment-là qu'elle a quitté la ville.

Le mot « problèmes » resta en suspens dans l'air. Voyant que Mattie ne donnait pas de précisions, il enchaîna :

— Le dîner est servi, mesdames.

Samantha suivit le couple dans la cuisine où la table était dressée pour trois. Il y avait sur la cuisinière un poulet rôti fumant et le riz à l'espagnole ; il avait fait aussi des petits pains. Mattie déposa un saladier au milieu de la table, sortit une bonbonne d'eau et remplit les verres. À l'évidence, elle jugeait qu'elles avaient bu assez de vin comme ça.

— Ça sent très bon, déclara Samantha en s'installant à table.

— Prenez de la salade, proposa Mattie en beurrant un petit pain.

Ils commencèrent à manger. Samantha voulait continuer à les faire parler d'eux, pour ne pas être le sujet de la conversation, mais Chester contrecarra ses plans.

— Et vous, Samantha ? Votre famille ? Racontez-nous tout ça.

Elle esquissa un sourire poli.

— Il n'y a pas grand-chose à en dire.

— On saura vous tirer les vers du nez ! lança Mattie en riant. Vous avez grandi à Washington, c'est ça ? Ce devait être très excitant, non ?

Elle leur fit un rapide résumé : fille unique, des parents avocats, une enfance privilégiée. Écoles privées, puis Georgetown. Les démêlés de son père avec la justice, sa condamnation, sa chute, la presse qui en faisait ses choux gras.

— Cette histoire me dit quelque chose, indiqua Chester.

— C'était dans tous les journaux.

Elle leur raconta les visites qu'elle rendait à son père en prison, la douleur du divorce, l'envie de fuir, loin de Washington, loin de ses parents. Il y avait eu alors la faculté de droit à Columbia, son stage chez un juge fédéral, les sirènes des grands cabinets d'affaires, et ces trois années de torture chez Scully & Pershing. Elle aimait Manhattan et ne se voyait pas vivre ailleurs, mais son monde s'était écroulé, et elle n'était plus sûre de rien. Les Wyatt écoutaient son récit, penchés vers elle comme s'ils craignaient d'en perdre une miette. Quand Samantha jugea qu'elle en avait dit assez, elle piocha un morceau de poulet en comptant le mastiquer un long moment.

— On ne traite pas les gens comme ça, lâcha Chester.

— De bons et fidèles employés, jetés à la rue comme des moins-que-rien, renchérit Mattie en secouant la tête de dépit.

Samantha acquiesça en continuant à mâchonner. Le souvenir était encore assez vif. Au moment où Chester remplissait son verre d'eau, elle demanda :

— Vous ne buvez jamais l'eau du robinet ?

Cette question, curieusement, les amusa.

— Oh non, répliqua Mattie. Personne ici ne boit l'eau du robinet. Jamais. L'État nous assure qu'elle est saine, mais on ne les croit pas. On s'en sert pour la lessive, la vaisselle, certains parfois l'utilisent pour se brosser les dents, mais moi je ne m'y risquerais pas.

— La plupart de nos sources, rivières et puits ont été contaminés par les exploitations minières, expliqua Chester. Les torrents de montagne ont été obstrués par le comblement des vallées. Les bassins de schlamm fuient et contaminent les nappes phréatiques. Et la combustion du charbon engendre des tonnes de cendres, que les usines déversent dans les rivières. Alors, non, Samantha, ne buvez pas l'eau du robinet.

— Message reçu.

— C'est pour cette raison que l'on boit autant de vin ! s'exclama Mattie. D'ailleurs, j'en reprendrais bien. Chester, si tu veux bien me faire ce plaisir.

Chester, qui était à l'évidence cuisinier et serveur, attrapa sans hésiter la bouteille sur le comptoir. Puisqu'elle n'aurait pas à conduire, Samantha accepta un autre verre. Dans l'instant, le vin parut faire son effet sur Mattie, qui se mit à lui parler de sa carrière et du centre juridique qu'elle avait créé vingt-six ans plus tôt. Samantha lui posait quelques questions pour l'inciter à continuer, mais Mattie était lancée.

La chaleur de cette cuisine, l'odeur du poulet rôti, l'effet du vin, la gentillesse de ses hôtes, la promesse d'un bon lit douillet… Samantha se détendait enfin, pour la première fois depuis des mois. À New York, cela lui était impossible ; tous les moments de son existence étaient chronométrés. Elle n'avait pas dormi d'un profond sommeil depuis trois semaines. Et l'inquiétude de ses parents n'arrangeait rien à l'affaire. Les six heures de route aussi avaient été éprouvantes. Et, cerise sur le gâteau, il y avait eu « l'épisode Romey ». Le poids qui comprimait sa poitrine semblait enfin s'alléger. Elle avait d'un coup très faim. Elle se servit une nouvelle portion, ce qui ravit les Wyatt.

— Tout à l'heure, sur la terrasse, quand on parlait de Donovan, vous avez dit qu'il avait des « problèmes ». Est-ce indiscret de demander lesquels ?

Mattie et Chester échangèrent un regard. C'était une petite ville. Tout finissait par se savoir de toute façon. Chester se servit du vin pour gagner du temps, hésitant à répondre. Mattie repoussa son assiette et s'y colla :

— Le pauvre Donovan a eu une vie bien difficile.

— Si c'est trop personnel, n'en parlons pas, l'interrompit Samantha par courtoisie.

Mais en vérité, elle voulait tout savoir.

Mattie ne comptait pas se défiler. Elle poursuivit :

— Tout le monde est au courant par ici. Cela n'a rien de secret, dit-elle pour mettre Samantha à l'aise. Donovan est le fils de ma sœur Rose, ma sœur défunte. Elle est morte quand il avait seize ans.

— C'est une longue histoire, ajouta Chester comme s'il y avait trop à en dire.

Mattie ignora la remarque de son mari.

— Le père de Donovan est un dénommé Webster Gray. Il est toujours en vie, quelque part. Il avait hérité de cent vingt hectares pas loin d'ici, dans le comté de Curry. La terre était dans la famille Gray depuis toujours, dès les années 1800. Un joli terrain, avec des collines, des montagnes, des torrents et des vallées, un petit coin de paradis. C'est là où Donovan et son frère Jeff ont passé leur enfance. Leur père et leur grand-père, Curtis Gray, ont emmené les garçons dans les bois dès leur plus jeune âge, pour leur apprendre à chasser et à pêcher. Comme beaucoup de gosses des Appalaches, ils ont grandi dans les montagnes. La nature est très belle, quand on ne la saccage pas, mais le domaine des Gray était vraiment hors normes. Quand Rose a épousé Webster, on allait tous là-bas pour pique-niquer en famille ou faire des fêtes. Je revois Donovan et Jeff, avec mes enfants. Les cousins se baignaient tous ensemble dans Crooked Creek, à côté de l'endroit où on faisait des barbecues.

Elle marqua une pause, pour boire une gorgée de vin.

— Curtis est mort en 1980, je crois, reprit-elle. Et Webster a hérité de la propriété. Curtis était mineur, un mineur de fond, un syndiqué de la première heure, et fier de l'être, comme la plupart des anciens. Mais il ne voulait pas que Webster descende dans la mine comme lui. Webster n'avait pas la fibre ouvrière de toute façon. Il a enchaîné les petits boulots, sans jamais s'investir ni rapporter grand-chose à la maison. La famille était sans le sou et leur mariage a vite battu de l'aile. Il s'est mis à boire et les problèmes ont empiré. Il a même passé six mois en prison pour vol. Chez les Gray, c'était la misère à cette époque. On se faisait un sang d'encre pour eux.

— Webster n'était pas une bonne personne, insista Chester, mais Samantha l'avait compris.

— Le point culminant de leur domaine était Gray Mountain. Un pic à mille mètres au-dessus de la vallée, couvert d'essences nobles, des chênes, des châtaigniers. Les compagnies minières connaissent dans le détail tout le sous-sol des Appalaches. Elles ont mené des prospections géologiques il y a des dizaines d'années. Et elles savaient que Gray Mountain recelait l'un des plus beaux gisements de houille. Des bruits ont commencé à courir. On racontait que Webster songeait à louer en concession des portions de sa terre, mais cela nous paraissait inconcevable. L'extraction à ciel ouvert faisait déjà des ravages dans la région.

— Et ce n'était rien, comparé à ce qui se passe aujourd'hui.

— Oh oui, c'était incomparable. Bref, sans le dire à sa famille, Webster a effectivement loué sa terre à une compagnie de Richmond, la Vayden Coal, pour araser Gray Mountain.

— Je n'aime pas ce terme, précisa Chester. Cela fait trop anodin. C'est plutôt du saccage. De la destruction pure et simple de montagne.

— Webster était prudent. Ce n'était pas un idiot. Il s'est dit que c'était l'occasion de gagner de l'argent, et il avait demandé à un avocat de préparer le contrat de concession. Webster percevrait deux dollars par tonne extraite, une fortune par rapport à ce que touchaient les autres propriétaires du secteur. La veille du jour où les bulldozers devaient arriver, Webster annonça enfin à Rose et aux garçons ce qu'il avait fait. Il embellit l'affaire, jura que la société serait surveillée de près par les instances gouvernementales et ses avocats, que la terre serait totalement réhabilitée après exploitation, et que cet argent serait le bienvenu, les sauverait tous et mettrait fin à leurs problèmes. Rose m'a appelée cette nuit-là, en larmes. Les propriétaires qui cédaient leur terre aux compagnies minières n'étaient pas bien vus, et elle redoutait le regard de leurs voisins. Elle s'inquiétait aussi pour le domaine. Donovan l'avait très mal pris et était furieux contre son père. C'était terrible. Ces deux-là se disaient les pires choses. Et ce n'était que le début. Le lendemain, une colonne d'engins a gravi la montagne et cela a été...

— Un viol, une abomination, termina Chester en secouant la tête.

— Oui. Une horreur. Ils ont rasé la forêt, tout coupé et balancé des milliers d'arbres dans la vallée. Ils ont raclé la terre et l'ont versée par-dessus les troncs. Puis le dynamitage a commencé.

Mattie prit une nouvelle gorgée de vin. Chester se chargea de la suite du récit :

— Ils avaient une jolie maison dans la vallée, à côté de Crooked Creek. Elle appartenait aux Gray depuis des dizaines d'années. Je crois que c'est Curtis, le grand-père, qui l'a construite de ses mains. Les fondations étaient en pierre. Mais elles n'ont pas tardé à se fissurer sous les ondes de choc des explosions. Webster a vu rouge, mais c'était trop tard.

— Et je ne vous parle pas de la poussière, reprit Mattie. Comme une purée de poix dans toutes les vallées alentour. Rose était folle de rage. Je passais souvent la voir pour la soutenir. Le sol tressautait plusieurs fois par jour avec leurs explosifs. La maison se mit à pencher. Les portes ne fermaient plus. Un cauchemar pour la famille, inutile de le dire, et aussi pour leur mariage. Après avoir rasé le sommet sur plus de cent mètres d'épaisseur, la Vayden a atteint les veines. Quand les premières tonnes de charbon sont sorties des excavatrices, Webster a réclamé son dû. Mais la compagnie a rechigné à payer. Ils ont fini par envoyer un chèque ou deux. Mais c'était très loin de ce qu'avait escompté Webster. Il a alors demandé à ses avocats de s'en occuper et cela a fortement déplu à la Vayden. La guerre a alors commencé, et on savait d'avance qui serait vainqueur.

Chester dodelinait du chef, en se remémorant ce cauchemar.

— Crooked Creek s'est tarie, expliqua-t-il, bouchée par les déblais rejetés par la mine. C'est un classique. On a perdu comme ça des milliers de kilomètres de cours d'eau dans les Appalaches. Une horreur.

— Rose a finalement quitté les lieux, reprit Mattie. Elle et les garçons sont venus vivre avec nous, mais Webster refusait de partir. Il buvait, la folie le gagnait. Il restait assis sur son perron, un fusil à la main, défiant quiconque de la compagnie de s'approcher. Rose s'inquiétait pour lui. Alors elle est repartie là-bas avec les enfants. Il lui a promis de réparer la maison et de tout remettre en état dès que l'argent serait là. Il a déposé des recours auprès des organismes publics, il a même intenté un procès contre la Vayden mais, au tribunal, ils n'ont fait qu'une bouchée de lui. On ne bat pas aussi facilement une compagnie minière.

— L'eau de leur puits était contaminée au soufre, renchérit Chester. L'air, toujours saturé de poussière à cause des explosions et du va-et-vient incessant des camions. L'endroit était devenu réellement dangereux. Alors Rose est partie à nouveau. Elle et les garçons ont séjourné dans un motel pendant quelques semaines, puis ils sont revenus chez nous, puis sont repartis autre part. Leur errance a duré en gros un an, n'est-ce pas, Mattie ?

— Un an, au bas mot. La montagne a continué d'être rognée de veine en veine. C'était un crève-cœur de la voir disparaître ainsi. Le prix du charbon s'est envolé, alors la compagnie s'est mise à creuser à tout va, sept jours sur sept, avec toutes les machines et camions qu'ils pouvaient affecter sur le site. Webster a reçu un jour un chèque de trente mille dollars. Son avocat l'a renvoyé avec le courroux du juste. Et c'est le dernier paiement qu'ils ont reçu de la Vayden.

— Parce que, d'un coup, tout s'est arrêté. Les cours se sont écroulés et la compagnie a remballé ses machines du jour au lendemain. L'avocat de Webster leur a présenté une facture de quatre cent mille dollars, et a intenté un nouveau procès. Un mois plus tard, la Vayden était déclarée en faillite et disparaissait de la circulation ! Elle a été peu après restructurée en une nouvelle société, un savant camouflage, et est toujours en activité. Le propriétaire est un milliardaire de New York.

— La famille n'a donc rien eu ?

— Des clopinettes, répondit Mattie. Quelques petits chèques au début, une fraction infime de ce que prévoyait le contrat de concession.

— C'est typique des compagnies minières, ajouta Chester. Une société exploite le charbon, puis se déclare en faillite pour ne pas payer de compensations. Et, quelque temps plus tard, elle réapparaît sous un autre nom. Les mêmes escrocs. C'est juste le logo qui change.

— C'est une honte, lâcha Samantha.

— Mais c'est légal.

— Et la famille, qu'est-elle devenue ?

Chester et Mattie échangèrent un long regard attristé.

— Vas-y, Chester, raconte, toi, dit-elle en retournant à son vin.

— Peu après le départ de la Vayden, il y a eu une grosse pluie et une inondation. Comme les rivières étaient bouchées, l'eau a dû trouver d'autres voies. Les inondations sont un gros problème par ici, une calamité. Une coulée de boue et de troncs a dévalé la vallée et a frappé la maison des Gray. Elle a été emportée sur des kilomètres. Il n'en restait plus rien. Par chance, il n'y avait personne à l'intérieur ; elle était devenue inhabitable. Même pour Webster. Il y a eu un autre procès, une autre perte de temps et d'argent. La législation qui protège les sociétés en faillite, c'est solide comme du Kevlar ! Rose, en roulant un jour en voiture, a repéré des restes de sa maison. C'est là qu'elle a choisi de se donner la mort.

Samantha poussa un gémissement.

— Oh non !

— Quant à Webster, il a disparu, poursuivit Chester. Aux dernières nouvelles, il vivait dans le Montana, à faire Dieu sait quoi. Jeff est parti habiter chez une autre tante et Donovan est venu chez nous jusqu'à ce qu'il sorte du lycée. Il faisait trois boulots pour payer ses études à l'université. Lorsqu'il a eu son diplôme, il savait exactement ce qu'il voulait faire : devenir avocat et passer le reste de sa vie à combattre les compagnies minières. On l'a aidé pour ses études de droit. Mattie l'a embauché au centre, et il a travaillé là quelques années avant d'ouvrir son propre cabinet. Il a intenté des centaines de procès et attaque la moindre société qui envisage de se lancer dans une exploitation à ciel ouvert. Il est téméraire et sans pitié.

— Et brillant aussi, renchérit Mattie avec fierté.

— C'est vrai.

— Et il gagne ?

Mattie et Chester eurent un nouveau moment d'hésitation.

— Oui et non, répondit Mattie. Le combat est rude. Les compagnies ont des moyens. Ils mentent, trichent, dissimulent, embauchent des avocats appartenant à de grands cabinets comme le vôtre, de vrais tueurs. Parfois il gagne, parfois il perd, mais il est toujours sur la brèche.

— Et bien sûr, ils le détestent, précisa Chester.

— C'est carrément la guerre. Quand on dit qu'il est téméraire, ça signifie qu'il ne suit pas toujours les règles à la lettre. Puisque les compagnies trichent, Donovan s'autorise à faire pareil.

— Et c'est de là que viennent les « problèmes » ? s'enquit Samantha.

— Oui, concéda Mattie. Il y a cinq ans, une digue a cédé dans le comté de Madison, en Virginie-Occidentale, à cent cinquante kilomètres d'ici. Une vague de schlamm a déferlé dans la vallée et a submergé Prentiss, une petite ville. Il y a eu quatre morts, et quasiment toutes les maisons ont été détruites. Un vrai paysage d'apocalypse. Donovan s'est chargé de l'affaire, a rassemblé une équipe d'avocats défendant l'environnement comme lui, et a intenté un procès à la cour fédérale. Sa photo est sortie dans la presse, et beaucoup d'interviews… Il a peut-être trop parlé. Entre autres, il a dit que la compagnie minière en question était « la société la plus sale des États-Unis ». C'est là que les intimidations ont commencé. Des appels anonymes. Des lettres de menaces. Des types louches tapis dans l'ombre. Puis ils se sont mis à le suivre. Et ça continue.

— Donovan est suivi ? répéta Samantha, incrédule.

— Oh oui, confirma Mattie.

— C'est pour cela qu'il a une arme ?

— Qu'il a des armes, corrigea Chester. Et il sait s'en servir.

— Vous êtes inquiets pour lui ?

Les Wyatt eurent un petit rire.

— Pas vraiment, répondit Chester. Il sait ce qu'il fait et il se débrouille très bien tout seul.

— Et si on prenait un café sur le perron ? proposa Mattie.

— Bien sûr. Je vais nous préparer ça, acquiesça Chester en se levant de table.

Samantha sortit avec Mattie et chacune reprit sa place sur les rocking-chairs. Il faisait presque froid. La rue était silencieuse. La plupart des fenêtres étaient éteintes.

Enhardie par le vin, Samantha demanda :

— Et le procès pour cette coulée de boue ?

— Un arrangement a été trouvé l'année dernière. Un arrangement confidentiel dont on ne sait toujours rien.

— Si un accord à l'amiable a été trouvé, pourquoi continue-t-on à le suivre ?

— Parce qu'il est l'ennemi numéro Un des charbonnages des Appalaches. Donovan peut leur faire de sales coups et ils le savent.

Chester arriva avec un plateau. Du café et du déca. Puis il laissa les deux femmes pour aller faire la vaisselle. Après quelques gorgées, et quelques balancements, Samantha sentit le sommeil la gagner.

— J'ai des affaires à prendre dans la voiture.

— Je vous accompagne.

— Ne me dites pas qu'on est suivies nous aussi !

— Non. Nous ne représentons pas une menace pour eux.

Les deux femmes disparurent dans la nuit.

7

Les deux hommes à sa droite descendaient des whiskys, pris dans une discussion animée : comment sauver Fannie Mae, l'un des deux grands organismes de refinancement immobilier ? Les trois à sa gauche travaillaient apparemment au Trésor, qui semblait être à l'épicentre du cataclysme. Eux, ils tournaient aux martinis, aux frais des contribuables. Au bar du Bistro Venezia, on ne parlait que d'apocalypse et de fin du monde. Derrière, un type volubile rapportait à ses voisins la conversation qu'il avait eue l'après-midi même avec un conseiller de la campagne McCain/Palin. Il leur avait donné une cohorte de bons conseils, mais il était quasiment certain qu'ils ne l'écouteraient pas. Deux barmen se lamentaient de la chute des cours à la Bourse, comme s'ils allaient perdre des millions. Chacun y allait de ses commentaires : le gouvernement fédéral devrait faire ceci et cela. Bush était mal conseillé. Obama gagnait des voix. Il fallait renflouer Goldman Sachs. Les commandes industrielles en Chine chutaient dangereusement.

Au milieu de cette panique générale, Samantha buvait un soda light et attendait son père, qui était en retard. Personne à Brady ne semblait avoir conscience que le monde était aux portes d'une grande dépression. Peut-être les montagnes faisaient-elles office de remparts ? Ou l'existence là-bas s'était-elle déjà tant dégradée qu'un nouveau krach boursier ne pouvait leur faire grand mal ? Son téléphone vibra. Elle le sortit de sa poche. C'était Mattie Wyatt.

— Samantha, ça va ? Comment s'est passé le trajet retour ?

— Sans problème. Je suis à Washington en ce moment.

— Tant mieux. Bon, le comité s'est réuni et a décidé à l'unanimité de vous proposer le stage. J'ai rencontré l'autre prétendant cet après-midi, un jeune type très tendu, celui qui venait de votre cabinet. Il ne nous intéresse pas. J'ai eu l'impression qu'il passait nous voir en chemin, comme s'il comptait rouler encore, partir le plus loin possible de New York. Il ne nous a pas paru très fiable. Bref, Donovan et moi, on n'a pas été convaincus et on lui a dit non tout de suite. Quand pouvez-vous débuter ?

— Il avait peut-être rencontré Romey, le pauvre ! Mattie rit à l'autre bout du fil.

— Non, je ne crois pas.

— Je dois aller à New York récupérer quelques affaires. Je serai là lundi.

— Parfait. On s'appelle dans un jour ou deux.

— Merci, Mattie. Je suis impatiente de commencer.

Samantha aperçut son père à l'autre bout de la salle et elle quitta le bar. Une hôtesse les conduisit à une table d'angle et leur présenta aussitôt le menu. Le restaurant était bondé et des conversations animées fusaient de toutes parts. Une minute plus tard, le directeur de l'établissement en smoking s'approcha et leur déclara d'un ton sentencieux :

— Je suis vraiment confus, madame, monsieur, mais nous avons besoin de cette table.

— Je vous demande pardon ? répliqua Marshall.

— S'il vous plaît, monsieur. Nous avons dressé une autre table pour vous.

À cet instant, une colonne de gros SUV noirs se gara devant le restaurant. Les portières s'ouvrirent et un bataillon de gardes du corps investit le trottoir. Samantha et Marshall quittèrent leur table, regardant, comme tout le monde, le remue-ménage au-dehors. De tels spectacles étaient monnaie courante à Washington, et les supputations allaient déjà bon train. Qui était-ce ? Le président ? Dick Cheney ? Quel gros bonnet allait donc se montrer ? Les clients du Bistro Venezia auraient une bonne anecdote à raconter. Le VIP sortit enfin de voiture et fut escorté à l'intérieur par ses gorilles. La salle se figea.

— Qui c'est celui-là ? lâcha finalement quelqu'un.

— Jamais vu, répondit un autre.

— Ce n'est pas l'ambassadeur israélien ?

L'assistance poussa un long soupir quand il s'avéra que la personnalité était un illustre inconnu, et en aucun cas la sommité espérée. Quoique parfaitement inconnu, le VIP demeurait à l'évidence une personne importante. Sa table – d'ordinaire celle des Kofer – fut repoussée dans un coin et protégée par des paravents. À Washington, tout restaurant digne de ce nom avait ce genre de matériel toujours prêt à l'emploi. Le VIP s'installa accompagné d'une femme et tenta de faire comme si de rien n'était, être un type normal sortant dîner avec sa belle. Pendant ce temps, ses gardes patrouillaient sur le trottoir, à l'affût du moindre kamikaze.

Marshall maudit la direction et dit à Samantha :

— Allons-nous-en ! Parfois, je hais cette ville.

Ils marchèrent une centaine de mètres sur Wisconsin Avenue et trouvèrent un pub qui n'était pas considéré ce soir comme une cible potentielle des djihadistes. Samantha commanda un autre soda sans sucre, et Marshall une double vodka.

— Alors ? Que s'est-il passé là-bas ? demanda-t-il.

Il l'avait assaillie de questions au téléphone mais elle préférait lui raconter son histoire de vive voix.

Elle sourit et commença son récit par l'épisode Romey. Elle s'aperçut que cette aventure l'amusait beaucoup. Marshall était outré et voulait attaquer tout le monde en justice, mais quelques lampées de vodka tempérèrent son courroux. Ils commandèrent une pizza et elle lui narra son dîner chez les Wyatt.

— Tu ne comptes tout de même pas aller travailler là-bas ?

— En fait, j'ai eu le job. Je vais tenter le coup quelques mois. Si je m'ennuie trop, je rentre à New York et je me fais engager chez Barneys comme vendeuse de chaussures.

— Tu ne vas pas vendre des chaussures, ni faire de l'aide juridique bénévole. Rien ne t'y oblige. Combien as-tu à la banque ?

— De quoi tenir. Et toi, combien as-tu ?

Il fronça les sourcils et but une nouvelle gorgée.

— Pas mal, hein ? poursuivit-elle. M'man est convaincue que tu as caché un magot à l'étranger et qu'elle s'est fait avoir lors du divorce. C'est vrai ou pas ?

— Non, ce n'est pas vrai, mais si c'était le cas, tu penses que je le reconnaîtrais ?

— Non. Bien sûr. Nier, nier et encore nier, les trois règles fondamentales de tout avocat de la défense, n'est-ce pas ?

— Aucune idée. Et pour ton information, j'ai avoué mes fautes et j'ai plaidé coupable. D'abord, tu ne connais rien au droit pénal.

— Rien, c'est vrai, mais je vais apprendre. J'ai été arrêtée, c'est déjà une bonne entrée en matière.

— Moi aussi j'ai été arrêté et ce n'est jamais une bonne façon de commencer. Par chance, tu n'as pas eu droit aux menottes. Et qu'est-ce que ta mère dit encore sur moi ?

— Rien de bon. Quelque part, au fond de mon cerveau multitâche toujours en surchauffe, j'ai longtemps couvé ce fol espoir qu'on se retrouve un jour tous les trois à une table pour faire un bon dîner dans un joli restaurant – pas comme une famille, Dieu m'en préserve ! mais comme trois adultes qui ont encore des liens.

— Moi, je suis partant.

— Je sais, mais pas elle. Il y a trop de passif.

— Comment en sommes-nous arrivés à parler de ça ?

— Je ne sais pas. Désolée. Dis-moi, tu as déjà attaqué une compagnie minière ?

Marshall agita ses glaçons et fouilla sa mémoire. Il avait poursuivi tant de sociétés. Malheureusement, il répondit :

— Non. Je ne crois pas. Ma spécialité c'était les crashs d'avion, mais Frank, un de mes associés, a fait un procès à une compagnie de ce genre. Des dégâts écologiques à cause de cette saloperie qu'ils gardent dans des bassins. Il n'en parle pas beaucoup, c'est donc qu'il a dû perdre.

— Ça s'appelle du schlamm. C'est une boue toxique résultant du lavage du charbon. Les sociétés stockent ces déchets derrière des digues, où ça fermente durant des années ; ça finit par s'infiltrer dans le sol et contaminer les nappes phréatiques et l'eau du robinet.

— Eh bé, te voilà bien calée.

— J'ai un peu potassé le sujet ces dernières vingt-quatre heures. Tu savais que certains comtés de cette région minière ont le plus fort taux de cancers du pays ?

— Voilà de quoi monter un beau procès.

— Les procès sont difficiles à gagner là-bas, parce que le charbon est roi et que beaucoup de jurés sont du côté des compagnies minières.

— C'est génial, Samantha. Te voilà enfin à parler du monde réel, de l'essence même de notre métier, et non des intérêts de tes constructeurs de gratte-ciel. Je suis fier de toi. Alors allons-y. Attaquons ces salauds.

La pizza arriva et ils la mangèrent à même le plat. Une brune gironde en mini-jupe passa à proximité de leur table et Marshall s'arrêta de mâcher pour la regarder. Il se reprit aussitôt, feignant ne pas avoir remarqué la jeune femme.

— Quel genre de travail es-tu censée accomplir ? demanda-t-il, l'œil traînant encore sur la mini-jupe.

— Tu as soixante ans et elle a mon âge ! Quand vas-tu cesser de reluquer les filles ?

— Jamais. Je ne vois pas où est le mal.

— C'est une avance, non ? Un premier pas.

— Tu ne comprends rien aux hommes, Samantha. Regarder est automatique, c'est sans conséquence. Tout le monde est un peu mateur.

— C'est donc plus fort que toi ?

— Voilà. Mais pourquoi parlons-nous de ça ? Parlons plutôt de traîner en justice ces pollueurs.

— Je n'ai pas plus d'infos. Je t'ai dit tout ce que je savais.

— Et alors ? Tu vas les attaquer ?

— J'en doute. Mais je connais un gars qui ne fait que ça. Sa famille a été mise en charpie par une société minière quand il était gosse et maintenant, il mène sa vendetta. Il a une arme sur lui. Je l'ai vue.

— Un gars ? Il te plaît ?

— Il est marié.

— Parfait. Je n'ai aucune envie que tu t'amouraches d'un cul-terreux. Pourquoi il se trimbale avec une arme ?

— J'ai cru comprendre qu'il n'est pas le seul là-bas. Il dit que les compagnies minières l'ont en ligne de mire, et dans ce secteur d'activité, le recours à la violence est monnaie courante.

Marshall essuya sa bouche avec sa serviette en papier et but une gorgée d'eau.

— Résumons, si tu veux bien. Donc, on laisse des malades mentaux porter un uniforme, se faire passer pour un policier, conduire des voitures avec des gyrophares, arrêter des gens et parfois même les séquestrer. Il y a des types, pas moins siphonnés si tu veux mon avis, qui exercent le droit avec un flingue dans leur mallette. Et on propose à des avocats émérites des jobs temporaires sans leur donner un dollar.

— C'est à peu près ça.

— Et tu y vas lundi matin ?

— T'as tout compris.

Marshall secoua la tête en piochant une nouvelle part de pizza.

— C'est sûr que ça va te changer de ton gros cabinet du Financial District.

— On verra.

*

Blythe parvint à s'échapper du bureau pour déjeuner sur le pouce avec Samantha. Les deux femmes se retrouvèrent dans un salon de thé bondé et réglèrent les détails pratiques au-dessus de leurs salades. Samantha paierait sa part du loyer pendant les trois mois à venir jusqu'à la fin du bail. Au-delà, elle ne pouvait rien promettre. Blythe s'accrochait à son travail, et voulait croire encore qu'elle ne le perdrait pas. Elle espérait garder l'appartement, mais ne pourrait assumer seule le loyer. Samantha la rassura ; il y avait de fortes chances qu'elle revienne vite en ville pour trouver un emploi rémunéré.

Dans l'après-midi, Samantha prit un café avec Izabelle. Elle avait fait ses valises et s'apprêtait à rentrer à Wilmington, pour vivre avec sa sœur qui avait une chambre libre au sous-sol de sa maison. Elle allait faire du bénévolat pour cette association de défense des droits de l'enfant et chercher un vrai boulot. Elle était déprimée, amère, et inquiète pour sa survie. Quand elles se serrèrent dans les bras pour se dire adieu, elles savaient toutes deux qu'elles ne se reverraient pas avant longtemps.

D'un point de vue pratique, il eût été judicieux de louer une voiture à New York, de la charger et de filer vers le sud. Toutefois, elle découvrit, après quelques coups de téléphone, que les voitures de location auraient toutes des plaques de New York. Elle pourrait peut-être trouver un véhicule immatriculé dans le New Jersey, voire dans le Connecticut, mais tout cela attirerait bien trop les regards à Brady. Et Romey rôdait toujours.

Elle préféra donc remplir deux valises, un grand sac avec tout ce qui lui parut nécessaire à son exil et filer en taxi à la gare. Cinq heures plus tard, elle arrivait à l'Union Station de Washington pour passer la soirée avec sa mère. Elles mangèrent toutes les deux des sushis en pyjama en regardant un vieux film. Personne ne parla de Marshall.

Le site web de Gasko Leasing à Falls Church se vantait d'avoir un grand choix de véhicules d'occasion et de s'occuper de toutes les démarches administratives à la place du client. Samantha ne connaissait pas grand-chose aux automobiles, mais elle se disait qu'un modèle « made in USA » serait mieux vu qu'un engin exotique, japonais, par exemple. En consultant le catalogue en ligne, elle porta son choix sur une petite Ford de 2004. Au téléphone, le vendeur lui confirma qu'elle était toujours disponible et, plus important, il lui garantissait que la voiture aurait des plaques de Virginie. « Oui, m'dame, à l'avant et à l'arrière. » Samantha se rendit en taxi à Falls Church et fit la connaissance de Ernie, le vendeur. Ernie était un vrai baratineur qui n'observait pas assez. S'il avait été plus attentif, il aurait vu que Samantha était terrorisée à l'idée d'acheter une voiture d'occasion en leasing sur douze mois.

Elle avait songé un moment appeler son père, mais s'était convaincue qu'elle était assez grande pour se débrouiller toute seule. Ce n'était quand même pas une épreuve insurmontable. Après deux longues heures avec l'intarissable Ernie, elle se retrouva à bord d'une Ford parfaitement anodine, véhicule typique d'un habitant de l'État de Virginie.

8

En guise de pot d'accueil, elle eut droit à une réunion dès 8 heures du matin avec une nouvelle cliente du cabinet. Heureusement pour Samantha, qui n'avait aucune idée quant à la façon de mener cet entretien, Mattie prit les commandes.

— Prenez juste des notes, lui murmura-t-elle, froncez les sourcils d'un air pénétré et donnez l'illusion de maîtriser le sujet.

Pas de problème. C'était exactement ce qu'elle avait fait les deux premières années chez Scully & Pershing.

La cliente s'appelait Lady Purvis ; une mère de trois ados, dont le mari, Stocky, était en ce moment en prison dans le comté de Hopper, le comté voisin. Mattie ne demanda pas si Lady était son vrai prénom. Si cela avait une importance, cela sortirait en son heure. Mais, au vu de son apparence plutôt rustique et de son langage fleuri, on imaginait mal ses parents l'appeler officiellement Lady. Elle avait cet air revêche de celle à qui la vie n'a pas fait de cadeau et s'agaça quand Mattie l'informa qu'il était interdit de fumer dans les locaux. Samantha prenait un air concentré et des notes à tout va, sans dire un mot. Dès ses premières phrases, on sentait que l'existence de Lady Purvis avait été une suite de coups du sort et de misères. La famille vivait dans un mobile home, payé à crédit, qu'ils ne pouvaient plus rembourser depuis un certain temps. Les dettes s'accumulaient. Ses deux fils aînés avaient quitté l'école et cherchaient du travail – mais du travail, il n'y en avait pas, que ce soit dans le comté de Noland, de Hopper, ou de Curry. Ils étaient menacés d'expulsion ; on leur conseillait d'émigrer à l'ouest où ils pourraient sans doute être embauchés pour ramasser les oranges. Lady travaillait çà et là, faisait des ménages les week-ends, du baby-sitting pour cinq dollars de l'heure. Pas de quoi faire bouillir la marmite.

Le crime de Stocky : un excès de vitesse. C'est ainsi que la police s'était aperçue que son permis de conduire avait expiré deux jours plus tôt. L'amende et les frais de justice s'élevaient à cent soixante-quinze dollars, argent qu'il n'avait pas. D'ordinaire, le comté de Hopper avait du personnel pour s'assurer que des pauvres gens comme Stocky ayant commis de petits délits s'acquittent de leur amende. Si Stocky avait pu signer le chèque, il l'aurait fait sur-le-champ et serait rentré chez lui. Mais parce qu'il était sans le sou, son cas fut traité différemment. Le juge ordonna que son affaire soit supervisée par les escrocs d'une agence de recouvrement, la Judicial Response Associates. Lady et Stocky avaient rencontré un représentant des JRA le jour du jugement. Il leur avait expliqué les modalités du remboursement. Sa société facturait des frais d'ouverture de dossier, comme ils disaient – soixante-quinze dollars – et des frais de fonctionnement mensuel pour trente-cinq dollars le mois, et à la fin, si tout se passait bien, il y aurait des frais de clôture, soit la modique somme de trente-cinq dollars. Les frais de justice et ces facturations annexes portaient le montant total à quatre cents dollars. Les Purvis espéraient rembourser cinquante dollars par mois, le minimum autorisé par les JRA ; mais ils s'aperçurent que trente-cinq dollars étaient prélevés sur les cinquante à cause des frais mensuels. Ils voulurent renégocier leur dette, mais les JRA se montrèrent inflexibles. Après deux paiements, Stocky arrêta de payer, et c'est alors que les vrais problèmes commencèrent. Deux policiers débarquèrent à la porte de leur mobile home après minuit et arrêtèrent Stocky. Lady protesta, comme son fils aîné, et les flics firent usage de leur tout nouveau Taser. Stocky fut traîné devant le juge pour écoper de nouvelles amendes. Le total atteignit cinq cent cinquante dollars. Stocky expliqua qu'il n'avait ni argent, ni travail. Alors le juge l'envoya en prison. Il y était depuis deux mois. Pendant ce temps, les JRA leur facturaient toujours des frais de fonctionnement mensuels qui, pour des raisons mystérieuses, étaient passés à quarante-cinq dollars.

— Plus il reste derrière les barreaux, plus on plonge, expliqua Lady.

Dans un petit sac en papier, elle avait apporté son dossier. Mattie feuilleta les documents. Il y avait des lettres agacées du fabricant du mobile home qui avait aussi consenti le crédit, des avis de saisie, des factures impayées, des assignations, et diverses missives des JRA. Mattie les lut et les donna à Samantha, qui ne savait qu'en faire, sinon en dresser la liste. Un inventaire de la misère humaine.

Lady finalement craqua.

— Il faut que je fume. Donnez-moi cinq minutes.

Ses mains tremblaient.

— Bien sûr, répondit Mattie. Allez sur le perron.

— Merci.

— Combien de paquets fumez-vous par jour ?

— Juste deux.

— Votre marque ?

— Des Charlie's. Je sais que je devrais arrêter, j'ai essayé, mais c'est la seule chose qui me calme.

Elle attrapa son sac et quitta le bureau.

— Les Charlie's, ce sont les plus courantes dans les Appalaches, une marque pas chère, mais qui coûte quand même quatre dollars le paquet. Cela fait huit dollars par jour, deux cent cinquante par mois, et je parie que Stocky fume autant. Ils doivent donc dépenser cinq cents dollars par mois en cigarettes, et Dieu sait combien en bière. Et s'ils avaient un dollar devant eux, ils achèteraient un billet de loterie !

— C'est de la folie, lâcha Samantha, heureuse de pouvoir enfin parler. Pourquoi ? Ils pourraient payer leurs dettes en un mois et Stocky sortirait de prison.

— Ils ne voient pas les choses ainsi. Fumer est une addiction. On ne peut pas arrêter comme ça.

— D'accord. N'empêche qu'un point me turlupine.

— Et c'est : comment une personne peut-elle être mise en prison pour dettes alors que c'est interdit par la loi depuis deux cents ans ? C'est bien ça ?

Samantha hocha la tête. Mattie poursuivit :

— Et vous devez vous dire que jeter quelqu'un en prison parce qu'il ne peut pas payer une amende ou des frais de justice est une violation patente du Quatorzième Amendement garantissant aux individus les mêmes droits quels que soient les États. Et vous devez penser à cette décision de la cour suprême de 1983, décision dont le nom m'échappe mais qui stipulait que, pour incarcérer une personne pour défaut de paiement, il fallait prouver que cette personne ne payait pas volontairement. En d'autres termes, qu'elle pouvait payer mais qu'elle refusait de le faire. C'est bien ça qui vous tracasse ?

— C'est assez bien résumé.

— Cela se produit partout. Les JRA squattent les tribunaux civils dans une dizaine d'États du Sud. En moyenne, les gouvernements locaux récupèrent trente pour cent des amendes prononcées. Les JRA arrivent et annoncent un taux de remboursement de soixante-dix pour cent, sans que l'État ait à verser un dollar. Ce sont des gens comme Stocky qui financent les opérations de recouvrement. Les villes et les comtés sont tous dans le rouge financièrement ; alors les élus passent contrat avec les JRA et les tribunaux leur refilent le bébé. Les victimes sont placées sous contrôle judiciaire, et quand elles ne peuvent pas payer, on les met en prison. Et là, bien sûr, c'est le contribuable qui paie. Un détenu comme Stocky coûte à la collectivité trente dollars par jour.

— Ce genre de pratique ne peut pas être légale ?

— Ça n'est pas spécifiquement déclaré illégal. Ce sont de pauvres gens, Samantha, tout au bas de l'échelle, et à ces niveaux inférieurs les lois sont différentes. C'est là le cœur de cible du centre de la Montagne, façon de parler.

— C'est horrible.

— Oui, et ce n'est que le début de la fin. Puisqu'il a fauté et qu'il était sous contrôle judiciaire, Stocky risque de ne plus avoir droit aux bons alimentaires, aux aides au logement. Son permis de conduire va lui être retiré, et dans certains États, ils vont même jusqu'à priver le contrevenant de son droit de vote, si tant est que Stocky soit inscrit sur les listes électorales.

Lady revint dans le bureau, empestant le tabac, et guère plus détendue. Elles continuèrent l'inventaire des impayés.

— Vous pensez pouvoir faire quelque chose pour moi ? demanda Lady, les yeux brillants.

— Bien sûr, répondit Mattie avec un optimisme exagéré. J'ai eu quelques beaux succès contre les JRA. Ils ne sont pas habitués à affronter des avocats. Même s'ils jouent les gros durs, il est facile de les effrayer. Ils savent qu'ils franchissent la ligne jaune et ils ne veulent pas que ça se sache. Je connais le juge, et le ministère public n'a aucune envie de continuer à payer le gîte et le couvert pour Stocky. On va le sortir de là et lui permettre de travailler à nouveau. Ensuite, nous vous déclarerons sans doute en faillite personnelle pour sauver la maison et faire sauter quelques factures. Je négocierai avec les administrations.

Elle énumérait ces actions comme si c'était gagné d'avance. Même Samantha se sentit mieux. Lady parvint à sourire, son premier sourire.

— Donnez-moi un jour ou deux, ajouta Mattie, que je mette tout ça au point. Vous pouvez appeler Samantha quand vous voulez si vous avez des questions. Elle sait tout sur votre affaire.

Le cœur de la nouvelle stagiaire tressauta quand elle entendit prononcer son nom. Pour l'heure, elle se sentait totalement perdue.

— Il y aura donc deux avocats ? murmura Lady.

— Absolument, confirma Mattie.

— Et ce sera… gratuit ?

— Oui, Lady. Nous sommes un centre d'aide juridique. Nous ne facturons pas nos services.

Lady enfouit la tête dans ses mains et se mit à pleurer.

*

Samantha s'était à peine remise du premier rendez-vous qu'elle fut appelée pour le second. Annette Brevard, « la numéro deux » du centre, jugeait utile pour la formation de la nouvelle stagiaire qu'elle ait un avant-goût des affaires de violences conjugales.

Annette était divorcée, et mère de deux enfants. Elle habitait Brady depuis dix ans. Elle vivait autrefois à Richmond et pratiquait le droit dans un cabinet jusqu'à ce qu'un divorce compliqué la contraigne à faire ses valises. Elle s'était réfugiée à Brady avec ses enfants et avait commencé à travailler avec Mattie parce qu'il n'y avait pas d'autre emploi en Virginie. Elle ne comptait sans doute pas rester à Brady toute sa vie, mais qui sait ce que l'avenir réserve ? Elle habitait une vieille maison dans le centre-ville. Derrière la maison, il y avait un garage. Et, au-dessus, un appartement de deux pièces – où Samantha logerait pour quelques mois. Annette décréta que le loyer serait gratuit puisque le travail l'était aussi. Samantha avait refusé mais Annette s'était montrée intraitable. La jeune femme céda, n'ayant pas d'autre solution, et emménagea en promettant de faire du baby-sitting gratuitement en dédommagement. Annette l'autorisa même à garer sa Ford dans le garage.

La cliente d'Annette avait trente-six ans et s'appelait Phoebe. Elle était mariée à Randy, et ils venaient de passer un week-end difficile. Randy était en prison à quelques centaines de mètres de là (la prison où Samantha avait failli être enfermée) et Phoebe était assise devant Annette avec un œil au beurre noir, une entaille au nez, et une lueur de terreur dans les yeux. Avec gentillesse et compassion, Annette lui fit raconter son histoire. Encore une fois, Samantha prit un air pénétré sans dire un mot, noircissant des pages de notes. Elle était tombée dans un pays de fous !

Avec une grande douceur qui détendit même Samantha, Annette incita Phoebe à entrer dans les détails. Il y eut beaucoup de larmes et d'émotion. Randy était accro à la meth, dealer, et alcoolique aussi. Il la cognait depuis un an et demi. Il ne l'avait jamais frappée quand le père de Phoebe était en vie – Randy en avait peur – mais dès qu'il était mort, les violences avaient commencé. Il menaçait tout le temps de la tuer. Oui, elle prenait aussi de la meth, mais elle faisait attention, en tout cas, elle n'était pas accro. Ils avaient trois enfants, tous âgés de moins de dix ans. C'était son second mariage ; lui, son troisième. Randy avait quarante-deux ans et beaucoup d'amis sans scrupules dans le secteur de la meth. Elle avait peur de ces gens. Ils avaient de l'argent et ils paieraient sa caution d'un moment à l'autre. Une fois dehors, Randy chercherait à la retrouver. Il était furieux qu'elle ait appelé la police et l'ait fait arrêter. Le shérif ne le garderait pas en prison. Il la tabasserait jusqu'à ce qu'elle retire la plainte. En larmes, Phoebe piochait Kleenex sur Kleenex en racontant son histoire.

De temps en temps, Samantha écrivait une question fondamentale. « Où suis-je ? » ou « Qu'est-ce que je fais ici ? »

Phoebe ne voulait pas rentrer chez elle. Elle avait trop peur. Ses enfants étaient cachés chez une tante dans le Kentucky. Un adjoint du shérif lui avait dit que Randy passait devant le juge aujourd'hui. C'était peut-être déjà fait. Le montant de sa caution avait sans doute été fixé. Un coup de fil, et ses amis allaient débarquer avec l'argent pour le sortir de là.

— Il faut m'aider, répétait Phoebe encore et encore. Il va me tuer.

— Mais non, ne vous inquiétez pas, répondait Annette avec une étrange assurance.

À voir les larmes et la détresse de Phoebe, son attitude d'animal battu et terrorisé, Samantha partageait les craintes de la jeune femme. Randy pouvait débarquer à tout moment et créer des problèmes. Annette, pourtant, semblait parfaitement sereine.

Elle a connu ce genre de situation des centaines de fois, comprit Samantha.

— Samantha, allez sur Internet consulter le programme de la cour.

Elle lui donna le nom du site du comté de Noland et la stagiaire s'empressa d'ouvrir son ordinateur. Samantha commença la recherche, se coupant un moment du drame.

— Il faut que je divorce, dit la jeune femme. Je ne veux pas y retourner. Pas question.

— Très bien, nous déposerons une demande de divorce demain et une injonction pour lui interdire de s'approcher de vous.

— Une injonction ? C'est quoi ?

— Un ordre du tribunal, et s'il n'y obéit pas, le juge sera furieux et il retournera aussitôt en prison.

Phoebe esquissa un sourire, juste l'espace d'un instant.

— Il faut que je quitte la ville. Je ne peux pas rester ici. Il va se défoncer, oublier l'injonction et le juge, et il viendra me trouver. Le mieux serait qu'ils le gardent sous les verrous. Ce n'est pas possible ?

— Quelles sont les charges, Samantha ?

— Coups et blessures volontaires, répondit la nouvelle stagiaire au moment où elle trouvait l'affaire en ligne. Il sera jugé à 13 heures. La caution n'a pas encore été fixée.

— Coups et blessures volontaires ? s'étonna Annette. Avec quoi vous a-t-il frappée ?

Les larmes vinrent à nouveau. Phoebe s'essuya les joues du revers de la main.

— Avec un pistolet. Une arme qu'on garde dans un tiroir de la cuisine, déchargée à cause des enfants, mais les balles sont au-dessus du réfrigérateur, au cas où. On se disputait, on se hurlait dessus, et il a pris le pistolet et est allé vers le frigo, comme s'il voulait mettre des balles dedans pour me régler mon compte. J'ai essayé de le lui arracher alors il m'a frappée à la tête avec la crosse. Puis il l'a lâché et s'est mis à me donner des gifles à tout va des deux mains. Je me suis enfuie de la maison et suis allée me réfugier chez les voisins. C'est là que j'ai appelé les flics.

Annette leva la main pour l'arrêter.

— C'est pour ça que les charges sont coups et blessures « volontaires » – le recours à une arme.

L'avocate regarda Phoebe, puis Samantha et précisa :

— En Virginie, la peine pour ça, c'est entre cinq et vingt ans, selon les circonstances... le type d'arme, la gravité des blessures, etc.

Samantha prenait à nouveau fébrilement des notes. On lui avait parlé de ces points de droit à Columbia, mais cela faisait si longtemps.

— Évidemment, Phoebe, poursuivit Annette, votre mari va dire que c'est vous qui avez tenté de prendre le pistolet. Il pourrait même porter plainte contre vous. Comment allez-vous contrecarrer ça ?

— Il me dépasse d'une tête et pèse cinquante kilos de plus que moi. Personne sain d'esprit ne peut croire que j'ai voulu me bagarrer avec lui. Les flics, s'ils disent la vérité, confirmeront qu'il était saoul et enragé.

Il s'est battu avec eux. Et il a même fallu qu'ils lui filent un coup de Taser dans le cul.

Annette sourit, satisfaite. Elle jeta un coup d'œil à sa montre, ouvrit une chemise et sortit quelques papiers pré-imprimés.

— J'ai un rendez-vous téléphonique dans cinq minutes. Samantha, voici nos formulaires de demande de divorce. Les questions sont très directes. Passez tout ça en revue avec Phoebe et collectez le maximum d'infos possible. Je reviens dans une demi-heure.

Samantha saisit le questionnaire avec nonchalance, comme si elle en avait déjà eu des dizaines entre les mains.

Une heure plus tard, seule et à l'abri des regards dans son bureau de fortune, Samantha ferma les yeux et prit de longues inspirations. La pièce devait être un ancien débarras, un lieu minuscule où tenaient à peine deux chaises et une table ronde couverte d'une toile cirée. Mattie et Annette s'étaient excusées pour l'inconfort et avaient promis de lui trouver mieux. Un mur était percé d'une grande fenêtre qui donnait sur le parking derrière l'immeuble. Elle avait de la lumière. C'était déjà ça.

Son bureau à New York était à peine plus grand, en fait. Malgré elle, ses pensées la ramenaient là-bas, chez Scully & Pershing, avec ses promesses et ses horreurs. Elle sourit en songeant qu'elle ne travaillait pas au compteur ; adieu le stress de devoir déclarer ses heures, d'en faire toujours plus, pour enrichir les gros bonnets du cabinet, pour les impressionner, pour entretenir l'espoir, un jour, d'être comme eux. Elle consulta sa montre. 11 heures. Elle n'avait pas facturé la moindre minute. Et ce serait toujours comme ça. Le vieux téléphone sonna. Elle fut bien obligée de décrocher.

— Il y a quelqu'un en ligne sur la deux, annonça Barb.

— Qui est-ce ? s'enquit Samantha, inquiète.

Son premier appel.

— Un dénommé Joe Duncan. Ça ne me dit rien.

— Pourquoi veut-il me parler ?

— Il n'a pas dit ça. Il veut juste parler à un avocat et, pour le moment, Annette et Mattie sont occupées. Il ne reste que vous.

— C'est pour quel genre d'affaire ? demanda Samantha en contemplant ses six gratte-ciel miniatures qu'elle avait installés sur le dessus d'une armoire métallique provenant des surplus de l'armée.

— Sécurité sociale. Faites attention. Ligne deux.

Barb travaillait à mi-temps. Elle assurait l'accueil. Samantha avait échangé quelques mots avec elle à son arrivée le matin. Il y avait aussi une employée à mi-temps, une assistante juridique nommée Claudelle.

Samantha enfonça le bouton de la ligne deux.

— Samantha Kofer à l'appareil.

M. Duncan lui dit bonjour et lui posa des questions. Il voulait être certain qu'elle était avocate. Elle lui assura que c'était bien le cas, même si à cet instant précis elle en doutait fortement. Il débita aussitôt son histoire. Il traversait une mauvaise passe et voulait absolument en sortir. Le sort s'était acharné contre lui et sa famille. Rien qu'avec les dix premières minutes de son récit, il y aurait eu de quoi occuper un cabinet d'avocats à plein temps pendant plusieurs mois. Il était sans emploi – un licenciement abusif, mais c'était une autre histoire. Le vrai problème du moment, c'était sa santé. Avec un disque intervertébral abîmé, il ne pouvait plus travailler. Il avait demandé à la sécurité sociale une carte d'invalidité, et elle avait refusé. Et maintenant, c'était la descente aux enfers.

Samantha n'avait pas grand-chose à offrir sinon son écoute, alors elle le laissait parler. Après une demi-heure de soliloque, elle commença toutefois à s'ennuyer. Comment en finir ? Il était affolé et ne voulait pas la lâcher. Finalement, elle parvint à le convaincre qu'elle présenterait son affaire à leur spécialiste de la sécurité sociale et reviendrait vers lui au plus vite.

À midi, Samantha était affamée et vidée. Elle n'était pas fatiguée d'avoir lu et étudié pendant des heures d'épais contrats, d'avoir tenté d'impressionner ses supérieurs, d'avoir peur de ne pas être à la hauteur et de ne pas devenir associée. Elle avait vécu ces tourments pendant trois ans. Cette fois, c'était le choc émotionnel qui l'avait épuisée, celui de voir aux premières loges la souffrance humaine, des gens acculés, qui avaient désespérément besoin d'aide.

Pour ses collègues, c'était un lundi matin ordinaire. Elles se retrouvèrent en salle de réunion pour leur pique-nique hebdomadaire : chacune apportait son repas, parlait des clients, des affaires et de tout ce qui était important pour le centre. Mais ce lundi matin, le grand sujet était la nouvelle stagiaire. Elles tenaient à faire un bilan de la mi-journée. À la fin, on lui donna la parole.

— En fait, j'aurais besoin de conseils, annonça Samantha. Je viens d'avoir au téléphone un homme qui dit que la sécurité sociale n'a pas voulu lui donner sa carte d'invalidité. C'est possible, ça ?

Il y eut des rires. Cela semblait amuser tout le monde.

— On ne prend plus les cas « sécu », expliqua Barb, la réceptionniste.

C'était elle la gardienne du temple. Elle, qui filtrait les appels et les clients.

— Comment s'appelle ce gars ? s'enquit Claudelle.

Samantha eut un moment d'hésitation en voyant leurs regards curieux.

— Avant toute chose, éclairez ma lanterne. Comment ça se passe ici avec le secret professionnel ? Peut-on discuter entre nous de nos affaires, ou sommes-nous tenues au devoir de réserve, pour protéger notre relation client-avocat ?

D'autres rires fusèrent. Les quatre femmes échangèrent des regards complices en mordant dans leurs sandwichs.

— Ici, on se dit tout, expliqua Mattie. Pas de cachotteries. Mais dehors, pas un mot.

— D'accord.

Barb répondit avant Samantha :

— Il s'appelle Joe Duncan. Ce nom me dit quelque chose.

— J'ai eu affaire à lui, il y a un ou deux ans, précisa Claudelle. J'ai rempli une demande d'indemnisation. Et elle a été refusée. Une épaule amochée, je crois.

— Maintenant, c'est son dos qui va mal, déclara Samantha. Une sale histoire.

— Foutaises ! c'est un geignard professionnel, rétorqua Claudelle. C'est pour ça qu'on ne prend plus les cas « sécu ». Il y a trop de fraudeurs. C'est pourri, en particulier dans le coin.

— Alors qu'est-ce que je dis à ce Duncan ?

— Il y a un cabinet à Abingdon qui ne s'occupe que de ce genre de cas.

Annette renchérit :

— Cafell & Artchaw, deux associés qu'on appelle tous ici les Caf & Art, en clair : les Cafards. De sales types qui soudoient médecins et juges des affaires sociales. Tous leurs clients repartent avec une indemnité. Des experts en leur genre.

— Les Cafards obtiendraient une pension d'invalidité pour un triathlète ! lança Mattie.

— Donc, on ne prend jamais de…

— Jamais. Voilà.

Samantha mordit dans son sandwich à la viande de dinde reconstituée et regarda fixement Barb. On entendait presque sa question : « Puisqu'on ne prend jamais ce genre d'affaires, pourquoi tu ne me l'as pas dit ? » Mais Samantha ne fit aucune remarque. Elle préféra noter ça dans un coin de son esprit et se dire qu'il lui fallait se méfier. Trois années dans un grand cabinet d'affaires avaient affûté son instinct de survie. Les coups de couteau dans le dos étaient monnaie courante là-bas et elle avait appris à protéger ses arrières.

Elle ne dirait rien à Barb. Rien pour l'instant. Mais quand le moment sera venu…

Claudelle, apparemment, était la rigolote du groupe. Elle n'avait que vingt-quatre ans et était mariée depuis moins d'un an. Elle était enceinte d'un garçon déjà prénommé comme son père, et en plein dans les affres de la grossesse. Elle avait passé la matinée à vomir aux toilettes, et pestait contre Junior qui s'annonçait déjà aussi pénible que son papa.

Les conversations dans l'équipe étaient étrangement libres. En quarante-cinq minutes de pause, elles abordèrent non seulement les affaires du cabinet mais également les nausées du matin, les menstrues douloureuses, les contractions, l'horreur de l'accouchement, les hommes et le sexe. Et elles étaient intarissables.

Finalement, c'est Annette qui mit le holà en se tournant vers Samantha :

— On nous attend au tribunal dans un quart d'heure.

9

Samantha ne gardait pas de bons souvenirs des tribunaux. Certaines visites dans le saint des saints de la justice avaient été contraintes, d'autres volontaires. Alors qu'elle était en seconde au lycée, le grand Marshall Kofer, après un crash aérien, avait poursuivi un avionneur devant la cour fédérale de Washington et il avait convaincu le professeur d'éducation civique de Samantha qu'il serait très enrichissant pour ses élèves de venir le voir plaider. Pendant deux jours d'ennui, les gamins avaient écouté une pléiade d'experts disserter des effets de la glace sur l'aérodynamique des aéronefs. Loin d'être fière de son père, Samantha était mortifiée de se trouver malgré elle le centre d'attention de ses camarades. Heureusement pour Marshall, les élèves étaient de retour au lycée quand le jury avait rendu son verdict disculpant le constructeur d'avion. L'un des rares revers dans la carrière de Me Kofer. Sept ans plus tard, elle s'était retrouvée dans le même palais de justice, quoique dans une salle différente, pour voir son père plaider coupable lors de son propre procès. Un jour de liesse pour sa mère, qui ne prit pas la peine de se déplacer. Samantha était venue avec son oncle, un des frères de Marshall, pour assister en larmes à la curée. À Georgetown, on leur avait demandé de suivre quelques audiences d'une affaire criminelle, mais une grippe bienvenue lui avait évité cette corvée. Tout étudiant en droit organisait de faux procès, et elle avait trouvé ce jeu de rôle relativement amusant, mais elle ne voulait pas s'approcher d'un tribunal dans la vie réelle. Lorsqu'elle était stagiaire chez le juge fédéral, elle avait très rarement mis les pieds dans un palais de justice. Durant ses entretiens d'embauche, elle annonçait clairement que le milieu pénal ne l'intéressait pas.

Et voilà qu'elle faisait ses premiers pas dans le palais de justice du comté de Noland, et se dirigeait vers sa grande salle d'audience. Le bâtiment était une construction de brique plutôt jolie à deux étages, chapeautée d'un toit de zinc. Des tableaux poussiéreux décoraient l'intérieur – des portraits d'illustres barbus. Sur un mur, couvert de panneaux d'affichage, étaient punaisés toutes sortes d'avis et d'informations légales. Elle suivit Annette au premier étage. Sur le palier, un vieil huissier dormait sur sa chaise. Elles franchirent les grosses doubles portes et pénétrèrent dans le tribunal par le fond de la salle. À l'autre bout, sur son estrade, un juge avait le nez plongé dans ses dossiers, tandis qu'une poignée d'avocats triaient leurs papiers et plaisantaient entre eux. Sur la droite, le box des jurés était vide. Les hauts murs étaient décorés là aussi d'une collection de portraits, plus anciens encore – toujours des barbus, la mine sévère, la pose hiératique.

Deux greffières bavardaient et minaudaient devant les avocats. Quelques spectateurs attendaient de voir la justice en action.

Annette coinça un procureur. Elle fit rapidement les présentations pour Samantha. C'était Richard. Elle lui annonça qu'elles représentaient Phoebe Fanning et que leur cliente demandait le divorce.

— Qu'est-ce que tu sais sur cette affaire ? s'enquit Annette.

Le trio se mit à l'écart, près des bancs des jurés, là où on ne pourrait les entendre.

— D'après les flics, ils étaient tous les deux défoncés et avaient décidé de régler leurs différends par une bonne bagarre. Et c'est lui qui a eu le dessus. Apparemment, il y a un pistolet dans l'histoire, pas chargé, et avec, il l'a frappée à la tête.

Annette lui donna la version de Phoebe. Richard écouta sans l'interrompre.

— C'est Hump son avocat, dit-il. Tout ce qu'il veut, c'est une caution pas trop élevée. Je vais la faire monter et demander à ce qu'on garde notre ami au frais quelques jours de plus, le temps qu'il se calme et que ta cliente puisse prendre le large.

Annette hocha la tête.

— Merci, Richard.

Hump – Cal Humphrey de son vrai nom – était une figure de Brady. Elles étaient passées devant son cabinet en chemin. Annette le salua et lui présenta Samantha. La jeune femme ne pouvait détacher son regard de sa bedaine. Jamais elle n'en avait vu une aussi proéminente. Les bretelles bariolées qui retenaient son pantalon semblaient sur le point de craquer sous la pression. Elle n'osait se représenter le tableau si cela se produisait. Hump annonça à voix basse que « son gars », Randy... (il mit du temps à retrouver son nom de famille), devait à tout prix sortir de prison parce qu'il allait perdre son travail. Il ne croyait pas à la version de Phoebe. Pour lui, tout avait commencé quand elle avait agressé son client avec le pistolet.

— C'est pour cela qu'il y a des procès, marmonna Annette en s'éloignant avec Samantha.

Randy Fanning et deux autres prévenus furent amenés sous escorte dans la salle d'audience et placés au premier rang. On leur ôta les menottes et un policier resta à proximité. On aurait cru trois membres d'un même gang – les mêmes combinaisons orange délavé, les mêmes visages mal rasés, les mêmes cheveux hirsutes, les mêmes mines patibulaires. Annette et Samantha s'installèrent dans le public, le plus loin possible. Barb arriva dans la salle sur la pointe des pieds et tendit un dossier à Annette.

— Ce sont les papiers du divorce, annonça-t-elle.

Quand le juge appela Randy Fanning à la barre, Annette envoya un texto à Phoebe, qui attendait dans la voiture sur le parking du palais. Randy se tint devant le juge, avec Hump à sa droite et Richard à sa gauche, mais à deux mètres de lui. Hump commença son récit égrené de mensonges : il expliqua que son client avait besoin de retourner travailler, qu'il était un enfant du comté, et qu'on pouvait être certain qu'il se présenterait devant la cour à la moindre demande, etc. Ce n'était qu'une dispute entre époux qui pouvait être réglée sans l'intervention de la justice. Pendant qu'il défendait son client, Phoebe entra discrètement dans la salle et s'assit à côté d'Annette. Ses mains tremblaient. Elle avait les yeux brillants.

Richard, pour le ministère public, insista sur la gravité de l'accusation et sur la longue peine de prison qu'encourait le prévenu en pareil cas. C'était absurde, répliqua Hump. Son client était innocent. Il avait été honteusement agressé par sa femme « hystérique ». Si elle maintenait sa plainte, c'était elle qui pouvait se retrouver derrière les barreaux. Et la partie de ping-pong entre les deux avocats commença.

Le juge, un vieil homme débonnaire, intervint avec flegme :

— J'ai cru comprendre que la victime présumée est dans la salle. Est-ce exact, maître Brevard ? demanda-t-il en fouillant l'assistance des yeux.

Annette se leva d'un bond.

— Oui, elle est ici, Votre Honneur.

Annette marcha vers l'estrade du juge comme si elle était la maîtresse des lieux, Phoebe sur ses talons.

— Nous représentons Phoebe Fanning, dont j'ai ici la demande de divorce qui sera déposée dans dix minutes.

Samantha, cachée parmi le public, vit le regard noir que Randy lança à son épouse. Richard sauta sur l'occasion.

— Votre Honneur, je demande à la cour de bien vouloir noter les blessures que l'on distingue sur le visage de Mme Fanning. Cette femme a été rouée de coups, comme vous pouvez le constater.

— Je ne suis pas aveugle, répliqua le juge. Et je ne vois aucune séquelle sur votre visage, monsieur Fanning. La cour note aussi que vous dépassez le mètre quatre-vingts et que vous êtes plutôt bien bâti. Votre épouse est, pour dire les choses simplement, d'un petit gabarit. Vous l'avez frappée ?

Randy déplaça sa masse d'une jambe sur l'autre, visiblement mal à l'aise, et bredouilla :

— On s'est disputés, monsieur le juge. C'est elle qui a commencé.

— Je n'en doute pas. Le mieux, c'est que vous vous calmiez encore un jour ou deux en prison. Je vous renvoie donc en cellule. Nous nous reverrons jeudi. En attendant, maître Brevard, vous et votre cliente, finalisez urgemment vos démarches matrimoniales et tenez-moi informé.

— Mais, Votre Honneur, intervint Hump, mon client va perdre son travail !

— Il n'en a pas, lâcha Phoebe. Il fait le bûcheron par-ci, par-là, mais le reste du temps il vend de la meth.

Tout le monde retint son souffle alors que ces mots résonnaient dans la salle. Randy semblait prêt à cogner de nouveau sa femme.

— Emmenez-le, lança le juge. Et ramenez-le-moi jeudi.

Un huissier attrapa Randy et le fit sortir.

Devant les portes, se tenaient deux hommes, deux brutes avec des cheveux coupés ras et couverts de tatouages. Ils fixèrent les trois femmes lorsqu'elles quittèrent le tribunal.

— Ces types sont avec Randy, murmura Phoebe, une fois dans le hall. Tous dans la meth. Il faut que je quitte la ville.

Pareil pour moi ! lâcha Samantha en pensée.

Elles se rendirent au greffe du tribunal et firent enregistrer la demande de divorce. Annette voulait une audience au plus vite afin de demander une injonction interdisant à Randy de s'approcher de sa famille.

— Le premier créneau, c'est mercredi après-midi, annonça la secrétaire.

— On prend.

Les deux affreux les attendaient sur les marches du palais. Un troisième type, plus jeune, les avait rejoints, l'air très en colère. Il se planta devant Phoebe.

— Tu ferais mieux de retirer ta plainte, ou tu vas le regretter.

Phoebe ne recula pas. Elle soutint son regard, avec un aplomb forgé par des années de mépris.

— C'est Tony, le frère de Randy, expliqua-t-elle à Annette. Il sort tout juste de prison.

— Tu m'entends ? Retire ta plainte, grogna-t-il à nouveau.

— Je viens de demander le divorce, Tony. C'est terminé. Je quitte cette ville, mais tu peux être sûr que je serai là pour son procès. Je ne retirerai pas ma plainte, alors laisse-moi passer.

L'une des deux brutes regarda Samantha, l'autre Annette. L'instant s'éternisa. Hump et Richard, qui sortaient du palais, virent la scène.

— Ça suffit ! lança Richard.

Tony recula.

— Allons-y, les filles, ajouta Hump. Je vous raccompagne.

Hump, en descendant la rue vers le centre de la Montagne, se mit à parler d'une autre affaire où Annette et lui étaient opposés. Samantha suivait le train, encore remuée par l'incident, et se demandait si elle ne devrait pas avoir un pistolet dans son sac à main. Pas étonnant que Donovan exerce son métier armé jusqu'aux dents !

Le reste de l'après-midi s'écoula sans autres visites. Une chance. Elle avait vu assez de misère humaine pour sa première journée, et elle avait besoin d'étudier. Annette lui prêta un classeur contenant de la documentation pour avocats débutants, un bréviaire qui avait visiblement déjà beaucoup servi où l'on abordait le divorce et les litiges familiaux, les legs et les successions, les faillites, le droit des bailleurs et des locataires, le chômage, l'immigration, l'assistance publique. C'étaient des sujets rébarbatifs, du moins à la lecture, mais Samantha venait de comprendre, pour en avoir été témoin aux premières loges, que s'occuper de ces questions dans la vraie vie n'avait rien d'ennuyeux.

À 17 heures, elle appela Joe Duncan pour lui annoncer qu'elle ne pourrait pas s'occuper de son recours auprès de la sécurité sociale. Ses supérieures ne prenaient pas ce genre d'affaires. Elle lui donna le nom des deux avocats qui acceptaient ces dossiers et lui souhaita bonne chance. Duncan n'était pas très content.

Samantha passa voir Mattie à son bureau pour faire le bilan de cette première journée. Pour l'instant, tout allait bien, même si elle était encore ébranlée par l'altercation devant le palais.

— Ils n'iront pas chercher des noises à des avocats, la rassura Mattie. En particulier si c'est une femme. Cela fait vingt-six ans que j'ai affaire à ce genre de cas et je n'ai jamais été agressée.

— Félicitations. Et menacée, vous l'avez été ?

— Une fois ou deux, mais pas de quoi m'affoler. Tout ira bien, vous verrez.

Elle se sentait mieux quand elle quitta le centre de la Montagne pour rejoindre sa voiture, même si elle jetait des regards derrière elle. Une petite brume tombait, assombrissant encore la ville. Elle rangea sa Ford dans le garage sous son appartement et grimpa les marches.

Kim, la fille d'Annette, avait treize ans ; son fils, Adam, en avait dix. Ils étaient intrigués par leur nouvelle « colocataire » et voulurent à tout prix que Samantha dîne avec eux. La jeune femme accepta, mais ne comptait pas s'incruster tous les soirs chez ses hôtes. Avec son emploi du temps de fou à New York, et celui de Blythe tout aussi déraisonnable, Samantha avait pris l'habitude de dîner seule.

De son côté, Annette, accaparée par son travail stressant, n'avait guère le temps de cuisiner. À l'évidence, le ménage n'était pas non plus sa priorité. Au menu, ce fut hamburger au micro-ondes et salade de tomates venant du jardin d'une cliente. Elles burent de l'eau en bouteille – jamais du robinet. Pendant le repas, les gosses harcelèrent Samantha de questions sur sa vie, son enfance à Washington, comment c'était d'habiter et de vivre à New York, et pourquoi elle avait choisi de venir s'enterrer à Brady. Ils étaient vifs, sûrs d'eux, avaient la plaisanterie facile et le don de poser des questions très personnelles. Ils étaient toujours polis, toutefois, n'oubliant jamais les « oui, madame » ou les « non, madame ». Ils décidèrent que Samantha était trop jeune pour qu'on l'appelle madame Kofer, et Adam trouvait « Samantha » trop long. Elle s'appellerait donc Miss Sam. Elle leur dit qu'elle serait leur baby-sitter et ils la regardèrent avec de grands yeux.

— Pour quoi faire ? demanda Kim.

— Pour que votre mère puisse sortir et faire ce qu'elle veut.

Cette réponse les amusa.

— Mais maman ne sort jamais nulle part, expliqua Adam.

— C'est vrai, renchérit Annette. Il n'y a pas grand-chose à faire à Brady. Rien du tout, à part aller à l'église trois soirs par semaine.

— Parce que vous n'allez pas à l'église ?

Elle avait l'impression que dans les Appalaches il y avait une église pour cinq habitants. On voyait des petits clochers blancs partout, chaque paroisse croyant au bien-fondé des évangiles, à défaut de s'entendre sur le reste.

— Si, parfois le dimanche, répliqua Kim.

Après le repas, Kim et Adam, en enfants bien élevés, aidèrent à débarrasser et mirent les assiettes dans l'évier. Il n'y avait pas de lave-vaisselle. Ils voulaient regarder la télévision avec Miss Sam et ne pas faire leurs devoirs, mais Annette parvint à les convaincre d'aller dans leurs chambres.

— Allons prendre un thé et papotons, proposa Annette, craignant que son invitée ne s'ennuie.

N'ayant rien d'autre à faire, Samantha accepta. Annette ramassa un tas de linge sale et le plaça dans la machine à laver à côté du réfrigérateur. Elle lâcha une dosette de lessive, tourna le programmateur.

— Le bruit va couvrir nos paroles, expliqua-t-elle en attrapant des sachets de thé dans un placard. Ils sont sans théine, ça vous va ?

— Parfait, répondit Samantha en passant dans le salon.

C'était une petite pièce encombrée de rayonnages de livres, de piles de magazines et d'un assortiment de fauteuils qui n'avaient pas dû être époussetés depuis des mois. Dans un coin trônait une télévision LCD (il n'y avait pas de télévision dans son appartement au-dessus du garage) et dans l'autre angle, l'avocate avait installé un petit bureau avec un ordinateur et une pile de dossiers. Elle apporta deux tasses fumantes et en tendit une à Samantha.

— Parlons de trucs de filles.

— D'accord. Quel genre de trucs ?

— Commençons par le sexe, annonça Annette en s'asseyant dans le canapé à côté de Samantha. Combien de fois par semaine vous le faisiez à New York ?

On ne pouvait être plus directe ! Samantha rit puis hésita, comme si elle ne se rappelait plus la dernière fois où elle avait couché avec un garçon.

— Ça ne baise pas à tous les coins de rue, vraiment. À moins de le chercher. Dans mon monde, on travaillait trop pour avoir le temps de s'amuser. Une nuit de folie pour nous, c'était un bon dîner, un verre dans un bar et au lit ! On était trop fatiguées pour penser à autre chose.

— C'est dur à croire. Avec tous ces types riches en maraude. Comme dans *Sex and the City* – que je regarde en boucle d'ailleurs. Toute seule, évidemment, quand les gosses sont couchés.

— Je n'ai pas vu cette série. On m'en a parlé, mais à cette heure-là, j'étais au bureau. J'ai eu un petit ami pendant ces trois ans. Henry, un acteur qui cachetonne, mignon comme tout et super au lit. Mais il s'est lassé de mon emploi du temps et de ma fatigue. Bien sûr, on rencontre des tas de gars, mais la plupart ne veulent qu'un coup d'un soir. Les femmes sont juste du consommable. Et il y a une majorité de connards, des fils à papa qui ne parlent que de fric et qui se la pètent.

— Ça doit être génial !

— Ne vous imaginez pas ça. Absolument rien de glamour, je vous assure.

— Alors quoi ? C'était le désert ?

— Non, bien sûr. Un coup par-ci, par-là, mais rien dont je veuille me souvenir.

Samantha but une gorgée de thé. Elle voulait changer de sujet.

— Et vous ? Vous avez de quoi faire à Brady ?

Ce fut au tour d'Annette de rire. Elle marqua un silence, but un peu de thé, et eut un air triste.

— Il ne se passe pas grand-chose, vous savez. J'ai fait un choix. Maintenant, je vis ici, et ça va.

— Un choix ?

— Oui. Je suis arrivée à Brady il y a dix ans, une sorte de retraite. Mon divorce a été un cauchemar. Je devais mettre de la distance entre mon ex et moi. Et entre lui et ses enfants. On n'a quasiment aucun contact. Aujourd'hui, j'ai quarante-cinq ans, je suis encore pas trop mal fichue, au contraire de... enfin vous voyez.

— Je vois.

— Disons que la compétition n'est pas féroce dans le comté. Il y a eu deux types bien, mais aucun avec qui j'ai eu envie de vivre. L'un avait vingt ans de plus que moi, et je ne voulais pas faire ça à mes enfants. Les premières années, toutes les femmes du coin me présentaient un cousin. Je trouvais ça gentil, et puis j'ai compris. Si elles cherchaient à tout prix à me trouver un mari c'était de peur que je pique le leur. Mais les hommes mariés, ce n'est pas ma tasse de thé. C'est bien trop compliqué, que ce soit en ville comme à la campagne.

— Pourquoi restez-vous ici ?

— Vaste question ! Je ne suis même pas sûre de partir un jour. C'est un bon endroit pour élever des enfants, même s'il faut faire attention aux périls écologiques. À Brady ça va, mais dans les villages, les gosses sont tout le temps malades à cause de l'eau et des poussières de charbon. Pour répondre à votre question, je suis restée parce que j'aime ce travail. J'aime ces gens qui ont besoin de mon aide. Je peux avoir une incidence sur leurs existences. Vous les avez vus aujourd'hui. Vous avez vu leur peur, leur désespoir. Ils ont besoin de moi. Si je pars, quelqu'un me remplacera peut-être. Mais peut-être pas.

— Comment parvenez-vous à vous couper de toute cette souffrance quand vous rentrez chez vous ?

— Parfois, je ne peux pas. Ça me touche tellement que par moments j'en perds le sommeil.

— Ça me rassure de vous entendre dire ça. Parce que je ne cesse de penser à Phoebe Fanning, avec son visage tuméfié, ses gosses cachés au loin, et sa brute de mari qui va sans doute la tuer sitôt qu'il sera dehors.

Annette esquissa un sourire.

— J'ai vu beaucoup de femmes dans son cas, et elles ont toutes survécu. Phoebe va s'en sortir. Elle va déménager. On l'y aidera, et elle divorcera. Pour l'instant, Randy est en prison, ne l'oubliez pas, Samantha. Cela lui donne un avant-goût de ce qui l'attend s'il fait quelque chose de stupide. Et cette fois, ce sera pour le restant de ses jours.

— Je n'ai pas l'impression qu'il soit du genre à réfléchir beaucoup.

— Certes. C'est une brute et un toxico. Je ne cherche pas à minimiser la gravité de sa situation, mais Phoebe s'en sortira, j'en suis convaincue.

Samantha poussa un soupir et posa sa tasse sur la table.

— Je suis désolée, c'est si nouveau pour moi.

— D'avoir affaire à de vraies gens ?

— Oui. Être confrontée de si près à leurs problèmes, avoir les deux pieds dedans. Et on attend de nous qu'on

144

les sorte de là. Le dernier dossier que j'ai traité à New York, c'était pour un type mystérieux, un milliardaire – notre client – qui voulait faire construire un grand hôtel de luxe à Greenwich Village. C'était vraiment le projet le plus moche que j'aie vu. Un truc horrible et tape-à-l'œil. Il avait viré trois ou quatre architectes et son bâtiment devenait chaque jour plus grand et plus vilain. La municipalité n'en voulait pas, alors il attaquait en justice les politiques ou les achetait. Un promoteur comme on en voit beaucoup à Manhattan. Je l'ai rencontré une fois, entre deux portes, quand il a débarqué au bureau pour incendier mon collègue. Un vrai connard. Mais c'était notre client, mon client. Je détestais ce type. Je rêvais de le voir se planter.

— Et il s'est planté ?

— Oui. Et on était tous secrètement ravis. C'était le monde à l'envers. On avait passé des tonnes d'heures sur son affaire, on lui en avait facturé pour une fortune, et on avait envie de sabrer le champagne quand le projet est tombé à l'eau. C'est ça une relation client ?

— Moi aussi, j'y serais allée de ma coupette.

— Et aujourd'hui, je m'inquiète pour Lady Purvis avec son mari en prison pour une petite dette, et je me creuse les méninges pour que Phoebe soit loin avant que sa brute de mari ne sorte de cellule.

— Bienvenue dans notre monde, Samantha. Et demain, ça risque d'être pire.

— Je ne suis pas sûre d'être de taille pour ça.

— Vous l'êtes. Il faut être solide pour ce boulot et vous êtes bien plus forte que vous ne le pensez.

Adam était revenu ; il avait fini ses devoirs et voulait faire un gin-rummy avec Miss Sam.

— Il se prend pour un as des cartes, annonça Annette. Et il triche.

— Je n'ai jamais joué au gin-rummy, lui expliqua Miss Sam.

Mais Adam battait déjà les cartes avec la dextérité d'un croupier de Las Vegas.

10

Très souvent, les journées de travail de Mattie débutaient par un café avec Donovan à 8 heures tapantes. Elle fermait la porte de son bureau, ne répondait pas au téléphone, pour pouvoir échanger librement des derniers ragots en ville. S'enfermer était superflu parce que personne n'arrivait au centre avant 8 h 30, heure à laquelle Annette débarquait après avoir déposé ses enfants à l'école. Toutefois, Mattie tenait à protéger cette intimité qu'elle avait avec son neveu.

Les règles dans ce cabinet paraissaient assez lâches. On avait dit à Samantha de se montrer « vers 9 heures » et de travailler jusqu'à trouver le bon moment pour s'arrêter en fin d'après-midi. De prime abord, ça l'avait inquiétée. Passer de cent heures par semaine à quarante ; le changement risquait d'être violent ? Mais non, c'était tout à fait supportable. Cela faisait des années qu'elle n'avait pas dormi jusqu'à 7 heures du matin et c'était bien agréable. À 8 heures, toutefois, elle tournait déjà comme une lionne en cage, impatiente de commencer sa journée. Le mardi, elle arriva donc au centre de bon matin, passa devant la porte close du bureau de Mattie, entendit des voix de l'autre côté, et poursuivit son chemin jusqu'à la cuisine pour se servir un café. Elle venait de s'installer derrière son ordinateur, comptant consacrer une heure ou deux à potasser, ou du moins jusqu'à ce qu'on vienne la chercher pour assister à un nouvel entretien, quand Donovan apparut sur le seuil.

— Bienvenue à bord !

— Bonjour.

Il jeta un coup d'œil circulaire.

— Je suis sûr que votre bureau à New York était bien plus grand.

— Pas vraiment. Les nouveaux comme nous, on les entassait en « batterie » comme ils disaient, dans de petites pièces qu'on partageait à trois ou quatre et où on pouvait toucher son voisin rien qu'en tendant le bras. Cela faisait des économies de loyer et permettait à nos supérieurs de tenir leurs objectifs financiers.

— Je comprends que tout cela vous manque !

— Je crois surtout que je suis encore sous le choc.

Elle désigna l'unique siège devant elle.

— Asseyez-vous, je vous en prie.

Donovan prit place sur la petite chaise.

— Mattie m'a dit que vous êtes allée au tribunal pour votre premier jour.

— C'est vrai. Que vous a-t-elle raconté encore ?

Tous ses faits et gestes allaient-ils être ainsi rapportés chaque matin ?

— Rien de plus. C'était juste un brin de causette entre deux avocats d'une petite ville. Randy Fanning était autrefois un type bien, avant qu'il ne plonge dans la meth. Il finira mort ou en prison, comme beaucoup de gars ici.

— Vous pouvez me prêter l'une de vos armes ?

Il lâcha un rire.

— Vous n'en avez pas besoin. Les dealers de meth sont bien moins dangereux que les compagnies minières. Quand vous consacrerez votre temps à les attaquer en justice, alors je vous donnerai une arme. Je sais qu'il est encore tôt, mais vous avez prévu quelque chose pour le déjeuner ?

— Je n'ai rien prévu même pour le petit déj !

— Alors, je vous invite. Un déjeuner de travail à mon cabinet. Sandwich poulet salade.

— Un tel festin, ça ne se refuse pas.

— Midi ? Ça colle avec votre planning ?

Elle fit mine de consulter son agenda.

— C'est votre jour de chance, j'ai justement un créneau à ce moment-là.

— Alors à tout à l'heure, lança-t-il en se levant d'un bond.

Elle se remit à étudier le droit pénal, espérant être tranquille un moment. À travers les cloisons, elle entendait Annette parler d'une affaire avec Mattie. Le téléphone sonnait de temps en temps. Chaque fois, elle retenait son souffle, priant pour que Barb passe l'appel à quelqu'un d'autre, à quelqu'un de compétent. Sa bonne étoile brilla jusqu'à 10 heures, jusqu'à ce que la standardiste débarque dans son bureau.

— Je m'absente pour une heure, annonça-t-elle. Je vous laisse la réception.

Et elle disparut avant que Samantha n'ait le temps de poser la moindre question.

Autrement dit, elle allait devoir remplacer Barb à l'accueil, gérer seule les arrivées, recevoir de pauvres âmes en peine incapables de se payer les services d'un vrai avocat. Il lui faudrait aussi répondre au téléphone, transférer les appels à Mattie ou Annette, ou simplement botter en touche. Et des appels, il y en eut : une personne voulut parler à Annette, qui était en rendez-vous avec un client. Une autre demanda Mattie, qui était partie au tribunal. Une autre encore souhaitait contester le rejet d'une demande d'invalidité et Samantha s'empressa de la rediriger vers un cabinet privé. Puis les portes s'ouvrirent. Une vieille dame, Mme Francine Crump, entra dans le hall pour soumettre une affaire qui allait empoisonner l'existence de Samantha pendant des mois.

Mme Crump voulait simplement faire rédiger un testament, « un tout simple qui ne coûte rien ». Les legs directs ne posaient pas de problèmes. Leur rédaction pouvait aisément être effectuée par des débutants. De véritables aubaines pour les jeunes avocats, car il y avait peu de chances de faire des erreurs. Rassurée, Samantha conduisit Mme Crump dans la petite salle de réunion et laissa la porte ouverte pour garder un œil sur le hall d'entrée.

Mme Crump avait quatre-vingts ans et faisait parfaitement son âge. Son époux était mort depuis longtemps et ses cinq enfants s'étaient dispersés aux quatre coins du pays. Tous loin de chez elle. Elle disait qu'ils l'avaient oubliée ; ils venaient rarement lui rendre visite, et n'appelaient pas plus. Elle voulait faire un testament qui ne leur laisserait aucun de ses biens. À en juger par son apparence, et par le fait qu'elle cherchait à faire rédiger un testament gratuitement, Samantha supposa que ces « biens » devaient se réduire à pas grand-chose. La vieille dame habitait Eufaula, un petit village « en plein milieu de Jacob's Holler ». Samantha nota scrupuleusement, comme si elle savait où c'était. Il n'y avait dans la succession aucun passif, et aucun actif, sinon une vieille maison et trente hectares de terre, un terrain qui était dans la famille depuis toujours.

— Vous avez une idée de la valeur de la terre ?

Francine Crump pinça son dentier et répondit :

— Plus qu'on ne le croit. Les gens du charbon sont venus me trouver l'année dernière pour me l'acheter, mais je les ai envoyés balader. Je ne vends pas à ces gens, ça non ! Ils font tout sauter par ici. Ils ont complètement rasé Cat Mountain. C'est une honte. Je ne veux rien de ces sociétés de charbon.

— Combien vous ont-ils proposé ?

— Beaucoup. Et je ne l'ai pas dit non plus à mes enfants. Et je ne leur dirai pas. Je suis en mauvaise santé et je n'en ai plus pour longtemps. Si mes gosses récupèrent la terre, ils vont la vendre à ces voyous avant que je ne sois enterrée. Ça ne fait aucun doute. Je les connais.

Elle plongea la main dans son sac et en sortit une liasse de papiers pliés en deux.

— Voilà le testament qu'ils ont préparé il y a cinq ans. Ils m'ont emmenée chez une avocate, juste en bas de la rue, et m'ont fait signer ça.

Samantha déplia les feuilles et lut les dernières volontés de Francine Cooper Crump. Au troisième paragraphe, il était indiqué qu'elle laissait tout à ses cinq enfants et qu'ils se répartiraient l'héritage en parts égales. Samantha consigna d'autres notes pour se donner une contenance.

— Madame Crump, pour le fisc, j'ai besoin d'avoir une évaluation pécuniaire du patrimoine.

— Une quoi ?

— Quelle somme a avancée la compagnie minière ?

Elle eut une mimique de dégoût, puis se pencha vers la jeune femme et répondit à voix basse :

— Deux cent mille et des poussières, mais ça vaut le double. Peut-être même le triple. On ne peut pas faire confiance à ces gens. Ils font toujours des offres en dessous, et jusqu'au bout, ils cherchent à vous arnaquer.

Soudain, ce qui paraissait simple ne l'était plus du tout. Samantha opta pour la prudence :

— D'accord. Qui voulez-vous désigner comme légataire pour ces trente hectares ?

— Je veux les donner à ma voisine, Jolene. Elle vit de l'autre côté de la rivière sur sa propre terre et elle ne veut pas vendre non plus. J'ai confiance en elle et elle m'a promis de veiller sur mes hectares.

— Vous en avez déjà parlé avec elle ?

— On en parle tout le temps. Elle et son mari, Hank, vont faire la même chose de leur côté. Ils me laissent leur terre s'ils viennent à partir avant moi. Mais ils sont en meilleure santé. À mon avis, c'est moi qui vais m'en aller la première.

— Mais s'ils meurent avant vous ?

— Cela m'étonnerait. J'ai de la tension, le cœur malade, et de l'arthrite partout.

— Certes, mais s'ils disparaissent en premier et que vous héritiez de leur terrain, que va-t-il se passer à votre mort. À qui va aller la propriété ?

— En tout cas, pas à mes enfants, ni à leurs enfants. Dieu m'en garde ! Ce sont tous des intéressés.

— Je comprends bien, mais quelqu'un devra hériter de la terre. Vous avez quelqu'un en tête ?

— C'est pour ça que je suis ici, pour parler à un avocat. J'ai besoin de conseils pour décider.

Brusquement, il y avait un enjeu financier, et plusieurs scenarii possibles. Le nouveau testament allait sans doute être contesté par les cinq enfants, et hormis ce qu'elle avait lu dans la documentation d'Annette, Samantha ne connaissait rien au droit successoral. Elle se rappelait vaguement un ou deux cas qu'elle avait étudiés en cours, mais c'était si vieux. Elle gagna du temps : elle prit des notes, posa des questions sans grand intérêt pendant une demi-heure, et parvint à convaincre Francine Crump que le mieux serait de revenir dans quelques jours quand Samantha aurait étudié son dossier avec ses collègues. Barb réapparut et, avec adresse, raccompagna la nouvelle cliente jusqu'à la porte.

— C'était à quel sujet ? demanda-t-elle quand la vieille dame fut partie.

— C'est compliqué, répondit Samantha. Si on a besoin de moi, je suis dans mon bureau.

*

Le cabinet de Donovan était bien plus accueillant que celui de Mattie. Des fauteuils en cuir, des tapis, du plancher à l'ancienne avec une belle patine. Un grand lustre surplombait le hall d'entrée. Finalement, tout le monde n'était pas fauché à Brady, songea Samantha. Dawn, la standardiste, l'accueillit poliment et annonça qu'elle pouvait monter à l'étage. Son patron l'attendait là-haut. Dawn partait déjeuner. Au moment de grimper l'escalier en colimaçon, Samantha entendit la porte d'entrée se refermer et le verrou cliqueter. Il n'y avait personne d'autre dans les murs.

Donovan était au téléphone, assis derrière un grand bureau qui semblait très vieux. Il lui fit signe de s'asseoir dans l'un des fauteuils. « Je dois te laisser », dit-il à son interlocuteur avant de raccrocher.

— Bienvenue dans mon donjon ! lança-t-il. C'est de là qu'on tire le canon !

— C'est joli, déclara-t-elle en regardant tout autour.

La vaste pièce donnait sur le balcon. Les murs étaient couverts d'élégants rayonnages, remplis de manuels et de traités de droit, et autres gros volumes destinés à impressionner la clientèle. Dans un coin, il y avait un présentoir à fusils, arborant huit modèles. Samantha n'aurait su distinguer un fusil à pompe d'une carabine de chasse, mais tous semblaient prêts à l'emploi.

— Il y a des armes partout.

— Je chasse beaucoup. Depuis tout petit. Quand on grandit dans ces montagnes, on passe son temps en forêt. J'ai tué mon premier chevreuil à l'âge de six ans. À l'arc.

154

— Félicitations. Et que me vaut cette invitation à déjeuner ?

— Vous me l'aviez promis, vous vous souvenez ? La semaine dernière, juste après vous avoir fait sortir de prison.

— Mais on avait dit au Brady Grill en bas de la rue.

— J'ai pensé qu'on serait plus tranquilles ici. En plus, je préfère éviter les lieux publics. Comme je vous l'ai dit, on ne m'aime pas beaucoup par ici. Parfois, les gens ont des propos désagréables ou font des scènes. Ça peut gâcher un bon repas.

— Je ne vois rien à manger.

— Le repas se trouve dans la salle des opérations. Venez.

Elle le suivit dans un petit couloir pour rejoindre une pièce tout en longueur aux murs aveugles. Au bout d'une table encombrée de dossiers, deux boîtes-repas et deux bouteilles d'eau.

— Madame est servie ! lança-t-il.

Samantha s'approcha d'un des murs et observa une photo grand format ; le tirage faisait bien deux mètres cinquante de hauteur, une image en couleurs, représentant une scène tragique. Un énorme rocher, de la taille d'une voiture, s'était encastré dans un mobile home, le déchirant en deux.

— Qu'est-ce que c'est ?

— Une affaire en cours, répondit-il en se postant à côté de la jeune femme. Un million de dollars en dommages et intérêts. Ce caillou provenait d'Enid Mountain. C'est à environ cinquante kilomètres d'ici, dans le comté de Hopper. Il y a deux ans, ils ont commencé à creuser la montagne. Ils ont fait sauter le sommet pour sortir le charbon. Le 14 mars de l'année dernière, à 4 heures du matin, un bulldozer appartenant à la Strayhorn Coal, une compagnie minière sans scrupules, dégageait l'endroit, sans permis, et ce rocher a été balancé dans la vallée avec le reste des déblais. Mais à cause de sa taille, le rocher a pris de la vitesse et s'est mis à descendre le lit de cette rivière à sec. (Il indiqua l'emplacement de l'ancien cours d'eau sur une carte punaisée à côté de la photo.) Il a roulé comme ça sur près d'un kilomètre et demi, et a fini sa course dans ce mobile home. Dans la chambre du fond, il y avait deux enfants, deux frères, Eddie Tate onze ans et Brandon Tate huit ans. Ils dormaient à poings fermés, évidemment à cette heure. Leur père était en prison pour avoir fabriqué de la meth. Leur mère travaillait la nuit dans une supérette. Les garçons ont été tués sur le coup, écrasés comme des crêpes.

Samantha regardait la photo, bouche bée.

— C'est horrible.

— Oui. La vie à proximité d'une mine réserve toujours des surprises. Le sol tremble, les fondations se fissurent. La poussière du charbon s'insinue partout. L'eau des puits vire à l'orange. Et des rochers pleuvent du ciel. Il y a deux ans, en Virginie-Occidentale, un couple, les Herzog, profitait du soleil à côté de leur piscine un samedi après-midi quand un bloc d'une tonne venant de nulle part a atterri dans le bassin. Ils ont été douchés. Et la piscine détruite. On a attaqué la compagnie et récolté quelques dollars, mais pas grand-chose.

— Et vous poursuivez la Strayhorn Coal ?

— Oh oui ! Le procès a lieu lundi prochain au tribunal de Colton.

— Ils ne veulent pas d'un accord à l'amiable ?

— La société a écopé d'une amende par nos valeureuses institutions. Vingt mille dollars. Autant dire une broutille. Mais ils font de la résistance. Non, ils ne veulent pas d'accord. Leur compagnie d'assurances a proposé royalement cent mille dollars.

— Cent mille dollars pour deux enfants tués ?

— Les enfants, ça ne vaut pas grand-chose, en particulier dans les Appalaches. Ils n'ont pas de valeur économique puisque, évidemment, ils ne travaillent pas. Cette affaire est l'occase de leur demander un max pour l'exemple – la Strayhorn Coal pèse dans les cinq cents millions de dollars – et je vais leur faire cracher un million ou deux. Malheureusement nos éminences grises qui font nos lois en Virginie ont décidé de plafonner les sanctions financières dans ce genre d'affaires.

— Cela me dit quelque chose. J'ai eu cette question à l'examen.

— Le plafond est de trois cent cinquante mille dollars, quels que soient les torts de l'accusé. Un cadeau de notre gouvernement fait aux assurances. Comme tous les plafonds dans ce secteur.

— J'ai l'impression d'entendre mon père.

— Vous voulez manger ou rester plantée là ?

— Je ne suis plus sûre d'avoir très faim.

— Eh bien, moi si !

Ils s'installèrent à table et déballèrent leurs sand-wichs. Samantha mordit dans le sien sans conviction.

— Vous avez essayé de négocier avec eux ?

— J'ai demandé un million. Ils ont répondu cent mille. Autant dire qu'on est loin de trouver un terrain d'entente. Ces gens, les avocats des assurances comme les dirigeants de l'entreprise, espèrent profiter du fait que la famille est dans la merde et pas très soudée. Ils savent aussi que beaucoup de jurés dans la région soit craignent les compagnies minières, soit les sou-tiennent. Quand on poursuit l'une de ces sociétés dans les Appalaches, les dés sont souvent pipés côté jury. Même ceux qui les détestent préfèrent faire profil bas. Tout le monde a un proche ou un ami qui travaille dans le charbon. Cela crée une dynamique particulière en salle d'audience.

Samantha tenta d'avaler un autre morceau en jetant un regard circulaire dans la pièce. Les murs étaient tapissés d'agrandissements de photos et de cartes, cer-taines estampillées « preuve à conviction », d'autres attendant encore d'être présentées à la cour.

— Ça me rappelle le bureau de mon père, du moins autrefois.

— Marshall Kofer. Je me suis renseigné. Un sacré avocat en son temps.

— Oui, bien sûr. Quand j'étais petite, si je voulais le voir, je devais aller à son bureau – à condition qu'il ne soit pas parti à l'autre bout du monde. Il travaillait tout le temps. Il dirigeait un grand cabinet. Quand il ne parcourait pas la planète en chasse du dernier crash aérien, il préparait ses procès au bureau. Il avait une grande pièce comme ici, encombrée de dossiers. Maintenant que j'y pense, il l'appelait aussi sa salle des opérations.

— Je n'ai pas inventé le terme. La plupart des cabinets d'avocats en ont une.

— Il y avait aussi plein de photos aux murs, des cartes et toutes sortes de documents. C'était impressionnant, même pour un enfant. Je me souviens encore de la tension qui régnait, quand lui et ses gars se préparaient pour le procès. C'était de grosses affaires, avec beaucoup de morts, et une armée d'avocats. Plus tard, il m'a expliqué que, dans la plupart des cas, un accord était trouvé avant le procès. Déterminer les responsabilités posait rarement problème. Un avion s'écrasait, ce n'était pas la faute des passagers. Les compagnies aériennes avaient plein d'argent et des assurances en béton, mais elles s'inquiétaient pour leur image, alors elles acceptaient souvent un arrangement. Et lâchaient des sommes pharaoniques.

— Vous n'avez jamais eu envie de travailler avec lui ?

— Jamais. Il était impossible à vivre, du moins à l'époque. Il avait un ego démesuré, il était alcoolique et se comportait parfois comme un vrai connard. Je ne voulais aucun contact avec son monde.

— Et puis c'est lui qui s'est crashé en vol.

— Tout juste.

Elle se leva et alla examiner une autre photo, où l'on voyait une voiture accidentée. Les sauveteurs tentaient d'extraire quelqu'un coincé dans la carcasse.

Donovan resta assis à mâchonner ses chips.

— J'ai défendu cette affaire dans le comté de Martin, en Virginie-Occidentale, il y a trois ans. J'ai perdu.

— Que s'est-il passé ?

— Un camion transportant du charbon est descendu de la montagne, trop chargé, et roulant bien trop vite. Il s'est déporté sur la gauche dans un virage et a percuté une petite Honda. La conductrice, ma cliente, avait seize ans. Tuée sur le coup. Si vous regardez bien, on voit son pied gauche en bas, qui pend de la portière.

— C'est bien ce que je craignais d'avoir aperçu. Les jurés ont eu ce cliché entre les mains ?

— Bien entendu. Ils ont tout vu. Pendant cinq jours, je ne leur ai rien épargné, mais en vain.

— Comment avez-vous pu perdre ?

— Je perds la moitié de mes procès. Pour cette affaire, le chauffeur est venu à la barre, a juré de dire la vérité et a menti pendant trois heures. Il a dit que c'était Gretchen qui roulait à gauche et qui était responsable de l'accident, en laissant entendre qu'elle voulait mettre fin à ses jours. Les compagnies minières sont rusées et elles ne laissent jamais un camion descendre seul. Ils voyagent en binôme, alors il y en a toujours un pour couvrir l'autre. C'est ainsi qu'on a des conducteurs de camions de cent tonnes, débordant de charbon, qui roulent pied au plancher. Ils défoncent nos routes et nos petits ponts qu'empruntent tous les jours nos cars scolaires, faisant fi de toutes les lois. Et quand il y a un accident, c'est souvent un carnage. En Virginie-Occidentale, ils tuent une personne par semaine. Le chauffeur jure ses grands dieux qu'il n'a rien fait de mal, son acolyte confirme, et comme il n'y a pas d'autres témoins, le jury soutient le charbon.

— Vous ne pouvez pas faire appel ?

Donovan se mit à rire, comme si elle venait de lancer une bonne blague. Il avala une longue rasade d'eau.

— Bien sûr, légalement, nous pouvons. Mais en Virginie-Occidentale, les juges sont élus, ce qui est une abomination. En Virginie, les lois sont totalement iniques, mais au moins on n'élit pas nos magistrats. Il y a cinq juges à la cour suprême de la Virginie-Occidentale. Ils sont en poste pour quatre ans et puis c'est la course à la réélection. Et qui finance leur campagne ?

— Les compagnies minières.

— Bingo ! Ils influencent les politiques, les organismes de contrôle, les juges, et souvent les jurés. Ce n'est donc pas l'âge d'or pour nous autres des parties civiles.

— Adieu l'équité de la justice, souffla-t-elle en contemplant toujours les photographies.

— Parfois, on gagne. Dans l'affaire Gretchen, la chance a été de notre côté. Un mois après le procès, le même chauffeur a heurté une autre voiture. Par bonheur, personne n'a été tué, juste quelques os cassés. Un policier présent sur les lieux a été intrigué et a interrogé le chauffeur du camion. Il avait un comportement bizarre et finalement il a admis qu'il travaillait depuis quinze heures sans pause. Pour tenir le coup, il buvait du Red Bull avec de la vodka et sniffait de la meth. Le policier a alors allumé un magnétophone et lui a posé des questions sur l'accident avec

Gretchen Bane. Le gars a reconnu que son patron lui avait demandé de mentir, avec force menaces. J'ai apporté la copie de l'enregistrement et ai présenté un tas de réclamations. La cour a été obligée d'accepter la tenue d'un nouveau procès. On attend toujours la date. Finalement, je vais les coincer.

— Et le chauffeur ? Que lui est-il arrivé ?

— C'est un repenti, il nous donne tous les secrets de l'Eastpoint Mining, son ex-employeur. On lui a crevé les pneus. On lui a tiré dessus à travers la fenêtre de sa cuisine. Deux balles. Aujourd'hui, il se cache, dans un autre État. Je lui envoie de l'argent pour qu'il puisse survivre.

— C'est légal ?

— La légalité ? C'est un mot inconnu dans les régions minières. Rien n'est ni blanc ni noir. Mes ennemis violent toutes les lois, alors le combat ne se fait jamais dans les règles de l'art. Jouez franc jeu, et vous êtes morts, même si on est du côté des gentils.

Samantha retourna s'asseoir et grignota une chips.

— J'avais donc bien raison de ne pas vouloir m'approcher du droit pénal.

— Je suis triste de vous entendre dire ça, rétorqua-t-il avec un sourire, ses yeux suivant le moindre de ses gestes. Je pensais vous proposer un travail.

— Quel dommage.

— Je suis sérieux. Vous auriez pu faire des recherches pour moi et je vous aurais payée. Je sais ce que vous gagnez chez Mattie. Je me disais que cela pouvait vous tenter de mettre du beurre dans les épinards en faisant un peu de documentation pour moi.

162

— Ici, dans votre cabinet ?

— Évidemment. Rien qui interférerait avec votre stage. Uniquement en dehors des heures de bureau et le week-end. Vous ne vous ennuyez peut-être pas encore à mourir à Brady, mais ça va venir, n'ayez crainte.

— Pourquoi moi ?

— Parce que je n'ai personne d'autre. J'ai deux assistantes et l'une s'en va demain. Je me méfie de tous les autres avocats en ville, comme de tout le monde travaillant dans le milieu. Je suis un obsédé du secret et, comme vous venez d'arriver, vous ne savez rien sur personne. Vous êtes donc une perle rare pour moi.

— Je ne sais que vous dire. Vous en avez parlé à Mattie ?

— Pas de ça, non. Mais si ça vous intéresse, je lui en toucherai deux mots. Elle ne me refuse jamais rien. Mais si vous ne voulez pas, c'est sans problème, vraiment. Je comprendrai.

— Entendu, je vais y réfléchir. Mais je viens juste de commencer un nouveau travail et je ne comptais pas en chercher un autre, du moins pas tout de suite. En plus, je n'aime pas les tribunaux.

— Vous n'aurez pas besoin d'y aller. Vous resterez cachée ici, à faire des recherches, à préparer les dossiers, à bosser de longues heures comme dans votre ancienne vie.

— Justement, j'essayais d'en changer.

— Je comprends. Prenez votre temps. On en reparlera plus tard.

Ils mangèrent pendant un moment, mais le silence était trop pesant pour Samantha.

— Mattie m'a un peu raconté votre vie.

Il sourit et repoussa son plat.

— Que voulez-vous savoir ? Pour ça, je n'ai pas de secrets.

Elle en doutait fortement. Les questions se bousculaient dans sa tête : qu'est-il arrivé à votre père ? À quel point êtes-vous séparé de votre femme ? Vous la voyez souvent ?

Plus tard peut-être.

— Rien en particulier. C'est juste un parcours intéressant.

— Intéressant, oui. Et tragique. Triste et plein de rebondissements. Mais s'il y a quelque chose à retenir, c'est que j'ai trente-neuf ans et que je vais mourir jeune.

Elle ne voyait pas quoi répondre à ça. Alors elle se tut.

11

La route pour Colton sinuait dans la montagne, offrant des vues imprenables sur les crêtes avant de replonger dans les vallées, avec leur cohorte de cahutes et de mobile homes, entourés d'épaves de voitures. Elle longeait un torrent virginal et bouillonnant, avec une eau si claire qu'on avait envie de la boire, et au moment où l'on était transporté par tant de beauté, la route traversait un autre village fantôme, des maisons à l'abandon serrées les unes aux autres à l'ombre éternelle des montagnes. Le contraste était saisissant : la magnificence des Appalaches et la pauvreté des gens qui y vivaient. Il y avait quand même quelques jolies demeures, avec des pelouses entretenues, de petites clôtures blanches, mais c'était des exceptions.

Mattie, au volant, faisait la conversation, et Samantha profitait du paysage. Alors qu'elles grimpaient vers un col, sur une rare portion de ligne droite, un gros camion arriva en face. Un engin sale, couvert de poussière noire, un filet tendu sur la benne. Il dévalait la montagne, visiblement bien trop vite, mais il resta sur sa voie. Après avoir croisé le poids lourd, Samantha demanda :

— C'était un camion de charbon, n'est-ce pas ?

Mattie jeta un coup d'œil dans son rétroviseur comme si elle n'avait rien remarqué.

— Oui. Ils le transportent après l'avoir lavé, quand il est prêt à être vendu. Il y en a partout.

— Donovan m'a parlé de ces engins, hier. Il ne les porte pas dans son cœur.

— Je suis prête à parier que ce camion était trop chargé et qu'il n'aurait pas pu passer les contrôles.

— Et personne ne vérifie ?

— Rarement. Et le plus souvent l'inspection du travail prévient de son arrivée. Les meilleurs, ce sont les gars qui surveillent le dynamitage. Ils sont prévisibles comme des horloges et quand ils se présentent sur un chantier, devinez quoi ? Tout est fait absolument dans les règles. Et dès qu'ils sont partis, ça explose de partout, sans aucun respect pour la législation.

Mattie savait sans doute tout de la conversation que Samantha avait eue avec Donovan la veille. La jeune femme attendit un moment pour voir si Donovan lui avait parlé de sa proposition de travail. Apparemment, Mattie n'était pas au courant. Elles franchirent un mont et amorcèrent la descente.

— Je veux vous montrer quelque chose, annonça Mattie. Cela ne prendra pas longtemps.

Elle freina et bifurqua sur une petite route qui serpentait sur le versant. Elles montaient à nouveau. Un panneau indiquait une aire de pique-nique avec un belvédère. Mattie se gara sur un petit parking flanqué de deux tables en bois et d'une poubelle. Derrière le pare-brise, un panorama de montagnes tapissées de forêts. Elles sortirent de voiture et marchèrent jusqu'à la rambarde au bord du précipice.

— C'est un bon endroit pour voir les dégâts que font les compagnies minières. Il y a trois sites d'excavation. (Elle tendit le doigt sur la gauche.) Là-bas, c'est la mine de Cat Mountain, à côté de Brady. Devant nous, c'est celle de Loose Creek dans le Kentucky. Et à droite, c'est Little Utah, elle aussi dans le Kentucky. Elles sont toutes en activité et continuent à extraire le charbon le plus vite possible. Ces montagnes culminaient autrefois à mille mètres, comme les autres. Regardez ce qu'il en reste.

Les montagnes avaient été scalpées. Plus de forêts, plus de sol. Elles étaient réduites à des amas de roches et de cendres. Leurs pointes avaient disparu. On eût dit des moignons de doigts sur une main mutilée. Elles étaient environnées par des crêtes intactes, parées d'orange et de jaune par l'automne, une merveille de la nature, s'il n'y avait eu ces plaies hideuses.

Samantha restait figée, muette, horrifiée par cette destruction.

— Cela ne peut pas être légal, bredouilla-t-elle finalement.

— Malheureusement si, selon les lois fédérales. Sur le papier, ils respectent la législation. Mais sur le terrain, ils agissent comme des voyous.

— Il n'y a aucun moyen de les arrêter ?

— Les procès se succèdent depuis vingt ans. On a eu quelques victoires au niveau fédéral, mais toutes les décisions de justice en notre faveur ont été contestées en appel. Or les cours d'appel de la région sont tenues par les républicains. Mais nous ne baissons pas les bras pour autant.

— Nous ?

— Nous, les gentils, ceux qui sont contre l'extraction à ciel ouvert. Le centre de la Montagne n'est pas officiellement en guerre contre les compagnies minières, mais à titre personnel je les soutiens. Nous sommes une minorité par ici, mais on n'arrête pas la lutte. (Mattie consulta sa montre.) Allez, on ferait bien de se remettre en route.

— Ça doit vous rendre malade, lâcha Samantha, une fois installée dans la voiture.

— Oui. Ils détruisent tout dans les Appalaches. C'est notre existence même qu'ils saccagent. Alors, oui, ça me rend malade. C'est bien le mot.

En arrivant à Colton, la nationale devint la Center Street. Quelques pâtés de maisons plus loin, le palais de justice se dressa sur leur droite.

— Donovan a un procès ici la semaine prochaine.

— Oui. Un gros procès. Ces deux pauvres garçons, c'est terrible.

— Vous connaissez l'affaire ?

— Bien sûr. Ça a fait toute une histoire à l'époque. J'en sais même plus que je n'aurais voulu. J'espère que Donovan va gagner. Je lui ai conseillé de négocier un accord, de récupérer au moins quelque chose pour la famille, mais il veut une condamnation.

— Il ne vous a donc pas écoutée ?

— Donovan n'en fait qu'à sa tête et il a souvent raison.

Elles se garèrent derrière le tribunal et entrèrent dans le bâtiment. Contrairement au palais de justice du comté de Noland, celui du comté de Hopper était une construction moderne, un projet qui avait sans doute paru séduisant sur plan. Un assemblage de pierre et de verre, avec des saillies, des pans coupés, et une perte de place monumentale au profit de l'esthétique pure. L'architecte avait dû être interdit d'exercer après ça ! songea Samantha.

— Le vieux palais a brûlé, expliqua Mattie en montant les marches. Comme tous les autres du coin.

Samantha ne comprit pas tout à fait ce que sous-entendait Mattie. Lady Purvis attendait dans le hall, inquiète. Elle eut un sourire de soulagement en les voyant arriver. D'autres personnes déambulaient dans la salle, attendant d'être convoquées. Après quelques paroles de politesse, Lady désigna un type au visage bouffi comme un beignet, portant une veste en Tergal et des bottines vernies à bouts pointus.

— C'est le gars des JRA. Il s'appelle Snowden, Laney Snowden.

— Attendez-moi ici, répondit Mattie.

Avec Samantha sur les talons, Mattie marcha d'un pas volontaire vers Snowden. Il la regarda s'approcher, les yeux ronds.

— C'est vous qui représentez les JRA ? demanda Mattie.

— Oui, c'est moi, fit-il en bombant le torse.

Elle sortit sa carte de visite comme on sort un couteau à cran d'arrêt.

— Je suis Mattie Wyatt, l'avocate de Stocky Purvis. Et voici mon associée, Samantha Kofer. Nous avons été engagées pour faire sortir notre client de prison.

Snowden recula d'un pas, mais Mattie en fit un de plus. Samantha, derrière, l'imita, ne sachant trop que faire, sinon de mimer l'air mauvais de sa patronne. Snowden la regarda, interdit. Comment un pauvre hère comme Stocky Purvis pouvait-il se payer les services de deux avocates ?

— Pas de problème, lâcha-t-il. Balancez le fric et il sera libre.

— Il n'a pas d'argent, monsieur Snowden. Ça doit vous paraître à peu près clair, à présent. Et il ne peut pas en gagner tant que vous le gardez sous les verrous. Ajoutez tous les frais que vous voulez, frais totalement illégaux soit dit en passant, mon client ne risque pas de vous rembourser tant qu'il est au trou.

— J'ai là l'ordonnance du tribunal, lança-t-il avec défi.

— Nous allons justement en parler au juge de cette ordonnance. Je vais la faire lever pour que Stocky sorte de cellule. Si vous ne trouvez pas un accord avec moi, vous en serez pour vos frais.

— D'accord, les filles. C'est quoi votre proposition ?

— Les filles ? Comment osez-vous nous appeler ainsi ? aboya Mattie.

Snowden pâlit et recula, comme s'il craignait d'être poursuivi pour harcèlement sexuel. Mattie fit encore un pas vers lui et se planta sous son nez.

— Voilà le marché, souffla-t-elle. Mon client doit deux cents dollars d'amendes et d'honoraires. Et vous autres en avez rajouté quatre cents de plus. Nous allons vous en donner cent, ce qui fera un total de trois cents. Et nous aurons six mois pour les payer. C'est à prendre ou à laisser.

Snowden esquissa un sourire narquois, et secoua la tête.

— Je regrette, madame Wyatt, mais c'est inacceptable pour nous.

Sans quitter Snowden des yeux, Mattie sortit une liasse de papiers de sa mallette.

— Et ça, cela vous paraît acceptable ? assena-t-elle en lui agitant les documents sous le nez. C'est un recours au tribunal fédéral contre les JRA – et je vais y ajouter votre nom – pour arrestation abusive et emprisonnement illégal. Il se trouve, monsieur Snowden, qu'il est écrit dans la Constitution des États-Unis, en termes parfaitement clairs, qu'on ne peut mettre en prison quelqu'un pour défaut de paiement. Je suppose que vous n'avez pas lu la Constitution de notre pays puisque vous employez des méthodes de voyous et d'escrocs. Mais vous pouvez me croire sur parole, les juges fédéraux, eux, l'ont lue, du moins pour la plupart d'entre eux. Les incarcérations pour dettes sont illégales. Jamais entendu parler du Quatorzième Amendement et de son premier alinéa sur l'égalité des droits des citoyens ?

Snowden ouvrit la bouche, mais aucun son n'en sortit.

Elle continua sa salve.

— Non, à l'évidence. Demandez donc à vos juristes qui se font payer trois cents dollars de l'heure qu'ils éclairent votre lanterne. En attendant, vous allez dire à vos supérieurs que je vais les traîner en justice et qu'ils vont passer les deux prochaines années dans les tribunaux. Parce que je vais vous submerger d'assignations et d'injonctions, vous faire passer des heures d'audiences publiques et mettre au grand jour vos sales manigances. Et tout le monde saura les escrocs que vous êtes. Je ne vais pas vous lâcher, je vais vous pourrir la vie. Rien qu'en entendant mon nom, vous en aurez des cauchemars. Je vous le garantis. Et à la fin, je gagnerai, et vous me devrez bonbon en honoraires.

Elle lui plaqua les documents sur la poitrine. Il les prit à contrecœur.

Les deux femmes tournèrent les talons et s'en allèrent, laissant Snowden, les genoux tremblants, entrevoyant déjà les images du cauchemar en question.

Samantha, elle aussi sous le choc, murmura :

— On ne peut pas faire sauter les trois cents dollars, pour faillite personnelle ?

Mattie, soudain toute calme, esquissa un sourire.

— Bien sûr que si. Et c'est ce qu'on fera ensuite.

Une demi-heure plus tard, Mattie se tenait devant le juge et annonçait qu'elle avait trouvé un accord pour la libération immédiate de son client, M. Stocky Purvis. Lady était en larmes quand elle quitta le tribunal pour aller retrouver son mari à sa sortie de prison.

— Un diplôme d'avocat est une arme puissante, Samantha, annonça Mattie sur le chemin du retour vers Brady, quand il sert à aider les petites gens. Les bandits comme Snowden ont l'habitude de terroriser les miséreux qui ne peuvent se payer une défense. Mais il suffit d'amener un bon avocat et ces lâches font aussitôt marche arrière.

— Vous aussi, vous savez faire peur.

— Simple question d'entraînement.

— Quand avez-vous préparé le recours ?

— On en a de tout prêts. Le fichier s'appelle en fait « fausse plainte ». Il suffit de mettre l'intitulé *ad hoc*, d'écrire « tribunal fédéral » partout, et ils déguerpissent comme des lapins.

De fausses plaintes préremplies. Combien de ses camarades de Columbia connaissaient-ils ces astuces d'avocat ? se demanda Samantha.

*

À 14 heures, Samantha se trouvait dans la grande salle d'audience du tribunal du comté de Noland, à tapoter le genou de Phoebe Fanning pour la rassurer. Ses hématomes avaient viré au pourpre et étaient encore plus impressionnants. Elle était arrivée au palais de justice le visage tartiné de fond de teint. Annette l'avait aussitôt envoyée aux toilettes retirer tout ça.

Randy fut à nouveau mené dans la salle sous escorte, l'air plus mauvais encore que l'avant-veille. Il avait reçu une copie de la demande de divorce et n'avait visiblement pas apprécié. Il lança un regard noir à son épouse et à Samantha tandis qu'un policier lui retirait les menottes.

Le juge était Jeb Battle, un jeune magistrat d'une trentaine d'années. Le centre d'aide juridique de la Montagne s'occupant de beaucoup d'affaires conjugales du secteur, Annette était une figure connue du palais et se disait dans les petits papiers du juge. Son Honneur présida plusieurs affaires sans litiges avant d'appeler *Fanning contre Fanning*. Annette et Samantha accompagnèrent leur cliente jusqu'à une table devant l'estrade du juge. Randy occupait l'autre, avec un garde derrière lui, attendant que Hump s'installe. Le juge Battle observa Phoebe, son visage meurtri, et sans dire un mot, il prit sa décision.

— Cette demande de divorce a été déposée lundi. Vous en avez bien eu copie, monsieur Fanning ? Inutile de vous lever pour répondre.

— Oui, monsieur le juge, j'en ai eu une copie.

— Maître Humphrey, j'ai cru comprendre que la caution sera payée ce matin, si je ne m'abuse ?

— C'est exact, Votre Honneur.

— Il se trouve que nous avons ici une requête d'ordonnance de protection. Mme Phoebe Fanning demande à la cour d'interdire à M. Randy Fanning de s'approcher du domicile conjugal, de leurs trois enfants et d'elle-même, comme de quiconque de sa famille. Vous avez une objection, maître Humphrey ?

— Bien sûr, Votre Honneur ! Cette affaire prend des proportions totalement ubuesques.

Hump se leva, en battant des bras, sa voix s'envolant dans les aigus à chaque phrase.

— Le couple s'est accroché, certes ! s'époumona-t-il. Ce n'est pas la première fois et toutes ces disputes, loin de là, ne sont pas du fait de mon client. Mais oui, il s'est querellé avec son épouse. À l'évidence, M. et Mme Fanning traversent une crise, mais les conjoints ne demandent qu'à recoller les morceaux. Si la cour pouvait desserrer son étreinte, laisser sortir Randy, qu'il retourne au travail, je suis sûr que ces deux-là pourraient régler leur différend. Mon client a besoin de voir ses enfants. Ils lui manquent. Et il veut rentrer dans son foyer.

— Elle a demandé le divorce, maître Humphrey, répondit le juge d'une voix de glace. C'est donc qu'elle veut se séparer.

— Mais une demande de divorce peut être retirée aussi vite qu'elle a été déposée. On voit ça tout le temps, Votre Honneur. Mon client est même prêt à consulter un conseiller conjugal si ça peut faire plaisir à son épouse.

Annette intervint :

— Monsieur le juge, un conseiller conjugal n'arrangera rien. Le client de Me Humphrey est accusé de coups et blessures volontaires, et risque la prison. Sans doute mon confrère espère-t-il que ces charges vont s'effacer d'un coup de baguette magique et que son client va pouvoir sortir libre ? Mais cela n'arrivera pas. Et la demande de divorce ne sera pas retirée.

— À qui appartient la maison ? s'enquit le juge Battle.

— Au propriétaire, répliqua Annette. Le couple loue.

— Et les enfants ? Où sont-ils ?

— Loin. En sûreté.

Hormis quelques meubles dépareillés, la maison était quasiment vide. Phoebe avait mis toutes ses affaires dans un garde-meuble. Elle vivait cachée dans un motel à Grundy, en Virginie, à une heure de route. Grâce à un fonds de réserve, le centre de la Montagne payait le gîte et le couvert. Phoebe pensait partir dans le Kentucky et habiter près d'un membre de sa famille, mais rien n'était certain.

Le juge Battle regarda fixement le prévenu.

— Monsieur Fanning, je vais accéder à la requête qui m'est faite, mot pour mot. Quand vous sortirez de prison, vous n'aurez aucun contact ni avec votre épouse, ni avec vos enfants, ni avec aucun des proches de votre conjointe. Jusqu'à nouvel ordre, vous n'avez pas le droit de vous approcher de la maison que vous louez. Aucun contact. Me suis-je bien fait comprendre ?

Randy se pencha et murmura quelque chose à l'oreille de son avocat.

— Monsieur le juge, pouvez-vous nous accorder une heure pour que mon client puisse récupérer ses effets personnels ?

— Une heure, pas plus. Escorté par un policier. Vous me direz quand il sera libéré.

Annette se leva.

— Votre Honneur, ma cliente est terrorisée. Quand nous avons quitté le tribunal lundi, nous avons été bloquées sur les marches du palais par le frère de M. Fanning et deux acolytes. Ils ont demandé à ma cliente de retirer sa plainte, entre autres. L'altercation fut brève, mais néanmoins lourde de menaces.

Le juge regarda à nouveau Randy Fanning.

— C'est vrai ?

— Je n'en sais rien. Je n'étais pas là.

— Était-ce votre frère, oui ou non ?

— C'est possible. Si elle le dit.

— J'exècre les tentatives d'intimidation, monsieur Fanning. Je vous suggère instamment d'avoir une conversation avec votre frère et de canaliser ses ardeurs. Dans le cas contraire, j'avertirai le shérif.

— Je vous remercie, Votre Honneur, répondit Annette.

On remit les menottes au prévenu et on l'emmena, Hump derrière lui murmurant des paroles apaisantes. Le juge abattit son marteau et demanda une suspension de séance. Samantha, Annette et Phoebe quittèrent la salle d'audience et sortirent du bâtiment s'attendant à avoir des problèmes.

Tony Fanning et un ami les attendaient derrière un pick-up garé dans la grand-rue. Ils se dirigèrent vers les trois femmes, cigarette au coin de la bouche, l'air mauvais.

— Aïe ! souffla Annette.

— Ils ne me font pas peur, lâcha Phoebe.

Les deux hommes leur bloquèrent le passage, mais au moment où Tony allait parler, Donovan Gray sortit de nulle part et lança :

— Alors, mesdames ? Comment ça s'est passé ?

Tony et son compère se décomposèrent. Ils reculèrent d'un pas, détournant les yeux, ne voulant pas parler à Donovan.

— Désolé, les gars, lâcha Donovan par provocation.

Au moment de partir, il lança un regard appuyé à Tony, qui baissa les yeux.

*

Après avoir dîné trois fois d'affilée chez Annette, Samantha prétexta du travail pour rentrer chez elle. Elle se prépara un bol de soupe sur la plaque chauffante, et passa une heure à étudier l'épaisse documentation que lui avait fournie Annette. Comment un cabinet à Brady pouvait-il survivre en ne s'occupant que de divorces à l'amiable ou de legs immobiliers ? Annette lui avait dit que les avocats en ville vivotaient, en dégageant au mieux trente mille dollars par an. Annette avait un salaire de quarante mille dollars, comme Mattie. Annette se plaisait à dire que Brady était sans doute le seul endroit sur terre où les avocats faisant du social gagnaient mieux leur vie que leurs confrères du privé ! Les revenus de Donovan étaient bien supérieurs, mais les risques qu'il prenait étaient en conséquence.

Donovan était d'ailleurs le plus gros donateur du centre, qui fonctionnait uniquement grâce aux subsides privés. Quelques fondations et quelques gros cabinets dans le Nord mettaient la main au portefeuille, mais Mattie se battait chaque année pour boucler son budget de deux cent mille dollars. « On aurait aimé pouvoir te payer, lui avait confié Annette, mais on n'a pas les fonds. » Samantha lui avait assuré que cet arrangement lui allait très bien.

Sa connexion internet, via le système satellite d'Annette, était sans doute la plus lente de tout le pays. « Il faudra t'armer de patience », l'avait prévenue Annette. Par chance, Samantha avait désormais tout son temps et se coulait avec délectation dans ce nouveau rythme de travail, entrecoupé de vraies nuits de sommeil. Elle consulta en ligne la presse locale, le *Times* de Roanoke, et la *Gazette* de Charleston. Dans la *Gazette*, elle trouva un article intéressant, titré « Des activistes écologistes suspectés dans l'attaque à Latest Spree ».

Ces deux dernières années, un groupe avait attaqué le matériel de plusieurs compagnies minières dans le sud de la Virginie-Occidentale. Le porte-parole d'une de ces sociétés avait parlé d'« éco-terrorisme » et menaçait les auteurs des pires maux s'ils étaient attrapés. Leur *modus operandi* était d'attendre l'aube et de tirer depuis leurs planques des collines avoisinantes. C'étaient d'excellents tireurs, ils avaient des armes de guerre dernier cri, et se montraient redoutables pour mettre hors d'état les tombereaux Caterpillar de cent tonnes. Leurs pneus mesuraient près de cinq mètres de diamètre, pesaient cinq cents kilos, et valaient dix-huit mille dollars pièce. Chaque camion en avait six, et c'étaient, évidemment, des cibles faciles pour les snipers verts. Une photo montrait une colonne d'une dizaine de ces engins, tous alignés, moteur tournant au ralenti, comme à la parade. Un contremaître désignait les pneus crevés. Vingt-huit au total. Il expliquait que le gardien de nuit avait été réveillé à 3 h 40 du matin par les tirs. L'attaque était parfaitement coordonnée, une à une les balles touchaient les pneus, qui éclataient comme autant de petites bombes. L'homme, avisé, avait préféré se mettre à couvert dans un fossé et appeler le shérif. Le temps que les forces de l'ordre arrivent, les tireurs avaient terminé leur œuvre et déguerpi. Le shérif promit de faire tout son possible mais reconnaissait qu'il serait difficile de retrouver la trace de ces « bandits ». La mine de Bull Forge se trouvait coincée entre Winnow Mountain et Helley's Bluff, les deux monts culminant à plus de mille mètres, couverts d'une épaisse forêt. Sous ce dais végétal, il était facile de tirer sur ce qu'on voulait, de jour comme de nuit. Cependant, le shérif ne pensait pas qu'il s'agissait d'une vulgaire bande de chasseurs, voulant faire un carton. Au vu de leurs postes de tir, ils avaient fait feu à près d'un kilomètre de distance. Les balles retrouvées dans le caoutchouc provenaient de munitions militaires de 51 mm, tirées avec des fusils à lunette.

L'article inventoriait les dernières attaques. Les activistes choisissaient leurs cibles avec soin, et puisque ce n'étaient pas les mines qui manquaient dans la région, ils attendaient patiemment que les camions soient garés dans le bon axe de tir. Les snipers semblaient veiller à ne pas faire de blessés. Ils n'avaient encore jamais tiré sur un véhicule avec un chauffeur à bord, alors que les mines fonctionnaient vingt-quatre heures sur vingt-quatre. Deux mois plus tôt, sur le site de Red Valley, dans le comté de Martin, vingt-deux pneus avaient été détruits, au cours d'un tir de barrage qui n'avait duré que quelques secondes aux dires d'un autre veilleur de nuit. Aujourd'hui, les compagnies minières offraient deux cent mille dollars de récompense pour l'arrestation de ces commandos.

Ces faits paraissaient sans rapport avec l'attaque de la mine de Bullington deux ans plus tôt, où, au cours d'une action de sabotage, on avait fait sauter, avec les propres explosifs de la compagnie minière, six tombereaux, deux draglines, deux chargeuses, ainsi que les bureaux en préfabriqué et le hangar où était stockée la dynamite. Les dégâts avaient dépassé les cinq millions de dollars. Personne n'avait été arrêté. Pas le moindre suspect en vue.

Samantha fouilla dans les archives et c'est avec un sourire aux lèvres qu'elle découvrit tous les hauts faits des « éco-terroristes ». Plus tard, alors que le sommeil la gagnait, elle se força à consulter le *New York Times*. À l'exception des dimanches matin, dans son ancienne vie, elle n'avait jamais le temps de le lire, juste de le survoler. Elle évita soigneusement les pages économiques, le feuilleta, et tomba en arrêt sur la section « restaurants ». Le critique gastronomique assassinait un nouvel établissement à Tribeca, un lieu à la mode où Samantha avait dîné un mois plus tôt. Il y avait une photo du bar, noir de monde : que des gens bien habillés, un verre à la main, attendant qu'une table se libère. Dans son souvenir, la cuisine y était excellente. Elle se lassa vite de la prose enfiellée du journaliste. Elle reporta son attention sur la photographie. Elle pouvait entendre le bruit de la foule, sentir l'énergie qui animait ces lieux. Comme elle aurait aimé boire un martini, et dîner avec ses amies, tout en matant les beaux mecs !

Pour la première fois, elle avait le mal du pays. Mais elle se reprit bien vite. Elle pouvait s'en aller demain si elle le voulait. Et gagner sûrement plus d'argent à New York qu'à Brady. Oui, elle pouvait rentrer chez elle, rien ici ne la retenait. Rien.

12

La randonnée commença au bout d'une ancienne route forestière que seul Donovan pouvait dénicher. Le trajet pour arriver là nécessitait adresse et concentration de la part du chauffeur. Plus d'une fois Samantha avait cru tomber dans le précipice ! Mais ils étaient parvenus jusqu'à une clairière bordée de chênes et de châtaigniers.

— C'est la fin de la route.

— Parce que vous appelez ça une route ? lâcha-t-elle en ouvrant la porte.

— C'est une quatre voies comparée à d'autres chemins ! répondit-il en riant.

La vie en ville ne l'avait pas préparée à ça, mais ce petit parfum d'aventure l'excitait. Le seul conseil de Donovan avait été : « Prenez des chaussures de marche et des vêtements discrets. » Pour les chaussures, c'était évident, mais pour les vêtements, elle avait besoin d'une explication.

— Il ne faut pas se faire remarquer. Ils nous surveillent et nous sommes dans l'illégalité.

— Je vais encore me faire arrêter ?

— C'est peu probable. Ils ne peuvent pas nous attraper.

Elle avait acheté les chaussures la veille à la supérette de Brady. Un peu raides et serrées pour quarante-cinq dollars. Elle avait enfilé un pantalon de toile et un vieux sweat-shirt gris de la fac avec écrit dessus « Columbia Law ». Donovan, quant à lui, avait une tenue vert camouflage et le nec plus ultra en chaussures de randonnée, patinées et assouplies par des kilomètres de crapahutage dans la montagne. Il ouvrit le hayon du Cherokee pour prendre un sac à dos. Après l'avoir sanglé sur ses épaules, il sortit un fusil à lunette.

— On va chasser le cerf ? demanda-t-elle.

— Non. C'est pour notre sécurité. Il y a plein d'ours dans le coin.

Elle en doutait fortement. Mais ne savait pas quoi en penser. Pendant quelques minutes, ils suivirent un chemin que des gens devaient emprunter de temps en temps, mais pas souvent. La pente était légère, le sous-bois épais. Des sassafras, des cercis, des tiarelles, des silènes. Donovan indiquait chaque essence – des noms inconnus de Samantha, comme s'ils exploraient une nouvelle planète. Il marchait doucement, mais elle savait que ce n'était que par égard pour elle. Bientôt, elle se retrouva en nage et hors d'haleine. Mais, orgueilleuse, elle restait dans ses pas.

Tout citadin célibataire se devait d'être inscrit à un club de fitness, mais pas n'importe lequel – il fallait le bon endroit, les bonnes machines, les bons horaires de jour comme de nuit. Il fallait se montrer suant et grognant sous l'effort, entretenir son corps pour deux cent cinquante dollars par mois. Samantha ne s'était plus rendue à son club depuis deux ans, trop débordée par son travail chez Scully & Pershing. Et cela ne lui manquait pas. Ses seuls exercices se réduisaient à de longues marches en ville. Ces déambulations, associées à un régime alimentaire hypocalorique, lui avaient permis de ne pas prendre de poids. Mais elle était loin d'être en forme. Ses nouvelles chaussures paraissaient plus lourdes à chaque épingle du chemin.

Ils firent halte dans une clairière. Derrière les arbres, on apercevait la vallée, et les crêtes au loin. La vue était magnifique, et la pause bienvenue.

— On trouve ici la plus grande biodiversité d'Amérique du Nord, annonça Donovan dans un mouvement circulaire des bras. Ces montagnes sont les plus anciennes du pays. Elles abritent une faune et une flore qu'on ne trouve nulle part ailleurs. Des milliers d'espèces endémiques. Il a fallu une éternité à l'évolution pour les créer.

Il se tut un moment, contemplant la forêt. En guide plein de zèle, il poursuivit ses explications :

— Il y a environ un million d'années, le charbon s'est formé ici, des milliers de veines. Notre malédiction. Et, aujourd'hui, ils mutilent nos montagnes pour l'extraire. C'est une course infernale, parce qu'il nous faut toujours plus d'énergie, toujours au moindre coût. Le citoyen moyen aux États-Unis consomme dix kilos de charbon par jour. J'ai fait quelques études comparatives par région. Il y a même un site web sur le sujet. Vous savez que sur ces dix kilos consommés par chaque habitant de Manhattan quatre proviennent des mines à ciel ouvert des Appalaches ?

— Je l'ignorais. Et les six kilos restants ?

— Ils viennent des mines classiques dans l'Est. L'Ohio, la Pennsylvanie, des endroits où l'on creuse des puits à l'ancienne pour protéger l'environnement.

Il ouvrit son sac à dos et sortit des jumelles. Il scruta un moment les monts et trouva ce qu'il cherchait. Il tendit les jumelles à Samantha.

— Là-bas, à deux heures. Une étendue brune qu'on distingue à peine.

Elle plaqua ses yeux dans les œilletons, fit le point.

— Oui, je la vois.

— C'est la mine de Bull Forge, en Virginie-Occidentale. L'une des plus grandes exploitations du pays.

— J'ai lu un article sur cette mine hier soir. Ils ont eu de petits soucis il y a quelques mois. On a tiré sur les pneus de leurs camions.

Donovan se retourna vers elle avec un grand sourire.

— Je vois qu'on a potassé ses dossiers, maître Kofer.

— J'ai un portable et Google est accessible, même à Brady. Un coup des éco-terroristes ?

— C'est ce qu'on dit.

— Qui sont ces gens ?

— Heureusement, on ne le saura jamais.

Il se tenait un mètre devant elle, regardant toujours au loin, et sa main, instinctivement, se referma sur la crosse de son fusil. Un mouvement imperceptible.

Ils quittèrent la clairière et reprirent l'ascension. Le sentier, quand il existait encore, était à peine visible. Mais Donovan connaissait le chemin. Il allait d'arbre en arbre comme autant de jalons, se retournait de temps en temps pour vérifier sa position. La pente se fit plus raide. Samantha avait les cuisses en feu. Ses chaussures bon marché lui faisaient mal aux pieds. Elle haletait. Au bout d'un quart d'heure, elle n'en pouvait plus.

— Vous avez emporté à boire ? s'enquit-elle.

Une vieille souche fit office de banc pour partager une bouteille d'eau. Il ne lui demanda pas comment elle allait, et Samantha, par fierté, ne voulut pas savoir s'ils étaient bientôt arrivés.

— Nous sommes sur Dublin Mountain, lui dit-il quand elle eut recouvré son souffle. À environ cent mètres du sommet. On est juste à côté d'Enid Mountain, un mont sur lequel on aura un point de vue dans cinq minutes. Si tout se passe comme prévu, dans six mois les bulldozers de la Strayhorn Coal vont décapiter cette montagne sur laquelle nous nous trouvons, raser cette forêt magnifique, faire fuir les animaux, et commencer le dynamitage. Ils sont en passe d'obtenir leur permis d'exploitation. Cela fait deux ans que l'on se bat, mais le chantier va commencer.

Il désigna les arbres autour de lui.

— Tout ça va disparaître.

— Pourquoi ne récupèrent-ils pas au moins le bois ?

— Parce que ce sont des brutes. Dès qu'une compagnie minière a le feu vert, c'est de la folie. Elle ne pense qu'au charbon, rien d'autre ne compte. Ils détruisent tout sur leur passage : les forêts, le bois, la faune, la flore. Et ils éliminent quiconque se met en travers de leur chemin – les propriétaires, les habitants, les inspecteurs du travail, les politiciens, et surtout, bien sûr, les contestataires et les écologistes. C'est une véritable guerre et on ne peut pas être neutre.

Samantha contempla la forêt, en secouant la tête d'incrédulité.

— Cela ne peut pas être légal, répéta-t-elle.

— Ça l'est par omission. La décapitation des montagnes est attaquée en justice depuis des années. Les verdicts ne sont pas encore rendus. En attendant, le massacre continue.

— À qui appartient la terre ?

— Aujourd'hui à la Strayhorn. Nous sommes donc sur leur propriété et, croyez-moi, ils aimeraient bien m'attraper, surtout trois jours avant le procès. Mais ne vous inquiétez pas, nous ne risquons rien. Pendant près d'un siècle, cette terre a appartenu aux Herman. Ils l'ont vendue voilà deux ans pour se faire construire une grande demeure sur une plage quelque part. Il y a une vieille maison juste derrière cette colline, à un kilomètre dans la vallée. (Il désigna un point sur sa droite.) Elle appartenait à la famille depuis des décennies. Elle est à l'abandon aujourd'hui, vide. En deux heures, les bulldozers l'auront rasée. Le petit cimetière des Herman est là-bas aussi, sous un grand chêne, avec une petite clôture blanche. Un endroit très pittoresque. Il sera rasé également – les tombes, les stèles, les cercueils, les dépouilles, tout sera emporté. La Strayhorn n'a aucun scrupule pour l'histoire, et les

Herman ont maintenant assez d'argent pour oublier d'où ils viennent.

Samantha prit une autre gorgée d'eau et tenta de bouger ses orteils au fond de ses chaussures. Donovan fouilla dans son sac et sortit deux barres de céréales. Il en tendit une à la jeune femme.

— Merci.

— Mattie sait que vous êtes ici ? s'enquit-il.

— Je suppose que Mattie, Annette, Barb et même Claudelle savent tout de mes faits et gestes. Comme vous le dites, c'est une petite ville.

— Ça ne vient pas de moi, je vous l'assure.

— Vendredi après-midi, c'est calme au cabinet. J'ai dit à Mattie que vous vouliez me montrer un point de vue. C'est tout.

— Parfait, c'est justement ce que nous allons faire. Profiter d'un point de vue. Inutile qu'elles sachent où il se trouve.

— Mattie pense que vous devriez trouver un arrangement, histoire de récupérer quelque chose pour la mère de ces deux gosses.

Donovan sourit et mordit de bon cœur dans sa barre énergétique. Les secondes passèrent sans qu'il réponde ; une minute entière s'écoula ainsi. À l'évidence, les silences ne lui faisaient pas peur.

— J'adore ma tante, répliqua-t-il finalement, mais elle ne connaît rien aux grands procès. J'ai quitté son cabinet parce que je voulais réaliser de grandes choses, défendre de grandes affaires, obtenir de grands verdicts, faire payer les compagnies minières pour tous leurs péchés. J'ai remporté de belles victoires, essuyé

189

de belles défaites, et comme beaucoup d'avocats, je vis sur le fil du rasoir. Ça va, ça vient. Une année tout va bien, et l'année suivante je suis fauché. Vous avez dû connaître ça quand vous étiez enfant.

— Non. Nous n'avons jamais manqué de rien. Loin de là. Je savais que parfois mon père ne gagnait pas, mais il y avait toujours de l'argent à la maison. Du moins, jusqu'à ce qu'il perde tout et qu'il aille en prison.

— Comment avez-vous vécu ça ? Vous étiez jeunette, à l'époque, n'est-ce pas ?

— Donovan, vous êtes séparé de votre femme et vous ne voulez pas en parler. Parfait. Mon père est allé en prison et je ne veux pas en parler non plus. Alors passons un accord de réserve mutuelle.

— Entendu. Allez, en route, on y est presque.

Ils recommencèrent à grimper, de plus en plus lentement. Le sentier avait totalement disparu et le terrain était toujours plus pentu. Les pierres roulaient sous leurs pieds et dévalaient le versant. Ils s'accrochaient aux moindres arbrisseaux pour poursuivre leur ascension. Alors qu'ils s'étaient arrêtés pour reprendre leur souffle, Donovan proposa à Samantha de marcher en tête, pour qu'il puisse la rattraper si elle venait à glisser. Elle obéit, et il resta juste derrière elle, une main sur sa hanche, moitié pour la guider, moitié pour la pousser. Enfin ils atteignirent la cime de Dublin Mountain et sortirent de la forêt pour gagner un petit promontoire rocheux.

— Il faut être prudent maintenant, lui annonça Donovan. Il ne faut pas se faire voir. Juste derrière ces rochers, c'est Enid Mountain où la Strayhorn travaille d'arrache-pied. Des gardes surveillent parfois les alentours. Nous sommes en procès avec eux depuis plus d'un an, et on a déjà eu quelques altercations désagréables.

— Désagréables comment ?

Il posa son sac au sol et coinça le fusil contre un rocher.

— Vous avez vu les photos dans mon bureau. La première fois qu'on est venus ici avec un photographe, ils nous sont tombés dessus et ont tenté de nous intimider. J'ai filé voir le juge et ai obtenu une autorisation d'accès, mais dans des conditions très encadrées. Et le juge m'a dit de ne plus me balader comme ça sur leur propriété.

— Je n'ai vu aucun ours. Pourquoi ce fusil ?

— Pour notre protection. Baissez-vous et suivez-moi.

Ils avancèrent courbés jusqu'à une ouverture entre deux rochers. En dessous d'eux, les restes d'Enid Mountain qui, autrefois, culminait à neuf cents mètres. Aujourd'hui, ce n'était plus qu'un moignon de terre, parsemé de cratères où grouillaient une armada d'engins de chantier. Le site d'excavation était immense et s'étendait d'un bord à l'autre du mont. Des tombereaux de chantier, transportant dans leur benne cent tonnes de minerais bruts, cahotaient sur les pistes, descendant les pentes comme une armée de fourmis industrieuses. Une dragline, grande comme un immeuble, raclait la montagne avec son immense godet, prélevant à chaque passage deux cents mètres cubes de gravats qu'elle déposait en monticules réguliers. Des chargeuses, avec des godets plus modestes, remplissaient des colonnes de camions qui allaient vider leur chargement de déblais en bordure de chantier, où un bataillon de bulldozers poussait le tout dans la vallée. Plus profond dans la montagne, qui n'était plus qu'une vaste carrière, des pelleteuses récoltaient le minerai sur la veine mise à nu et chargeaient des tombereaux qui s'éloignaient lentement, leurs bennes débordant de cette manne noire. Des nuages de poussières s'élevaient partout sur le chantier.

— Impressionnant, non ? articula Donovan à voix basse, comme s'il craignait d'être entendu.

— Impressionnant ? C'est un euphémisme ! Mattie m'a montré trois mines quand on était sur la route de Colton mercredi, mais nous n'étions pas aussi près. J'en ai la nausée.

— Oui. On ne s'y fait jamais. C'est comme s'ils violaient la montagne, et ils la violent chaque jour.

L'agression était lente, méthodique, et terriblement efficace.

— En deux ans, précisa Donovan, ils ont creusé la montagne sur trois cents mètres. Ils ont mis au jour quatre ou cinq veines de charbon et il en reste autant à exploiter dessous. Quand ils auront fini, la montagne aura livré trois millions de tonnes de houille, au prix moyen de soixante dollars la tonne. Faites le calcul.

Côte à côte, veillant à ne pas se toucher, ils contemplaient cette désolation. Un bulldozer s'approcha dangereusement du bord de la montagne, poussant des gravats dans la vallée. Les gros blocs dévalèrent le versant sur plus de trois cents mètres.

— C'est comme ça que c'est arrivé. Il y a un an et demi, la montagne était cent cinquante mètres plus haute. Un rocher a dévalé sur plus d'un kilomètre avant de réduire en charpie le mobile home des Tate où les enfants dormaient.

Donovan reprit ses jumelles, scruta la zone, puis les rendit à Samantha.

— Regardez, mais restez bien baissée. Dans la vallée, derrière la carrière, on aperçoit un petit bâti-ment blanc. C'était l'église. Vous la voyez ?

Samantha balaya le paysage quelques secondes.

— Oui, je l'ai.

— Juste derrière, il y a des habitations… quelques maisons, des mobile homes. On ne peut les voir d'ici. C'est à près de deux kilomètres et les arbres font écran. Au procès, on prévoit de passer une vidéo qui montre le trajet du rocher. Il est carrément passé au-dessus de l'église, probablement à plus de cent kilomètres/heure, vu sa masse, il a rebondi une ou deux fois, et bang ! il a trouvé le mobile home des Tate sur son chemin.

— Vous pouvez montrer le rocher comme pièce à conviction.

— Oui et non. Il pèse six tonnes. Il est difficile de l'emmener au tribunal. Mais il est toujours là-bas et on a un tas de clichés. Quatre jours après le drame, la compagnie a tenté de le faire sauter et de l'enlever avec des bulldozers ; par chance on a pu les en empê-cher. Des voyous. Des voyous de la pire espèce. Ils ont débarqué le lendemain des funérailles avec toute une équipe, bien décidés à faire disparaître le rocher, quitte à tout défoncer. J'ai alors appelé le shérif. Cela a été un peu chaud.

— Vous aviez l'affaire quatre jours seulement après l'accident ?

— Non, je l'ai eue dès le lendemain. Moins de vingt-quatre heures après. Je suis venu trouver le frère de la mère des gosses. Il faut être rapide dans ces cas-là.

— Mon père serait impressionné.

Donovan consulta sa montre et reporta son attention sur la mine.

— Le dynamitage est prévu à 16 heures. Ce sera le clou du spectacle.

— Je bous d'impatience.

— Vous voyez ce camion bizarre avec ce grand mât à l'arrière, là-bas, sur la gauche ?

— Vous rigolez. Il y a des centaines de camions !

— Ce n'est pas un camion minier ; il est beaucoup plus petit. Il est à l'écart.

— Ça y est ! Je le vois. C'est quoi cet engin ?

— Je ne sais pas si ça a un nom officiel, mais ici on l'appelle « le camion de dynamitage ».

Samantha, aux jumelles, observa les ouvriers qui s'activaient autour du véhicule.

— Qu'est-ce qu'ils font ?

— Pour l'instant, ils forent. La loi les autorise à creuser un trou de dynamitage de vingt mètres de profondeur sur quinze centimètres de section. Les trous sont faits tous les trois mètres, pour former une sorte de réseau. La loi impose encore une limite de quarante trous pour chaque explosion. Des lois pour ceci ou cela, tout est réglementé – en théorie. Mais, évidemment, les compagnies s'en contrefichent. La Strayhorn fait ce qu'elle veut. Personne ne les surveille, à l'exception de quelques groupes écologistes. Ils les filment, portent plainte, la compagnie écope d'une amende, reçoit une tape sur la main, et continue de plus belle. Et pendant ce temps-là, les inspecteurs touchent leurs salaires et dorment du sommeil du juste.

Quelqu'un fit irruption derrière eux et donna une grande claque dans le dos de Donovan. Celui-ci poussa un juron, Samantha un cri et elle lâcha les jumelles. Ils se retournèrent et se trouvèrent nez à nez avec un grand barbu à qui personne n'aurait eu l'idée de chercher des noises.

— Espèce de con ! pesta Donovan, sans toucher à son fusil.

Samantha cherchait désespérément par où s'enfuir.

L'homme restait courbé et lâcha un rire. Il tendit la main vers la jeune femme.

— Vic Canzarro, l'ami des montagnes !

Elle avait encore le souffle coupé et était incapable de bouger.

— Tu avais vraiment besoin de nous faire cette frayeur ? grogna Donovan.

— C'est plus drôle comme ça.

— Vous vous connaissez ? bredouilla Samantha.

— Malheureusement, oui, répondit Donovan. C'est un ami. Enfin, une connaissance. Vic, voici Samantha Kofer, stagiaire chez Mattie.

Ils se serrèrent la main.

— Enchanté. Qu'est-ce qui vous amène par ici ?

— C'est une longue histoire, répondit-elle, recouvrant son souffle. Une très longue histoire.

Vic balança son sac à dos par terre et s'assit sur un rocher. Il était en sueur, et avait très soif. Il proposa sa bouteille à Samantha, qui déclina l'offre.

— « Columbia Law » ? lut-il en regardant son sweat-shirt.

— Oui. Il y a dix jours encore, j'étais avocate à New York, avant que le monde ne s'écroule, et que je ne me retrouve à la rue, pour ainsi dire. Vous êtes avocat aussi ?

Elle s'assit à son tour sur un rocher. Donovan la rejoignit.

— Grand Dieu, non ! Je travaillais pour l'inspection du travail autrefois, dans le secteur minier, mais je me suis fait virer. Ça aussi, c'est une longue histoire.

— On a tous de longues histoires, lança Donovan, en prenant une bouteille d'eau. Vic est mon expert. Et comme tout expert, je le paie une fortune pour qu'il dise ce que je veux au tribunal. La semaine prochaine, il va passer la journée dans le box des témoins, à avoir le plaisir d'énumérer toutes les lois et normes de sécurité que ne respecte pas la Strayhorn. Et puis les avocats de la compagnie vont prendre le relais et lui faire passer un sale quart d'heure.

Vic rit de bon cœur.

— J'ai hâte d'y être ! Aller au tribunal pour Donovan, c'est toujours excitant, surtout quand il gagne, ce qui arrive rarement.

— Entre les victoires et les défaites, c'est moit' moit'.

Vic portait une chemise de bûcheron, un vieux pantalon et des godillots maculés de boue séchée. Il avait l'air d'un randonneur prêt à planter sa tente.

— Ils ont foré ? demanda Donovan.

— Ils commencent tout juste. C'est censé sauter à 16 heures.

Vic consulta sa montre.

— On est prêts pour le procès ?

— Oh oui. Ils ont doublé leur offre cet après-midi. Deux cent mille dollars. J'ai répondu neuf cent cinquante.

— Tu es fou, tu le sais ? Prends l'argent, repars avec quelque chose pour la famille. (Vic se tourna vers Samantha.) Vous connaissez les faits ?

— Dans les grandes lignes. J'ai vu les photos, les cartes.

— On ne peut pas faire confiance aux jurés dans la région. Je n'arrête pas de le dire à Donovan, mais il ne veut rien entendre !

— Tu vas filmer ? s'enquit Donovan en changeant de sujet.

— Bien sûr.

Les deux hommes parlèrent quelques minutes tout en surveillant l'heure. Vic sortit une petite caméra de son sac et s'installa entre deux rochers.

— Puisque l'inspection du travail n'est pas là, expliqua-t-il à Samantha, on peut être certains que la Strayhorn va commettre des infractions quand ils vont lancer le dynamitage. On aura tout ça en images.

Et je montrerai peut-être la vidéo au jury la semaine prochaine. Ce n'est pas absolument nécessaire, parce qu'on a suffisamment de preuves contre eux. Ils vont envoyer leurs experts qui vont mentir comme des arracheurs de dents et dire qu'ils suivent toutes les règles à la lettre. Nous aurons de quoi démontrer que c'est faux.

Donovan et Samantha prirent place à côté de Vic, qui était tout absorbé par la scène qu'il filmait.

— En fait, ils ne se servent pas de dynamite, précisa Donovan. Ils remplissent chaque trou avec un composé appelé l'ANFO, un acronyme pour « *ammonium nitrate/fuel oil* », autrement dit du nitrate d'ammonium mélangé à du gazole. C'est un mélange trop dangereux à transporter, alors ils le préparent sur place. Et c'est ce qu'ils font en ce moment. Le camion-citerne qu'on voit là-bas verse le gazole et cette équipe à gauche installe les cartouches d'explosifs et les détonateurs. Combien tu vois de trous, Vic ?

— J'en compte soixante.

— Encore un non-respect des normes de sécurité. C'est typique.

Samantha regarda aux jumelles des ouvriers qui commençaient à combler à la pelle certains orifices. Un fil sortait de chacun d'eux et deux hommes les rassemblaient en faisceau. Ailleurs, des sacs de nitrate d'ammonium étaient vidés dans d'autres trous qui étaient ensuite emplis de gazole. Le travail était lent. 16 heures passèrent. Le camion de dynamitage recula enfin.

— Il n'y en a plus pour longtemps, souffla Donovan.

Le secteur fut vidé. Dynamiteurs et engins disparurent. Une sirène retentit. Plus rien ne bougea.

Les explosions produisirent un grondement lointain. Des volutes de poussières et de fumées s'élevèrent dans les airs, une à une, à mesure que les détonations se succédaient. Les gerbes de terre jaillissaient en un ballet parfaitement orchestré, comme les jets d'eau du Bellagio à Las Vegas. Et le sol commença à s'effondrer. Un pan entier de roches datant du paléozoïque se détacha dans un grand fracas tandis que toute la montagne vibrait. La poussière, vaporisée par l'explosion, forma un épais nuage au-dessus de la mine. Comme il n'y avait pas de vent, la masse resta en suspension au-dessus des décombres, piégée entre les versants.

Avec la précision d'un commentateur sportif, Donovan détailla la situation à Samantha :

— Ils font trois explosions par jour. Alors que le règlement n'en autorise que deux. Quand on multiplie ce chiffre par toutes les mines en activité, ce sont des millions de kilos d'explosifs qui ébranlent les Appalaches chaque jour.

— On a un problème, déclara Vic calmement. On est repérés.

— Où ça ? demanda Donovan en prenant les jumelles des mains de Samantha.

— Là-bas, à côté de la remorque.

Deux hommes avec des casques de chantier les observaient avec leurs propres jumelles. Donovan fit un petit signe. L'un des hommes lui répondit. Donovan leur adressa alors un doigt d'honneur. L'homme lui retourna la politesse.

— Depuis combien de temps ils sont là ? s'informa-t-il.

— Aucune idée, répliqua Vic. Mais foutons le camp.

Ils ramassèrent sacs et fusil et commencèrent à dévaler la pente. Le pied de Samantha ripa et elle faillit tomber. Vic la rattrapa et ne lui lâcha plus la main. Ils suivirent Donovan qui slalomait entre les arbres, sautait par-dessus les rochers, s'agrippait aux arbustes. Après quelques minutes de course, ils s'arrêtèrent dans une petite clairière.

— Je suis garé par là, annonça Vic en tendant le doigt sur sa gauche. Appelle-moi quand tu seras dans le Cherokee.

Il disparut dans les bois. Donovan et Samantha reprirent leur descente. Le chemin se fit moins raide et ils purent courir.

— On est hors de danger ? murmura finalement Samantha.

— Aucun problème, affirma-t-il. Ils ne connaissent pas la montagne comme moi. Et même s'ils nous attrapent, ils ne nous tueront pas.

Ces paroles ne la rassurèrent pas. Ils forcèrent l'allure quand le terrain se fit presque plat. La Jeep apparut devant eux à deux cents mètres. Donovan fit halte pour s'assurer qu'il n'y avait pas d'autres véhicules dans les parages.

— C'est bon, ils ne nous ont pas trouvés.

Sitôt à bord, il envoya un SMS à Vic. R.A.S. Ils filèrent, esquivant des ravines et des trous grands comme le 4 × 4.

— Nous ne sommes plus chez eux, chuchota Donovan quelques minutes après.

Au moment où ils rejoignirent une route bitumée, un gros pick-up couvert de poussière surgit à la sortie d'un virage.

— Ce sont eux.

Le véhicule se déporta sur la gauche pour bloquer le Cherokee, mais Donovan écrasa l'accélérateur et s'échappa par le bas-côté. Il y avait trois types à l'intérieur, avec des casques de chantier, l'air patibulaire, visiblement prêts à en découdre. Ils pilèrent pour faire demi-tour et les prendre en chasse, mais la Jeep était déjà loin.

Donovan, silencieux, fonçait sur les petites routes du comté de Hopper en surveillant le rétroviseur.

— Vous pensez qu'ils ont relevé nos plaques ? s'inquiéta Samantha.

— Oh, ils savent que c'est moi. Ils vont aller voir le juge lundi et se plaindre. Je vais tout nier en bloc et leur dire d'arrêter de chouiner comme de sales gosses. Choisissons un jury et réglons ça entre hommes !

Ils passèrent devant le tribunal de Colton. Donovan le désigna du menton.

— C'est là que tout va se jouer. C'est le palais de justice le plus affreux de Virginie.

— On était là mercredi, avec Mattie.

— Vous aimez les procès ?

— Ça peut paraître bizarre, je sais, mais je ne connais pas grand-chose aux tribunaux. Je les ai toujours évités comme la peste.

— Moi, je les adore. C'est le seul endroit où les petits peuvent faire jeu égal avec les gros. Une personne n'ayant rien, ni argent, ni pouvoir, rien d'autre que des faits et de la détermination peut intenter un procès et contraindre une compagnie pesant un milliard de dollars à se présenter devant lui et à répondre de ses actes.

— Les dés parfois sont pipés.

— Bien sûr. S'ils trichent, je triche aussi. Ils tapent sous la ceinture, alors je frappe plus bas encore et plus fort. Comment ne pas adorer ça !

— J'ai l'impression d'entendre mon père. C'est effrayant.

— Et vous me faites penser à ma femme. Elle ne supporte pas le travail que je fais.

— Changeons de sujet.

— D'accord. Vous avez prévu quelque chose pour demain ?

— Demain samedi ? Le cabinet est fermé. Autant dire que je n'ai pas mille projets.

— Une nouvelle aventure, ça vous tente ?

— Avec des fusils ?

— Non. Je ne serai pas armé, promis.

— On va encore violer la propriété de quelqu'un ? Risquer d'être arrêtés ?

— Non. Promis.

— Donc, un truc bien morne et ennuyeux. Alors, je suis partante.

13

Blythe appela de bon matin le samedi. Contre toute attente, elle prenait un jour de congé, une exception structurelle dans son monde. Sa situation professionnelle s'était stabilisée. Son cabinet avait cessé son grand écrémage. Personne n'avait été jeté dehors depuis cinq jours et des propos rassurants filtraient des étages supérieurs. Ce devait être un beau jour d'automne en ville, avec rien d'autre à faire que du shopping, se demander où aller déjeuner, et juste savourer le fait d'être jeune et célibataire. Sa colocataire lui manquait. Et à cet instant, New York aussi. Samantha était à Brady depuis deux semaines seulement, mais il y avait une telle distance entre les deux mondes, qu'elle avait l'impression d'être exilée depuis un an. Elles discutèrent pendant une demi-heure avant de se décider à aller vivre leur journée.

Samantha prit une douche et s'habilla rapidement, pressée de quitter la maison avant que Kim et Adam ne sortent dans le jardin. Pour l'instant, Annette et ses enfants laissaient leur invitée aller et venir à sa guise. Samantha essayait d'être la plus discrète possible, et ses hôtes ne surveillaient pas ses faits et gestes à l'affût derrière les rideaux. Mais elle se doutait bien que tout Brady était curieux de savoir ce que faisait cette étrangère de New York.

Pour cette raison, et parce que sa situation maritale était compliquée, Donovan avait proposé de retrouver Samantha à l'aéroport du comté, à quinze kilomètres à l'est de la ville. Ce serait le point de départ de leur nouvelle aventure, une expédition dont il ne lui avait rien dit. Il y avait un aéroport à Brady ? Elle n'en revenait pas ! La veille au soir, elle avait cherché sur le web et n'avait rien trouvé. Comment un aéroport pouvait-il ne pas avoir de site ?

Non seulement il n'y avait pas de site internet, mais il n'y avait pas d'avion non plus, du moins pas au premier regard. Quand elle arriva au bout de la route gravillonnée, elle aperçut le Cherokee de Donovan garé à côté d'un petit bâtiment. Le terminal. C'était le seul véhicule en vue. Elle repéra une porte, l'ouvrit, et traversa une sorte de hall, avec des chaises pliantes et quelques tables métalliques jonchées de magazines. Les murs étaient décorés de vieilles photos d'avions et de vues aériennes. Une autre porte donnait sur le tarmac, et dehors, Donovan s'activait autour d'un tout petit avion.

Elle s'approcha.

— C'est quoi ça ?

— Bonjour ! lança-t-il avec un grand sourire. Bien dormi ?

— Huit heures ! Vous pilotez ?

— Oui. Et ça, c'est un Cessna 172, plus connu sous son petit nom : le Skyhawk. Je suis inscrit au barreau de cinq États, alors ce bon vieux coucou m'est bien utile. En outre, il n'y a pas mieux pour voir ce que trafiquent les compagnies minières.

— J'imagine. Et c'est ce qu'on va faire ? De l'espionnage ?

— C'est l'idée, en gros.

Il referma avec précaution le capot.

— J'ai fait les vérifications moteur. On peut décoller. Votre porte est de l'autre côté.

Samantha ne bougea pas.

— Je ne suis pas très convaincue. Je ne suis jamais montée dans un engin aussi petit.

— C'est l'avion le plus sûr qui ait jamais été construit. J'ai trois mille heures de vol et je suis un as du manche, en particulier par un temps comme celui-ci. Pas un nuage, température idéale, et des arbres avec leurs plus belles couleurs d'automne. Autrement dit, une journée de rêve pour voler.

— J'hésite.

— Allez. Où est donc passé votre goût de l'aventure ?

— Mais il n'y a qu'un moteur.

— Ça suffit amplement. Et si le moteur lâche, on peut planer indéfiniment et on trouvera un joli pré.

— Dans ces montagnes ?

— Allons-y, Samantha.

La jeune femme contourna la queue de l'avion et se dirigea vers la porte qui se trouvait sous l'aile. Donovan l'aida à s'installer et boucla son harnais. Il claqua la portière, fit le tour de l'avion par l'avant. Elle regarda la petite banquette derrière elle, puis contempla les instruments et manomètres du tableau de bord.

— Vous n'êtes pas claustrophobe ? demanda-t-il en bouclant à son tour son harnais.

Leurs épaules se touchaient presque.

— Maintenant, si.

— Vous allez adorer. Avant la fin de la journée, vous prendrez les commandes. (Il lui tendit des écouteurs.) Mettez ça. C'est plutôt bruyant et cela nous permettra de communiquer. (Ils ajustèrent leurs micros.) Dites quelque chose.

— Quelque chose.

Il leva les pouces. Ça fonctionnait. Il attrapa une check-list et passa en revue tous les points, vérifiant les cadrans un à un. Il actionna le manche d'avant en arrière. Son double bougeait devant elle.

— N'y touchez pas, s'il vous plaît, la prévint-il.

Elle secoua la tête avec vigueur. Elle ne risquait pas de toucher à quoi que ce soit !

— Tout est OK, annonça-t-il.

Et il tourna la clé de contact.

Le moteur s'ébroua. L'hélice commença à tourner. L'avion soubresauta quand il poussa la manette des gaz. Il indiqua par radio ses intentions, et ils se mirent à rouler vers la piste, qui semblait soudain très courte et étroite.

— Quelqu'un vous écoute au bout de la ligne ?

— J'en doute. C'est tranquille ce matin.

— Vous avez le seul avion du comté ?

Il désigna de petits hangars devant lui, le long de la piste.

— Il y en a quelques autres là-bas. Pas beaucoup, c'est vrai.

Arrivé en bout de piste, il procéda à une dernière vérification des instruments.

— Accrochez-vous.

Il lança le moteur, lâcha doucement les freins. Tandis que l'avion prenait de la vitesse, Donovan lisait le tachymètre.

— Cent quarante... cent cinquante... cent soixante...

Il tira sur le manche et ils quittèrent le macadam. L'espace d'un instant, elle se sentit en apesanteur et son estomac se souleva.

— Tout va bien ? s'enquit-il sans la regarder.

— Aux petits oignons ! marmonna-t-elle, en serrant les dents.

Tout en prenant de l'altitude, il vira sur l'aile gauche pour décrire un cent quatre-vingts. Ils étaient encore bas, pas très loin de la cime des arbres. Et Donovan se mit à suivre la nationale.

— Vous voyez ce pick-up vert, devant ce magasin, là-bas ?

Elle acquiesça.

— Ce connard me suit depuis ce matin. Tenez-vous.

Il agita son manche de droite à gauche, faisant rouler l'avion, en un salut facétieux à l'intention du type. Une fois hors de vue, Donovan reprit son ascension.

— Pourquoi vous filent-ils un samedi matin ? demanda-t-elle, les mains toujours pâles et crispées sur ses genoux.

— Allez donc leur poser la question. Peut-être à cause de notre expédition d'hier. Parce que nous serons au tribunal lundi matin pour le grand jour. De toute façon, ils me surveillent tout le temps.

Soudain, elle se sentit plus en sécurité dans les airs. Lorsqu'ils survolèrent Brady, elle s'était détendue et profitait du paysage en contrebas. Donovan survola la ville à cinq cents pieds d'altitude et lui donna une vue d'oiseau du cabinet de Mattie et du garage où elle vivait. À part une balade en montgolfière dans les Catskills, elle n'avait jamais vu la terre d'aussi bas. C'était un spectacle fascinant, électrisant. Il grimpa à mille pieds et passa au-dessus des collines. La radio était silencieuse, comme celle de Romey, le faux policier.

— Et les radars, les tours de contrôle, ce genre de choses ? Il n'y a personne en l'air ?

— Sans doute pas. On vole à vue et les règles ne sont pas les mêmes. On n'a pas besoin de contacter le contrôle aérien. Pour un voyage d'affaires, je devrais remplir un plan de vol et être en communication avec eux, mais pas aujourd'hui. On fait juste un tour. (Il désigna un écran.) C'est mon radar. Si un autre avion approche, il s'affichera ici. Donc pas d'inquiétude. Je n'ai jamais eu d'accident.

— Même pas quelques frayeurs ?

— Jamais. En l'air, je suis très sérieux, comme tout pilote, du moins la plupart.

— Voilà qui est rassurant. Où allons-nous ?

— Je ne sais pas. Une envie ?

— C'est vous le commandant de bord et vous ne savez pas où on va ?

Il esquissa un sourire, vira à gauche et désigna un instrument.

— Ça, c'est l'altimètre. Et l'altitude, c'est crucial dans les montagnes.

Ils grimpèrent encore jusqu'à mille cinq cents pieds, puis restèrent sur ce palier.

Donovan indiqua un mont à l'horizon.

— C'est Cat Mountain, du moins ce qu'il en reste. Il y a un grand site d'extraction là-bas.

Elle découvrit la mine à ciel ouvert. La même désolation. Une terre ravagée, une verrue de poussière au milieu des Appalaches, qui déversait ses déblais dans les vallées alentour. Samantha pensa à Francine Crump, sa cliente qui cherchait un héritier pour sauver sa terre. Son terrain était quelque part dans ce secteur. Elle distinguait quelques maisons le long des torrents, des mobile homes çà et là. Le Skyhawk vira brutalement à droite pour accomplir un tour complet. Samantha reconnut des tombereaux, des chargeuses, et autres engins miniers. Un camion de dynamitage, des pelleteuses, une dragline, des bulldozers, des transporteurs, des excavatrices. Elle apprenait chaque jour un peu plus. Elle repéra un contremaître debout à côté de son préfab', observant aux jumelles le Cessna.

— Ils travaillent donc aussi le samedi ! lâcha-t-elle.

Il hocha la tête.

— Sept jours sur sept, parfois. Il n'y a plus aucun syndicat.

Ils montèrent encore jusqu'à trois mille pieds.

— On survole le Kentucky à présent, et on progresse au nord-ouest.

Sans les écouteurs, il aurait dû hurler pour se faire entendre.

— Regardez ça ! poursuivit-il. Il y en a tellement qu'on ne peut pas les compter.

Les mines défiguraient la montagne comme autant de pustules. Il y en avait des dizaines, à perte de vue. Ils en survolèrent plusieurs. Entre les carrières, elle remarqua de vastes étendues d'herbes et de taillis.

— C'est quoi, ces parcelles sans arbres ?

— Des dommages collatéraux. Ce sont des sites d'excavation qui ont été réhabilités. Ce plateau là-bas, c'était autrefois Persimmon Mountain, un mont qui se dressait à près de huit cents mètres. Ils ont arraché le sommet, pris le charbon, et réaménagé le site. La loi leur impose de « reconstituer approximativement la montagne d'origine ». Pure langue de bois. Comment reconstituer quelque chose qui n'existe plus ?

— J'ai lu ça. Ils sont censés remettre la terre dans son état d'origine. Et même mettre en valeur les paysages.

— Quelle blague ! Les compagnies minières vous diront que la réhabilitation des terrains est un bien pour le développement de la région. On peut y construire des centres commerciaux, des immeubles, et j'en passe… En Virginie, ils ont construit une prison sur une ancienne mine. Ailleurs, ils ont créé un parcours de golf. Ben voyons ! Le problème, c'est que personne ne joue au golf dans la région. La réhabilitation, c'est une fumisterie.

Ils survolèrent une autre mine, puis une autre encore. Elles se ressemblaient toutes.

— Il y en a combien en activité, aujourd'hui ? demanda-t-elle.

— Beaucoup. On a perdu six cents montagnes ces trente dernières années et, à ce rythme, il ne restera bientôt plus rien. La demande pour le charbon ne cesse d'augmenter, les prix grimpent, donc les compagnies courent après les permis d'exploitation.

Donovan appuya à droite.

— Maintenant, cap au nord, vers la Virginie-Occidentale.

— Vous êtes inscrit aussi au barreau là-bas ?

— Oui, comme en Virginie et au Kentucky.

— Vous avez parlé de cinq États…

— J'ai parfois un litige au Tennessee ou en Caroline du Nord, mais c'est plus rare. En Caroline du Nord, nous avons un procès concernant un stockage de résidus miniers. Il y a beaucoup d'avocats impliqués. Une grosse affaire.

Donovan adorait les grands procès. Les montagnes mutilées étaient les mêmes au Kentucky qu'en Virginie-Occidentale. Il faisait rouler le Cessna de droite à gauche pour que Samantha puisse voir l'ampleur des dégâts, avant de mettre le cap sur un autre site de destruction.

— Droit devant, c'est la mine de Bull Forge, annonça-t-il. Vous l'avez vue hier du plancher des vaches.

— Oui… les éco-terroristes. Ces gars-là énervent vraiment le secteur du charbonnage.

— C'est le but.

— Dommage que vous n'ayez pas votre fusil. On aurait pu faire un carton sur quelques pneus.

— J'y ai sérieusement songé.

Après une heure de vol, Donovan amorça la descente. À présent, elle savait lire l'altimètre, l'anémomètre et la boussole. Arrivée à deux mille pieds, elle demanda :

— On a une destination ?

— Oui, mais je veux d'abord vous montrer quelque chose. Ce sera de votre côté. Dans un secteur appelé Hammer Valley.

Il se tut, le temps de passer une crête. Derrière : une vallée profonde, très encaissée.

— Nous allons atterrir tout au fond, près de Rockville. Population : trois cents habitants.

Deux clochers percèrent la cime des arbres, puis une bourgade pittoresque apparut, blottie le long d'un torrent, coincée entre les montagnes. Ils survolèrent la ville, longèrent la rivière. Le long des petites routes, des grappes de maisons, en majorité des mobile homes.

— C'est ce qu'on appelle une poche à cancers. Hammer Valley connaît le plus fort taux de toute l'Amérique du Nord. Près de vingt fois la moyenne nationale. De sales cancers : le foie, les reins, l'estomac, l'utérus, et des leucémies en pagaille.

Il tira doucement sur le manche alors qu'une colline se dressait devant eux. Ils dépassèrent le relief et découvrirent de l'autre côté une ancienne mine réhabilitée.

212

— Et voilà pourquoi, déclara-t-il. La mine de Peck Mountain.

La montagne avait disparu, remplacée par de petites collines lissées par les bulldozers et couvertes d'une herbe brune. Derrière une digue de terre, un grand lac noir miroitait au soleil.

— C'est un bassin de schlamm. Une société appelée la Starke Energy est venue ici il y a trente ans et a creusé la montagne, l'une des premières mines à ciel ouvert des Appalaches. Ils lavaient le charbon sur place et jetaient la boue dans un petit lac autrefois aux eaux limpides. Puis ils ont construit cette digue et le lac a grandi.

Ils volaient autour de l'immense étendue.

— Finalement, la Starke a été revendue à la Krull Mining, une autre société écran détenue par un oligarque russe, un escroc qui a mis la main sur de nombreuses mines à travers le monde.

— Un Russe ?

— Oui. On a affaire à des Russes, des Ukrainiens, des Chinois, des Indiens, des Canadiens, en plus des cow-boys de Wall Street et des renégats du coin. Les propriétaires de la plupart des mines sont loin et se fichent comme d'une guigne de la terre et des habitants.

Il fit un nouveau survol et Samantha regarda la boue noire trois cents mètres plus bas. À cette altitude, on avait l'impression de voir un lac de pétrole brut.

— Ça paraît bien dégoûtant, lâcha-t-elle. Un autre procès en vue ?

— Une très grosse affaire. La plus importante de toutes.

*

Ils atterrirent sur un aérodrome encore plus petit que celui du comté de Noland. Et aucune ville alentour. Alors qu'ils roulaient vers les aires de stationnement, elle aperçut Vic Canzarro appuyé à une rambarde. Il les attendait. Ils s'arrêtèrent près du terminal ; il n'y avait aucun autre avion. Donovan coupa le moteur, fit les vérifications post-atterrissage, puis ils sortirent du Skyhawk.

Comme elle s'y attendait, Vic conduisait un gros pick-up, taillé pour les mauvaises rencontres dans les bois. Samantha s'installa à l'arrière, à côté d'une glacière, d'une collection de sacs à dos. Il y avait aussi des armes, évidemment. Deux fusils.

Vic fumait. Ce n'était pas un fumeur compulsif, mais il avait néanmoins un bon rythme. Il entrouvrit sa fenêtre de quelques centimètres, de quoi aérer l'habitacle sans évacuer toutefois toute la fumée. Après la seconde cigarette, Samantha étouffait déjà et dut baisser sa vitre. Vic lui demanda ce qu'elle faisait et elle lui expliqua sans détour son problème. Une discussion tendue s'ensuivit entre Vic et Donovan à propos de son addiction au tabac. D'après lui il essayait vraiment de décrocher. Oui, il avait arrêté plusieurs fois en vain ; oui, il allait finir avec un cancer du poumon dans d'horribles souffrances. Donovan était impitoyable ! Visiblement ce n'était pas la première fois que ces deux-là avaient cette discussion. Ce qui ne changea rien et Vic alluma une troisième cigarette.

Les petites routes les emmenaient au plus profond de Hammer Valley. Ils se garèrent finalement devant la bicoque d'un certain Jesse McKeever.

— Qui est-ce ? s'informa Samantha alors que Vic s'engageait dans l'allée. Que fait-on ici ?

— C'est peut-être un futur client, répondit Donovan. Il a perdu sa femme, un fils, une fille, un frère et deux cousins. Tous morts du cancer. Les reins, le foie, les poumons, le cerveau. Pratiquement tous les organes y ont eu droit.

Vic s'arrêta et attendit le chien. Un pitbull hargneux jaillit du perron et fonça sur le pick-up, prêt à dévorer les pneus. Vic klaxonna et Jesse McKeever sortit enfin de la maison. Il rappela le chien, lui donna un coup de canne avec force jurons, et lui fit signe de filer dans le jardin. Le chien, penaud, disparut derrière la maison.

Tout le monde s'installa sur des caisses ou des chaises de jardin défoncées. Personne ne présenta Samantha. Jesse ne lui accorda pas un regard. Il faisait bien plus que ses soixante ans. Il lui manquait des dents, il avait le visage fripé par une vie à la dure et un air perpétuellement renfrogné. Vic avait fait analyser l'eau de son puits et les résultats, comme on pouvait s'y attendre, faisaient froid dans le dos. L'eau était polluée par des COV – des composés organiques volatils. Des poisons tels que le mercure, le plomb, le chlorure de vinyle, le trichloréthylène, ainsi qu'une douzaine d'autres molécules toxiques. Avec patience, Vic précisa ce que signifiaient ces termes. Jesse comprit l'essentiel : non seulement, il était dangereux de boire cette eau, mais il ne fallait pas s'en servir du tout, ni pour cuisiner, ni pour se laver, ni pour se brosser les dents, ni même pour faire la lessive ou la vaisselle. Pour rien du tout. Jesse expliqua qu'il achetait leur eau en bouteille depuis quinze ans, mais qu'ils avaient continué à se servir de celle du puits pour se laver et faire le ménage. Son garçon était mort le premier ; cancer de l'intestin.

Donovan alluma un magnétophone et le posa devant McKeever. Avec naturel et empathie, il fit parler Jesse pendant une heure des membres de sa famille et des cancers à répétition qui les avaient frappés. Vic écoutait, fumait, posait de temps en temps une question. Le récit de Jesse était poignant mais l'homme racontait avec une sorte de détachement. Tant de drames l'avaient endurci.

— Il faut que vous rejoigniez les autres plaignants, monsieur McKeever, déclara Donovan en éteignant le magnétophone. Nous comptons attaquer la Krull Mining à la cour fédérale. Nous pouvons prouver qu'ils ont déversé des tas de produits toxiques dans la retenue et qu'ils savaient depuis des années que le bassin fuyait et contaminait la nappe phréatique.

Jesse McKeever posa son menton sur sa canne, et sembla s'assoupir.

— Aucun procès ne me les ramènera. Ils sont morts, marmonna-t-il.

— C'est vrai, mais ils n'auraient pas dû mourir. C'est ce bassin qui les a tués, et les responsables doivent payer.

— Combien ?

— Je ne peux rien garantir, mais nous allons leur demander des millions. Vous ne serez pas seul, monsieur McKeever. Pour l'instant, j'ai une trentaine de familles avec moi, prêtes à porter plainte. Ils ont tous perdu quelqu'un à cause d'un cancer, tous dans les dix dernières années.

McKeever cracha, puis s'essuya la bouche sur sa manche.

— J'ai entendu parler de vous. Ça discute beaucoup dans la vallée. Certains veulent porter plainte, d'autres ont peur de la compagnie, même s'ils ont fini de creuser là-haut. Je ne sais pas quoi faire, quel camp choisir.

— Très bien, réfléchissez. Mais promettez-moi une chose, quand vous serez prêt au combat, appelez-moi, et pas un autre avocat. Je travaille sur cette affaire depuis trois ans et nous n'avons pas encore déposé plainte. J'ai besoin de vous à mes côtés, monsieur McKeever. Pensez-y.

Le vieil homme acquiesça. Donovan lui annonça qu'il repasserait le voir dans deux semaines. Ils laissèrent Jesse McKeever sur le perron, son chien près de lui, remontèrent dans le pick-up et s'en allèrent.

— Comment allez-vous prouver que la Krull savait que son schlamm contaminait l'eau ? demanda Samantha, rompant le silence qui régnait depuis leur départ.

Les deux hommes, à l'avant, échangèrent un regard. Pendant plusieurs secondes, personne ne répondit. Vic prit une cigarette. Enfin Donovan se tourna vers elle.

— La Krull a des documents internes qui montrent clairement qu'ils étaient au courant des fuites du bassin et qu'ils n'ont rien fait. La compagnie a caché le problème pendant ces dix dernières années.

Samantha ouvrit de nouveau sa fenêtre et prit une grande goulée d'air.

— Comment avez-vous obtenu ces pièces si vous n'avez pas encore intenté de procès ?

— Je n'ai pas dit qu'on les avait, rétorqua Donovan un peu sur la défensive.

Vic précisa :

— L'Environmental Protection Agency et d'autres organismes ont procédé à des enquêtes. Plein de rapports ont été rédigés.

— Et c'est l'EPA qui a trouvé ces documents compromettants ? insista-t-elle.

Il y eut un instant de flottement.

— Pas tous, répliqua Vic.

Il y eut à nouveau un long silence.

Ils tournèrent sur une route de gravillons et roulèrent sur près de deux kilomètres.

— Quand allez-vous porter plainte ? interrogea finalement Samantha.

— Bientôt, assura Donovan.

— Écoutez, si je dois travailler pour vous, j'ai besoin de connaître les dossiers.

Donovan resta silencieux. Vic s'arrêta à proximité d'un mobile home décati. Une voiture crasseuse était garée devant, les roues sans enjoliveurs, le pare-chocs tenu avec du fil de fer.

— On est chez qui cette fois ? s'enquit la jeune femme.

— Chez Dolly Swaney, fit Donovan. Son mari est mort d'un cancer du foie il y a deux ans, à l'âge de quarante et un ans.

— C'est une cliente ?

— Pas encore.

Donovan descendit.

Dolly Swaney apparut sur le « perron », un assemblage de planches vermoulues avec des marches cassées. Elle était énorme, et portait une chemise de nuit tachée qui lui descendait au bas des jambes. Elle était pieds nus.

— Je crois que je vais vous attendre ici, lâcha Samantha.

*

Ils déjeunèrent tôt dans le seul restaurant du centre-ville de Rockville, un endroit chaud et moite où flottait une odeur de graillon. La serveuse posa trois verres d'eau sur la table. Personne n'y toucha. Ils commandèrent à la place des sodas light pour accompagner leurs sandwichs. Les sachant hors de portée d'oreilles indiscrètes, Samantha reprit ses questions :

— Je ne comprends pas. Si vous avez déjà trente clients et que vous travailliez sur le dossier depuis trois ans, qu'est-ce que vous attendez pour lancer l'action en justice ?

Les deux hommes regardèrent autour d'eux, comme si quelqu'un risquait de les écouter. Rassuré, Donovan répondit à voix basse :

— C'est un dossier énorme, Samantha. Il y a eu des dizaines de victimes, et l'accusé a le bras long et beaucoup de moyens. Je pense pouvoir prouver sa responsabilité au procès. J'ai déjà dépensé cent mille dollars sur cette affaire, et ça va encore me coûter le double pour pouvoir la présenter à un jury. Il me faut du temps. Du temps pour faire signer les clients, du temps pour mes recherches de preuves, du temps pour rassembler une équipe qui puisse tenir le choc face à l'armée d'avocats et d'experts que la Krull va envoyer.

— Et c'est dangereux, aussi, ajouta Vic. Il y a plein de méchants dans le milieu du charbon. Et la Krull est l'une des pires. Non seulement ce sont des bandits sans foi ni loi, mais en plus, de redoutables adversaires au tribunal. C'est un beau procès, mais attaquer la Krull Mining en fait reculer plus d'un. Nombre d'avocats de la mouvance écologiste ont déclaré forfait.

— C'est pour cela que j'ai besoin d'aide, poursuivit Donovan. Si vous vous ennuyez et que vous ayez le goût du risque, venez vous joindre à nous. Il y a des tonnes de dossiers à étudier.

Elle lâcha un rire malgré elle.

— Magnifique ! J'ai passé toute ma première année chez Scully & Pershing enfermée dans une cage à poules à éplucher des dossiers ! Dans le droit d'affaires, c'est le sort qu'on réserve aux nouveaux.

— Ce sera très différent avec nous, je vous le garantis.

— Parce qu'il s'agira des documents sensibles dont vous avez parlé tout à l'heure, c'est ça ?

220

Les deux hommes surveillèrent à nouveau les alentours. La serveuse arriva avec leurs sodas et s'éclipsa. Il y avait peu de chance qu'elle s'intéresse aux détails d'une procédure judiciaire. Samantha se pencha vers eux, et posa la question clé :

— Mais ces documents, vous les avez, oui ou non ?

— Disons, que nous y avons accès, répliqua Donovan. Pour l'instant, ils ont simplement disparu. La Krull Mining sait qu'elle ne les a plus mais ignore encore qui les a. Mais quand j'aurai saisi la justice, la compagnie saura *de facto* que j'ai accès à ces pièces. C'est tout ce que je peux vous dire pour l'instant.

Pendant que Donovan parlait, Vic scrutait Samantha, guettant sa réaction. Son regard demandait explicitement : peut-on lui faire confiance ? Il aurait préféré changer de sujet.

— Et que va faire la Krull quand elle saura que vous avez accès à ces documents ?

— Ils vont être fous furieux. Mais on s'en fiche. Le procès sera à la cour fédérale, avec un bon juge, j'espère, et qui ne reculera pas.

Leurs plats arrivèrent. Des sandwichs rachitiques flanqués d'une poignée de frites. Ils commencèrent à manger. Vic interrogea Samantha sur sa vie à New York. Les deux hommes étaient étonnés par la taille de son ancien cabinet : deux mille avocats dans le même bâtiment ! Comment cela se passait, que faisait-elle au juste ? La construction de gratte-ciel, vraiment ? Elle aurait pu rendre ça glamour, mais la vantardise n'était pas son fort. Elle délaissait son sandwich et picorait une frite de temps en temps. En pensant à Blythe et à ses amies à New York. Où déjeunaient-elles en ce moment ? Sans doute dans un restaurant chic du Village, avec de jolies nappes blanches, du bon vin, et un artiste aux cuisines. Un autre monde.

14

Donovan fit grimper le Skyhawk à cinq mille pieds et se tourna vers Samantha.

— Vous êtes prête ?

Certes, à présent elle savourait la balade, adorait voir le paysage à basse altitude, mais de là à prendre les commandes…

— Refermez vos mains sur le manche.

Elle s'exécuta.

— Je le tiens aussi, ne vous inquiétez pas. Le manche permet de faire piquer le nez de l'avion ou de le redresser, et aussi de faire virer l'appareil. Tous les mouvements doivent être effectués lentement et de façon coulée. Tournez-le légèrement sur la droite.

Elle obéit et l'avion commença à pencher de son côté. Elle redressa le manche et l'avion revint à l'horizontale. Elle poussa légèrement le manche et le nez de l'avion piqua. Ils perdirent aussitôt de l'altitude. Elle regarda l'altimètre.

— Stabilisez-vous à quatre mille cinq cents pieds, ordonna-t-il. Gardez les ailes à l'horizontale.

La manœuvre effectuée, ils remontèrent à cinq mille pieds, et Donovan lâcha le manche et posa les mains sur ses genoux.

— Alors ? Quel effet ça fait ?

— Étrange. Je n'en reviens pas d'être aux commandes. Ça paraît si facile.

Le Cessna répondait à la moindre sollicitation. Quand elle fut convaincue qu'ils n'allaient pas se crasher, elle commença à se détendre et savoura l'excitation du premier vol.

— C'est un super avion, simple et sûr. Et c'est vous qui pilotez. Vous pourrez voler en solo d'ici un mois.

— Chaque chose en son temps.

Ils avancèrent en ligne droite au même palier pendant quelques minutes sans parler. Samantha surveillait les instruments de bord, ne jetant que quelques coups d'œil aux Appalaches en contrebas.

— Parfait, commandant Kofer, où allons-nous ?

— Aucune idée ! Je ne sais même pas où on est, ni dans quelle direction on va.

— Qu'aimeriez-vous voir ?

Elle réfléchit un moment.

— Mattie m'a parlé de votre famille et de ce qui s'est passé. J'aimerais voir Gray Mountain.

Il eut un instant d'hésitation.

— Très bien. Regardez la boussole et tournez à quatre-vingt-dix degrés sur la gauche. Manœuvrez doucement et maintenez l'altitude.

Elle exécuta le virage à la perfection. Le Skyhawk demeura à cinq mille pieds.

— Et que se passe-t-il si le moteur tombe en rade ? demanda-t-elle à nouveau après un silence.

Il haussa les épaules, comme si cette idée ne lui avait jamais traversé l'esprit.

— D'abord, j'essaierai de le faire redémarrer. Si je n'y parviens pas, je chercherai une surface plane, un champ ou un couloir de pipeline, ou même une route. À cinq mille pieds, un Skyhawk peut planer sur près de dix kilomètres, donc on a le temps de voir venir. Quand j'aurai trouvé la zone d'atterrissage, je tournerai en cercle au-dessus, pour estimer la force et la direction du vent, et je réaliserai un atterrissage d'urgence parfait.

— Les champs, ça ne se bouscule pas dans le coin.

— Alors on choisira une montagne et on priera très fort.

— Pourquoi ai-je posé la question !

— Détendez-vous. Les accidents sont rarissimes avec ces avions, et ils sont toujours dus à une erreur humaine.

Il bâilla et se tut un moment. Samantha, sans parvenir tout à fait à se détendre, se sentait mieux. Il y eut un long silence, qui s'éternisa. Elle jeta un coup d'œil à son copilote. Il semblait dormir. Une ruse ? Sur le coup, elle eut envie de pousser un cri dans le micro pour le réveiller en sursaut. Mais elle se ravisa et vérifia ses instruments, pour s'assurer que l'avion volait droit, les ailes bien à plat. Surtout pas de panique ! Elle vit ses doigts pâlir, crispés sur le manche. La jauge de carburant indiquait la moitié du plein. S'il voulait dormir, qu'il dorme ! Elle allait lui laisser quelques minutes, et après, elle paniquerait ! Elle lâcha le manche et s'aperçut que le Cessna volait tout seul. Il suffisait de quelques petites corrections pour le garder dans l'axe. Elle consultait régulièrement sa montre. Cinq minutes. Dix. Quinze. Les monts défilaient lentement sous la carlingue. Aucun écho sur le radar. Elle garda son calme, mais une tension grandissante lui donnait envie de crier au secours.

Donovan s'éveilla en toussant. Il jeta aussitôt un coup d'œil aux instruments.

— Beau travail, Samantha.

— Bien dormi ?

— Excellemment. Cela m'arrive souvent de piquer du nez. Le bourdonnement du moteur me berce et j'ai du mal à rester éveillé. Pour les longs trajets, je mets le pilote automatique.

Elle ne savait que répondre.

— Vous savez où on est ? demanda-t-elle.

Il regarda par le hublot et répondit sans hésitation :

— Nous arrivons au comté de Noland. À 11 heures, c'est Gray Mountain. Vous allez la contourner par la gauche, et après je reprendrai les commandes. Descendez à trois mille pieds.

Ils dépassèrent les limites de Brady et Donovan reprit le manche.

— Vous avez envie de recommencer un de ces jours ? s'enquit-il.

— Peut-être. Je ne sais pas. Combien de temps ça dure une formation complète ?

— Une trentaine d'heures au sol, dans un centre de formation ou chez soi et autant en vol. Le problème, c'est qu'il n'y a plus d'instructeur dans le coin. Il y en avait un, mais il s'est tué. Dans un accident d'avion.

— Je crois que je vais m'en tenir aux voitures. J'ai grandi dans le monde des crashs aériens, alors je me suis toujours méfiée de tout ce qui vole. Je vais vous laisser piloter, pour l'instant.

— On recommence quand vous voulez, répliqua-t-il dans un sourire.

Il continua à garder le nez de l'avion piqué jusqu'à atteindre mille pieds. Ils doublèrent une mine où une séance de dynamitage était en cours ; un gros nuage noir planait au-dessus du sol. À l'horizon, des clochers perçaient le couvert des arbres.

— Vous êtes déjà allée à Knox ? s'enquit-il.

— Non. Pas encore.

— C'est le centre administratif du comté de Curry, là où je suis né. Une ville assez comparable à Brady. Autant dire que vous n'avez pas raté grand-chose.

Ils survolèrent Knox, mais il n'y avait rien à voir, du moins rien vu du ciel. Ils reprirent de l'altitude, en sinuant entre les plus hauts monts pour s'enfoncer au cœur des montagnes. L'une d'entre elles était beaucoup plus basse que les autres.

— C'est tout ce qui reste de Gray Mountain. La compagnie minière est partie il y a vingt ans, mais au moment de leur départ, ils avaient déjà quasiment pris tout le charbon. Les procès se sont enchaînés pendant des années. Comme vous le voyez, le site n'a pas été réaménagé. C'est sans doute l'endroit le plus laid des Appalaches.

C'était un spectacle de désolation, marqué de profondes saignées où le charbon avait été arraché de terre, là où les ouvriers s'étaient arrêtés, laissant pour toujours des tertres de déblais. Tout autour, des arbres rabougris tentaient désespérément de survivre. Une grande partie du site n'était qu'un patchwork de roches et de terre stérile, mais des flaques d'herbes brunes avaient colonisé certains endroits. La coulée de déblais qui noyait la vallée était partiellement recouverte de ronces et de liseron. Donovan commença à tourner en cercle autour du site.

— La seule chose qui puisse être pire qu'une mine réhabilitée, c'en est une laissée en l'état. C'est ce qui s'est passé ici. C'est triste à pleurer.

— À qui appartient le terrain aujourd'hui ?

— À mon père. Le domaine est toujours dans la famille, mais il ne vaut plus rien. La terre est fichue. Les cours d'eau ont disparu sous les gravats, il n'y a plus de poissons. L'eau est empoisonnée. Les animaux sont partis vers des endroits plus tranquilles. Mattie vous a parlé de ma mère ?

— Oui, mais pas en détail.

Il descendit et fit un virage serré sur la droite pour lui donner un meilleur point de vue.

— Vous voyez cette croix blanche, avec les pierres autour ?

— Oui.

— C'est là qu'elle est morte. Notre maison était un peu plus haut, notre maison depuis toujours, construite par mon grand-père qui était mineur de fond. Quand l'inondation l'a emportée, ma mère a retrouvé des restes à cet endroit, près des rochers. C'est là que ça s'est passé. Mon frère Jeff et moi avons récupéré deux poutres du toit et avons construit cette croix.

— Qui l'a trouvée ?

Donovan poussa un long soupir.

— Mattie ne vous a donc pas tout raconté ?

— Faut croire que non.

— C'est moi qui l'ai trouvée.

Ils restèrent silencieux quelques minutes. Donovan longeait la vallée par le flanc est. Il n'y avait pas de routes, ni habitations, ni signes de vie.

— Derrière cette crête, annonça-t-il en virant à nouveau, c'est le seul endroit du domaine qui n'a pas été saccagé. L'eau là-bas coule dans une autre direction et la vallée a été préservée de la mine. Vous apercevez ce torrent ?

Il inclina davantage l'avion.

— Oui, je le vois.

— C'est Yellow Creek. J'ai une cabane là-bas, ma petite retraite ; peu de personnes connaissent son existence. Je vous y emmènerai un de ces jours.

Ça, ce n'est pas gagné, songea Samantha. On est assez proches comme ça, et à moins d'un changement subit de votre situation maritale, on n'ira pas plus loin. Mais elle hocha poliment la tête.

— Bien sûr. Avec plaisir

— Il y a une cheminée. On la voit à peine, du ciel comme du sol. Il n'y a ni eau courante, ni électricité. Je l'ai construite de mes mains, avec l'aide de mon frère.

— Et votre père ? Où est-il ?

— Dans le Montana, aux dernières nouvelles, mais je ne lui ai pas parlé depuis des années. Vous en avez vu assez ?

— Je crois, oui.

*

De retour à l'aérodrome du comté de Noland, Donovan roula jusqu'au terminal mais ne coupa pas le moteur.

— Bien, je vais vous laisser là. Attention en sortant. Faites le tour de l'avion par l'arrière. L'hélice tourne toujours.

— Vous ne venez pas ? demanda-t-elle en dégrafant son harnais.

— Non. Je file à Roanoke retrouver ma femme et ma fille. On se voit demain, au bureau.

Samantha descendit, passa sous l'aile, les cheveux fouettés par le souffle de l'hélice, contourna la queue et s'arrêta devant les portes du terminal. Elle le salua de la main, il lui répondit en levant les deux pouces en l'air et s'éloigna. Elle le regarda décoller et rentra à Brady.

*

Le samedi soir, c'était le légendaire chili texan de Chester. Il n'avait jamais mis les pieds au Texas, mais il avait trouvé une recette extra (seulement deux ans auparavant) sur Internet. Quant à l'aspect « légendaire », c'était davantage une auto-promo qu'autre chose, mais son enthousiasme aux fourneaux et son côté épicurien étaient communicatifs. Mattie prépara du pain de maïs, et Annette apporta un gâteau au chocolat pour le dessert. Samantha n'avait jamais appris à cuisiner et vivait désormais dans un appartement minuscule avec, pour tout équipement, une plaque chauffante et un grille-pain, alors elle avait déclaré forfait sur ce terrain-là. Pendant que Chester s'activait derrière sa marmite, ajoutant des épices et jouant les moulins à paroles, Kim et Adam faisaient une pizza dans la cuisine de « Tatie Mattie ». Samantha était ravie d'être chez les Wyatt, et non plus coincée chez Annette et ses têtes blondes. Pour les enfants, elle n'était plus la colocataire/baby-sitter, mais une sorte de grande sœur, un statut quasiment sacro-saint. Ils l'aimaient et elle les aimait, mais elle avait l'impression d'étouffer. Et Annette ne voulait rien voir. Du moins elle n'intervenait pas pour demander à ses enfants de la laisser respirer.

Ils dînèrent sur la terrasse derrière la maison, sur une table de pique-nique sous un magnifique érable paré de jaune et d'or. Le sol était jonché de feuilles, un tapis chatoyant qui bientôt disparaîtrait. On alluma des bougies quand le soleil disparut derrière les montagnes. Claudelle, leur assistante juridique, les rejoignit en fin de soirée. Mattie avait une règle d'airain à table : on n'évoquait ni le cabinet, ni les clients. Et en aucun cas, tout ce qui avait trait de près ou de loin au charbon. Alors on parla politique. Obama contre McCain, Joe Biden contre Sarah Palin. La politique les entraîna bien sûr vers la crise économique qui ébranlait le monde. Les nouvelles étaient mauvaises. Alors que les experts à Washington débattaient pour savoir s'il s'agissait d'une petite dépression ou seulement d'une grosse récession, tout cela paraissait si loin ici, comme un génocide en Afrique. C'était terrible, mais Brady semblait vivre dans une bulle, protégé. Tout le monde était donc curieux de ce qui arrivait aux amis de Samantha à New York.

Pour la troisième ou quatrième fois de la soirée, Samantha remarqua une étrange froideur de la part d'Annette, tant dans ses paroles que dans son attitude. Tout se passait bien quand elle parlait à quelqu'un d'autre, mais le ton changeait quand elle s'adressait à Samantha. Au début, elle n'y fit pas attention. Mais à la fin du dîner, elle était certaine que quelque chose tracassait Annette. C'était curieux, parce qu'il n'y avait eu aucune anicroche entre elles.

C'est alors qu'elle comprit. C'était à cause de Donovan !

15

Samantha s'éveilla au son des carillons des clochers alentour. Il y avait sans doute plusieurs mélodies dans l'air, certaines proches ou plus fortes, d'autres lointaines, mais toutes rappelaient aux pécheurs que c'était le jour du Seigneur et que les églises les attendaient. Il était 9 heures passées de deux minutes, à son radio-réveil. Encore une fois, elle s'étonna de pouvoir dormir aussi longtemps. Elle songea même à en profiter encore un peu, mais dix heures de sommeil c'était amplement suffisant. Le café était prêt dans la cuisine et une bonne odeur lui chatouillait les narines. Elle se versa une tasse et s'assit sur le canapé, réfléchissant à ce qu'elle allait faire de sa journée. Objectif numéro un : éviter Annette et ses enfants.

Elle appela sa mère. Elles bavardèrent pendant une demi-heure. Une nouvelle crise se profilait au ministère de la Justice et comme d'habitude cela occupait toutes les pensées de Karen. Son patron faisait des réunions à tout va pour lancer une enquête sur les grandes banques, les émetteurs de subprimes et autres escrocs de Wall Street. Ils passeraient à l'action dès que la poussière serait retombée pour savoir qui exactement était responsable de ce chaos. Samantha s'ennuyait ferme, mais elle joua le jeu, buvant son café en pyjama tandis que les cloches sonnaient à toute volée. Karen lui annonça qu'elle passerait la voir bientôt à Brady pour se rendre compte de ce qu'était la vie dans les montagnes – mais c'était des paroles en l'air. Sa mère quittait rarement Washington ; son travail était trop important pour elle. À la fin, elle lui posa quelques questions sur son boulot, sur le centre d'aide juridique. Combien de temps vas-tu rester ? Samantha lui répondit qu'elle ne comptait pas partir pour l'instant.

Quand les cloches eurent fini de tinter, elle enfila un jean et sortit de l'appartement. La voiture d'Annette était toujours garée devant la maison. Signe que les enfants n'allaient pas à la messe. Pas très loin du cabinet de Donovan, Samantha acheta dans un distributeur le *Roanoke Times* et le lut dans un café désert, tout en mangeant une gaufre avec du bacon. Après ce petit déjeuner, elle se promena un peu dans les rues de Brady. Elle en fit vite le tour. Elle passa devant une dizaine d'églises, toutes bondées, à voir les voitures sur les parkings. Depuis combien de temps n'avait-elle pas mis les pieds dans ce genre d'édifice ? Son père était catholique non pratiquant, sa mère protestante indifférente et Samantha n'avait reçu aucune éducation religieuse.

Les écoles étaient de vieux bâtiments décatis, comme le palais de justice, vérolés de climatiseurs asthmatiques saillant de chaque fenêtre, rongés de rouille. Elle salua des vieux installés sur le perron d'une maison de retraite, à l'évidence trop âgés pour se rendre à l'église. Elle dépassa le minuscule hôpital, en priant pour n'être jamais malade à Brady. Elle descendit toute la grand-rue en se demandant comment les petits commerçants parvenaient à survivre. Une fois la visite terminée, elle monta dans sa voiture et s'en alla.

Sur la carte, la nationale 119 traversait tout le pays minier du Kentucky jusqu'à la Virginie-Occidentale. La veille, elle avait vu les Appalaches du ciel. Cette fois, elle voulait les voir de la route. Charleston serait sa destination finale. Elle partit avec juste une carte et une bouteille d'eau. Rapidement, elle arriva au Kentucky, une frontière purement théorique. Les Appalaches restaient les Appalaches, quel que soit le découpage administratif imposé par Washington. Une terre d'une beauté époustouflante, des collines, des monts, couverts d'une forêt dense de feuillus, avec des torrents et des rapides creusant des vallées profondes, et partout la misère, des petites bourgades avec des bâtiments de brique délabrés et des masures blanchies à la chaux, des églises, encore et encore. Pour la plupart d'origine baptiste, mais il y avait tant de sous-familles que c'était à ne rien y comprendre : baptiste du Sud, baptiste générale, baptiste primitive, baptiste missionnaire... Toutes bourdonnaient d'activité. Elle s'arrêta à Pikeville. Sept mille habitants. Au centre-ville, elle prit un café dans un bar bondé d'habitués. Il y eut quelques regards en coin, mais aucune animosité. Elle écouta les conversations, se demandant parfois s'ils parlaient la même langue qu'elle. Elle sourit même aux plaisanteries. À côté de la frontière avec la Virginie-Occidentale, elle ne put résister au panneau d'une épicerie, annonçant : le « World Famous Beef Jerky Homemade ! » Elle acheta un paquet du fameux bœuf séché des cow-boys. Elle en croqua un morceau et jeta immédiatement le reste à la poubelle. Elle allait devoir boire des litres pour chasser le goût.

Elle était bien décidée à ne pas penser au charbon. Elle était arrivée à saturation. Mais la houille était partout : dans les camions qui roulaient au milieu de la route, sur les affiches antédiluviennes encourageant les mineurs à se syndiquer, dans le paysage, au détour d'un virage dévoilant une carrière au loin, ou dans les vestiges tronqués d'une montagne, sur les pare-chocs décorés d'autocollants – « Vive l'électricité, vive le charbon ! » pour les uns, « Sauvons les Appalaches ! » pour les autres –, ou encore à l'intérieur des petits musées au bord des routes honorant le glorieux passé minier. Samantha s'arrêta devant une stèle commémorative et lut le récit du drame de Bark Valley, un coup de grisou qui avait tué trente mineurs de fond en 1961. Les partisans du charbon menaient une campagne agressive et elle croisa de nombreux panneaux scandant : « Le charbon, c'est l'emploi ! » Ce minerai était l'essence de la vie dans cette région, mais les mines à ciel ouvert divisaient les gens. Sur Internet, les opposants aux mines soutenaient que ce type d'exploitation détruisait les emplois, chiffres à l'appui. Il y avait quatre-vingt mille mineurs aujourd'hui, tous non syndiqués, et la moitié travaillait dans des carrières. Autrefois, avant que l'on commence à faire sauter les montagnes, ils étaient près d'un million dans les puits.

Elle poussa jusqu'à Charleston, la capitale de la Virginie-Occidentale. Elle n'était toujours pas à l'aise quand il y avait de la circulation, et les rues étaient plus encombrées qu'elle ne s'y attendait. Elle roulait sans destination précise, se laissant porter par le flot. Soudain elle eut peur de s'égarer. Il était bientôt 14 heures. Elle avait dépassé l'heure du déjeuner. Il était temps de rebrousser chemin. Elle fit une halte dans un petit centre commercial. Elle avait très envie d'un hamburger avec des frites.

*

Toutes les lumières étaient allumées au cabinet de Donovan. Samantha passa devant vers 20 heures, fut tentée de toquer, mais craignit de le déranger. À 21 heures, elle était à son bureau, essentiellement pour éviter de rentrer à son appartement. Elle ne travaillait donc pas vraiment. Elle appela Donovan. Il décrocha.

— Vous êtes occupé ? demanda-t-elle.

— Bien sûr. J'ai un procès qui commence demain. Et vous ? Vous faites quoi ?

— Je traîne au bureau. Je m'ennuie.

— Venez donc. Vous ferez la connaissance de quelqu'un d'intéressant.

Ils étaient dans la salle des opérations à l'étage. La table était couverte de livres, de carnets de notes et de dossiers. Donovan lui présenta Lenny Charlton, un consultant en jury de Knoxville. Il expliqua que c'était un analyste surpayé qui, de temps en temps, méritait son salaire ; quant à Samantha, il annonça qu'elle était

237

une amie et une consœur. Elle se demanda s'il était aussi insultant avec tous les gens qu'il embauchait.

— Marshall Kofer de Washington, ça te dit quelque chose ? fit-il à Lenny. Un spécialiste des crashs aériens ?

— Bien entendu.

— C'est son père. Mais ce n'est pas passé dans l'ADN. Elle déteste les tribunaux.

— Elle a bien raison.

Ils achevaient une longue séance de travail où ils avaient passé en revue une liste de soixante jurés potentiels. Lenny expliqua que son cabinet, pour des honoraires de misère, menait des recherches sur ce panel pour pouvoir choisir les meilleurs prétendants. Et que c'était une tâche ardue étant donné les liens étroits et incestueux que tout le monde avait ici avec le charbonnage.

— Ne te cherche pas d'excuses ! marmonna Donovan.

Imperturbable, Lenny poursuivit ses explications : choisir ses jurés dans le Pays Noir était toujours risqué, car tout le monde avait un ami ou un proche qui travaillait soit pour une compagnie minière soit pour un sous-traitant.

Samantha les écouta discuter des derniers noms de la liste : celle-ci avait un frère qui travaillait dans une carrière, celle-là avait eu un père mineur de fond. Celui-là avait perdu son grand fils dans un accident de chantier, mais c'était sans rapport avec l'industrie du charbon. Et cela continuait ainsi. Il y avait quelque chose de dérangeant dans ces enquêtes ; un jeu d'espions, des avocats fouinant dans la vie privée de citoyens sans leur consentement. Elle en reparlerait à Donovan. Plus tard. Pour l'instant, il avait l'air fatigué, et un peu sur les nerfs.

Lenny Charlton partit un peu avant 22 heures.

Une fois qu'ils furent seuls, elle lui demanda :

— Pourquoi ne prenez-vous pas quelqu'un pour vous épauler pour ce procès ?

— C'est ce que je fais la plupart du temps. Mais pas pour cette affaire. Je préfère agir tout seul. La Strayhorn et sa compagnie d'assurances vont avoir des tas de gens à leur table pour les défendre. Je joue le contraste. De mon côté, il y aura juste Lisa Tate et moi.

— David contre Goliath.

— C'est un peu ça.

— Vous allez travailler tard encore ?

— Je ne sais pas. Je ne vais pas beaucoup dormir cette nuit, ni cette semaine. C'est le métier qui veut ça.

— Bon, je sais qu'il est tard et que vous avez plein de soucis en tête, mais je dois vous poser une question. Vous m'avez proposé un travail à mi-temps pour faire de la recherche et de la documentation, en me versant un salaire… je deviendrais donc une employée de votre cabinet, n'est-ce pas ?

— Exact. Où voulez-vous en venir ?

— Je ne suis pas certaine de vouloir bosser pour vous.

Il haussa les épaules.

— Personne ne vous y force.

— Alors voilà ma question : êtes-vous en possession de ces pièces dont vous parliez avec Vic ? Ces documents sur la contamination de l'eau à Hammer Valley, qui appartiennent à la Krull Mining et que vous ne devriez pas avoir ?

Une lueur de colère traversa ses yeux sombres, mais il pinça les lèvres, et parvint à sourire.

— C'est une question simple, maître Gray. Oui ou non ?

— J'ai bien compris. Si je réponds oui, vous allez refuser le poste, mais nous resterons amis, c'est ça ?

— Répondez d'abord à ma question.

— Et si je réponds non, alors vous serez prête à travailler pour moi ?

— J'attends.

— Je vais me cacher derrière le Cinquième Amendement.

— C'est de bonne guerre. Je vous remercie de votre offre, maître Gray, mais je vais dire non.

— Comme vous voudrez. Maintenant, si vous voulez bien me laisser, une tonne de travail m'attend.

_____

La maladie dite du « poumon noir » est une pathologie pulmonaire reconnue comme maladie professionnelle. En médecine, on parle de la pneumoconiose du mineur de charbon (PMC), qui est due à une exposition prolongée à de la poussière de charbon. Une fois cette poussière inhalée, elle n'est ni évacuée, ni détruite. Elle se fixe dans les poumons, provoquant des inflammations, des fibroses, voire des nécroses. La PMC se présente sous deux formes ; la PMC simple, dite « de surcharge », et celle à un stade avancé, fibrogène et dégénérative.

La PMC est une pathologie courante des mineurs, dans les puits comme en surface. On estime que dix pour cent des mineurs après vingt-cinq années d'activité développent la maladie. C'est une pathologie invalidante et souvent fatale. Environ mille cinq cents mineurs en meurent chaque année, et de par sa nature insidieuse, la mort est lente et douloureuse. Il n'existe aucun traitement.

Les symptômes sont une insuffisance respiratoire, une toux chronique, accompagnée d'expectorations noires. Quand la maladie s'aggrave, le mineur se retrouve devant un choix cornélien, demander ou non une indemnité. Le diagnostic du « poumon noir » est très simple à établir : 1. longue exposition aux poussières de charbon ; 2. radiographie du thorax ; et 3. exclusion des autres causes pathogènes.

En 1969, le Congrès a voté une loi, la Federal Coal Mine Health and Safety Act, qui prévoit une indemnité pour les victimes de PMC. La loi prévoit également des dispositions pour réduire les émanations de poussière. Deux ans plus tard, le Congrès crée le Black Lung Disability Trust Fund, un fonds de compensation financé par une taxe fédérale sur la production de charbon. Dans cette loi, le secteur du charbonnage accepte de se plier à un protocole permettant de dépister la maladie et de garantir une indemnisation de la victime. Si un mineur a travaillé dix ans et qu'on apporte la preuve médicale de sa pathologie (soit par des radiographies soit par des

241

prélèvements post mortem), alors une compensation financière est due. De la même manière, un mineur encore en exercice ayant une PMC doit se voir proposer un travail moins exposé aux poussières, sans perte de salaire, d'avantages sociaux ni de prime d'ancienneté. Ainsi, au 1er juillet 2008, un mineur atteint du « poumon noir » doit toucher une pension de neuf cents dollars par mois.

L'objectif de cette nouvelle loi fédérale était de réduire radicalement les risques liés aux inhalations de poussières. Des normes de sécurité drastiques furent imposées et les mineurs bénéficièrent de radiographies de contrôle tous les cinq ans. Ce programme de dépistage mit en évidence qu'à l'époque quatre mineurs sur dix étaient atteints de PMC à divers niveaux. Dans les années qui suivirent l'application de cette nouvelle législation, les nouveaux cas de PMC chutèrent de quatre-vingt-dix pour cent. Médecins et experts prédisaient même l'éradication totale de la maladie. Mais vers 1995, des études montrèrent une recrudescence du « poumon noir ». Et l'augmentation était exponentielle. Contre toute attente, la maladie apparaissait de plus en plus vite, comme le montrait l'état des poumons de jeunes mineurs. Les spécialistes avaient deux théories pour expliquer ce phénomène : 1. les mineurs faisaient des roulements plus longs, et par suite étaient davantage en contact avec les poussières ; et 2. les compagnies exposaient leurs ouvriers à des taux de concentration de particules illégaux.

La PMC est désormais une maladie pandémique dans les mines, et la seule explication possible est une exposition prolongée des travailleurs à des taux de poussières interdits. Pendant des décennies, les compagnies minières se sont opposées à la législation, et il faut croire qu'elles ont fait de la résistance avec zèle.

La loi interdit à un mineur de prendre un avocat ; donc, le mineur moyen réclamant justice doit se battre seul pour faire valoir ses droits auprès de l'administration fédérale. Et l'industrie minière se défend bec et ongles, quelles que soient les preuves apportées par l'ouvrier. Les compagnies déboutent les plaintes grâce à une armée d'avocats connaissant tous les arcanes et failles du système. Avant qu'un mineur ait gain de cause, il lui faut combattre entre cinq et sept ans.

Pour Thomas Wilcox, le supplice a duré douze ans. Il est né à Brady, en Virginie, en 1925. Il a fait la guerre, il a été blessé deux fois, a été décoré, et quand il est rentré chez lui, il s'est marié et est parti travailler dans les mines. C'était un mineur fier, syndiqué, un démocrate dans l'âme, un bon mari et un bon père. En 1974, on lui a trouvé une PMC et il a déposé une demande d'indemnisation. Il était malade depuis plusieurs années ; il n'avait plus la force de travailler. Les radiographies montraient, sans nul doute possible, une PCM à un stade avancé. Il avait travaillé au fond durant vingt-huit ans et n'avait jamais fumé. Sa demande fut d'abord acceptée, mais la compagnie fit appel de la décision. En 1976, à l'âge de cinquante et un ans, Thomas n'eut pas d'autre choix que d'arrêter de travailler. Son état continua de se détériorer. Il fut bientôt sous oxygène vingt-quatre heures sur vingt-quatre. Sans revenus, sa famille se démenait pour vivre et payer ses soins. Avec son épouse, il fut contraint de vendre sa maison et de vivre chez leur fille aînée. Sa demande d'indemnité fut savamment enterrée dans les abysses de l'administration fédérale par les avocats finauds de la compagnie. À l'époque, il avait droit à trois cents dollars par mois, plus les soins gratuits.

À la fin de sa vie, Thomas n'était plus qu'un squelette, cloué dans un fauteuil roulant, ne parvenant plus à respirer. Et les jours passaient et sa famille priait pour que cesse cette infamie. Il ne pouvait plus parler. Sa femme et ses filles le nourrissaient comme un bébé. Grâce à la générosité de ses amis et voisins, et aux efforts inlassables des siens, sa bouteille d'oxygène n'était jamais vide. Il ne pesait plus que cinquante kilos quand il est mort en 1986, à l'âge de soixante et un ans. Une autopsie apporta la preuve irréfutable de sa maladie.

Quatre mois plus tard, la compagnie minière abandonna son appel. Douze ans après que Thomas Wilcox eut déposé sa demande d'indemnité, sa veuve reçut les arriérés de la pension qui lui était due.

Note : Thomas Wilcox était mon père. C'était un héros de la guerre, et pourtant il n'a jamais parlé de ses hauts faits. Il était un enfant des montagnes ; il aimait leur beauté, leur histoire, la vie qu'elles nous offraient. Il nous a appris à pêcher dans les torrents, à dormir dans les grottes, et même à chasser le cerf pour la viande. C'était un homme actif qui dormait peu et préférait passer ses nuits à lire. On l'a vu lentement se dégrader, rongé par la maladie. Tous les mineurs *redoutent le « poumon noir », mais tous pensent que ce sera pour les autres. Quand la réalité l'a rattrapé, Thomas a perdu son énergie et la dépression lui est tombée dessus. Les tâches les plus simples à la maison lui demandaient des efforts surhumains. Quand il a été obligé de quitter la mine, il a sombré plus profond encore. Et plus son corps s'affaiblissait, plus il lui était difficile de parler. Le seul fait de respirer siphonnait toute son énergie. À la fin, on l'a veillé tour à tour, en lui lisant ses livres favoris. Souvent, il y avait des larmes dans ses yeux.*

MATTIE WYATT, 1er JUILLET 2008.

———————————

C'était les derniers feuillets de la documentation que lui avait remise Annette. À l'évidence, ces pages avaient été ajoutées récemment. Samantha ne les avait pas remarquées. Elle posa le gros classeur, chercha ses chaussures de jogging et partit marcher dans Brady. Il était 23 heures, dimanche soir, et les rues étaient désertes.

16

Mattie était au tribunal du comté de Curry, Annette faisait un jogging, Barb n'était pas encore arrivée, et Claudelle ne travaillait pas les lundis matin. Samantha était donc toute seule lorsque Pamela Booker fit son entrée, suivie de deux enfants crasseux. Elle pleurait sans discontinuer quand elle bredouilla son nom et implora de l'aide. Samantha conduisit tout ce petit monde dans la salle de réunion et passa les cinq premières minutes à tenter de rassurer la jeune femme, bien qu'elle ignorât la teneur du problème. Les gosses ne disaient rien. Ils avaient les yeux écarquillés comme s'ils étaient choqués. Et ils avaient faim, confessa Pamela quand elle parvint à se calmer.

— Vous avez quelque chose à manger ?

Samantha courut à la cuisine, trouva un vieux paquet de cookies, une boîte de crackers, un sachet de chips et deux sodas light dans les réserves de Barb. Elle déposa le tout sur la table. Les enfants se ruèrent sur les gâteaux. Entre deux sanglots, Pamela la remercia et commença à raconter son histoire. Samantha, consciencieuse, prenait des notes. Les enfants mordaient à pleines dents dans les cookies en regardant leur mère.

Ils dormaient dans une voiture. Ils venaient d'une petite ville, juste à la frontière du comté de Hopper, et depuis qu'ils avaient perdu leur maison, un mois plus tôt, Pamela cherchait un avocat susceptible de les sauver. Personne ne voulait les aider, mais quelqu'un leur avait parlé d'un centre d'aide juridique à Brady. Et voilà. Ils étaient là. Pamela travaillait dans une usine à assembler des lampes pour une chaîne de motels. Ce n'était pas passionnant, mais ça payait le loyer et remplissait les assiettes. Elle ne parla pas de mari. Quatre mois plus tôt, une société qu'elle ne connaissait ni d'Ève ni d'Adam commença à retenir une part sur son salaire. Elle lui prenait un tiers de ses revenus et Pamela ne pouvait rien y faire. Elle se plaignit auprès de son patron mais celui-ci se contenta de lui agiter sous le nez l'injonction du juge. Puis il menaça de la mettre à la porte. Il détestait ce genre de décisions de justice parce que ce n'était que tracas et compagnie, affirmait-il. La conversation s'envenima et finalement il mit sa menace à exécution et la licencia. Pamela alla voir le juge pour lui expliquer sa situation, lui dire qu'elle ne pouvait rembourser et en même temps payer son loyer et acheter de quoi manger, mais il ne voulut rien entendre. La loi était la même pour tout le monde, répétait-il. Cette ponction était due à un ancien contentieux avec une carte de crédit. Les faits dataient de dix ans et elle n'y pensait plus. À l'évidence, la société de crédit avait passé l'affaire à un cabinet de recouvrement et, à son insu, une injonction de prélèvement à la source avait été ordonnée. Puisqu'elle ne pouvait plus payer la location du mobile home, le propriétaire, un vrai connard, avait appelé le shérif pour qu'il les mette dehors. Elle avait campé chez un cousin pendant quelques jours, mais il y avait eu des problèmes. Elle était allée ensuite chez une amie. Cela n'avait pas marché non plus. Depuis deux semaines, elle dormait avec ses enfants dans sa voiture, où tout manquait : l'huile, l'essence, le liquide de frein. Le tableau de bord clignotait comme un sapin de Noël. La veille, elle avait chapardé des barres chocolatées pour les donner à ses enfants. Quant à elle, elle n'avait rien avalé depuis deux jours.

Samantha assimila tout ça en tentant de cacher son émotion. Comment survivaient-ils dans une voiture ? Elle prit d'autres notes, sans avoir la moindre idée de ce qu'elle pouvait faire d'un point de vue juridique.

Pamela sortit des papiers de son sac à main de contrefaçon et les posa sur la table. Samantha lut l'injonction du juge tandis que la femme lui expliquait qu'il ne lui restait plus que deux dollars et qu'elle ne savait pas s'il fallait les dépenser en essence ou en nourriture. Elle prit finalement un cookie et le tint entre ses doigts tremblants. Deux points étaient clairs pour Samantha : elle constituait l'ultime bouée de sauvetage de cette petite famille. Et ils ne risquaient pas de partir du cabinet puisqu'ils n'avaient nulle part où aller.

Quand Barb arriva, Samantha alla la trouver et lui donna vingt dollars pour qu'elle aille acheter des sandwichs.

— On a une cagnotte pour ça, lui annonça la secrétaire.

— Je pense qu'on en aura besoin, répliqua Samantha.

Phoebe Fanning se cachait toujours de son mari dans un motel, payé par le cabinet. C'est Mattie qui alimentait la caisse en prévision de ce genre de cas. Après le départ de Barb, Samantha contempla le parking derrière le centre. La voiture de Pamela, même avec le plein d'essence et autres liquides essentiels, semblait incapable dans son état de quitter le comté. C'était une petite voiture étrangère, une épave qui avait dû faire le tour du compteur, et elle servait aujourd'hui de maison.

Quand Samantha revint dans la salle de réunion, les cookies et les crackers avaient été engloutis. Elle expliqua à Pamela que Barb était partie leur acheter à manger, et en entendant ça, la mère fondit en larmes.

— Merci, madame Kofer, articula le garçon, Trevor, sept ans.

— Je peux utiliser la salle de bains ? demanda ensuite Mandy, la fillette de onze ans.

— Bien sûr, répondit Samantha.

Elle lui montra le chemin et revint s'asseoir à la table pour écrire d'autres notes. Pamela reprit son histoire dans l'ordre chronologique cette fois. Le jugement pour le débit sur la carte de crédit datait de juillet 1999 – une somme au total de trois mille trois cent quatre-vingt-dix-huit dollars, comprenant les frais de justice et des honoraires obscurs. On lui avait même compté des intérêts. La justice avait ordonné au mari de s'acquitter de cette dette au moment du divorce. Pamela en avait encore la copie. Neuf ans s'étaient écoulés sans qu'il se passe rien, du moins rien à sa connaissance. Elle avait déménagé plusieurs fois. Peut-être le courrier n'avait-il pas suivi ? Allez savoir ? À un moment, une agence de recouvrement l'avait retrouvée et les ennuis avaient commencé.

Samantha nota que Trevor, à sept ans, était né après le divorce, mais c'était un détail. Il y eut plusieurs notifications de justice, prouvant que le mari ne payait pas la pension pour Mandy.

— Où est-il, aujourd'hui ? s'enquit Samantha.

— Je n'en sais rien. Je n'ai plus de nouvelles depuis des années.

Barb revint avec un sac plein et étala les victuailles sur la table. Elle ébouriffa les cheveux de Trevor et dit à Mandy qu'ils avaient eu bien raison de frapper à leur porte. Toute la famille ânonna des mercis polis, et se jeta sur la nourriture comme des réfugiés. Samantha ferma la porte et rejoignit Barb à l'accueil.

— C'est quoi l'affaire ? s'informa-t-elle.

Samantha la lui raconta dans les grandes lignes.

Barb, qui pensait avoir tout vu, était choquée, mais pas à court d'idées.

— À votre place, je commencerais par le patron. Faites-lui peur, menacez-le de le poursuivre en dommages et intérêts, dites-lui qu'il crachera un max pour l'exemple, et allez trouver l'agence de recouvrement.

Le téléphone sonnait. Barb répondit, laissant Samantha, l'avocate, en pleine confusion.

Des dommages et intérêts ? Pour quel motif exactement ? C'était les conseils d'une secrétaire. Samantha jugea plus prudent d'attendre le retour de Mattie ou d'Annette, mais elle était là depuis une semaine et sa période de formation était terminée. Elle retourna à son bureau, ferma la porte et composa le numéro de la fabrique de lampes. M. Simmons, le patron, était agréablement surpris d'apprendre que Pamela Booker avait un avocat. C'était une bonne employée, et il regrettait d'avoir dû se séparer d'elle… tout ça, c'était à cause de cette injonction. C'était un enfer pour sa comptabilité. Il l'avait déjà remplacée, et s'était assuré que la nouvelle n'avait pas de problème avec la justice.

C'est vous qui risquez d'avoir des problèmes avec la justice, rétorqua Samantha d'un ton de glace. En y allant au bluff, elle expliqua qu'une société n'avait pas le droit de renvoyer un employé parce qu'il y avait une retenue sur son salaire. M. Simmons le prit mal et déclara qu'il allait en parler à son avocat. Parfait, répondit Samantha, donnez-moi son numéro et je vais poursuivre cette conversation avec elle. Ce n'est pas une femme, précisa-t-il. Et il prend deux cents dollars de l'heure. Donnez-moi un peu de temps que je réfléchisse à tout ça. Samantha annonça qu'elle le rappellerait dans l'après-midi. Ils convinrent d'un rendez-vous téléphonique à 15 heures.

Quand Samantha revint dans la salle de réunion, Barb avait trouvé une boîte de crayons de couleur, des livres de coloriages et organisait des jeux pour Trevor et Mandy. Pamela, un sandwich entamé dans ses mains immobiles, regardait le sol, comme hébétée. Enfin, Annette arriva. Samantha alla la retrouver dans le hall et, à voix basse, lui donna les détails de l'affaire.

Annette était distante, comme si quelque chose la chiffonnait toujours, mais le travail avant tout.

— Il y a prescription depuis des années, affirmat-elle. Vérifie la loi sur ce point. Je te parie que la compagnie de la carte de crédit a vendu l'affaire à cette agence de recouvrement et maintenant, pour récupérer leur mise, ils ressortent une vieille décision de justice alors qu'il y a prescription.

— Tu as déjà été confrontée à ce type d'affaire ?

— Quelque chose du même genre, oui, il y a longtemps. Je ne me souviens plus du nom. D'abord, cherche ce que dit la loi, puis appelle l'agence de recouvrement. Ce sont généralement des durs à cuire et on ne les impressionne pas facilement.

— On peut les attaquer ?

— En tout cas, on peut menacer de le faire. Ils n'ont pas l'habitude que leurs victimes prennent un avocat. Appelle l'employeur aussi et donne-lui des vapeurs.

— C'est déjà fait.

Annette sourit.

— Et comment a-t-il réagi ?

— Je lui ai dit qu'il ne pouvait pas mettre à la porte un employé parce qu'il y a saisie sur salaire. Je ne sais pas si c'est le cas, mais je me suis montrée sûre de mon coup. Ça lui a fichu les jetons et on doit se reparler cet après-midi.

— Non, il en a le droit, mais tu as bien fait de bluffer, et souvent c'est plus important que ce que dit la loi. C'est l'agence de recouvrement qu'on va attaquer, si effectivement ils se font payer alors que le jugement est caduc.

— Merci, Annette, répondit la jeune femme en poussant un soupir. En attendant, on a des affaires urgentes à régler. La famille est là et ils n'ont nulle part où aller.

— Prends une heure ou deux pour t'occuper de l'essentiel : acheter de la nourriture, laver le linge, leur trouver un endroit où dormir. Les gosses ne vont évidemment plus à l'école. Tu régleras ce détail demain. On a une caisse pour ce genre d'imprévus.

— Laver le linge ?

— Exact. Qu'est-ce que tu croyais ? Que le métier d'avocat, c'était toujours glamour ?

*

Quelques minutes plus tard survint la deuxième crise de la journée : Phoebe Fanning débarqua avec son mari, Randy, pour annoncer à Annette qu'elle retirait sa demande de divorce. Ils s'étaient réconciliés, du moins avaient recollé les morceaux, et elle et les gosses rentraient à la maison. Annette était furieuse et appela Samantha dans son bureau pour qu'elle soit témoin.

Randy Fanning était sorti de prison depuis trois jours mais était à peine plus présentable, même sans sa combinaison de détenu orange. Il avait un sourire narquois, et sa main était posée sur le bras de Phoebe, tandis qu'elle faisait de son mieux pour expliquer qu'elle avait changé d'avis. Elle l'aimait, c'était tout simple, ne pouvait vivre sans lui, et ses trois enfants étaient heureux que leurs parents fassent la paix. Elle en avait assez de se cacher dans un motel et les gosses ne voulaient plus camper chez des cousins. Bref, tout le monde réclamait un cessez-le-feu.

Annette mentionna à Phoebe que son mari l'avait battue. Randy jeta à l'avocate un regard assassin, comme s'il allait lui sauter dessus. Annette ne sembla pas s'en soucier, mais Samantha se fit toute petite. Ils s'étaient disputés un peu trop fort, poursuivait Phoebe, et c'était parti en vrille. Cela ne se reproduirait plus. Randy, qui n'avait encore rien dit, hocha la tête : non, ils ne recommenceraient plus.

Annette l'écouta sans en croire un traître mot. Elle lui rappela qu'il outrepassait l'injonction du juge lui interdisant de s'approcher de sa famille. Si le juge l'apprenait, il retournerait aussitôt en prison. Il répliqua que Hump, son avocat, allait faire lever l'ordre du juge. Que c'était sans problème.

Des traces pourpres marquaient toujours le visage de Phoebe. Le divorce était une chose. L'affaire criminelle en était une autre. Annette entra dans le vif du sujet, quand elle demanda à Phoebe si elle était allée voir le procureur pour lever sa plainte pour coups et blessures volontaires. Pas encore, mais c'était prévu, dès que la demande de divorce serait annulée. Annette précisa que les poursuites ne s'arrêteraient pas pour autant. La police avait sa déposition. Des photographies, et des témoins. Ce n'était pas très convaincant. Même Samantha avait des doutes. Si la victime et les témoins clés se rétractaient, l'action en justice était mort-née, non ?

En tout cas, les deux avocates se posaient la même question : Randy l'avait-il battue pour qu'elle abandonne les charges pesant contre lui ?

Annette était agacée, et leur fit subir un interrogatoire en règle, mais ni l'un ni l'autre ne reculèrent. Ils étaient déterminés à en finir avec les problèmes et à avancer, à vivre heureux. À la fin de l'entretien, Annette feuilleta le dossier de Phoebe et estima qu'elle avait consacré vingt heures de son temps sur cette affaire. Tout cela gratis, évidemment. Et pour rien.

La prochaine fois, trouvez un autre avocat !

Après leur départ, Annette expliqua qu'il s'agissait d'un couple de toxicos comme les autres, instables. Ils avaient sans doute besoin l'un de l'autre.

— Espérons simplement qu'il ne finira pas par la tuer.

*

À la fin de la matinée, les Booker étaient toujours là. Et personne ne leur demanda de partir. Au contraire. Toute l'équipe se souciait de leur confort, s'inquiétant s'ils n'avaient besoin de rien. À un moment Barb murmura à Samantha :

— Des clients ont déjà dormi ici une nuit ou deux. Ce n'est pas l'idéal mais c'est mieux que rien.

Avec un rouleau de pièces dans la poche, Pamela partit en quête d'une laverie. Mandy et Trevor restèrent dans la salle de réunion, à faire du coloriage et à lire, en gloussant de temps en temps. Samantha travaillait à l'autre bout de la table, épluchant la législation et la jurisprudence en la matière.

À 11 heures précises, Francine Crump arriva pour son rendez-vous. Elle devait signer son nouveau testament. Samantha avait préparé le document. Mattie l'avait révisé. La petite cérémonie ne devait pas durer plus de dix minutes. Francine repartirait avec un nouveau testament pour lequel elle ne paierait rien. Mais ce fut la troisième crise de la matinée.

Comme prévu, il était écrit que Francine laissait ses trente hectares à ses voisins, Hank et Jolene Mott. Ses enfants, au nombre de cinq, n'auraient rien. Et ce serait le début des problèmes, évidemment. Mais peu importe, avait dit Mattie. C'est sa terre, Francine Crump peut en faire ce qu'elle veut. On assumera les conséquences plus tard. Et non, nous ne sommes pas obligées de prévenir les cinq enfants qu'ils ont été rayés du testament. Ils l'apprendront après les funérailles.

Mais était-ce moral ? Au moment où Samantha fit entrer Francine dans son bureau et sortit son dossier, la vieille femme se mit à pleurer. Elle s'essuya les joues avec un mouchoir en papier, et expliqua ce qui lui arrivait. Trois éplorées dans la matinée ! songea Samantha.

Pendant le week-end, Hank et Jolene Mott lui avaient avoué leur secret, leur terrible secret : ils avaient décidé de vendre leurs terres à une compagnie minière et de partir vivre en Floride près de leurs petits-enfants. Ça ne les enchantait pas de céder, bien sûr, mais ils se faisaient vieux – vieux, ils l'étaient déjà et l'âge n'était pas une excuse pour vendre ainsi et se sauver comme des malpropres ! Combien de vieilles personnes s'accrochaient à leur terre ! Mais ils avaient besoin d'argent pour leur retraite et pour les médicaments. Francine leur en voulait beaucoup. Comment ses amis de toujours avaient-ils pu lui faire ça ? Non seulement, elle avait perdu des amis, mais également les deux seules personnes qui devaient protéger sa terre de ces vautours. Et le pire n'était pas là : il allait y avoir une mine à côté de chez elle ! Les gens de Jacob's Holler étaient furieux, mais c'est toujours comme ça avec les charbonnages. Ils n'avaient pas leur pareil pour monter les voisins les uns contre les autres, frère contre sœur.

On disait que les Mott s'en allaient déjà. Qu'ils détalaient comme des lapins. Bon débarras ! Traîtres !

Samantha attendait. Elle s'était montrée d'une patience d'airain toute la matinée, à mesure que la boîte de Kleenex se vidait. Mais la réalité se fit jour en elle : le premier testament qu'elle avait rédigé était bon à mettre à la poubelle. Son premier vrai travail ! Elle ramena la discussion sur le point crucial : puisque les Mott étaient hors jeu, à qui Francine allait-elle donner sa terre ? La vieille femme n'en savait rien. C'était justement pour cela qu'elle était venue trouver Samantha.

*

Le pique-nique du lundi dans la salle de réunion se trouva quelque peu perturbé par la présence de Trevor et Mandy Booker. Les deux enfants avaient mangé toute la matinée et pourtant ils engloutissaient encore des sandwichs avec l'équipe. Leur mère était partie faire la lessive et ils n'avaient nulle part où aller. À table, on parlait de tout et de rien, des ragots à l'église, de la pluie et du beau temps, des sujets audibles pour de jeunes oreilles. On était loin des propos grivois auxquels Samantha avait assisté la semaine précédente. La conversation fut donc ennuyeuse et, en vingt minutes, le déjeuner expédié.

Samantha avait besoin de conseils mais ne voulait pas déranger Annette. Elle demanda à Mattie si elle avait une minute à lui accorder et ferma la porte derrière elle. Elle lui tendit une liasse de papiers et annonça fièrement :

— C'est la première fois que je saisis la justice. Mon premier procès.

Mattie esquissa un sourire et prit les documents avec précaution.

— Félicitations. C'est le bon moment. Asseyez-vous, le temps que je lise ça.

L'accusé était Top Market Solutions, une société douteuse de Norfolk en Virginie, avec des bureaux dans tous les États du Sud. Malgré de nombreux coups de fil, elle n'avait obtenu que peu d'informations sur cette entreprise, mais cela lui suffisait pour tirer la première salve. Plus elle creusait, plus l'affaire devenait limpide. Annette avait raison – l'ordonnance de justice expirait sept ans après avoir été prononcée et n'avait pas été réactualisée. La société de crédit avait vendu la dette à Top Market à bas prix. Top Market avait réinscrit la décision de justice dans le comté de Hopper, et utilisé le système judiciaire pour récupérer l'argent. L'outil le plus efficace était la saisie sur salaire.

— C'est précis et concis, déclara Mattie après avoir terminé de lire. Vous êtes certaine des faits ?

— Oui. L'affaire n'est pas si compliquée.

— Vous pourrez toujours affiner, rajouter des points. C'est très bien. Vous voilà devenue une véritable avocate !

— Je n'avais pas mesuré ce que cela signifiait. Ça fait une drôle d'impression. J'écris une plainte, en avançant mes arguments, et j'en informe l'accusé qui est alors obligé de se présenter devant la cour. Et il n'a que deux possibilités : soit on règle ça à l'amiable, soit c'est le procès.

— Bienvenue aux États-Unis ! Vous allez vous y habituer.

— Je pense déposer ce recours cet après-midi. La famille est à la rue, vous savez. Il n'y a pas de temps à perdre.

— Alors feu ! lança Mattie en lui rendant ses papiers. Envoyez-en aussi une copie par e-mail à Top Market et mettez l'accusé de réception dans le dossier.

— Merci. Je vais peaufiner ça encore un peu et je file au palais de justice.

Pour leur rendez-vous téléphonique de 15 heures, M. Simmons, le directeur de la fabrique de lampes, se montra beaucoup moins affable que lors de leur première conversation. Il avait parlé à son avocat qui lui avait assuré que rien ne lui interdisait, dans l'État de Virginie, de licencier un employé faisant l'objet d'une saisie sur salaire contrairement à ce qu'elle lui avait dit le matin.

— Vous ignorez la législation, maître Kofer ? persifla-t-il.

— Détrompez-vous, rétorqua Samantha, impatiente de raccrocher. Vous vous en rendrez compte quand vous serez devant le juge.

Maintenant que sa plainte était prête à être déposée, Samantha se sentait pousser des ailes.

— J'ai été attaqué en justice par des avocats meilleurs que vous ! répliqua Simmons avant de raccrocher.

La famille Booker s'en alla. Samantha les conduisit dans un motel à l'est de la ville, l'un des deux que comptait Brady. Toutes ses collègues avaient insisté pour choisir le moins miteux. Le Starlight remportait le concours d'une courte tête. C'était une construction des années 1950, avec des chambres minuscules et des portes qui donnaient directement sur le parking. Samantha avait eu le gérant deux fois au téléphone, pour être sûre que Pamela et ses enfants auraient deux chambres adjacentes, propres, avec télévision. Elle avait négocié le prix à vingt-cinq dollars la nuit. Mattie disait que c'était un hôtel de passe, mais les deux femmes ne repérèrent aucune activité suspecte. On était certes lundi en plein après-midi. Les dix-huit autres chambres semblaient vides. Le linge propre de Pamela était plié dans des sacs de commissions. En les voyant récupérer leurs affaires dans la voiture, Samantha mesura à quel point emménager dans cet hôtel était un petit miracle dans leur existence. Mandy et Trevor étaient tout excités. Ils allaient même avoir leur propre chambre ! Pamela avait un pas plus énergique et un sourire aux lèvres. Elle serra Samantha dans ses bras, en la remerciant pour la énième fois. Au moment de s'en aller, ils étaient tous les trois dehors, à lui faire de grands au revoir.

Après une heure de route à sinuer entre les montagnes, en évitant quelques camions de charbon, Samantha arriva à Colton un peu avant 17 heures. Elle fit enregistrer son recours contre Top Market Solutions, paya les frais de dossier avec le chéquier du cabinet, et remplit le formulaire d'assignation de l'accusé. Une fois toutes les démarches administratives effectuées, elle quitta le greffe du tribunal toute fière d'elle.

Elle se rendit dans la grande salle d'audience, espérant que la séance n'avait pas encore été levée. Ce n'était pas le cas. Loin de là. La salle était presque pleine. La tension était palpable. Il suffisait de voir les mines sévères des avocats de la Strayhorn Coal, qui scrutaient les sept personnes dans le box des jurés. La sélection du jury tirait à sa fin. Donovan souhaitait en avoir terminé le premier jour.

Il était assis près de Lisa Tate, la mère des deux garçons. Ils n'étaient que tous les deux à la table des plaignants, qui jouxtait les bancs des jurés. De l'autre côté, à la table de la défense, une petite armée en costume noir s'activait, tous l'air mauvais, comme s'ils avaient perdu la première manche du procès.

Le juge s'adressait aux nouveaux jurés, leur donnait ses instructions pour la bonne tenue du procès. D'un ton sec, il leur rappela que tout contact avec l'une ou l'autre des parties était interdit et leur fit promettre de lui rapporter toute tentative d'approche dont ils pourraient faire l'objet. Samantha observa les gens dans le box, tentant de deviner lesquels avaient été choisis par Donovan et lesquels étaient du côté des compagnies minières. Mission impossible ! Tous blancs, quatre femmes, trois hommes, le plus jeune avait dans les vingt-cinq ans, l'aîné plus de soixante-dix. Comment prédire l'inclination d'un tel groupe ?

Peut-être Lenny Charlton, le spécialiste des jurys ? Samantha l'aperçut dans la salle, au troisième rang. Il regardait attentivement les jurés occupés à écouter le sermon du juge. D'autres les observaient aussi, sans doute des consultants de l'autre camp. Tous les regards étaient braqués sur ces gens. Il y avait beaucoup d'argent en jeu et ce serait à eux de décider du gagnant.

Samantha sourit en découvrant un tel contraste entre les deux tables. Donovan avait contraint une grosse compagnie à répondre de ses actes. Il allait demander des millions en dommages et intérêts. Dans quelque temps, il allait réclamer un milliard de dollars à la Krull Mining, une affaire qui allait durer plusieurs années et lui coûter une petite fortune. Et Samantha, de son côté, venait de déposer une plainte, sa première, réclamant cinq mille dollars à un cabinet véreux qui était sans doute au bord du dépôt de bilan.

Donovan se leva pour s'adresser à la cour. Il portait son plus beau costume, un ensemble bleu roi qui lui seyait à merveille. Il avait plaqué ses cheveux longs pour l'occasion. Il était rasé de près, pour une fois. Il marchait de long en large, comme s'il était le maître des lieux. Les jurés suivaient le moindre de ses gestes, buvaient ses paroles quand il déclara que l'accusation était satisfaite du choix des jurés.

À 17 h 45, le juge leva la séance. Samantha fila aussitôt pour éviter la cohue. Elle se rendit à l'ancienne école de Mandy et Trevor qui se trouvait à quelques centaines de mètres de là. Elle avait parlé au directeur deux fois dans la journée. Les professeurs lui avaient préparé les cours à rattraper. Le directeur savait que la famille vivait dans une voiture et était très inquiet. Samantha lui assura qu'ils étaient dorénavant mieux installés et que leurs problèmes étaient en passe d'être réglés. Elle espérait que les enfants pourraient retourner à l'école dans quelques jours. En attendant, elle veillerait à ce qu'ils étudient et fassent leurs devoirs.

Sur le chemin du retour, Samantha avait davantage l'impression d'être une assistante sociale qu'une avocate, mais cela n'avait rien de honteux. Chez Scully & Pershing, son travail était celui d'une comptable ou d'une analyste financière, parfois même celui d'une simple gratte-papier. Elle se répéta qu'elle était désormais une véritable avocate, même si souvent elle en doutait.

Alors qu'elle s'éloignait de Colton, un pick-up blanc s'approcha puis se laissa distancer. Il la suivit ainsi jusqu'à Brady, ni trop près ni trop loin, mais jamais hors de vue.

17

Les pizzerias dans les grandes villes profitaient du savoir-faire des anciens immigrants italiens ou de leurs descendants, des gens qui savent que la vraie pizza vient de Naples où la pâte est fine et la garniture toute simple. La favorite de Samantha était celle du Lazio's, une toute petite échoppe à Tribeca où le pizzaïolo jurait en italien devant son four à bois. Comme toutes les reliques de son ancienne vie, le Lazio's était bien loin. Et les bonnes pizzas aussi. Le seul endroit à Brady où l'on pouvait trouver des ersatz de pizzas, c'était dans la sandwicherie d'un petit centre commercial. Pizza Hut, comme les autres chaînes, ne s'était jamais aventuré aussi loin dans les Appalaches.

La pizza avait donc une pâte très épaisse. Elle regarda le vendeur prédécouper les parts et glisser le tout dans une boîte. Huit dollars pour un morceau de pain avec une couche de pepperoni et de fromage qui devait bien peser ses trois kilos. Samantha retourna au motel où la petite famille regardait la télévision en attendant le dîner. Les enfants étaient lavés, coiffés, et avaient bien meilleure allure dans des vêtements propres. Ils n'en revenaient pas de ce brusque changement et se confondaient encore en remerciements. Samantha rapportait aussi un cadeau moins réjouissant. Elle avait sous le bras leurs devoirs à faire pour la semaine. Mais cela ne suffit pas à gâcher leur joie.

Ils dînèrent dans la chambre de Pamela, pizza et sodas, avec *La Roue de la Fortune* en sourdine à la télévision. Les enfants parlaient de l'école, de leurs professeurs, de leurs amis à Colton qui leur manquaient. La transformation était saisissante. Le matin, ils étaient de petites choses affamées et effarouchées, qui n'osaient pas dire un mot. À présent, ils étaient de vrais moulins à paroles.

Quand ils eurent terminé leur pizza, Pamela mit le holà et les envoya étudier. Elle avait peur qu'ils ne décrochent à l'école. Après quelques timides objections, le frère et la sœur gagnèrent leur chambre pour commencer leurs devoirs. À voix basse, les deux femmes parlèrent du procès et de ses conséquences. Avec un peu de chance, la société de recouvrement reconnaîtrait son erreur et accepterait un accord à l'amiable. Sinon, Samantha les traînerait devant le juge le plus vite possible. Elle parvenait à avoir ce ton rassurant de l'avocate rompue aux arcanes de la justice et se garda bien d'avouer à Pamela que c'était sa première affaire. Elle comptait également rendre visite à M. Simmons à la fabrique de lampes pour lui expliquer que cette saisie sur salaire était une erreur. Pamela était quelqu'un de bien. Elle était victime de personnes malintentionnées qui avaient trompé le système judiciaire.

Alors qu'elle s'éloignait du Starlight Motel, Samantha s'aperçut qu'elle avait passé quasiment les douze dernières heures à s'occuper de l'affaire de Pamela Booker. Si cette famille n'avait pas franchi le seuil du cabinet ce matin, Pamela et les enfants seraient terrés dans leur voiture, garée Dieu sait où, tremblants de froid et de faim, sans espoir, des êtres terrifiés et vulnérables.

*

Son téléphone sonna, alors qu'elle enfilait un jean. C'était Annette, à trente mètres de là.

— Les gosses sont dans leurs chambres. Tu as le temps de prendre un thé ?

Les deux femmes avaient besoin de se parler, pour briser la glace, qu'Annette explique enfin ce qui la tracassait. Kim et Adam interrompirent leurs devoirs et vinrent dire bonjour à Samantha. Ils voulaient qu'elle vienne dîner tous les soirs à la maison, regarder avec eux la télévision, jouer à la console, mais Samantha préférait garder ses distances. Et l'attitude récente d'Annette la confortait dans son choix.

Quand les enfants furent de nouveau dans leur chambre, et le thé infusé, les deux femmes s'installèrent au salon et parlèrent des événements de la journée. La pièce était plongée dans la pénombre. D'après Annette, il y avait beaucoup de SDF dans les montagnes. On ne les voyait pas faire la manche dans la rue comme dans les grandes villes, parce qu'ils connaissaient toujours quelqu'un qui pouvait leur prêter une chambre, une remise ou un garage pendant quelques jours. Tout le monde avait de la famille alentour. Il n'y avait pas de foyers d'accueil, ni d'associations venant en aide aux sans-abri. Elle se souvenait d'une cliente, une mère dont le fils était un malade mental violent. Elle avait été forcée de le chasser de chez elle. L'ado vivait sous une tente dans les bois. Il survivait en volant de la nourriture et parfois recevait un colis de l'aide sociale. Il avait failli mourir de froid un hiver, puis être emporté par une inondation. Il avait fallu quatre ans pour lui trouver une place dans un centre. Mais il s'en était échappé et on ne l'avait plus revu. La mère s'en voulait encore. Une triste histoire.

Elles parlèrent de la famille Booker, de Phoebe Fanning et de la pauvre Mme Crump qui ne savait plus à qui donner sa terre. Un client, un jour, était venu trouver Annette pour faire rédiger un testament gratuitement. Il avait plein d'argent parce qu'il n'en avait jamais dépensé – autant dire qu'il avait des oursins dans les poches ! Il avait apporté un testament antérieur, préparé par un avocat au bas de la rue. Le vieil homme n'avait quasiment plus de famille, il n'aimait pas ses lointains cousins, et ne savait pas non plus à qui laisser ses sous. Alors l'avocat avait glissé dans le testament quelques paragraphes dans une prose indéchiffrable annonçant que l'homme lui léguait tout. Quelques mois plus tard, le vieillard eut des doutes et était venu trouver Annette. Elle avait donc préparé un document beaucoup plus simple et parfaitement compréhensible, où l'homme cédait tous ses biens à son église. À sa mort, on vit l'avocat pleurer à chaudes larmes aux funérailles et à l'enterrement. Mais quand il avait découvert le nouveau testament, il était venu faire un scandale au cabinet. Annette l'avait alors menacé de le dénoncer et de le faire radier du barreau, ce qui l'avait calmé.

Kim et Adam réapparurent, désormais en pyjama, pour souhaiter une bonne nuit. Annette partit les coucher. Quand elle revint, elle remplit sa tasse de thé et s'assit à l'autre bout du canapé. Elle but une gorgée et aborda le vif du sujet :

— J'ai appris que tu passais du temps avec Donovan, annonça-t-elle comme si c'était répréhensible.

Samantha ne pouvait le nier. Et pourquoi l'aurait-elle fait ? Mais en quoi ça regardait Annette ?

— On a fait un tour en avion samedi et la veille on est monté à Dublin Mountain. Pourquoi ?

— Fais attention, Samantha. Donovan est une âme tourmentée et, en plus, il est toujours marié.

— Je n'ai pas pour habitude de coucher avec les hommes mariés. Et toi ?

Annette éluda la question par une pirouette :

— Je ne sais pas si le fait d'être marié a une grande importance pour Donovan. Il aime les femmes, il a toujours été un coureur de jupons, et maintenant qu'il vit de nouveau seul, il est en chasse. Aucune fille n'est à l'abri.

— Parle-moi de sa femme.

Annette poussa un long soupir, but une nouvelle gorgée de thé.

— Judy est une jolie fille, mais ils ne vont pas ensemble. Elle vient de Roanoke. C'est une fille de la ville, et non des montagnes. Ce n'est pas chez elle ici. Ils se sont rencontrés à la fac mais il y a toujours eu des problèmes dans leur couple. On dit qu'une femme épouse un homme en pensant le changer, et qu'un homme épouse une femme en espérant qu'elle ne changera pas. Les deux ont perdu. Judy n'a pu changer Donovan. Et plus elle essayait, plus il résistait. Et de son côté, oui, elle a changé. Quand elle est venue à Brady, elle a fait de son mieux pour s'intégrer. Elle cultivait un potager, tentait de s'investir dans du bénévolat. Ils allaient ensemble à l'église, elle chantait à la chorale. Mais Donovan a été de plus en plus pris par son travail et cela n'a pas été sans conséquence. Judy a voulu calmer ses ardeurs professionnelles, lui a demandé de cesser sa croisade contre les compagnies minières, mais il n'a rien voulu entendre. Je pense que la goutte d'eau, cela a été leur fille. Judy ne voulait pas qu'elle aille à l'école à Brady. Ce qui est idiot. Mes enfants y sont très bien.

— Leur mariage est fichu ?

— Va savoir ? Ils sont séparés depuis deux ans. Donovan est fou de sa fille. Il la voit le plus souvent possible. A priori ils cherchent une solution, mais je n'en vois aucune. Il ne quittera pas les montagnes ni elle la ville. J'ai une sœur qui vit à Atlanta, sans enfants. Son mari habite Chicago où il a un bon travail. Il pense que le Sud est une terre de dégénérés consanguins. Et elle, que Chicago est une enclave glacée où règne la terreur. Personne ne bougera. Mais ils affirment qu'ils sont heureux comme ça et n'ont aucune intention de changer de vie. Cela marche peut-être pour certaines personnes. Mais moi, ça me paraît bizarre.

— Judy sait qu'il va voir ailleurs ?

— J'ignore ce qu'elle sait ou non. Mais cela m'étonnerait qu'ils n'aient pas un accord tacite, une sorte d'arrangement.

Annette détourna le regard, comme si elle ne voulait pas en dire davantage. Et soudain, Samantha comprit…

— Qui t'a raconté tout ça ? demanda-t-elle. C'est lui ?

La question était visiblement douloureuse pour Annette.

— Non. Bien sûr que non, répondit-elle sans conviction.

Donovan se servait-il de cette excuse masculine universelle : Allons-y, chérie, prenons du bon temps, parce que de mon côté, mon épouse ne se prive pas. Annette n'était pas aussi seule qu'elle le disait. Une autre pièce du puzzle se mettait en place. Elle avait donc une liaison avec Donovan, par amour ou juste pour le plaisir, ou les deux à la fois. Et voilà que la nouvelle venue tapait dans l'œil de son chéri. Cette tension, qui s'était installée entre Annette et elle, n'était rien d'autre que de la jalousie. Annette ne l'admettrait jamais, mais elle ne pouvait pas la cacher.

— Mattie et Chester m'ont parlé de Donovan, reprit Samantha. Ils m'ont dit que Judy a eu peur quand les intimidations ont commencé. Les coups de fil anonymes, les menaces, les voitures qui les suivaient.

— C'est vrai. Donovan n'est pas très apprécié en ville. Ses combats en irritent plus d'un. Judy l'a senti

270

plusieurs fois. Et avec le temps, Donovan est devenu de plus en plus téméraire. Il frappait fort et sous la ceinture. Il a gagné quelques procès, de l'argent. Et, comme c'est typique chez les avocats, son ego a grandi avec son compte en banque.

— Cela fait beaucoup de raisons de se séparer, non ?

— Oui, beaucoup, approuva Annette, mais visiblement sans y croire.

Les deux femmes burent un moment leur thé en silence. Samantha décida de ne pas lâcher, d'aller au fond des choses. Pour parler de sexe, Annette était toujours d'attaque. Alors cela valait le coup d'essayer.

— Il a tenté quelque chose avec toi ?

— Non. J'ai quarante-cinq ans et deux enfants. Je suis trop vieille pour lui. Donovan les préfère plus jeunes.

Bel effort de dissimulation !

— Tu n'as personne en particulier ?

— Pas vraiment. Tu connais son frère, Jeff ?

— Non. Donovan m'a juste parlé de lui. C'est son frère cadet, c'est ça ?

— Sept ans de moins. Après la mort de leur mère, les garçons ont été pas mal trimbalés. Mattie s'est proposée pour garder Donovan et Jeff a été placé chez d'autres membres de la famille. Ils sont très proches. Jeff en a plus bavé. Il a quitté l'école, a zoné par-ci par-là. Donovan a toujours veillé sur lui, et maintenant il travaille pour lui. Enquête, protection, courses. Jeff est son homme à tout faire. Il est au moins aussi mignon que son grand frère. Et, lui, il est tout ce qu'il y a de célibataire !

— Je ne suis pas sur le marché, si c'est ça que tu veux savoir.

— Allons, on l'est toutes ! Il ne faut pas se raconter d'histoires. Peut-être pas pour la vie, mais on cherche toutes l'amour, même pour pas longtemps.

— Ma vie serait encore plus compliquée si je revenais à New York avec un gars des Appalaches collé à mes basques. On ferait la paire, c'est sûr !

Annette rit de bon cœur. La tension s'effaça. Et maintenant que Samantha était au courant, elle pouvait gérer la situation. Elle avait déjà décidé que cela n'irait pas plus loin avec Donovan. Le garçon était charmant, brillant et sexy, c'est sûr, mais une relation avec lui ne pouvait que lui causer des problèmes. À part lors de leur première rencontre à la prison, Samantha avait toujours l'impression qu'ils étaient à deux doigts de coucher ensemble. Et si elle avait accepté de travailler pour lui, il aurait été difficile, pour ne pas dire impossible, d'éviter que cela se produise, ne serait-ce que pour tromper l'ennui.

Les deux femmes se souhaitèrent bonne nuit et regagnèrent leurs pénates. Au moment de gravir l'escalier enténébré qui menait à l'appartement au-dessus du garage, une pensée saisit Samantha. Combien de fois Annette, après avoir mis ses enfants au lit, était-elle montée dans ce petit nid d'amour pour un câlin volé avec Donovan ?

De nombreuses fois, lui soufflait son instinct. Très nombreuses.

18

La fabrique de lampes se trouvait dans une zone industrielle moribonde à la sortie de Brushy dans le comté de Hopper. La plupart des bâtiments étaient à l'abandon. Devant les rares entreprises encore en activité stationnaient quelques voitures et pick-up délabrés. Le baromètre d'une économie en constant déclin, loin des images d'Épinal montrées par la chambre du Commerce.

Au téléphone, la première réaction de M. Simmons fut de dire qu'il n'avait pas le temps de rencontrer Samantha, mais la jeune femme avait insisté et, usant de tout son charme, lui avait promis que cela ne durerait pas plus d'une demi-heure. Le hall empestait la cigarette et le linoléum n'avait pas été nettoyé depuis des semaines. Une employée revêche conduisit Samantha dans une pièce au fond d'un couloir. Des voix filtraient des fines parois. Des machines bourdonnaient quelque part dans le bâtiment. Une petite usine qui essayait vaillamment de ne pas subir le même sort que ses voisines, en fabriquant des lampes bon marché pour une chaîne de motels bas de gamme, avec des marges réduites au minimum. Selon Pamela Booker, les avantages sociaux que proposait la boîte étaient une semaine de congés annuels pas payés et trois jours d'arrêt maladie, pas payés non plus. Inutile de penser à une couverture santé !

Samantha tenta de se rassurer. Ce n'était pas son premier entretien délicat. Elle en avait connu de bien plus chauds, avec une belle brochette de connards, des types pleins aux as qui pouvaient acheter tout Manhattan et écrabouiller quiconque se mettant sur leur chemin. Elle avait vu ces gens traiter leurs partenaires plus bas que terre, y compris son chef Andy Grubman, qui finalement lui manquait de temps en temps. Elle les avait entendus hurler, vociférer, proférer les pires menaces, parfois même déverser leur fiel sur elle. Mais elle avait survécu. Et si Simmons était un monstre, il serait forcément plus doux que ces brutes.

Contre toute attente, le patron de l'usine se montra très cordial. Il lui souhaita la bienvenue, la fit entrer dans son petit bureau et ferma la porte.

— Je vous remercie de me recevoir, commença-t-elle. Je serai brève.

— Vous voulez un café ?

Elle songea à la poussière, à l'odeur de tabac froid. Elle voyait en pensée les traces brunes maculant l'intérieur de la cafetière de l'entreprise.

— Non, merci.

Simmons regarda furtivement ses jambes quand il s'assit à sa table de travail et s'étira comme s'il avait fini sa journée. Encore un coureur de jupons ! songea-t-elle. Elle récapitula le calvaire des Booker. Il était ému, disait ignorer qu'ils étaient à la rue. Elle lui tendit une copie du dossier, et lui expliqua étape par étape comment on en était arrivé à cet imbroglio juridique. Le dernier document était une copie de l'action en justice que Samantha venait de lancer contre Top Market Solutions.

— Je les tiens par les couilles, lança-t-elle, en se montrant volontairement crue pour voir sa réaction.

Il esquissa un nouveau sourire.

Pour résumer, le jugement pour ce crédit avait expiré et Top Market le savait. La saisie sur salaire n'aurait jamais dû être ordonnée. Et Pamela aurait encore son travail.

— Vous voulez que je la réembauche, c'est ça ? fit-il, énonçant l'évidence.

— Oui, monsieur Simmons. Si elle retrouve son travail, elle pourra survivre. Ses enfants doivent retourner à l'école. Nous pouvons l'aider à trouver un logement. Je vais traîner Top Market en justice, leur réclamer ce qu'ils ont volé à Pamela, plus un joli petit chèque en dédommagement. Mais cela va prendre du temps. Ce qu'il lui faut, maintenant et tout de suite, c'est retrouver son emploi. Et vous savez que ce n'est que justice.

Il cessa de sourire et consulta sa montre.

— Voici ce que je vous propose. Vous faites annuler cette satanée retenue sur salaire pour que je n'aie plus à gérer ça, et je reprends Pamela à l'usine. Combien de temps vous faut-il ?

Samantha n'en avait aucune idée.

— Une semaine, peut-être.

— Marché conclu ?

— Marché conclu.

— Je peux vous poser une question ?

— Bien sûr.

— C'est quoi votre tarif à l'heure ? J'ai un avocat à Grundy. Ce n'est pas une lumière, c'est le moins que l'on puisse dire, il me rappelle tous les 36 du mois, un lent de chez lent, et il me facture deux cents dollars de l'heure. Ça ne doit pas être loin des prix dans les gros cabinets, mais vous voyez où on est. Je lui enverrais bien plus de travail mais il est nul. J'ai cherché partout. Il n'y a pas d'avocats à des prix raisonnables dans le coin. Et je me dis que vous, vos tarifs doivent être raisonnables puisque Pamela Booker peut vous engager. Alors ? C'est combien ?

— C'est rien, monsieur Simmons. Zéro.

Il la regarda bouché bée.

— Je travaille dans un centre d'aide juridique.

— C'est quoi au juste ?

— Un cabinet qui fournit assistance et conseil gratuits à des gens à faibles revenus.

C'était un concept inconnu pour lui. Il esquissa un sourire.

— Vous vous occuperiez d'une usine de fabrication de lampes ?

— Désolée. Juste les pauvres gens.

— Mais nous perdons de l'argent, je le jure ! Je peux vous montrer les livres de comptes.

— Impossible, monsieur Simmons. En tout cas, je vous remercie de votre soutien.

Alors qu'elle rentrait à Brady pour annoncer la bonne nouvelle à Pamela, elle réfléchissait aux moyens de faire cesser les prélèvements. Plus elle y pensait, plus elle mesurait l'étendue de son ignorance concernant les droits des gens dans la vraie vie.

*

À New York, Samantha rentrait rarement directement chez elle en quittant le bureau. Il y avait trop de bars sur le chemin, trop de collègues célibataires, trop de relations à entretenir ou à créer. Alors il fallait boire. Toutes les semaines, il y avait un nouvel établissement à découvrir avant que le monde entier ne s'y rue et gâche le plaisir.

Les soirées étaient différentes à Brady. Elle n'avait pas encore mis les pieds dans un bar. De la rue, ils paraissaient douteux, l'un comme l'autre – car il n'y en avait que deux ! Elle n'avait pas encore rencontré de collègues célibataires, alors les possibilités de distractions se réduisaient drastiquement : 1. traîner au bureau. 2. rentrer chez elle et regarder ses quatre murs. Mattie avait choisi comme Samantha l'option 1 et tous les après-midis, vers 17 h 30, elle sortait de son bureau, pieds nus, et allait retrouver la jeune femme. Leur rituel évoluait de jour en jour, mais pour l'heure, il consistait à boire un soda light ensemble dans la salle de réunion, à bavarder et regarder par la fenêtre ce qui se passait dans la rue. Samantha brûlait de lui parler du petit secret entre Annette et Donovan, mais elle se retint. Plus tard, peut-être, quand elle aurait davantage de preuves, ou jamais. Oui, sans doute jamais. Elle était nouvelle et c'eût été déplacé de se mêler de ce genre d'affaires sensibles. En outre, Mattie était une vraie lionne quand il s'agissait de défendre son neveu.

Les deux femmes venaient de s'installer, prêtes à se raconter les événements de la journée, quand la sonnette de la porte d'entrée tinta.

— J'ai dû oublier de fermer, lâcha Mattie en fronçant les sourcils.

— J'y vais, répondit Samantha alors que sa patronne partait à la recherche de ses chaussures.

Buddy et Mavis Ryzer…, mémorisa Samantha après de courtes présentations. Et ils habitent dans un trou perdu au fond des bois ! ajouta-t-elle en pensée en découvrant la mise du couple. Leurs papiers étaient entassés dans deux cabas maculés de taches.

— Il nous faut un avocat, déclara la femme.

— Personne ne veut s'occuper de mon cas, précisa Buddy.

— C'est quoi votre problème ?

— Le poumon noir, répondit-il.

Dans la salle de réunion, Samantha essaya de ne plus regarder les sacs crasseux, et prit des notes. Buddy avait quarante et un ans, et cela faisait vingt ans qu'il était mineur pour la Lonerock Coal, le troisième plus grand producteur de charbon du pays. Il gagnait vingt-deux dollars de l'heure et conduisait une chargeuse sur chenilles à la mine de Murray Gap, comté de Mingo, en Virginie-Occidentale. Il avait le souffle court et parfois Mavis prenait le relais pour poursuivre les explications. Trois enfants, ados, « encore à l'école ». Une maison et un crédit. Il souffrait du poumon noir à cause des poussières qu'il inhalait durant ses douze heures de service.

Mattie, qui avait finalement retrouvé ses chaussures, entra dans la pièce. Elle se présenta aux Ryzer, repéra les deux vieux cabas, et s'assit à côté de Samantha. Elle commença elle aussi à prendre des notes.

— On voit de plus en plus de mineurs atteints. C'est curieux, mais il y a une théorie : comme vous faites de plus longs roulements, vous êtes exposés plus longtemps aux poussières.

— Il est malade depuis des années, précisa Mavis. C'est juste que ça empire de jour en jour.

— Mais je dois bosser, ajouta Buddy.

Douze ans plus tôt, vers 1996, ils n'étaient plus sûrs de l'année exacte, Buddy avait remarqué qu'il avait le souffle court, qu'il toussait beaucoup. Il n'avait jamais fumé et avait toujours eu une vie saine et active. Un dimanche, alors qu'il jouait au base-ball avec ses gosses, l'air soudain lui manqua. Il suffoquait tant qu'il crut avoir une crise cardiaque. C'est là qu'il en avait parlé à Mavis pour la première fois. La toux perdura, et au cours d'une quinte particulièrement violente, il vit des traces noires dans son mouchoir. Il hésitait à demander une indemnité car il craignait que la Lonerock ne le licencie. Alors il retourna à son poste sans rien dire. Finalement, en 1999, il déposa une demande conformément au droit fédéral. Il fut examiné par un médecin accrédité par le ministère du Travail. Il avait bel et bien une pneumoconiose fibrogène, autrement dit le poumon noir sous sa forme sévère. Le gouvernement ordonna à la Lonerock de lui verser une allocation de neuf cent trente-neuf dollars par mois. Buddy continua à travailler et son état de santé se détériora encore.

Comme à son habitude, la Lonerock Coal fit appel de la décision et refusa de payer.

Mattie, qui s'occupait des cas de poumon noir depuis cinquante ans, prenait des notes en secouant la tête. Elle aurait pu écrire la suite de leur histoire les yeux fermés.

— Ils ont fait appel ? répéta Samantha, incrédule.

— Ils font toujours ça, expliqua Mattie. Et c'est là que les gars de Casper Slate sont entrés en scène, pas vrai ?

En entendant ce nom, le couple baissa la tête. Mattie se tourna vers Samantha.

— Casper Slate, c'est une bande de malfrats en costume trois pièces qui se cache derrière l'étiquette « cabinet juridique ». Leurs bureaux sont à Lexington mais ils ont des antennes dans toutes les Appalaches. Derrière chaque compagnie minière, Casper Slate est là pour faire le sale boulot. Ils défendent toute la lie, ceux qui lâchent des produits chimiques dans les rivières, ceux qui polluent les océans, ceux qui dissimulent des déchets toxiques, qui rejettent des particules dans l'air, qui font de la discrimination parmi leurs employés ou qui donnent des pots-de-vin aux politiques. Quels que soient la fraude, le délit, Casper Slate répond présent. Mais leur spécialité, c'est le secteur minier. Le cabinet est né ici, les pieds dans le charbon, il y a un siècle. Et pratiquement toutes les grandes compagnies sont sous contrat avec eux. Leurs méthodes sont brutales.

Ce n'est pas pour rien qu'on les surnomme les « Casse têtes ». Ça leur va comme un gant, au propre comme au figuré.

— De vrais fils de putes, marmonna Buddy malgré lui.

Buddy n'avait pas d'avocat à l'époque et donc Mavis et lui durent se battre seuls contre l'armada des Casse têtes, des avocats passés maîtres dans l'art procédurier et qui savaient comme personne manipuler le système fédéral de santé. Buddy fut examiné par leurs médecins – des médecins dont les recherches étaient financées par l'industrie minière – et ils ne trouvèrent nulle trace de la maladie chez Buddy. Ses soucis respiratoires étaient dus, selon eux, à une tumeur bénigne dans son poumon gauche. Deux ans après qu'il eut fait sa demande d'indemnité, le premier jugement fut débouté par un juge administratif se fondant sur les rapports des experts de la Lonerock.

— Leurs avocats profitent des failles du système, expliqua Mattie. Et leurs médecins trouvent toujours toutes sortes d'explications aux symptômes. Ce n'est jamais une PMC. Seuls cinq pour cent des mineurs silicosés touchent une pension. Il y a tant de cas légitimes qui sont déboutés, tant de mineurs découragés qui n'ont plus l'énergie de poursuivre leur combat.

Il était 18 heures passées et l'entretien pouvait durer encore des heures si les deux avocates voulaient faire le tour de la question. Mattie mit le holà.

— Bien, nous allons lire tous vos documents et étudier votre affaire. Donnez-nous deux jours et on vous recontacte. Inutile de nous appeler. On ne va pas vous oublier, mais cela prend un peu de temps de tout éplucher. On fait comme ça, entendu ?

Buddy et Mavis sourirent et remercièrent les deux femmes.

— On est allés voir tous les avocats, annonça Mavis, mais personne ne veut nous aider.

— C'est déjà gentil de votre part de nous avoir écoutés, articula Buddy.

Mattie les raccompagna à la porte. Buddy, tout essoufflé, marchait à petits pas à côté d'elle, comme un vieillard de quatre-vingt-dix ans. Une fois le couple parti, Mattie revint dans la salle de réunion et s'assit en face de Samantha.

— Vous en pensez quoi ? demanda-t-elle.

— C'est dingue. Il a quarante et un ans et en paraît le double. Et il travaille encore dans son état.

— Ils vont bientôt s'en débarrasser, en disant que c'est un danger pour lui-même et pour les autres, ce qui est sans doute vrai. La Lonerock Coal a chassé les syndicats il y a vingt ans, alors les ouvriers sont sans protection. Il n'aura plus de travail, et ce sera la longue descente. Il mourra d'une mort atroce. J'ai vu mon père se ratatiner comme ça et suffoquer jusqu'à son dernier souffle.

— Et c'est pour cela que vous faites tout ça ?

— Oui. Donovan a fait son droit pour une seule raison : combattre les charbonnages à grande échelle. Moi, c'est pour aider les mineurs et leurs familles. C'est impossible de gagner cette guerre, Samantha. L'ennemi est trop puissant. Tout ce que nous pouvons faire, c'est l'égratigner, l'affaiblir, procès après procès, tenter d'améliorer l'existence de nos clients.

— Cette affaire, vous allez la prendre ?

Mattie aspira une gorgée avec sa paille en haussant les épaules.

— Comment refuser ?

— Exactement.

— Mais ce n'est pas si simple, Samantha. On ne peut dire oui à tous les mineurs malades. Il y a trop de cas. Les avocats privés ne veulent pas s'en mêler, parce qu'ils ne seront payés qu'à la toute fin, si tant est qu'ils gagnent. Et la fin est toujours plus loin. Les affaires de silicose traînent pendant des années dans les tribunaux, dix ans, quinze ans, parfois même vingt. On ne peut reprocher aux avocats privés de ne pas vouloir de ces dossiers, et c'est comme ça que ces gens arrivent chez nous. Le poumon noir représente la moitié de mes affaires, et si je ne dis pas non de temps en temps, je ne pourrais plus défendre mes autres clients.

Elle but une autre gorgée en regardant Samantha avec intensité.

— Intéressée ? demanda-t-elle.

— Je ne sais pas. J'aimerais faire quelque chose mais je ne sais pas par où commencer.

— Comme d'habitude, non ?

Elles se sourirent, complices.

— Le vrai problème est le suivant, reprit Mattie. Ces affaires prennent du temps, des années, parce que les compagnies minières se défendent et qu'elles ont les moyens. Le temps est de leur côté. Le mineur va mourir, prématurément, parce que cette maladie ne se soigne pas. Une fois que la poussière est dans les poumons, on ne peut ni la retirer ni l'éliminer. Et quand la fibrose se déclare, cela ne fait qu'empirer. Les compagnies jouent la statistique et font traîner les dossiers. Elles rendent ces affaires si complexes et lourdes qu'elles découragent non seulement le mineur silicosé, mais tout son entourage. C'est la raison pour laquelle les compagnies sont aussi impitoyables. L'autre effet recherché est d'effrayer les avocats. Dans quelques mois, vous serez rentrée à New York et vous laisserez derrière vous quelques affaires, des affaires qui iront au panier. Ne l'oubliez pas, Samantha. Vous avez de la compassion et vous montrez de belles aptitudes pour ce métier, mais vous ne faites que passer. Vous êtes une fille de la ville et fière de l'être. Il n'y a pas de mal à ça. Mais il vous faut penser aux dossiers que vous allez laisser sur votre bureau le jour où vous partirez, à tout le travail qui n'aura pas été accompli.

— Vous avez raison.

— Je vais rentrer. Je suis fatiguée et je crois que Chester a préparé un frichti avec des restes. À demain.

— Bonsoir, Mattie.

Longtemps après son départ, Samantha demeura dans la salle de réunion, seule dans la pénombre, à penser aux Ryzer. Elle jetait parfois un œil aux cabas crasseux, contenant leur triste histoire. Et elle était là, avocate dûment diplômée, parfaitement compétente, avec un cerveau et des ressources pour leur donner un réel coup de main, pour aider des gens à défendre leur juste cause.

Qu'avait-elle à craindre ? Pourquoi n'osait-elle pas ?

Le Brady Grill fermait à 20 heures. Elle avait très faim et sortit marcher un peu. Elle arriva devant le cabinet de Donovan. Toutes les lumières étaient allumées. Elle se demandait comment se déroulait le procès Tate. Mais il devait être très occupé. Elle préféra ne pas le déranger. Au café, elle acheta un sandwich et le rapporta au centre. Puis, avec précaution, elle vida les sacs des Ryzer.

Elle n'avait pas consacré une nuit blanche à travailler depuis longtemps.

19

Samantha ne se rendit pas au bureau mercredi matin et quitta la ville au moment où les cars scolaires faisaient leur tournée. Mauvaise idée ! La circulation sur la nationale sinueuse était dense. Des bouchons sans arrêt, le temps que des enfants chargés comme des mules montent un à un à bord des bus. Dans les montagnes, les cars disparurent, remplacés par les camions de charbon. Au bout d'une heure et demie, elle approcha enfin de Madison en Virginie-Occidentale et fit halte à la cafétéria d'une vieille station-service Conoco. Comme on le lui avait indiqué, Buddy Ryzer était installé à une table au fond de la salle, un café dans une main, un journal dans l'autre. Il était tout excité de voir Samantha et la présenta à l'un de ses amis : « Voici ma nouvelle avocate. » Elle accepta le titre sans sourciller et sortit une procuration l'autorisant à avoir accès à son dossier médical.

En 1997, avant qu'il ne dépose sa demande d'allocation contre la Lonerock Coal, Buddy avait passé un examen de contrôle. Une radio avait mis en évidence une masse dans le poumon gauche. Son médecin était certain qu'il s'agissait d'un adénome bénin, et il avait raison. Après une courte intervention chirurgicale, on avait ôté la tumeur et renvoyé Buddy chez lui. Puisque l'opération était sans rapport avec sa demande ultérieure d'indemnité, elle ne fut jamais mentionnée dans son dossier. Mattie jugeait essentiel de compiler tous les antécédents médicaux de Buddy. C'était la raison du voyage de Samantha. Sa destination : l'hôpital de Beckley, une ville de vingt mille habitants.

Buddy la raccompagna jusqu'à sa voiture. Quand ils furent loin des oreilles indiscrètes, elle lui annonça qu'elle enquêtait encore sur son cas. Aucune décision n'avait été prise. Pour l'instant, elles étudiaient son affaire, rien de plus. Buddy comprenait, mais il était au bord du précipice. Ne pas le défendre aurait été inhumain.

Samantha roula jusqu'à Beckley, à une heure de route, le cœur du Pays Noir, là où les premières mines à ciel ouvert avaient été creusées. Il y avait tellement de poussière dans l'air qu'elle se demanda si un motard traversant simplement la région ne risquait pas de se retrouver silicosé. Une fois à l'hôpital, elle erra un moment dans le labyrinthe des couloirs avant de dénicher la bonne personne dans le bon service. Elle remplit une demande d'accès aux archives, et présenta à l'employé la procuration signée par Buddy Ryzer, puis attendit. Une heure s'écoula. Elle en profita pour envoyer des e-mails à toutes ses connaissances. Elle se trouvait dans une petite pièce aveugle, sans ventilation. Une autre demi-heure passa. Une porte s'ouvrit et l'employé arriva enfin en poussant un chariot. Un petit dossier se trouvait dessus, un seul. Et c'était un soulagement. Consulter les antécédents médicaux de Buddy ne serait peut-être pas si long.

— M. Aaron F. Ryzer, admis le 15 août 1997, annonça l'archiviste.

— C'est ça. Je vous remercie.

L'employé s'en alla sans un mot. Samantha sortit la première chemise du dossier et se perdit rapidement dans la prose médicale impénétrable. Apparemment, le chirurgien qui avait opéré Buddy ignorait que son patient était mineur et ne cherchait pas de signes de pneumoconiose. Aux premiers stades de son développement, la maladie n'est guère visible, et à cette époque, en août 1997, Buddy, bien que présentant les premiers symptômes d'une PMC, n'avait encore déposé aucune demande d'indemnité. La mission du médecin était très claire. Retirer la masse suspecte, s'assurer qu'elle était bégnine, recoudre le patient et le renvoyer chez lui pour libérer le lit. Il n'y eut rien de notable pendant l'intervention, ni pendant le séjour de Buddy à l'hôpital.

Deux ans plus tard, alors que Buddy avait cette fois déposé sa demande d'indemnisation, les avocats de Casper Slate firent leur entrée en scène et se mirent à éplucher les antécédents médicaux de Buddy. Samantha lut leurs premiers courriers adressés au médecin de l'hôpital de Beckley. Ils avaient appris que Buddy avait été opéré en 1997, et que des biopsies pulmonaires avaient été pratiquées. Ils demandèrent au chirurgien d'expédier les échantillons à deux experts mandatés par Casper Slate : un certain

Dr Foy de Baltimore et un Dr Aberdeen de Chicago. Pour des raisons mystérieuses, le Dr Foy envoya une copie de son rapport au chirurgien de Beckley pour l'informer que son patient présentait, après examen des prélèvements, une fibrose pulmonaire typique d'une pneumoconiose de stade avancé. Puisque le chirurgien ne s'occupait plus de Buddy, il ne lui communiqua pas cette information. Et comme à l'époque Buddy n'avait pas d'avocat, personne défendant son affaire ne vint consulter ce dossier médical que Samantha avait aujourd'hui entre les mains.

La jeune femme poussa un long soupir. Elle s'assit et relut le rapport. Dès le début des années 2000, Casper Slate savait donc par l'un de ses propres experts que Buddy avait une PMC avancée depuis 1997. Pourtant ils avaient fait appel de sa demande d'indemnisation et celle-ci avait été déboutée.

Buddy n'avait obtenu aucune pension. Il avait dû retourner à la mine et les avocats de Casper Slate avaient caché ces pièces cruciales.

Samantha appela l'archiviste, qui accepta de mauvaise grâce de faire quelques photocopies, à un demi-dollar la page ! Après avoir passé trois heures dans les entrailles de l'hôpital, Samantha retrouva le soleil et la liberté. Elle tourna dans le centre-ville pendant un quart d'heure avant de trouver enfin le bâtiment fédéral où, sept ans plus tôt, Buddy Ryzer avait présenté son affaire devant un juge administratif. Sa seule avocate à l'époque était Mavis. En face d'eux, il y avait le bataillon des Casse têtes qui connaissaient comme leur poche les zones d'ombre du système de protection sociale.

Le hall était vide. Samantha fut fouillée par deux vigiles qui avaient l'air de s'ennuyer ferme. Un panneau à côté des ascenseurs lui indiqua le chemin : le premier étage. Un fonctionnaire, qui ne craignait visiblement ni la crise ni le chômage, la fit attendre plusieurs minutes avant de daigner relever la tête et lui demander ce qu'elle voulait. Elle cherchait à retrouver une demande de pension pour maladie du poumon noir, expliqua Samantha le plus courtoisement possible. L'employé fronça les sourcils comme s'il y avait outrage à agent. Bien sûr, il lui manquait des papiers. Le fonctionnaire lui agita sous le nez une liasse de formulaires et lui débita à toute allure les pièces à présenter pour avoir accès à un tel dossier. Il fallait aussi, pour deux documents, la signature du plaignant. Samantha s'en alla, bouillant d'agacement.

À 9 heures le lendemain matin, elle retrouva Buddy dans la même station Conoco à l'entrée de Madison. Il était tout content de revoir « son avocate » pour le troisième jour de suite. Il la présenta à Weasel, le patron. « Elle vient de New York », annonça fièrement Buddy, comme si son affaire était si importante qu'il avait fallu appeler une grosse pointure de la ville. Quand les papiers furent remplis, Samantha prit congé et retourna au bâtiment fédéral de Beckley. Les vaillants gardes qui défendaient l'entrée la veille étaient visiblement partis à la pêche. Il n'y avait personne pour la fouiller et la palper des pieds à la tête. Le portique de sécurité était débranché. Avis aux terroristes : c'était le jeudi qu'il fallait attaquer ce symbole de l'administration américaine !

Le même fonctionnaire revêche examina les documents de Samantha, cherchant en vain une anomalie, mais ne trouva rien. Elle suivit l'employé dans une salle tapissée de milliers de dossiers. Il pianota sur un écran. Des moteurs bourdonnèrent, des engrenages cliquetèrent, tandis que les rayonnages se déplaçaient. Il ouvrit le tiroir qui s'arrêta devant lui et en sortit quatre grosses chemises. « Installez-vous donc à l'une de ces tables », fit l'homme comme s'il lui accordait une faveur. Samantha le remercia, déballa ses affaires, prépara son petit espace de travail et retira ses chaussures.

*

Mattie aussi avait enlevé ses chaussures quand Samantha revint au cabinet en fin de journée. Tout le monde était parti et la porte d'entrée était verrouillée. Les deux femmes allèrent s'installer dans la salle de réunion pour regarder les allées et venues dans la rue tout en parlant. En trente ans de carrière, et en particulier durant ces vingt-six dernières années au centre de la Montagne, Mattie avait souvent croisé le fer avec les soldats de Casper Slate (toujours des hommes, jamais des femmes). Leurs méthodes agressives étaient non seulement contraires à l'éthique, mais parfois parfaitement criminelles. Dix ans plus tôt, elle avait porté plainte contre eux pour pratiques illégales auprès du barreau de Virginie. Deux avocats des Casse têtes s'étaient fait remonter les bretelles et cela s'était arrêté là. Finalement, cela ne valait pas tous les soucis que cette action lui avait causés. Pour se venger, Casper Slate s'était montré plus impitoyable encore quand Mattie défendait un silicosé. Ses clients souffraient de ces représailles et elle regretta alors de les avoir attaqués de front. Elle connaissait bien le Dr Foy et le Dr Aberdeen, deux médecins réputés qui étaient soudoyés par les compagnies minières depuis des années. Les hôpitaux où ils travaillaient recevaient des millions en bourses de recherche, payés par le charbonnage.

Mattie pensait avoir tout vu en matière de fourberie de la part des Casse têtes, mais la découverte de Samantha la laissa sans voix. Elle lut la copie du rapport envoyé par Foy à son confrère de Beckley. Curieusement, ni Foy, ni Aberdeen ne furent cités à l'audience de Buddy. Le rapport de Foy ne fut pas présenté à la cour. Casper Slate préféra aligner une autre brochette de médecins, et pas un ne fit mention de la découverte de Foy.

— Sans doute n'étaient-ils même pas au courant, soupira Mattie. Les Casse têtes sont des maîtres ès dissimulation de preuves, quand elles risquent d'être à charge contre eux. Foy comme Aberdeen ont examiné les échantillons et sont arrivés probablement à la même conclusion : Buddy avait le poumon noir. Alors Casper Slate a enterré ça bien profond et est allé chercher d'autres experts.

— Comment parvient-on à faire disparaître ce genre de preuves ? demanda Samantha. Comment est-ce possible ?

Une question qui lui avait taraudé l'esprit toute la journée.

— Ce n'est pas très compliqué. Il s'agit d'un tribunal administratif, Samantha, et non d'une cour fédérale. C'est une audition, pas un procès. Dans un vrai procès, les règles sont strictes concernant la découverte et la transparence des pièces à conviction ; mais ce n'est pas le cas lors d'une audience pour une demande de pension maladie. La procédure est plus souple et Casper Slate a passé des années à duper le système. Dans la moitié des affaires, le mineur, un pauvre gars comme Buddy, n'a pas d'avocat. Alors le combat est perdu d'avance.

— Je comprends bien, mais cela n'explique pas comment les gens de Casper Slate ont pu cacher le fait que Buddy avait contracté la maladie dès 1997 et soient parvenus à trouver d'autres médecins pour affirmer sous serment qu'il ne s'agissait pas du poumon noir ?

— Parce que ce sont des bandits.

— Et on ne peut rien contre eux ? Cela relève quand même du crime en bande organisée. On pourrait les attaquer en justice ? S'ils ont fait ça à Buddy Ryzer, ils l'ont fait à des milliers d'autres.

— Je croyais que vous n'aimiez pas les tribunaux ?

— Je suis en train de réviser mon jugement. C'est tellement injuste.

Mattie sourit, appréciant l'indignation de la novice. On est tous passés par là, songea-t-elle.

— Ce serait une immense perte de temps et d'énergie que d'attaquer un cabinet aussi puissant que les Casse têtes.

— Certes. Et je ne connais rien au monde pénal. Mais une escroquerie est une escroquerie, et dans cette affaire, elle est patente. On peut réclamer des dommages et intérêts, et une sanction financière, non ?

— Bien sûr, mais aucun cabinet de la région n'ira attaquer Casper Slate de front. Ça coûterait une fortune, ça prendrait des années, et même si on obtient un beau verdict, il sera débouté en appel. Je vous rappelle, Samantha, que les juges de la cour suprême en Virginie-Occidentale sont élus et vous savez qui paie leur campagne ?

— Alors poursuivons-les au niveau fédéral !

Mattie demeura un moment silencieuse.

— Je ne sais pas si c'est jouable, déclara-t-elle finalement. Je ne suis pas experte en ce domaine. Il faudrait demander à Donovan ce qu'il en pense.

On toqua à la porte mais ni Samantha, ni Mattie ne bougèrent. Il était bien plus de 18 heures, il faisait presque nuit, et aucune des deux femmes n'avait envie qu'une nouvelle affaire ne leur tombe dessus. La personne frappa encore. Puis on entendit des bruits de pas s'éloigner.

— Bon, comment procède-t-on ? demanda Samantha. Pour obtenir l'indemnité de Buddy ?

— Vous prenez l'affaire ?

— Oui. Je ne peux pas me défiler sachant maintenant tout ce que je sais. Si vous voulez bien me donner un coup de main, je vais déposer un recours et lancer les hostilités.

— D'accord. Les premières étapes sont faciles. Déposer la plainte et attendre les résultats de l'examen médical. Une fois que vous les aurez, en supposant qu'ils abondent dans votre sens, il faudra attendre six mois pour que l'administration ordonne le versement d'une pension, qui sera d'environ mille deux cents dollars par mois. La Lonerock va alors faire appel et c'est là que la vraie guerre va commencer. C'est toujours comme ça. Toutefois, dans cette affaire nous allons demander à la cour de réviser le jugement à la lumière des nouvelles preuves que vous apportez, et de calculer l'indemnité à partir de la première demande de Buddy. Nous obtiendrons sans doute gain de cause et la Lonerock fera bien sûr appel.

— Peut-on menacer la compagnie et ses avocats pour dissimulation de preuves ?

Mattie esquissa un sourire.

— On peut menacer certaines personnes, parce que nous sommes avocates et que nos clients sont dans leur bon droit. Mais pas toutes. Notre mission est d'obtenir le meilleur dédommagement pour Buddy Ryzer, pas de partir en croisade contre un cabinet véreux.

— C'est une affaire en or pour Donovan.

— Allez donc lui en parler. Au fait, il voudrait que nous passions boire un verre à son cabinet. Tous les témoins ont été entendus et le jury délibérera demain vers midi. Donovan est très confiant.

— Comme toujours, non ?

*

Ils savouraient un George Dickel dans la salle des opérations, assis autour de la table couverte de

dossiers. Ils avaient tombé la veste, ouvert les cravates
– des guerriers après la bataille, fatigués mais béats.
Donovan présenta Samantha à Jeff, son frère cadet.
Vic Canzarro alla chercher deux verres sur l'étagère.
Samantha n'avait jamais goûté de whisky, du moins
sec. Elle en avait bu dilué dans des cocktails à des
fêtes, mais n'avait pas perçu le goût. Elle préférait
le vin, la bière et les martinis. Mais cette fois, pas
moyen d'y échapper. Et ici, visiblement, on l'aimait
pur, et sans glace.

L'alcool lui brûla aussitôt les lèvres et la langue,
laissant une traînée de feu dans tout l'œsophage. Mais
quand Donovan lui demanda « alors, c'est bon ? », elle
parvint à sourire et à répondre « délicieux ». Elle fit
claquer ses lèvres comme si elle n'avait jamais rien
bu d'aussi réjouissant, alors qu'elle comptait vider son
verre sitôt qu'elle pourrait filer aux toilettes.

Annette avait raison. Jeff était aussi mignon que
son frère, avec les mêmes yeux sombres, les mêmes
cheveux en bataille, même si Donovan les avait assagis
pour se présenter devant le jury. Jeff était en veste et
cravate mais en bas il portait un jean et des chaussures
de marche. Il n'était pas avocat. Il avait abandonné
ses études, aux dires d'Annette. Mais Mattie affirmait
qu'il travaillait étroitement avec Donovan et faisait
pour lui le sale boulot.

Vic avait passé quatre heures dans le box des
témoins la veille et il riait encore de sa joute avec
l'avocat de la Strayhorn Coal. De fil en aiguille, la
conversation dévia vers Jeff.

— Quel est ton avis sur le jury ? lui demanda Mattie.

— On les a dans la poche, répondit le jeune homme sans hésitation. À part un, peut-être. Mais ça se présente bien pour nous.

— Ils nous ont proposé un demi-million cet après-midi après l'audition du dernier témoin, précisa Donovan. Ils sont aux abois.

— Prends le fric, idiot ! lança Vic.

Donovan se tourna vers Mattie.

— Et toi, tu en penses quoi ?

— Cinq cent mille dollars pour deux enfants morts, ce n'est pas cher payé, mais on est dans le comté de Hopper. Personne dans ce jury n'a jamais vu une telle somme. Et ils auront du mal à donner autant à l'un des leurs.

— Alors ? J'accepte ou je tente le coup ?

— Accepte.

— Jeff ?

— Prends !

— Samantha ?

Samantha avait la bouche ouverte, dans l'espoir d'évacuer le feu de ses entrailles. Elle s'humecta les lèvres et répondit :

— Il y a deux semaines, je n'avais jamais mis les pieds dans un tribunal et vous me demandez, à moi, s'il faut ou non tenter le va-tout avec le jury ?

— Voilà. Vous devez voter ou on vous coupe l'alcool.

— Faites, je vous en prie ! Je ne suis qu'une débutante, je vais jouer la sécurité.

Donovan avala une lampée de whisky, esquissa un sourire.

— Quatre contre un. J'adore !

Seul un vote comptait. Il était évident que Donovan ne céderait pas.

— Et ta plaidoirie ? s'enquit Mattie. On peut l'entendre ?

— Bien entendu, répliqua-t-il en se mettant aussitôt debout.

Il rajusta sa cravate, posa son verre et se mit à marcher de long en large devant la table, scrutant son public comme un comédien rompu aux finesses de son art.

— Il aime tester son laïus devant nous, souffla Mattie à l'oreille de Samantha. Quand on a le temps.

Donovan s'arrêta, regardant Samantha dans les yeux, et commença :

— Mesdames et messieurs les jurés, tout l'or du monde ne ramènera pas Eddie et Brandon Tate parmi nous. Ils sont morts depuis dix-neuf mois, écrasés, réduits en charpie par les ouvriers de la Strayhorn Coal. Mais l'argent, c'est tout ce que nous avons pour mesurer la douleur dans des affaires comme celle-là. De l'argent, une arithmétique froide et terrible, c'est ce que nous dit la loi ! Et c'est à vous désormais qu'il appartient de fixer le montant. Commençons par Brandon, le cadet : un petit garçon chétif, né prématuré, qui n'avait que huit ans. Il savait lire à quatre ans et adorait son ordinateur, qui se trouvait sous son lit quand le rocher de six tonnes de la Strayhorn est arrivé. L'ordinateur aussi a été réduit en miettes, comme Brandon.

Donovan parlait d'une voix égale, sans effets de manches. Il était sincère et sobre. Il n'avait pas de notes. Il n'en avait nul besoin. Samantha fut conquise dans l'instant et lui aurait donné tout l'argent qu'il voulait. Il marchait de droite à gauche, maîtrisant parfaitement son texte. À un moment toutefois, Mattie l'interrompit :

— Objection ! Vous ne pouvez pas dire ça !

Donovan lâcha un rire.

— Veuillez m'excuser, Votre Honneur. Je demande donc aux jurés de ne pas prendre en compte ce que je viens de dire, ce qui bien sûr est impossible puisqu'ils l'ont entendu, et que c'est précisément la raison pour laquelle je l'ai dit.

— Objection ! cria à nouveau Mattie.

Aucun mot n'était de trop. Ni hyperbole fumeuse, ni citations de la Bible ou de Shakespeare, ni pathos, rien de tout ça. Juste une argumentation limpide en faveur de sa cliente et contre une compagnie sans scrupules, exposée sans colère, sans artifice – irréfutable. Donovan demandait un million de dollars par enfant plus un million en sanction financière. Trois au total, une grosse somme pour lui, comme pour les jurés, mais une peccadille pour la Strayhorn. L'année précédente, la compagnie empochait quatorze millions par semaine.

Quand il eut terminé, il avait conquis son jury improvisé. Le vrai jury ne serait pas aussi facile à convaincre. Pendant que Vic remplissait les verres, Donovan les mit au défi de démonter sa plaidoirie finale. Il allait la peaufiner toute la nuit. Le whisky libérait sa créativité et nombre de ses meilleures prestations étaient le résultat de longues soirées arrosées. Pour Mattie, trois millions c'était trop. C'était concevable dans les grandes villes, mais pas dans le comté de Hopper ou de Noland en l'occurrence. Elle lui rappela qu'aucun de ces comtés n'avait connu de verdict à un million de dollars. Évidemment, Donovan répliqua : il faut bien une première fois à tout ! Il ajouta que personne ne pouvait proposer une meilleure exposition des faits ; il présentait une série de causes à effets imparable. Le jury ne pouvait qu'être conquis.

La conversation s'éternisa. Samantha en profita pour se rendre aux toilettes. Elle vida le whisky dans la cuvette. Plus jamais elle ne toucherait à ce poison ! Elle prit congé, souhaita bonne chance à Donovan, et se rendit au Starlight Motel, où les Booker profitaient de la soirée. Samantha rapportait des cookies pour les enfants et un roman pour Pamela. Pendant que Mandy et Trevor feignaient de faire leurs devoirs, les deux femmes sortirent de la chambre. Elles s'adossèrent au capot de la Ford de Samantha et parlèrent affaires. Pamela était toute contente parce qu'un ami lui avait trouvé un appartement à Colton, pour seulement quatre cents dollars. Les gosses manquaient l'école depuis trop longtemps. Et après trois nuits à l'hôtel, elle avait hâte de partir. Elles décidèrent de se mettre en route tôt le lendemain matin. Pamela déposerait les enfants à l'école et visiterait l'appartement. Samantha jouerait les chauffeurs.

20

Après deux semaines à Brady, Samantha avait rattrapé son retard de sommeil et reprenait ses bonnes vieilles habitudes. À 5 heures, le vendredi matin, elle buvait son café au lit et rédigeait un mémo de trois pages sur l'affaire Buddy Ryzer et les manœuvres illégales de Casper Slate pour empêcher le mineur de toucher sa pension maladie. À 6 heures du matin, elle l'envoya par e-mail à Mattie, Donovan et à son père. La réaction de Marshall Kofer l'intéressait au plus haut point.

Donovan avait bien d'autres chats à fouetter aujourd'hui. Samantha ne voulait pas le déranger à l'aube de son grand jour. Elle espérait simplement qu'il trouverait le temps ce week-end pour lui donner son sentiment sur cette affaire Ryzer. Mais, dix minutes plus tard, il lui répondit : « Je me bats contre ces connards depuis douze ans, et ma haine est sans limite à leur égard. Mon rêve serait un grand procès contre les Casse têtes, un grand déballage public de leurs infamies. J'adore cette affaire ! On en reparle très vite. Je file à Colton. Ça va saigner ! »

« Frappez fort, lui écrivit-elle. Bonne chance. »

À 7 heures, elle se rendit au Starlight Motel et récupéra les Booker. Mandy et Trevor avaient mis leurs beaux habits et étaient impatients de retourner à l'école. En chemin, ils mangèrent des beignets en bavardant. Encore une fois, la frontière entre avocate et assistante sociale était bien mince. Mais ce n'était pas important. Comme le disait Mattie, en plus d'une aide juridique, le travail incluait le conseil matrimonial, le covoiturage, la cuisine, la recherche d'emploi et d'appartement, l'enseignement, le conseil financier et le baby-sitting. Sa maxime : « On ne travaille pas à l'heure, mais au client ! »

Arrivée devant l'école, Samantha resta dans la voiture pendant que Pamela accompagnait ses enfants. Elle voulait dire bonjour aux professeurs et expliquer la situation. Samantha avait tenu informés le directeur et l'équipe enseignante par e-mail. Ils s'étaient montrés très compréhensifs.

Une fois les enfants en classe, là où était leur place, Samantha et Pamela passèrent deux heures à éplucher les petites annonces de locations, qui n'étaient pas légion dans les environs. L'appartement qu'avait repéré l'ami de Pamela se trouvait à quelques pâtés de maisons de l'école, l'un des quatre logements aménagés dans un ancien petit immeuble commercial. L'endroit était relativement propre, avec quelques meubles, ce qui était important parce que Pamela n'avait plus rien. C'était donc quatre cents dollars par mois, une somme raisonnable. Au moment de partir, Pamela déclara sans le moindre enthousiasme : « Oui, ça peut aller. »

Mattie, grâce à sa réserve, pouvait payer deux mois de loyer, mais Samantha ne lui dit rien. Elle laissa entendre que la situation financière était tendue et que Pamela devait vite trouver un travail. Aucune audience pour faire lever la saisie n'avait encore été fixée. Et Samantha n'avait pas de nouvelles de Top Market Solutions. Elle avait rappelé la fabrique de lampes à deux reprises pour s'assurer que M. Simmons tiendrait sa promesse et reprendrait bien Pamela sitôt le prélèvement sur salaire annulé. Les chances de trouver un emploi dans le comté de Hopper étaient bien minces autrement.

Samantha n'était jamais entrée dans un mobile home et n'imaginait pas un jour en visiter un. Sa première expérience l'attendait à cinq kilomètres à la sortie de la ville, au bout d'une petite route gravillonnée. C'était un joli modèle, tout équipé et propre, pour un loyer de seulement cinq cent cinquante dollars. Pamela expliqua à Samantha qu'elle avait grandi dans un endroit de ce genre, comme nombre de ses amis, et qu'elle aimait bien la tranquillité et l'intimité de ce type d'habitat. Pour Samantha, l'endroit paraissait horriblement exigu, mais au fil de la visite, elle reconnut qu'elle avait vu des logements plus petits à Manhattan.

Il y avait un duplex sur les hauteurs de Colton, une belle vue et tout, mais les voisins paraissaient insupportables. Une maison était libre dans un coin mal famé de la ville. Elles n'osèrent même pas descendre de voiture. Elles avaient fait le tour des petites annonces. Elles décidèrent d'aller boire un café au centre-ville, à côté du palais de justice. Samantha brûlait de traverser la rue et d'aller, en catimini, écouter la plaidoirie de Donovan. Deux habitués dans le box voisin parlaient du procès. L'un disait que dès 8 h 30 toutes les places étaient prises dans la salle. D'après lui, c'était le plus gros procès qui se soit jamais tenu à Colton.

— C'est un procès pour quoi ? demanda Samantha pour engager la conversation.

— Vous n'êtes pas au courant de l'affaire Tate ? répondit l'homme, incrédule.

— Désolée, je ne suis pas d'ici.

— D'accord…, soupira-t-il en secouant la tête.

Il eut un geste de dépit et se désintéressa aussitôt de son cas. Ses pancakes étaient arrivés. Et il y avait bien trop à dire pour se lancer sur le sujet en repartant de zéro.

Pamela voulait rendre visite à un ami. Samantha la laissa au café et rentra à Brady. Dès qu'elle passa les portes du cabinet, Mattie accourut vers elle.

— Je viens d'avoir un texto de Jeff ! Donovan a refusé l'offre de la Strayhorn et l'affaire est entre les mains du jury. Prenons un sandwich, on mangera dans la voiture. Et filons à Colton.

— Mais j'en viens, répliqua Samantha. En plus, il n'y a plus une place.

— Comment vous savez ça ?

— J'ai mes sources.

Elles mangèrent donc leurs sandwichs dans la salle de réunion avec Claudelle, en attendant des nouvelles. Voyant qu'aucun texto n'arrivait, elles regagnèrent chacune leur bureau, pour tourner en rond.

À 13 heures, Francine Crump, toujours précise comme une montre suisse, apparut au cabinet pour signer son nouveau testament. C'était curieux de voir cette femme ayant une terre qui valait au bas mot deux cent mille dollars ne pas vouloir dépenser un sou pour sa succession. Mais c'est vrai qu'elle n'avait pas un dollar devant elle ; elle n'avait que sa terre (et le charbon dessous). Samantha était en contact avec le Mountain Trust, une fondation spécialisée dans la sauvegarde des terres dans les Appalaches. Dans son nouveau testament, Francine Crump léguait ses trente hectares à cette fondation, et excluait de la succession ses cinq enfants. Pendant que Samantha lui lut le document, expliquant chaque point, la vieille dame se mit à pleurer. C'était une chose d'être en colère et d'exclure « les gosses », mais c'en était une autre de le voir écrit noir sur blanc. Samantha commença à s'inquiéter pour la signature. Pour qu'un testament soit valable, Francine devait être « en capacité de tester », selon l'expression consacrée, autrement dit, être lucide et savoir ce qu'elle faisait. Mais là, pour le moment du moins, elle n'était plus en état de signer. Elle avait quatre-vingts ans, sa santé déclinait… elle n'allait pas rester longtemps de ce monde. Ses enfants allaient évidemment contester le testament. Puisqu'ils ne pourraient soutenir que le Mountain Trust lui avait forcé la main, ils allaient dire que leur mère n'avait plus toute sa tête au moment de la signature. Et Samantha se retrouverait au centre d'une querelle familiale.

Elle appela en renfort Annette et Mattie. Les deux avocates avaient déjà connu ce genre de situation. Elles passèrent quelques minutes avec Francine, à bavarder de choses et d'autres jusqu'à ce que les larmes cessent. Annette lui posa des questions sur ses enfants et ses petits-enfants, mais cela n'allégea pas son humeur. Elle les voyait rarement. Ils l'avaient oubliée. Ses petits-enfants grandissaient si vite. Ils lui manquaient tant. Mattie lui expliqua que lorsqu'elle mourrait et que sa famille allait apprendre qu'elle avait légué sa terre à la fondation, il y aurait des problèmes. Ses enfants engageraient sans doute un avocat pour contester le testament. Était-elle bien sûre de vouloir ça ?

Francine ne recula pas. Elle était furieuse contre ses voisins qui venaient de vendre leur terrain aux charbonnages. Elle n'avait pas confiance en ses enfants. Ils s'empresseraient de tout brader pour toucher de l'argent. Une fois qu'elle eut recouvré son calme, elle signa le testament, avec les trois avocates pour témoins. Elles signèrent aussi des attestations déclarant Francine Crump en état de tester. Quand la vieille dame fut partie, Mattie lança d'un ton lugubre : « Maintenant, les problèmes vont commencer. »

À 14 heures, alors que personne n'avait de nouvelles du tribunal, Samantha annonça à Mattie qu'elle devait repartir à Colton pour récupérer les Booker. Mattie se leva d'un bond et monta en voiture avec Samantha.

*

Donovan tuait le temps dans le parc derrière l'affreux palais de justice. Il était assis sur un banc et discutait avec Lisa Tate. Jeff était à côté, au téléphone, un cigare au coin de la bouche. Il avait l'air nerveux.

Donovan fit les présentations et félicita sa cliente pour le courage dont elle avait fait preuve durant ces cinq jours d'audience. Le jury délibérait, expliqua-t-il en désignant une fenêtre au premier étage.

— C'est leur salle là-haut. Ils discutent depuis trois heures.

— Je vous présente toutes mes condoléances pour vos garçons, déclara Mattie. C'est une telle tragédie.

— Merci, répondit doucement Lisa, ne voulant visiblement pas s'étendre sur le sujet.

— Alors, cette plaidoirie ? Ça s'est bien passé ? questionna Samantha après un petit silence gêné.

Donovan eut un sourire carnassier.

— Dans le top trois de tous les temps, je dirais ! Ils avaient tous la larme à l'œil, pas vrai, Lisa ?

Elle acquiesça.

— Oui, c'était très touchant.

Jeff termina son coup de fil et les rejoignit.

— Pourquoi c'est si long ? demanda-t-il à son frère.

— Pas de panique. Ils ont bien déjeuné, aux frais du comté. Et maintenant, ils doivent revoir toutes les pièces du dossier. À mon avis, ils en ont encore pour une bonne heure.

— Et ensuite ? s'enquit Mattie.

— Ensuite, ils prononceront un beau verdict, répliqua Donovan avec un nouveau sourire de conquérant. Qui restera dans les annales du comté !

— La Strayhorn nous a proposé neuf cent mille au moment où le jury a quitté le box, annonça Jeff. Mais notre « Perry Mason » local a dit non.

Donovan jeta un regard narquois à son frère, l'air de dire : « Qu'est-ce que t'y connais toi ? Alors la ferme. »

Samantha était frappée par la témérité de Donovan. Sa cliente était une pauvre femme, ayant peu d'instruction et peu d'espoir d'une vie meilleure. Son mari était en prison pour trafic de drogue. Elle et ses deux garçons vivaient dans un petit mobile home au fond des bois quand la tragédie était arrivée. Elle pouvait repartir tout de suite avec plus d'un demi-million de dollars. C'était plus d'argent qu'elle n'en avait jamais rêvé, mais son avocat avait dit non, et décidé de lancer les dés. Aveuglé par les feux de la gloire, il avait rejeté avec mépris une coquette somme. Et si le jury n'allait pas dans son sens ? Et s'il disait non ? Peut-être la compagnie avait-elle acheté des jurés ou exercé des pressions ? C'était toujours possible.

Samantha imaginait avec horreur Lisa Tate repartant du tribunal les mains vides, avec rien pour la mort de ses deux garçons. Mais Donovan paraissait ne pas s'en inquiéter. Cela semblait même le cadet de ses soucis. Il était le plus calme de tous. Le père de Samantha répétait que les avocats pénalistes étaient une race à part. Ils marchaient sur un fil, entre de grands verdicts et de grands échecs, et les plus glorieux n'avaient pas peur de tomber.

Mattie et Samantha ne pouvaient s'attarder. Les Booker les attendaient. Elles saluèrent tout le monde et Donovan les invita à passer à son cabinet plus tard pour célébrer sa victoire.

Pamela Booker préférait le mobile home. Elle avait parlé au propriétaire et avait fait descendre le loyer à cinq cents dollars sur les six premiers mois. Mattie lui annonça que le centre prendrait en charge les trois premiers loyers mais qu'après il lui faudrait se débrouiller seule. Quand elles récupérèrent les enfants à l'école, Pamela s'empressa de leur dire : ils allaient avoir une maison ! Et tout le monde partit la voir.

*

L'appel arriva à 17 h 20. Et les nouvelles étaient bonnes. Donovan avait remporté son verdict à trois millions de dollars. Exactement ce qu'il avait demandé. Un million pour chaque enfant plus un million en sanction financière pour l'exemple. Une première dans ce coin reculé du monde. Jeff raconta à Mattie que la salle d'audience était pleine à craquer au moment de la lecture du verdict et que le public s'était mis à applaudir à tout va. Il avait fallu que le juge intervienne pour ramener le calme.

Samantha se trouvait dans la salle de réunion avec Mattie et Annette, et les trois femmes fêtèrent cette belle victoire. Elles se tapèrent dans les mains toutes joyeuses, comme si leur cabinet avait réalisé un exploit. Ce n'était pas le premier verdict de Donovan à sept chiffres ; ça s'était déjà passé en Virginie-Occidentale et dans le Kentucky. Mais celui-là était le plus grand. Elles étaient heureuses, tout excitées, et aucune d'elles ne savait si c'était la joie du succès ou le soulagement d'avoir évité le pire. Mais l'heure n'était pas à ces considérations.

C'était ça la vie au pénal, songea la jeune femme. Elle commençait enfin à comprendre. Cette urgence, cette montée d'adrénaline, cette force envoûtante qui poussait l'avocat à la limite. C'était ce frisson que recherchait Donovan quand il refusait l'offre de la Strayhorn. Le shoot de testostérone, voilà ce qui animait des hommes comme son père, parcourant le monde en quête de leur dose.

Mattie annonça qu'elle faisait une fête pour célébrer l'événement. Elle appela Chester et le mit en mode turbo : allume le barbecue, fais griller des burgers, trouve du champagne et de la bière ! Deux heures plus tard, la fête battait son plein dans le jardin des Wyatt. Donovan se révéla un vainqueur magnanime, modeste, et assura que c'était grâce à sa cliente qu'il avait gagné. Lisa était là aussi, seule. En plus des hôtes et de Samantha, il y avait Annette avec ses enfants, Kim et Adam, Barb et son mari, Claudelle avec le sien, Vic Canzarro et sa petite amie, et Jeff en solo.

Mattie porta un toast :

— Les victoires sont rares dans notre milieu ! Savourons à sa juste valeur ce moment d'apothéose, quand le bien l'emporte sur le mal et *tutti quanti*. Alors videz-moi ces trois bouteilles de champ ! À la vôtre !

Samantha était assise sur la balancelle en osier, et bavardait avec Kim quand Jeff vint lui demander si elle voulait qu'il aille remplir son verre. Elle accepta et il emporta sa coupe vide. Quand il revint, il regarda le petit espace à côté de la jeune femme et elle l'invita à s'asseoir. C'était vraiment agréable de se balancer, une coupe à la main. Kim s'ennuya rapidement et s'en alla. L'air était frais, mais le champagne tenait chaud.

21

Son second vol dans le Skyhawk fut moins agréable que le premier. Ils attendirent à l'aérodrome du comté de Noland pendant une heure que les conditions météo s'améliorent. Ils auraient peut-être dû patienter plus longtemps. Donovan parla même de remettre le voyage à plus tard. Jeff, pilote lui aussi, semblait de cet avis, mais quand ils virent un trou dans les nuages, ils décidèrent de tenter le coup. En les voyant étudier un écran météo au terminal et discuter « turbulences », Samantha espéra secrètement qu'ils allaient se raviser. Mais non. Ils décollèrent dans la purée de poix et, pendant les dix premières minutes, elle fut sur le point de vomir. « Accrochez-vous », lança Donovan à l'avant, alors que le petit avion était ballotté en tout sens. S'accrocher à quoi ? Elle était coincée sur la banquette arrière, bien trop petite, même pour elle. Elle avait été reléguée en classe éco ! C'était la dernière fois qu'elle montait dans ce coucou ! Les gouttes de pluie frappaient le pare-brise comme de la mitraille.

À six mille pieds, les nuages se firent moins denses et le vol beaucoup plus confortable. Les deux pilotes à l'avant semblèrent se détendre. Ils avaient tous les trois des casques. Samantha, qui respirait à nouveau normalement, écoutait les conversations radio. Le Skyhawk était suivi par le contrôle aérien de Washington et il y avait au moins quatre autres appareils sur la même fréquence. Tous s'inquiétaient du temps, et les pilotes faisaient régulièrement leurs rapports sur les conditions météo. Mais son intérêt se mua bientôt en ennui. L'avion bourdonnant poursuivait sa route, rebondissant mollement sur le faîte des nuages. Il n'y avait rien à voir en dessous, rien non plus sur les côtés. Au bout d'une heure, le sommeil la gagna.

Deux heures un quart après avoir quitté Brady, ils atterrirent à l'aéroport de Manassas en Virginie. Ils louèrent une voiture, dénichèrent un drive-in où acheter des tacos, et à 13 heures, ils arrivaient dans les nouveaux locaux du Kofer Group à Alexandria. Marshall les accueillit avec un grand sourire, en s'excusant du silence qui régnait dans les bureaux, mais on était samedi.

Marshall était ravi de voir sa fille, en particulier en ces circonstances. Elle traînait avec de vrais avocats pénalistes et semblait s'intéresser de près à un procès juteux contre une grosse société. Deux semaines seulement au Pays Noir et elle était prête à virer sa cuti ! Alors que cela faisait des années que son père tentait en vain de lui montrer la lumière.

Après quelques politesses d'usage, Marshall complimenta Donovan :

— Félicitations pour votre victoire. Ce n'était pas gagné, vu l'endroit.

Samantha n'avait rien dit du procès Tate à son père. Elle lui avait envoyé deux e-mails pour caler la réunion, mais n'avait pas parlé du verdict que Donovan venait d'obtenir.

— Merci. Il y a eu une ligne ou deux dans le journal de Roanoke. Vous avez dû tomber sur l'article.

— Non, rien à voir. On suit beaucoup de procès par un réseau national. Le vôtre est sorti cette nuit et j'ai lu le résumé. Une belle affaire, rondement menée.

Ils étaient assis à une table, avec un bouquet de vraies fleurs au centre, et une cafetière en argent à portée de main. Marshall était en tenue décontractée : pull en cachemire et pantalon. Les frères Gray étaient en veste et en jean. Samantha en pantalon et pull-over.

Donovan remercia Marshall pour ses compliments et répondit à ses questions sur le procès. Jeff, silencieux, ne perdait pas un mot de la conversation. Avec Samantha, ils échangèrent quelques regards. Elle resservit du café à tout le monde.

— On pourrait peut-être parler de ce qui nous amène.

— Tu as raison, Sam, acquiesça Marshall. Du nouveau ?

— Pas grand-chose. Je viens juste de commencer les recherches. Je suis certaine qu'on en saura davantage dès que j'aurai déposé mon recours pour le versement des indemnités.

— Casper Slate a une sale réputation, confirma Marshall.

— Et elle est méritée, précisa Donovan. Cela fait longtemps que je les pratique comme adversaires.

— Exposez-moi votre affaire et votre stratégie.

Donovan prit une profonde inspiration et jeta un coup d'œil à Samantha.

— On vise la cour fédérale, expliqua-t-il, sans doute au Kentucky. Ou en Virginie-Occidentale, mais certainement pas en Virginie où les sanctions financières sont plafonnées. On dépose plainte avec un seul plaignant, Buddy Ryzer, et on poursuit Casper Slate et la Lonerock Coal. Nous les accusons d'escroquerie et d'association de malfaiteurs, voire de crime en bande organisée, et nous leur demandons une somme faramineuse. C'est un procès pour l'exemple, c'est aussi simple que ça. La Lonerock Coal a six milliards de capital et est couverte à tous les niveaux. Casper Slate est un cabinet privé. On ne sait pas encore combien ils pèsent, mais on va le découvrir. Et en creusant, on compte bien tomber sur d'autres malversations. Plus il y en aura, mieux ce sera. Mais si on n'a rien d'autre, on peut toujours présenter uniquement le cas Ryzer devant un jury et leur faire cracher une fortune.

Marshall hocha la tête, comme s'il avait rencontré ce cas de figure des centaines de fois.

— Vous le sentez comment ? demanda Donovan.

— Très bien pour l'instant. Ça paraît bien engagé, en particulier si la dissimulation de preuves existe et ne peut être réfutée. Et présenter l'affaire devant un jury est une très bonne idée. C'est même un coup de génie. Un cabinet juridique corrompu, des avocats richissimes cachant des rapports médicaux pour empêcher un pauvre mineur malade de toucher sa pension. Ouah ! C'est une affaire en or ! Un procès qui va défrayer la chronique, avec des perspectives financières mirifiques ! (Marshall marqua une pause, but une gorgée de café, et reprit :) Mais avant, il y a un petit problème d'ordre pratique à régler : vous œuvrez seul, Donovan, avec pratiquement aucun soutien, ni en hommes ni en trésorerie. Un procès comme celui-ci va prendre cinq ans et coûter deux millions de dollars, minimum.

— Un million, répliqua Donovan.

— Coupons la poire en deux. Disons un et demi. Et cela reste, je pense, au-dessus de vos moyens.

— Certes, mais j'ai des amis, monsieur Kofer.

— Appelez-moi Marshall, je vous en prie.

— D'accord, Marshall. Il y a deux cabinets en Virginie-Occidentale et deux autres dans le Kentucky avec qui je suis en affaires. On fait souvent pot commun, pour l'argent, comme pour le reste, et on se répartit le travail. Mais c'est vrai, je ne suis pas sûr de pouvoir risquer une telle somme. C'est la raison de notre présence ici.

Marshall haussa les épaules et lâcha un rire.

— C'est justement mon travail. Le financement des guerres au pénal. Je suis en contact avec des avocats et des bailleurs de fonds. Je joue les intermédiaires entre ceux qui ont l'argent et ceux qui ont les affaires.

— Alors vous pouvez nous trouver un million ou deux pour couvrir nos frais ?

— Bien sûr. Aucun problème, en particulier pour de si petites sommes. La plupart de nos procès coûtent entre dix et cinquante millions. Deux millions, c'est facile à trouver.

— Et combien cela va-t-il nous coûter, à nous ?

— Ça dépend du fonds. Ce qu'il y a de bien avec votre affaire, c'est qu'elle nécessite deux millions d'investissement pas trente. Moins il y a de dépenses, plus vous gagnez en honoraires. J'imagine que vous prenez cinquante pour cent.

— Je n'ai jamais demandé autant.

— Bienvenue dans le monde des grands procès, Donovan ! Pour les dossiers de cette envergure, la com des avocats est de cinquante pour cent. Et vous savez pourquoi ? Parce que c'est vous qui prenez les risques, vous qui faites tout le travail, vous qui rapportez l'argent. Un grand verdict, et c'est le jackpot pour un client comme votre Buddy Ryzer. Ce pauvre gars se bat pour avoir mille dollars par mois. Donnez-lui quelques millions et vous en faites un homme heureux pour la vie, non ?

— Je vais y réfléchir. Mais je n'ai jamais dépassé les quarante pour cent.

— Ça risque de coincer s'il n'y a pas cinquante pour cent de retour. Ça marche comme ça. Oublions la question financière. Passons maintenant aux ressources humaines. Casper Slate va lancer une armée d'avocats dans la bataille, leurs meilleurs limiers, leurs fines lames, les plus doués, les plus vils. Vous dites que ce sont des voyous, mais vous n'avez encore rien vu. Quand leurs fesses seront en ligne de mire, ils vont paniquer et vouloir cacher à tout prix leurs manigances. Ce sera la guerre, Donovan, la guerre totale.

— Vous avez déjà attaqué en justice un cabinet d'avocats ?

— Non. J'ai eu assez à faire avec les compagnies aériennes. Mais croyez-moi sur parole, ça va être sanglant.

— C'est quoi votre plus gros verdict ?

Samantha faillit intervenir. « Par pitié, pas ça. » Entendre son père raconter ses hauts faits... au secours ! Sans la moindre hésitation, Marshall Kofer répondit dans un sourire :

— Porto-Rico. J'ai fait cracher à la Braniff quarante millions de dollars en 1982. Après sept semaines de procès.

Samantha avait envie de rétorquer : « Magnifique, papa, et c'est cet argent que tu as planqué à l'étranger pour que maman n'ait rien lors du divorce ? »

Marshall poursuivait :

— J'étais l'avocat senior, mais on était quatre dans l'équipe et on a travaillé comme des forçats. Ce que je veux dire, Donovan, c'est que vous allez avoir besoin d'aide. Le fonds va vouloir évaluer vos capacités avant de donner l'argent.

— Je ne m'inquiète pas pour les troupes, ni pour la préparation, ni pour le procès. J'ai attendu toute ma vie une affaire comme celle-là. Les avocats de mon équipe seront tous des gens expérimentés, et ils connaissent le terrain. On joue à domicile. Les jurés, aussi, seront des gens de chez nous. Quant au juge, on peut l'espérer, il sera hors d'atteinte du camp adverse. Et en appel, le verdict sera entre les mains d'un juge fédéral, et non d'un magistrat qui a besoin des compagnies minières pour assurer sa réélection.

— Je comprends bien, concéda Marshall.

— Vous n'avez pas répondu à la question, intervint Jeff sans détour. Combien devrons-nous donner en échange du financement ?

Marshall lui lança un regard noir, mais s'empressa de sourire.

— Ça dépend. Ça se négocie. Et mon boulot est de parvenir à un accord. Mais bon, à vue de nez, je dirais que le fonds auquel je pense va demander le quart de vos honoraires. Comme vous le savez, il est impossible de prédire la décision d'un jury. Impossible donc de savoir combien les avocats vont toucher. Supposons que le jury vous donne dix millions et que les frais s'élèvent à deux millions. Alors, après remboursement des avances, vous et votre client allez vous partager huit millions. Il aura quatre millions et vous pareil. Le fonds aura donc le quart de cette somme. Et vous le reste. Ce n'est pas le gros lot, mais ils n'y seront pas de leur poche. À condition que votre com soit bien de cinquante pour cent. Inutile de dire que plus la condamnation est lourde, mieux c'est. Personnellement, je pense que dix millions c'est la fourchette basse. À mon avis, les jurés vont être très fâchés contre Casper Slate et la Lonerock Coal, et ils vont réclamer leur livre de chair.

Marshall était très persuasif. Samantha se souvenait qu'effectivement, il avait convaincu des jurys de prononcer des dommages et intérêts pharaoniques.

— Qui sont ces gens ? demanda Donovan.

— Des investisseurs, des fonds spéculatifs, des fonds propres. Ils sont tous sur le coup. Il y a beaucoup d'Asiatiques qui sont de la partie aujourd'hui.

Ils sont horrifiés par notre système judiciaire, et en même temps ça les fascine. Ils se disent qu'ils ont raté quelque chose. J'ai quelques avocats à la retraite qui se sont fait des couilles en or en leur temps. Ils connaissent le monde pénal et n'ont pas peur des risques. Et pour l'instant, ils sont très contents du retour sur investissement.

Donovan semblait hésiter.

— Je suis désolé. C'est si nouveau pour moi. J'ai entendu parler de ces bailleurs de fonds mais c'est quand même une première pour moi.

— C'est juste du capitalisme à l'ancienne, mais cette fois du bon côté de la ligne. Grâce à nous, un avocat, ayant une belle affaire mais pas de moyens, peut attaquer une multinationale et jouer à armes égales.

— Rien qu'en étudiant le dossier, ils savent d'avance l'issue ?

— Ça, c'est mon travail, en fait. Je m'entretiens avec les deux parties, les avocats et les investisseurs. D'après ce que m'a dit Samantha, avec vos preuves et surtout votre réputation grandissante, je suis prêt à recommander votre affaire à l'un de mes fonds. Je vous obtiendrai rapidement ces deux millions, et vous serez paré pour l'attaque.

Donovan regarda Jeff qui regarda Marshall.

— Du temps où vous étiez avocat, monsieur Kofer, demanda le cadet, vous auriez pris cette affaire ?

— Sans la moindre hésitation. Les gros cabinets d'avocats se défendent mal, en particulier quand on les prend la main dans le sac.

Donovan se tourna vers Samantha.

— Vous pensez que Buddy Ryzer est prêt à se battre ?

— Je n'en sais rien. Tout ce qu'il veut, c'est sa pension, avec les arriérés. Je n'ai pas discuté avec lui d'un procès de cette ampleur. En fait, il ne sait même pas qu'ils ont caché son dossier médical. Je comptais lui en parler la semaine prochaine.

— Et votre instinct, il vous dit quoi ?

— Ce que me dit mon instinct ? Alors que je n'ai aucune expérience en la matière ?

— Oui ou non ?

— Oui. Il va se battre.

*

Ils allèrent tous boire un verre dans un bar au bas de la rue, où une rangée de cinq téléviseurs retransmettaient le championnat universitaire. Donovan était fan des Hokies de Virginia Tech, enragé comme tous les supporters de cette équipe. Il chercha aussitôt à connaître les derniers résultats. Ils commandèrent des bières et s'installèrent à une table. Alors que le serveur venait d'apporter leurs pintes, Marshall demanda à Donovan :

— Votre nom est sorti la nuit dernière sur le web. Je cherchais une affaire de contamination dans les mines – oui, je sais, il y a mieux comme lecture du soir – et je suis tombé sur le bassin de décantation de Peck Mountain et le foyer de cancers dans Hammer Valley. Aux dires d'un article du journal de Charleston, vous enquêtez depuis un moment sur cette histoire. Vous avez quelque chose dans les tuyaux ?

Donovan chercha Samantha du regard. La jeune femme secoua aussitôt la tête. Non, ce n'est pas moi.

— On creuse toujours, déclara Donovan, et on va à la pêche aux clients.

— Qui dit clients, dit procès en vue, non ? Je ne veux pas vous tirer les vers du nez. C'est juste de la curiosité. Ça a l'air d'être une grosse affaire, là aussi. Et pas donnée non plus. La Krull Mining, c'est quasiment Godzilla.

— Oui, c'est du gros poisson, fit Donovan avec prudence.

Il n'était pas question de lui fournir le moindre renseignement qu'il pourrait aller monnayer. Voyant que Donovan n'ajouterait rien, Marshall fit machine arrière.

— Je connais deux fonds d'investissements spécialisés dans les cas de déchets toxiques. C'est un domaine extrêmement lucratif.

Tout n'est donc qu'une question d'argent, papa ? voulut rétorquer Samantha. Puis elle pensa : ces deux-là font la paire ! D'un côté, Donovan et sa bande, en possession de documents confidentiels, ou y ayant accès (des documents appartenant à la Krull et qu'ils avaient obtenus illégalement), associés au Kofer Group, des avocats radiés du barreau, prêts à violer à nouveau la loi ou à la contourner discrètement. La fine équipe ! Et en face, la Krull Mining, une société détentrice du sinistre record d'accidents du travail dans le secteur minier des États-Unis. Son propriétaire était un mafieux russe bien connu, protégé par Poutine. Et au milieu du ring, pris entre deux feux, se trouvaient les pauvres, les damnés de Hammer Valley, qu'on venait chercher jusque dans leur mobile home, qu'on cajolait pour qu'ils signent et se lancent dans cet épique combat juridique. Ils seraient alors appelés officiellement « les plaignants » et en leurs noms on demanderait des millions de dollars en réparation. Et s'ils en touchaient mille, ils iraient les dépenser en cigarettes et billets de loterie. Bravo ! Samantha vida sa bière d'un trait, en se faisant à nouveau la promesse de ne jamais s'approcher des gros procès. Elle regarda le foot sur deux écrans à la fois, sans savoir qui jouait.

Marshall racontait une histoire à propos de deux avions – un coréen, l'autre indien – qui s'étaient percutés au-dessus de l'aéroport de Hanoï en 1992. Aucun survivant, aucun ressortissant américain. Et pourtant, Marshall avait lancé le procès à Houston, parce que les jurés là-bas étaient plus généreux sur les dédommagements. Donovan était fasciné. Jeff montrait un intérêt moins ardent. Mais cela suffisait à son père comme public. Samantha continua ostensiblement à suivre le match.

Après une tournée – Donovan pilotait – ils quittèrent le bar et se saluèrent. Le soleil avait percé les nuages, le ciel était clair. Le trajet retour serait peut-être moins mouvementé, avec de beaux paysages.

Elle embrassa son père et promit de le rappeler plus tard.

22

Le verdict du procès Tate excita la curiosité de toute la région, et devint source de ragots et de supputations en tous genres. D'après le journal de Roanoke, la Strayhorn Coal ferait appel. Leurs avocats restaient discrets, mais d'autres se lâchaient. Le vice-président de la compagnie déclara que ce verdict était « une infamie ». Le porte-parole d'un groupe d'affaires local s'inquiétait qu'un tel verdict jette l'opprobre sur un État jusqu'alors attractif pour les entreprises. L'un des jurés (non nommé) rapportait qu'il y avait eu beaucoup de larmes dans la salle des délibérations. Lisa Tate était injoignable pour le moment, mais son avocat se montrait intarissable.

Samantha assistait aux réunions et buvait des verres le soir avec Donovan et Jeff. Soda light pour elle, George Dickel pour les garçons. La menace de faire appel était pure posture pour la Strayhorn. Donovan était certain qu'elle était prête à négocier. Avec deux enfants tués, elle n'avait aucune chance de gagner. La sanction financière serait automatiquement réduite à trois cent cinquante mille dollars, donc en gros le quart de l'argent s'était déjà envolé. Et effectivement, le mardi suivant, la compagnie proposa un million et demi. Lisa voulait accepter. Avec ses quarante pour cent de commission, Donovan allait empocher une coquette somme.

Le mercredi, Jeff, Donovan et Samantha rencontrèrent Buddy Ryzer pour parler d'un éventuel procès contre la Lonerock Coal et Casper Slate. Les Ryzer furent atterrés quand ils apprirent que le cabinet d'avocats savait depuis des années que Buddy était atteint par la maladie, et qu'ils avaient dissimulé son dossier médical. « Traînez ces salopards devant les tribunaux ! Faites-les payer pour tout ce qu'ils ont fait », lâcha le mineur. À aucun moment durant les deux heures d'entretien, sa détermination ne flancha. Le couple quitta le cabinet de Donovan furieux et prêt à se battre jusqu'au bout. Le soir, encore devant un verre, Donovan confia à Samantha et Jeff qu'il avait parlé du procès à deux amis avocats appartenant à deux cabinets différents de Virginie-Occidentale. Ni l'un ni l'autre n'avaient envie de se lancer dans une joute juridique de plusieurs années contre Casper Slate, même si leur comportement était inqualifiable.

Une semaine plus tard, Donovan s'envola pour Charleston, en Virginie-Occidentale, déposer la plainte au sujet de la contamination de Hammer Valley. Sur les marches du palais de justice fédéral, devant un groupe de journalistes, Donovan, flanqué de quatre autres avocats, exposa en détail leur recours contre la Krull Mining. « Une société qui appartient à un Russe », précisa-t-il. Il accusait la Krull Mining de polluer la nappe phréatique depuis quinze ans. Non seulement ils étaient au courant, mais ils l'ont caché à la population. Depuis dix ans, ils savaient également que leurs déchets provoquaient dans la région le plus fort taux de cancers du pays. Donovan ajouta avec morgue : « Et nous avons de quoi le prouver. » Il était l'avocat en chef et son groupe défendait les intérêts de quarante et une familles de la vallée.

Comme la plupart des avocats pénalistes, Donovan aimait être au centre de l'attention. S'il s'était empressé de déposer sa plainte, songea Samantha, c'était parce qu'il était encore sous le feu des projecteurs après sa victoire au procès Tate. Elle tenta de prendre de la distance pendant quelques jours, mais les frères Gray étaient envahissants. Jeff voulait l'inviter à dîner, Donovan la sollicitait tout le temps pour connaître son avis, parce qu'elle et lui représentaient Buddy Ryzer. Il était de plus en plus agacé par les hésitations de ses confrères – aucun n'avait envie de se frotter à Casper Slate. Donovan répétait que, au besoin, il irait seul au combat. « Ça me fera plus d'argent pour moi », lançait-il. Cette affaire devenait une obsession et il avait Marshall Kofer en ligne tous les jours. À leur grande surprise, Marshall trouva l'argent. Un fonds proposait un crédit de deux millions, avec une commission de trente pour cent.

Donovan insistait pour que Samantha rejoigne son équipe. L'affaire Hammer Valley et celle de Ryzer seraient chronophages. Il avait besoin de véritables collaborateurs, pas d'une stagiaire à mi-temps. Après avoir trouvé un accord verbal avec la Strayhorn pour un million sept cent mille dollars, il proposa à Samantha un emploi à plein temps, pour un bon salaire. Elle refusa à nouveau. Elle lui rappela : a. qu'elle n'aimait pas les tribunaux et qu'elle ne cherchait pas de travail ; b. qu'elle ne faisait que passer ici, qu'elle vivait une sorte de retraite le temps que ça se calme à New York, et que sa vie était là-bas, pas à Brady ; c. qu'elle avait un engagement moral vis-à-vis du cabinet de Mattie et que ses clients, des clients de chair et de sang, avaient besoin d'elle. Ce qu'elle tut, c'est qu'elle avait peur de lui, et de ses méthodes de barbouze. Elle était convaincue que Donovan, ou un de ses sbires, avait volé des documents importants à la Krull Mining et que tôt ou tard cela se saurait. Donovan faisait fi des lois et des règles, et n'hésiterait pas à outrepasser une décision de justice. La haine le guidait, il avait soif de vengeance et, du moins aux yeux de Samantha, il se dirigeait tout droit vers de gros problèmes. De plus, elle se sentait sur le point de craquer sous son charme et ça, elle risquait encore moins de le lui avouer. Il n'aurait pas fallu grand-chose pour qu'une histoire commence entre eux, et ç'eût été une grosse erreur. Elle devait passer moins de temps avec Donovan – pas davantage !

Quant à Jeff, elle ne savait que penser de lui. Il était jeune, célibataire, sexy – autrement dit une rareté dans le coin. Lui aussi lui courait après. Ce dîner en sa compagnie, tout plaisant qu'il pourrait être, n'était pas innocent et mènerait à autre chose. Après trois semaines de solitude à Brady, elle aimait bien l'idée.

*

Le 12 novembre, Donovan, apparemment sans équipier, se rendit au tribunal fédéral de Lexington dans le Kentucky, siège social d'un cabinet juridique employant huit cents personnes appelé Casper, Slate & Hughes, pour porter plainte contre ces salauds. Il attaquait aussi la Lonerock Coal, une compagnie du Nevada. Buddy et Mavis étaient avec lui et, bien sûr, il avait prévenu la presse. Le petit groupe parla avec quelques journalistes. L'un d'entre eux demanda pourquoi la plainte était déposée à Lexington. Donovan expliqua qu'il voulait écraser Casper Slate sur ses terres, que c'était la scène du crime, le berceau du mal, etc. La presse avait adoré et Donovan garda toutes les coupures.

Deux semaines plus tôt, il avait lancé le procès Hammer Valley contre la Krull Mining à Charleston et avait bénéficié d'une couverture médiatique dans toute la région.

Deux semaines plus tôt encore, il avait gagné son duel contre la Strayhorn Coal dans l'affaire Tate et, là aussi, son nom figurait dans tous les journaux.

Le 24 novembre, trois jours avant Thanksgiving, il était mort.

23

Le cauchemar commença dans la matinée du lundi, alors que toutes les avocates travaillaient dans leurs bureaux respectifs. Pas un client en vue. Un cri déchira le silence. C'était Mattie. Un hurlement que Samantha n'oublierait jamais de sa vie. Tout le monde accourut.

— Il est mort ! vagit-elle. Il est mort ! Donovan est mort !

Elle était debout, une main sur le front, l'autre agrippant encore le combiné, le bras stoppé net. Elle avait la bouche ouverte, les yeux écarquillés d'horreur.

— Non ! s'écria Annette.

— On vient de le retrouver. Son avion s'est écrasé. Il est mort.

Annette s'effondra sur une chaise et se mit à pleurer. Samantha fixa Mattie, incapable d'articuler un mot. Barb se tenait sur le seuil, les deux mains sur la bouche.

Finalement, Samantha s'avança et saisit le téléphone.

— Qui est à l'appareil ?

— C'est Jeff, répondit Mattie en s'asseyant au ralenti et se cachant le visage entre les mains.

Samantha prit l'écouteur, mais la ligne était coupée. Ses genoux commencèrent à trembler. Elle s'assit à son tour. Barb l'imita. Les secondes s'égrenèrent, un silence empreint de terreur, de stupéfaction, de confusion. C'était peut-être une erreur ? Non, son propre frère venait d'appeler pour annoncer la pire des nouvelles. Non, ce n'était pas une erreur, ni une mauvaise plaisanterie, ni un canular. C'était la vérité vraie, inconcevable. Le téléphone sonna de nouveau. Les voyants clignotaient sur les trois lignes. La nouvelle s'était répandue en ville.

Mattie déglutit en grimaçant et articula :

— Jeff a dit que Donovan était parti hier à Charleston pour rencontrer des confrères. Jeff n'était pas en ville ce week-end et Donovan était seul. Le contrôle aérien a perdu sa trace vers 23 heures. Quelqu'un au sol a entendu l'impact. Ils ont trouvé son avion ce matin dans les bois, à quelques kilomètres au sud de Pikeville dans le Kentucky et…

Elle ne put terminer. Elle baissa la tête.

— Ce n'est pas possible… pas possible…, marmonna Annette.

Samantha était sans voix. Barb bredouillait des mots inintelligibles. Le temps passa encore. Elles pleuraient, tentant d'admettre ce qui venait d'arriver. Elles retrouvèrent peu à peu leurs esprits, la réalité faisant son chemin en elles. Au bout d'un moment Samantha quitta le bureau de Mattie pour aller fermer à clé la porte d'entrée. Elle passa rapidement de pièce en pièce pour tirer les rideaux, descendre les stores. Le centre d'aide juridique de la Montagne fut plongé dans la pénombre.

Elles restèrent aux côtés de Mattie tandis que les téléphones sonnaient dans les autres bureaux. Le temps semblait s'être arrêté. Chester, avec sa propre clé, entra par la porte de derrière et se joignit au groupe. Il s'assit sur le bord de la table, tapotant doucement l'épaule de Mattie, qui sanglotait et poussait de petits gémissements, la tête enfouie dans ses bras.

Doucement, il demanda :

— Vous avez prévenu Judy ?

Mattie secoua la tête.

— Non, Jeff doit l'appeler.

— Pauvre Jeff. Où est-il ?

— À Pikeville. Il s'occupe de tout, il a dit. Il n'avait pas l'air bien du tout.

Quelques minutes plus tard, Chester prit la situation en main :

— Rentrons à la maison, Mattie. Tu as besoin de t'allonger. Vous pouvez toutes rentrer chez vous. Personne n'est en mesure de travailler aujourd'hui.

*

Samantha ferma la porte de son bureau et s'écroula sur sa chaise. Elle était encore sous le choc, incapable de penser. Elle observa la fenêtre un long moment, dans l'espoir d'y voir un peu plus clair. Elle n'arrivait pas à mettre une idée devant l'autre. Elle voulait fuir Brady, fuir le comté de Noland et toutes les Appalaches, et peut-être ne jamais revenir. C'était Thanksgiving cette semaine, et elle comptait de toute façon se rendre à Washington, passer du temps avec ses parents, voire avec quelques amis. Mattie l'avait invitée à manger la dinde avec eux, mais elle avait décliné l'offre.

Thanksgiving... le jour de l'action de grâces. Maintenant, des funérailles les attendaient.

Son téléphone vibra. C'était Jeff.

*

16 h 30, l'après-midi. Jeff était assis à une table de pique-nique, face à un beau point de vue, près de Knox dans le comté de Curry. Son pick-up était garé à proximité, et il était seul, comme prévu. Il ne se retourna pas pour s'assurer que c'était bien Samantha. Il ne bougea pas quand elle traversa le parking pour le rejoindre. Il regardait au loin, perdu dans ses pensées.

Elle l'embrassa sur la joue.

— Je suis tellement triste.

— Moi aussi, répondit Jeff en parvenant à esquisser un sourire, qui s'effaça aussitôt.

Il prit sa main et elle s'assit à côté de lui. Côte à côte, genou contre genou, ils contemplèrent en silence les collines en dessous d'eux. Il n'y eut pas de larmes, et peu de mots au début. Jeff était un fils des montagnes, de ces hommes qui ne montrent pas leurs émotions. Il devait attendre d'être seul pour pleurer. Abandonné par son père, orphelin de sa mère... et maintenant la mort lui prenait son frère, le seul être cher qui lui restait. Samantha n'osait imaginer sa douleur. Elle ne connaissait Donovan que depuis deux mois, et déjà un grand trou s'était ouvert en elle.

— Tu sais qu'ils l'ont tué, dit-il, formulant le pressentiment de Samantha.

— Qui ça « ils » ?

— Qui ça ? Les salopards. Et ils sont nombreux. Ils ne reculent devant rien, ces gens ont une calculatrice à la place du cœur, et tuer ce n'est pas grand-chose pour eux. Ils tuent des mineurs dans des mines dangereuses. Ils tuent les habitants en contaminant leur eau. Ils tuent des petits garçons endormis dans leur lit. Ils tuent les habitants de tout un hameau quand leur digue cède et que leur schlamm déferle dans la vallée. Ils ont tué ma mère. Et il y a des années, ils ont tué des ouvriers syndiqués qui faisaient grève pour avoir un meilleur salaire. Je ne pense pas que mon frère soit le premier avocat qu'ils éliminent.

— On peut le prouver ?

— Je ne sais pas, mais on va essayer. J'étais à Pikeville ce matin – pour identifier le corps – et je suis passé voir le shérif. Je lui ai dit ce que je suspectais et ai demandé à ce que l'avion soit mis sous scellés comme pièce à conviction. J'ai déjà prévenu les fédéraux. L'avion n'a pas brûlé. Il s'est juste écrasé. Je ne pense pas que Donovan ait souffert. Tu imagines ça ? Devoir identifier le cadavre de son propre frère ?

Ses épaules s'affaissèrent à cette pensée. Elle secoua la tête.

Il lâcha un grognement.

— Il était à la morgue, comme dans les films. Ils ont ouvert la porte, tiré le tiroir et descendu lentement le drap. J'ai failli vomir. Son crâne était fendu.

— Arrête, tu te fais du mal, souffla-t-elle.

— Oui, j'arrête. Il y a des choses dans l'existence qu'un être humain n'est pas censé vivre, parce que personne ne peut être prêt à ça, personne, et quand ça t'arrive, tu te dis que plus jamais tu ne t'infligeras ça. À combien de personnes demande-t-on d'identifier le corps d'un proche ?

— Parlons d'autre chose.

— Bonne idée. De quoi alors ?

— Comment comptes-tu prouver qu'il s'agit d'un crime ?

— Nous allons embaucher des experts pour examiner la carcasse du Cessna, de l'hélice à la queue. Le NTSB, le Conseil national de la sécurité des transports, étudiera les échanges radio pour voir ce qui s'est produit juste avant l'accident. On va placer les pièces du puzzle une à une et l'évidence apparaîtra. Une nuit claire, une météo idéale, un pilote expérimenté avec trois mille heures de vol au compteur, l'un des avions les plus sûrs de l'histoire. Cela ne tient pas debout. Faut croire que Donovan a énervé trop de gens. Du moins quelqu'un de trop.

Une brise souffla de l'est, éparpillant les feuilles. Un vent froid. Ils se serrèrent l'un contre l'autre, comme un vieux couple, ce qu'ils n'étaient pas. Ni un vieux couple, ni un jeune couple – ils n'étaient pas même amants. Ils avaient dîné ensemble deux fois, rien de plus. Avoir une histoire d'amour compliquée, avec en plus une date d'expiration... non merci ! Elle ne savait pas ce que, lui, voulait. Jeff s'absentait souvent de Brady. Il devait y avoir une fille, pensait-elle. Ils n'avaient aucun avenir ensemble. Le présent aurait pu être agréable. Un câlin par-ci par-là, un peu de tendresse, une compagnie pour les nuits froides, mais elle n'était pas prête à foncer tête baissée.

— Tu sais, j'ai toujours cru que le jour le plus horrible de ma vie resterait celui où tante Mattie est venue dans ma classe pour m'annoncer que maman était morte. J'avais neuf ans. Mais aujourd'hui c'est pire, tellement pire. Je suis décervelé, au point que tu pourrais me planter un couteau dans le corps que je ne sentirais rien. Je regrette de n'avoir pas été avec lui.

— Non. Un être cher perdu, c'est assez.

— Je ne peux pas imaginer mon existence sans Donovan. On était quasiment orphelins, tu sais. On a été séparés, et envoyés dans de la famille dans deux villes différentes. Mais Donovan était toujours là pour moi, toujours à me protéger. J'ai eu pas mal de problèmes, j'étais en guerre contre le monde entier : ma famille, mes profs, la police, même les juges. Mais je craignais Donovan, pas au sens physique du terme. J'avais peur de le décevoir. La dernière fois que je suis passé au tribunal, j'avais dix-neuf ans. Il venait de terminer son droit. On m'avait attrapé avec de l'herbe, quelques grammes que je tentais effectivement de vendre, mais ça ils ne le savaient pas. Le juge m'a donné une chance – quelques semaines dans une prison du comté mais rien de sérieux. Au moment où je m'approchais de la barre pour faire face à mon destin, je me suis retourné et j'ai regardé la salle. Mon frère était là, à côté de tante Mattie. Il avait les larmes aux yeux. Je ne l'ai jamais vu pleurer. Moi je pleurais. J'ai dit au juge qu'il ne me verrait plus jamais dans son tribunal. Et c'est ce qui s'est passé. Depuis, je n'ai eu qu'une amende pour excès de vitesse.

Sa voix se mit à chevroter. Il se pinça le nez. Mais ses yeux restaient secs.

— C'était mon frère, mon meilleur ami, mon héros, mon patron, mon confident, mon guide. Donovan était mon monde. Et maintenant, je suis perdu.

Samantha était au bord des larmes. Reprends-toi, se sermonna-t-elle. Écoute-le. Il a besoin de parler.

— Je vais retrouver ces types, Samantha, tu m'entends ? Même si cela doit me coûter jusqu'à mon dernier dollar, je les traquerai et ils paieront. Donovan n'avait pas peur de mourir. Moi non plus. J'espère que c'est pareil pour eux.

— Qui est ton suspect numéro un ?

— La Krull Mining, de toute évidence.

— À cause de cette histoire de documents ?

Il se tourna vers elle et la regarda.

— Tu es au courant ?

— Un samedi, je suis partie en avion avec Donovan à Hammer Valley. On a déjeuné avec Vic à Rockville. On a parlé de la Krull et ça leur a échappé.

— C'est surprenant. Donovan est du genre prudent.

— La Krull sait-elle que c'est lui qui a ces papiers ?

— Disons qu'ils ont de gros doutes. Ces documents sont de petites perles, parfaites, magnifiques et mortelles.

— Tu les as vus ?

Il hésita à répondre. Il y eut un long silence.

— Oui et je sais où ils se trouvent. Tu n'imagines pas ce qu'il y a dedans. Ça dépasse l'entendement.

Il marqua une pause, comme s'il devait se taire, mais il avait tellement envie de parler... Si Donovan avait confiance en elle à ce point, il pouvait peut-être faire pareil.

— Il y a une note du PDG de Pittsburgh adressée à leur siège social de Londres où il estime le coût pour assainir Peck Mountain après la fuite. Quatre-vingts millions de dollars. Payer des dommages et intérêts à quelques familles touchées par le cancer ne coûterait que dix millions maximum, disait-il, et encore c'était l'estimation haute. À l'époque, il n'y avait aucun procès intenté et rien ne prouvait qu'il y en aurait un. Il était donc beaucoup plus rentable de laisser les gens boire l'eau et mourir du cancer, et lâcher peut-être quelques dollars en dédommagement que de réparer les fuites du bassin de décantation.

— Où est cette note ?

— Avec le reste. Il y a vingt mille documents dans quatre cartons. Tout ça bien caché.

— Près d'ici ?

— Pas très. Je ne veux pas te dire où parce que c'est dangereux.

— Tu as raison. J'en sais déjà plus que je ne voudrais.

Il lâcha sa main et se dégagea de la table de pique-nique. Il se baissa et ramassa des gravillons qu'il commença à jeter dans le ravin. Il marmonnait. Il prit une autre poignée, puis une troisième, lançant les pierres sur tout et sur rien. Les ombres s'étiraient, les nuages s'amoncelaient.

Il retourna à la table, se tint debout devant elle.

— Il y a quelque chose que tu dois savoir, Samantha. Ils t'écoutent. Ton téléphone au bureau, c'est sûr, et il y a peut-être un mouchard ou deux dans ton appartement. La semaine dernière, on a demandé à un ami de passer le cabinet de Donovan au peigne fin et il y avait des micros partout. Alors fais attention à ce que tu dis, parce que tu n'es pas seule.

— Tu es sérieux ?

— Crois-moi, aujourd'hui je ne suis pas d'humeur à plaisanter.

— Pardon. Pardon. Mais pourquoi moi ?

— Ils nous surveillent tous de près, surtout Donovan. Cela fait des années qu'il vit en sachant qu'on l'épie. C'est sans doute pour cela qu'il a préféré se déplacer en personne à Charleston hier, pour pouvoir parler aux avocats en tête à tête. Il organise ses rendez-vous dans des chambres d'hôtel pour échapper aux micros. Ces salopards t'ont vue avec nous. Ils ont des moyens illimités, alors ils peuvent espionner qui ils veulent, en particulier une nouvelle avocate arrivant de New York.

— Je ne sais pas quoi dire. J'ai parlé tout l'après-midi à mon père d'accidents d'avion.

— Sur quelle ligne ?

— Le téléphone du bureau et sur mon portable.

— Fais attention à ce que tu racontes au téléphone du bureau. Choisis le portable. On peut même opter pour des mobiles à carte prépayée.

— Cela me paraît incroyable.

Il s'assit à côté d'elle, prit sa main et remonta le col de sa veste. Le soleil tombait derrière les montagnes et le vent forçait. Avec sa main gauche, il essuya une larme qui roulait sur sa joue. Quand il se mit à parler, sa voix était éraillée :

— Je me souviens quand ma mère est morte, je n'arrêtais pas de pleurer.

— Tu peux y aller, Jeff.

— Si je ne pleure pas pour mon frère, je ne pourrai plus pleurer pour personne.

— Laisse aller. Ça ira mieux après.

Il resta silencieux quelques minutes – un silence sans larmes. Ils s'étreignirent dans l'ombre grandissante, sous la bourrasque. Après un long moment, elle déclara :

— J'ai parlé à mon père cet après-midi. Inutile de dire qu'il était atterré. Donovan et lui étaient devenus très proches ce dernier mois. Et papa l'admirait. Il connaît tout le monde dans ce domaine. Il trouvera les meilleurs experts pour analyser le crash. Au cours de sa carrière, il s'est occupé de beaucoup d'accidents de petits avions, tu sais ?

— Des accidents « provoqués » ?

— En fait oui. Il y en a eu deux. Un dans l'Idaho et l'autre en Colombie. Je connais mon père. Il est déjà au téléphone à chercher les spécialistes de petits Cessna. L'important, d'après lui, c'est que la carcasse soit en sécurité et que personne ne puisse y toucher.

— C'est le cas.

— Bref, Marshall Kofer est sur le pont.

— Merci. J'aime bien ton père.

— Moi aussi, la plupart du temps.

— J'ai froid. Pas toi ?

— Si.

— Et on est attendus chez Mattie ?
— Oui.

*

La famille Gray étant réduite à peau de chagrin, leur maison détruite depuis des années, terrines et gâteaux furent apportés chez Mattie, ce qui était le choix logique. Les plats commencèrent à arriver en fin d'après-midi, et avec eux le défilé des bonnes âmes qui les avaient préparés. Il y eut des larmes, des condoléances, des promesses ardentes – si je peux faire quoi que ce soit, n'hésitez pas à appeler ! – et surtout de la curiosité. Les hommes traînaient devant la maison – à boire et bavarder, en se demandant ce qui avait causé l'accident. Une panne de moteur ? Donovan avait-il dévié de sa route ? On disait qu'il n'avait lancé aucun appel de détresse à la radio. Bizarre, non ? La plupart de ces gens n'avaient pris l'avion qu'une fois ou deux dans leur vie, certains jamais, mais leur inexpérience n'interdisait pas les spéculations. À l'intérieur, les femmes géraient l'afflux de nourriture. Elles picoraient dans les plats, démoulaient, découpaient, un essaim bourdonnant autour de Mattie, chacune y allant de son commentaire sur le mariage de Donovan avec Judy, une pauvre petite qui n'avait jamais trouvé sa place à Brady mais qui avait désormais toute leur affection.

Judy et Mattie étaient parvenues à s'entendre sur l'organisation. Judy voulait attendre le samedi pour les funérailles, mais Mattie jugeait que cela allait gâcher Thanksgiving si les gens savaient qu'un enterrement les attendait à la fin de la semaine. Samantha découvrait, en restant prudemment en retrait, l'importance des traditions dans les Appalaches et qu'il n'y avait pas urgence à conduire les morts au cimetière. À New York, on mettait vite les gens en terre, pour que les vivants puissent reprendre le cours de leur vie et retourner travailler. Mattie, aussi, semblait pressée d'en finir, et elle réussit à convaincre Judy de prévoir les funérailles le mercredi. Donovan serait inhumé et le lendemain, le jeudi, tout le monde aurait l'esprit tranquille pour fêter Thanksgiving et profiter du long week-end.

Donc, messe à l'église méthodiste unie, à 16 heures, mercredi 26 novembre, avec enterrement dans la foulée. Donovan et Judy étaient membres de cette paroisse, bien qu'ils n'eussent pas assisté à un seul service depuis des années.

Jeff voulait enterrer son frère sur leurs terres, à Gray Mountain, mais Judy avait mis son veto. Elle n'aimait pas Jeff et l'inimitié était réciproque. Étant officiellement encore l'épouse de Donovan, Judy avait toute autorité pour l'organisation des funérailles de son époux. C'était une question de tradition, pas de loi, et tout le monde s'y plia, même Jeff.

Samantha traîna chez Mattie pendant une heure le lundi soir, mais se lassa vite de rester assise parmi les pleureuses. Elle alla dans la cuisine, goûter aux plats qui couvraient toute la table, puis sortit prendre l'air sur la terrasse. Elle était fatiguée des bavardages inconsistants de ces gens qui connaissaient Mattie, mais ne savaient rien de son neveu. Fatiguée des ragots, des spéculations. C'était drôle de voir la vitesse à laquelle ce drame était devenu la grande affaire en ville, d'observer tous ces gens avides d'avoir leur part de chagrin. Mais la curiosité se mua vite en agacement.

Jeff était dans le même état qu'elle. Après avoir été étreint par de grosses dames qu'il ne connaissait pas, il battit en retraite. Il fit la bise à Samantha et lui confia qu'il avait besoin de se retrouver seul. Elle partit peu après lui et traversa la ville à pied pour regagner son appartement. Annette l'invita à prendre un thé qui s'éternisa jusqu'à minuit. Les deux femmes ne parlèrent que de Donovan.

Avant l'aube, Samantha était réveillée et buvait son café devant son ordinateur. Il y avait un petit article sur l'accident dans le journal de Roanoke, mais elle n'apprit rien de nouveau. Donovan était présenté comme un avocat se battant pour les droits des mineurs et des habitants. Sa victoire au procès Tate était citée, ainsi que ses recours en justice contre la Krull Mining, la Lonerock Coal et Casper Slate. Un confrère de Virginie-Occidentale le décrivait comme « un défenseur sans peur de la beauté des Appalaches », « un ennemi implacable des compagnies minières qui ne respectent pas la législation ». À aucun moment, on évoquait la possibilité d'un sabotage. On disait seulement qu'une enquête était en cours pour déterminer les causes exactes de l'accident. Donovan Gray avait tout juste trente-neuf ans et laissait une femme et un enfant.

Son père appela tôt le matin. Il voulait connaître la date des funérailles. Il proposa de descendre à Brady pour être avec elle à l'église, mais Samantha déclina son offre. Marshall avait passé quasiment tout son lundi au téléphone, à la recherche d'infos confidentielles. Il était sûr qu'il aurait « quelque chose » quand ils se verraient quelques jours plus tard. Ils reparleraient de l'affaire Ryzer qui, pour l'instant, était dans les limbes pour des raisons évidentes.

Le centre d'aide juridique de la Montagne avait des airs de chambre funéraire, plongé dans la pénombre, le deuil et le chagrin. Barb accrocha une couronne mortuaire à la porte et ferma à clé. Mattie resta chez elle et le reste de l'équipe aurait dû en faire autant. Les rendez-vous furent annulés, les appels téléphoniques ignorés. Le cabinet n'était pas en mesure de travailler.

Comme celui de Donovan Gray, trois pâtés de maisons plus loin. Une couronne identique pendait à la porte, et à l'intérieur, Jeff ainsi que la secrétaire et l'assistante juridique s'interrogeaient sur l'avenir. C'était les seuls employés du cabinet, un cabinet désormais mort.

24

Une mort tragique, un avocat bien connu du pays, une entrée libre, des habitants curieux, un mercredi ennuyeux comme tant d'autres... tout cela contribua à remplir l'église. Elle était pleine quand, à 16 heures, le révérend Condry s'installa au pupitre pour commencer le service funèbre. Il ânonna une prière pompeuse et s'assit pour laisser le chœur entonner le premier chant. Puis il se leva à nouveau, lut un passage de la Bible et débita quelques clichés de circonstance. Mattie se chargea de prononcer le premier éloge funèbre. À chaque phrase, elle luttait contre l'émotion en évoquant son neveu. Elle pleurait et parlait en même temps, et tirait des larmes à tout le monde. Quand elle raconta l'épisode où Donovan avait découvert le corps de sa mère, sa chère sœur Rose, sa voix se brisa. Elle dut faire une pause, incapable de continuer. Elle déglutit avec peine et reprit.

Samantha était au cinquième rang, avec Barb et Annette. Toutes les trois se tamponnaient les yeux avec des mouchoirs en papier. Les trois femmes pensaient la même chose : allez, Mattie, arrêtez ce supplice. Mais

Mattie n'était pas pressée. Elle faisait ses adieux à Donovan et elle n'aurait pas d'autres occasions.

Le cercueil couvert de fleurs était installé au pied du pupitre. Aux dires d'Annette, lors de nombreux offices dans la région, le cercueil était exposé ouvert, pour que les proches puissent voir le défunt pendant qu'on faisait son éloge. C'était une curieuse coutume, comme s'il fallait accentuer encore le caractère dramatique du moment. Annette lui avait annoncé qu'elle désirait être incinérée. Samantha, quant à elle, n'avait jamais réfléchi à la question.

Sagement, Judy avait préféré ne pas suivre la tradition. Elle était assise avec sa fille au premier rang, juste à côté du cercueil. Effectivement, son épouse était ravissante, brune, mince, avec des yeux aussi sombres que ceux de Donovan. Leur petite fille, Haley, tentait de surmonter la séparation de ses parents. Aujourd'hui, elle était dévastée par la mort de son père. Elle s'accrochait au bras de sa mère, en larmes.

La valise de Samantha était déjà dans sa voiture. Elle était impatiente de mettre cap au nord. Elle voulait quitter Brady, rentrer chez elle à Washington, où sa mère l'attendait avec des sushis et une bouteille de chablis. Demain, Thanksgiving. Elles feraient la grasse matinée et iraient déjeuner dans un kebab afghan qui était toujours bondé les jours de fête par une clientèle fuyant soit la dinde soit la famille.

Mattie fut finalement submergée par l'émotion. Elle s'excusa et alla se rasseoir. Un autre chant funèbre. Quelques réflexions du pasteur, reprenant à son compte les pensées de l'apôtre Paul. Puis il y eut une nouvelle oraison, très longue, prononcée par un camarade d'université de Donovan. Au bout d'une heure, les pleurs avaient cessé et les gens étaient prêts à partir. Sitôt la bénédiction finale prononcée, la foule quitta les bancs. Tout le monde se rassembla dans le cimetière derrière l'église où l'on avait dressé une tente à côté de la tombe. Le pasteur fut bref. Son laïus était improvisé mais il s'en sortit bien. Il se mit ensuite à réciter des prières. Samantha en profita pour battre en retraite. La tradition voulait que les gens aillent présenter leurs condoléances à la famille, dire quelques paroles de réconfort, mais Samantha en avait assez.

Assez des coutumes locales, assez de Brady, assez des frères Gray, assez de leurs drames et de leurs vieilles histoires. Avec un réservoir plein et une vessie vide, elle fit les cinq heures de route d'une traite jusqu'à Washington. Une fois arrivée devant l'immeuble de sa mère, elle s'arrêta sur le trottoir, contemplant la circulation, le flot de piétons pressés. C'était ça son monde. Elle voulait retrouver SoHo, retrouver l'énergie frénétique de la Grosse Pomme.

Karen était déjà en pyjama. Samantha défit rapidement ses bagages et se changea. Pendant deux heures, affalées sur les coussins, elles mangèrent, burent, parlèrent et rirent. Tout ça en même temps.

*

Le fonds qui devait financer le procès contre la Lonerock et Casper Slate reprit ses billes. L'affaire était à l'eau. Donovan était parti seul au front, en assurant qu'il trouverait des partenaires pour l'aider dans ce procès qui s'annonçait juteux. Mais, aujourd'hui, il n'était plus de ce monde, et ses confrères se mettaient à couvert. Marshall Kofer était agacé par cette attitude. Cette affaire était « un petit bijou ». Il l'aurait bien reprise à son compte s'il avait pu.

Il ne voulait pas abandonner, expliquait-il à Samantha. Il harcelait tout son réseau d'avocats, de la côte Est à la côte Ouest. Et il avait bon espoir de rassembler une nouvelle équipe, une équipe qui séduirait un autre groupe d'investisseurs. Il était prêt à mettre son argent personnel et à mouiller sa chemise. Il se voyait comme un coach sur le banc de touche, lançant des consignes à ses joueurs.

C'était le lendemain de Thanksgiving, pendant le déjeuner. Samantha aurait préféré éviter d'aborder ces sujets : les procès, Donovan, le dossier Ryzer, la Lonerock Coal, etc., tout ce qui avait, en fait, un rapport avec Brady, la Virginie et ces maudites Appalaches. Mais, tout en jouant avec sa salade, elle s'aperçut que c'était un mal pour un bien. De quoi aurait-elle pu parler avec son père ? Là, ils avaient de quoi discuter pendant des heures.

Il chuchotait, surveillant du regard les alentours, comme si le restaurant était un nid d'espions.

— J'ai des taupes au NTSB, dit-il d'un ton de conspirateur. Donovan n'a pas émis d'appel de détresse ! Il volait à sept mille pieds, le ciel était dégagé, aucun problème en vue, et d'un seul coup, il a disparu des radars. S'il y avait eu un problème moteur, il aurait eu tout le temps de prévenir le contrôle aérien, et de donner sa position. Mais là, rien.

— Il a peut-être paniqué ?

— Bien sûr qu'il a paniqué ! L'avion est tombé comme une pierre. Tout le monde paniquerait.

— Est-ce qu'il était sur pilote automatique ?

— Impossible de le savoir. Ces petits appareils n'ont pas de boîte noire. On n'a donc aucune donnée enregistrée au moment de l'accident. Pourquoi cette question sur le pilote automatique ?

— Parce qu'il m'a raconté, quand on volait, qu'il piquait souvent un petit roupillon. Le bourdonnement du moteur l'endormait ; alors il préférait brancher le pilote automatique pour se reposer un peu. Je ne sais pas comment ça marche, mais si en dormant il avait appuyé sur un mauvais bouton ? C'est envisageable, non ?

— Tout est possible, Samantha. Et je préfère de loin ce scénario. J'ai du mal à croire à un sabotage. Ce serait un meurtre, et bien trop risqué pour nos ennemis. La Lonerock Coal, la Krull Mining, Casper Slate... ce sont des salopards, d'accord, mais de là à commettre un meurtre. Franchement, je n'y crois pas.

— Mais Jeff y croit, lui.

— Il a un autre point de vue, et c'est très bien. Je compatis, vraiment. Mais pourquoi iraient-ils tuer Donovan ? Dans l'affaire contre la Krull, il y a trois autres cabinets à la table des plaignants et, il faut bien le dire, ils ont beaucoup plus d'expérience que Donovan dans les procès pour pollution.

— Mais il y a ces documents...

Marshall réfléchit un moment.

— Ces trois autres cabinets en ont une copie ?

— Je ne crois pas. J'ai l'impression que ces pièces sont encore bien cachées.

— Mais la Krull ne le sait pas, du moins pas encore. Si je défendais les intérêts de cette société, je partirais du principe que tous les avocats ont accès à ces documents. Encore une fois, à quoi ça rimerait d'éliminer un seul des quatre ?

— Si je suis ton raisonnement, c'est la Lonerock et Casper Slate qui auraient de bonnes raisons d'éliminer Donovan. Il est parti seul au front, comme tu l'as dit. Il n'y a pas d'autres avocats en lice. Dix jours après sa mort, le fonds de financement se retire. Le procès est mort-né. Donc, ils ont gagné.

Marshall secoua la tête. Il jeta à nouveau un regard autour de lui. Aucune oreille indiscrète.

— Écoute, Samantha, je déteste les compagnies comme la Lonerock et les cabinets comme Casper Slate. J'ai passé mon temps à combattre ces connards. Je les hais, d'accord. Mais ils ont une réputation à préserver – la Lonerock est cotée en Bourse. Tu ne me feras jamais croire qu'ils sont capables d'assassiner un avocat qui les attaque en justice. La Krull, c'est une autre histoire. Cette société est aux mains d'un mafieux russe qui cause des problèmes partout où il va. La Krull est capable de tout, mais encore une fois, pourquoi feraient-ils ça ? Éliminer Donovan ne leur sert à rien.

— Parlons d'autre chose.

— Excuse-moi. Donovan était ton ami et je l'aimais beaucoup. J'avais l'impression de me voir en lui, dans ma jeunesse.

— Ça m'a fichu un coup, vraiment. Je dois retourner à Brady, mais je n'ai plus très envie.

— Tu as des clients à présent. Des gens avec de vrais problèmes.

— Je sais, papa. Je suis une véritable avocate maintenant, et plus une vulgaire gratte-papier dans une grosse boîte ! Tu as gagné.

— Je n'ai jamais dit ça. Et ce n'est pas une compétition. Il n'y a ni gagnant, ni perdant.

— Tu me mets la pression avec ça depuis trois ans ! Pour toi, tout est compétition.

— Tu es sur les nerfs, je comprends.

Marshall tendit le bras et lui caressa la main.

— Je suis désolé. Je sais que tu as eu une semaine éprouvante.

Samantha sentit ses yeux s'embuer de larmes, sa gorge se serrer.

— On peut s'en aller, papa ?

25

Ils étaient quatre, tous gros, et rouges de colère. Deux hommes, deux femmes, entre quarante-cinq et soixante ans, estima Samantha, avec des cheveux gris, des bourrelets et des habits bon marché. Ils étaient en ville car ils avaient fêté Thanksgiving avec leur maman, ce qui était si rare, et maintenant ils étaient forcés de rester à Brady, de prendre un jour de congé, pour régler un problème juridique qui n'était pas de leur fait. Ils faisaient les cent pas devant la porte d'entrée, en attendant que le centre de la Montagne ouvre. Samantha sut aussitôt qui étaient ces gens et ce qu'ils voulaient. Elle fut tentée d'aller se cacher au coin de la rue dans la boutique qui vendait des plaids et des couettes, pour attendre qu'ils se lassent. Mais elle aurait dû faire la causette avec la commerçante… Elle préféra donc contourner le bâtiment et entrer par l'arrière. Elle alluma les lumières, lança le café, et se résolut à ouvrir la porte. Ils étaient toujours là, très mécontents. Et leur courroux avait eu le temps de couver et de s'amplifier.

— Bonjour, messieurs dames ! lança-t-elle d'une voix guillerette.

Elle savait que la prochaine heure allait être pénible.

Le chef du groupe, le plus vieux, grogna :

— On veut parler à Samantha Kofer.

Il fit un pas en avant, imité par les trois autres.

— C'est moi, répondit-elle sans se départir de son sourire le plus avenant. Que puis-je pour vous ?

L'une des deux femmes brandit un papier.

— C'est vous qui avez écrit ça pour Francine Crump ?

— C'est le testament de notre mère ! ajouta l'autre frère, comme s'il allait lui cracher au visage.

Samantha les conduisit dans la salle de réunion et tout le monde s'assit autour de la table. Elle leur proposa du café. Tous refusèrent. Elle alla donc se remplir une tasse dans la cuisine, en prenant tout son temps. Elle traînait volontairement, espérant qu'une de ses collègues allait arriver en renfort. Il était 8 h 30 et normalement Mattie aurait été dans son bureau, à papoter avec Donovan. Mais aujourd'hui, on ne verrait sans doute pas la patronne avant midi. Avec son café tout chaud, Samantha prit place en bout de table. Jonah, soixante et un ans, habitait Bristol. Irma, soixante ans, vivait à Louisville. Euna Faye, cinquante-sept ans, vivait à Rome en Géorgie. Lonnie, cinquante et un ans, habitait Knoxville. Quant à DeLoss, le petit dernier, il avait quarante-cinq ans, vivait à Durham et était resté avec leur mère, qui était toute retournée. Thanksgiving avait été pénible. Samantha prenait des notes, jouant toujours la montre, en espérant qu'ils allaient se calmer. Mais, visiblement, ils étaient là pour en découdre.

— C'est quoi ce Mountain Trust ? demanda Jonah.

Samantha décrivit la fondation avec force détails.

Euna Faye lança :

— Maman dit qu'elle n'a jamais entendu causer de ce Mountain Trust. Elle dit que c'est une idée à vous. C'est vrai ?

Samantha expliqua patiemment que Mme Crump voulait un conseil pour le legs de sa propriété. Elle désirait laisser la terre à quelqu'un ou à une organisation qui la protégerait et ne la vendrait pas à une compagnie minière. Samantha avait fait des recherches et trouvé deux organisations à but non lucratif dans les Appalaches.

Ils écoutèrent mais n'entendirent rien.

— Et jamais vous nous prévenez ? s'écria Lonnie.

Après un quart d'heure, c'était l'anarchie, chacun voulant prendre les choses en main, être le chef. Malgré la tension, Samantha se montra calme et tenta de les comprendre. Ce n'étaient pas des gens riches ; ils se démenaient pour rester à flot. Le moindre héritage était une bouée de sauvetage. Et ils en avaient bien besoin. Trente hectares de terre, plus qu'ils ne pourraient jamais s'offrir.

Samantha répondit que sa cliente était Francine Crump, pas sa famille. Et elle ne souhaitait pas que ses enfants connaissent ses intentions.

— Vous sous-entendez qu'elle n'avait pas confiance en nous ? rétorqua Irma. Nous ses enfants ? Sa propre chair ?

Sans l'ombre d'un doute, Francine se méfiait de sa progéniture, chair ou pas chair. Mais Samantha se contenta de répliquer :

— Je répète simplement ce que m'a dit ma cliente. Elle a été très claire sur ce qu'elle voulait et ne voulait pas.

— Vous avez semé la zizanie dans notre famille, vous vous en rendez compte ? intervint Jonah. Vous avez creusé un fossé entre une mère et ses cinq enfants. Comment avez-vous pu faire quelque chose d'aussi tordu ?

— C'est notre terre, ajouta Irma. Notre terre !

— Maman ne va pas bien, vous voyez ce que je veux dire, annonça Lonnie en se tapotant la tempe de l'index. Elle débloque un peu parfois ; c'est sans doute Alzheimer ou un truc du genre. On avait peur qu'elle fasse quelque chose d'idiot avec la propriété, mais jamais on n'aurait imaginé un truc pareil !

Samantha leur expliqua que deux autres avocates étaient présentes le jour où leur mère avait signé ce testament et qu'elle paraissait parfaitement savoir ce qu'elle faisait. Elle était « en capacité de tester », et c'est ce que la loi exige. Le testament sera donc recevable par le juge.

— Je me fous de ce testament ! s'emporta Jonah. Il ne sera présenté nulle part, parce qu'il va être changé pas plus tard que maintenant !

— C'est à votre mère d'en décider.

Euna Faye regarda l'écran de son téléphone et déclara :

— Ils sont arrivés. DeLoss et maman. Ils sont sur le parking.

— Ils peuvent entrer ? s'enquit Lonnie.

— Bien sûr, répondit Samantha.

Elle n'avait pas le choix.

Francine paraissait plus faible que le mois dernier. Ses enfants accoururent vers elle, pour aider leur chère mère à marcher jusqu'à la salle de réunion. Ils l'installèrent sur une chaise et se rassemblèrent autour d'elle. Et tous regardèrent Samantha. Francine appréciait cette nouvelle attention dont elle était l'objet et sourit à son avocate.

— Vas-y, maman, redis-lui ce que tu nous a dit à propos de ce testament que tu as signé, que tu ne t'en souviens plus, et que… et que…

— Et que tu n'as jamais entendu parler de ce Mountain Trust, souffla Euna Faye. Tu ne veux pas leur donner notre terre. Allez, vas-y.

— C'est notre terre, répéta Irma pour la dixième fois.

Francine hésita, comme si elle avait besoin qu'on la pousse encore un peu.

— Je n'aime plus ce testament, déclara-t-elle finalement.

Que vous ont-ils fait, pauvre vieille femme ? brûlait de rétorquer Samantha. Ils vous ont attachée à un arbre et rouée de coups ? Il avait dû être joyeux ce repas de Thanksgiving quand, un à un, vos enfants ont lu vos dernières volontés, au bord de l'apoplexie ! Mais avant que Samantha ait eu le temps de dire quoi que ce soit, Annette entra dans la pièce, souhaitant le bonjour à la cantonade. Samantha fit les présentations. Annette comprit aussitôt la situation et tira une chaise pour s'asseoir. Annette ne reculait jamais et, à cet instant, Samantha l'aurait bien serrée dans ses bras.

— Les enfants de Mme Crump ne sont pas satisfaits du testament que nous avons rédigé le mois dernier, expliqua Samantha.

— Ni du testament, ni de vos méthodes ! lâcha Jonah. Comment avez-vous pu nous exclure comme ça de l'héritage ? Pas étonnant que les avocats aient une si mauvaise réputation. Vous la méritez dix fois !

— Lequel d'entre vous a trouvé le nouveau testament ? demanda Annette d'un ton glacial.

— Personne, répondit Euna Faye. Maman nous en a parlé l'autre jour, et une chose en entraînant une autre, elle a sorti le papier. On a cru mourir quand on a découvert ce que vous avez fait. Quand on était gosses, maman et papa nous ont toujours dit que la terre resterait dans la famille. Et maintenant, vous nous rayez du testament et vous donnez ce qui nous appartient à une bande d'écolos de Lexington. Vous devriez avoir honte !

— Votre mère vous a-t-elle expliqué qu'elle est venue nous demander de rédiger, gratuitement, un testament léguant la terre à quelqu'un d'autre ? Elle a été très claire sur ce point.

— C'est vous qui le dites ! riposta DeLoss.

Francine lui lança un regard agacé.

— Dis tout de suite que je perds la tête !

— C'est bon, maman, tout va bien, intervint Euna Faye en tapotant l'épaule de la vieille dame.

Samantha se tourna vers Francine.

— Madame Crump, vous voulez que je prépare un nouveau testament ?

Six têtes dodelinèrent de concert, mais le hochement de Francine fut beaucoup moins enthousiaste.

— Très bien. Et j'imagine que ce nouveau testament léguera la terre à vos cinq enfants, à partager en parts égales, c'est bien ça ?

Tous les six acquiescèrent encore.

— Entendu, répondit Annette. Nous vous ferons ça, avec plaisir. Toutefois, ma collègue a passé plusieurs heures en entretien avec Mme Crump, à parler avec elle, à préparer le document actuel. Comme vous le savez, nous ne facturons pas nos services, mais cela ne veut pas dire pour autant que c'est sans limite. Nous avons beaucoup de clients et nous courons toujours après le temps. Nous allons rédiger un nouveau testament, un de plus, et cela s'arrêtera là. Si vous changez d'avis, madame Crump, il vous faudra engager un avocat. Je me suis bien fait comprendre ?

Francine la regarda fixement, tandis que ses cinq rejetons approuvaient. Oui, oui, ils avaient tous bien compris.

— Combien de temps ça va prendre ? s'enquit Lonnie. C'est que je suis censé travailler en ce moment.

— Nous aussi, répliqua Annette d'un ton sévère. Nous avons d'autres clients, d'autres affaires. D'ailleurs, Mme Kofer et moi-même sommes attendues

357

au tribunal dans une demi-heure. Votre dossier n'est pas une urgence.

— Allez, quoi ! aboya Jonah. C'est un testament tout simple, juste deux petites pages. Vous en avez pour dix minutes. On va emmener maman prendre un café pendant que vous le modifiez et on vous la ramène pour signer. Et après on s'en va.

— De toute façon, on ne partira pas tant qu'elle n'aura pas signé le nouveau machin ! s'emporta Irma comme si elle était prête à camper dans la salle de réunion.

— Ah oui ? rétorqua Annette. Jouez à ce petit jeu et j'appelle le shérif. Madame Kofer, pour quand pensez-vous pouvoir préparer un nouveau testament ?

— Pour mercredi après-midi.

— Parfait. Nous nous reverrons donc à ce moment-là, madame Crump.

— Ne vous fichez pas de nous ! lança DeLoss en se levant, tout rouge. Vous avez ça dans l'ordinateur. Il suffit de le réimprimer. Il y en a pour cinq minutes et maman le signera. On ne va pas attendre toute la semaine. Je devrais déjà être rentré depuis hier.

— Maintenant, je vais vous demander de vous en aller, répliqua Annette. Si vous souhaitez que ça aille plus vite, vous pouvez aller voir nos confrères du privé. Il y a l'embarras du choix en ville !

— Des avocats dans toute leur splendeur ! lâcha Euna Faye, en se levant.

Les autres suivirent lentement le mouvement et aidèrent leur mère à rejoindre la sortie.

— Vous voulez vraiment faire un nouveau testament, madame Crump ? insista Samantha au moment où le groupe quittait la pièce.

— Bien sûr qu'elle le veut ! assena Jonah, prêt à cogner.

Mais Francine ne répondit rien. Tout le monde s'en alla sans un mot de plus. La porte d'entrée claqua. Puis le silence revint.

— Ne prépare rien, Samantha, annonça Annette. Attendons qu'ils aient quitté la ville, et appelle Francine. Dis-lui que nous ne marchons pas dans leur magouille. Ils lui ont collé un pistolet sur la tempe. Tout ça pue à vingt mètres. Si elle veut un autre testament, elle n'a qu'à s'en payer un. À eux tous, ils peuvent bien mettre deux cents dollars. Nous avons assez perdu notre temps comme ça.

— Je suis d'accord avec toi. On nous attend vraiment au tribunal ?

— Oui. J'ai reçu un appel hier soir. Phoebe et Randy Fanning sont en cellule. Ils se sont fait arrêter samedi soir avec une cargaison de meth. Ils sont bons pour plusieurs années de prison.

— Oh… Tranquille comme un lundi, n'est-ce pas ? Et leurs gosses ?

— Justement. Il faut qu'on les retrouve.

*

La descente de police avait permis d'appréhender sept membres de la bande. Mais les autorités promettaient d'autres arrestations. Phoebe était assise à côté de Randy au quatrième rang, avec Tony, sorti de prison depuis seulement quatre mois et qui était en passe d'y retourner pour une décennie. À la gauche de Tony, il y avait l'autre petite frappe qui avait menacé Phoebe quelques semaines plus tôt sur les marches du tribunal. Les trois autres avaient la tête de l'emploi : cheveux longs et gras, tatouages dans le cou, barbe de trois jours, yeux bouffis de toxicos qui n'étaient pas redescendus sur terre depuis longtemps. Un à un, ils vinrent à la barre, expliquèrent au juge qu'ils n'étaient pas coupables et allèrent se rasseoir. Annette avait obtenu de Richard, le procureur, de lui laisser un moment en privé avec Phoebe. Les trois femmes se mirent dans un coin de la salle, sous la surveillance d'un gardien.

Phoebe avait perdu du poids, et son visage portait les stigmates des accros à la meth. Les larmes lui montèrent aux yeux.

— Je suis désolée. Tellement désolée. Je vis un cauchemar.

Tels furent ses premiers mots. Annette ne montra aucune sympathie.

— Inutile de vous excuser. Je ne suis pas votre mère. Je suis ici parce que je m'inquiète du sort de vos enfants. Où sont-ils ?

Elle parlait à voix basse, mais avec autorité.

— Chez une amie. Vous pouvez me faire sortir de prison ?

— On ne s'occupe pas d'affaires criminelles. Notre domaine, c'est le civil. La cour nommera un autre avocat dans quelques minutes.

Les larmes se tarirent aussi vite qu'elles avaient coulé.

— Qu'est-ce qui va se passer pour mes gosses ? demanda-t-elle.

— Eh bien, si les charges sont avérées, vous et Randy allez passer plusieurs années derrière les barreaux, dans des prisons différentes, bien sûr. Vous avez un proche qui pourrait les élever ?

— Je ne crois pas. Ma famille m'a reniée. Et celle de Randy est déjà en prison, à l'exception de sa mère, mais elle est folle. Je ne peux pas aller en prison. Il faut que je m'occupe de mes mômes.

Les larmes revinrent et roulèrent sur ses joues. Elle se mit à trembler, haletant comme si elle avait reçu un uppercut au ventre.

— Ils ne peuvent pas me prendre mes enfants, s'affola-t-elle en haussant un peu trop la voix.

Le juge leur lança un regard noir.

Samantha ne pouvait s'empêcher de se dire : et vos gosses, vous y avez pensé quand vous vendiez de la drogue ? Elle lui tendit un Kleenex et lui tapota l'épaule.

— Je vais voir ce que je peux faire, répondit Annette.

Phoebe retourna à sa place au milieu de ses compères en tenue de détenu orange. Samantha et Annette s'installèrent sur un côté.

— Techniquement, elle n'est plus notre cliente, lui murmura Annette à l'oreille. Notre travail s'est arrêté quand elle a interrompu la procédure de divorce.

— Pourquoi est-ce qu'on est là, dans ce cas ?

— L'État de Virginie va la déchoir de son droit parental. Il faut qu'on suive ça de près, mais on ne peut pas y faire grand-chose.

Pendant que le procureur et le juge discutaient du montant des cautions, Annette reçut un SMS.

— Oh non ! Les fédéraux font une perquisition au cabinet de Donovan. Et Mattie a besoin d'aide. Allons-y.

— Le FBI ?

— Lui-même ! marmonna Annette avant de filer à grands pas vers la sortie.

*

La couronne mortuaire était toujours accrochée à la porte d'entrée. Le battant était ouvert. De l'autre côté, Dawn, la secrétaire, était assise à son bureau, séchant ses larmes. Elle désigna une porte derrière elle.

— Ils sont là.

Des voix filtraient de la salle de réunion. Mattie criait. Et quand Annette et Samantha entrèrent, elles eurent droit à un hargneux « Qui vous êtes, vous ? ».

Il y avait quatre jeunes types en costume noir, très tendus et prêts à sortir leurs armes. Des cartons de dossiers étaient renversés par terre, des tiroirs béaient, la table jonchée de débris. C'est le chef, l'agent Frohmeyer, qui venait de les accueillir ainsi. Sans laisser le temps à Annette de répondre, il aboya de nouveau : « Qui vous êtes ? »

— Ce sont des avocates. Elles travaillent avec moi, annonça Mattie. (Elle portait un jean et un sweat-shirt, visiblement enfilés en toute hâte.) Comme je vous l'ai dit, je suis la tante de Donovan Gray et son exécutrice testamentaire.

— Et moi, je vous le demande encore : Avez-vous, oui ou non, été officiellement désignée comme telle par le tribunal ?

— Pas encore. Mon neveu a été enterré mercredi. Vous n'avez donc aucun respect ?

— J'ai un mandat. Ça me suffit amplement.

— Je vois ça. Laissez-nous au moins prendre connaissance de ce mandat de perquisition avant que vous n'emportiez tout.

Frohmeyer attrapa le papier qui était sur la table et le lança vers Mattie.

— Je vous donne cinq minutes. Pas plus.

Les agents fédéraux quittèrent la pièce. Mattie ferma la porte et mit son doigt en travers de ses lèvres. Le message était clair : pas un mot.

— Que se passe-t-il ? demanda Annette.

— Je n'en sais rien. Dawn m'a appelée paniquée quand ces guignols ont débarqué. Et on en est là.

Elle parcourut du regard les feuillets.

— « Réquisition de tous les dossiers, notes, pièces, rapports – sur tout support : papier, vidéo, électronique, numérique, et autres – susceptibles d'avoir un lien direct ou indirect avec la Krull Mining et ses filiales, ainsi qu'avec… » Ils mettent la liste des quarante et un plaignants de Hammer Valley !

Elle passa à la page suivante, poursuivit sa lecture rapide.

— S'ils prennent les ordinateurs, ils vont avoir accès à tout, s'inquiéta Annette, que cela entre ou non dans le cadre du mandat.

— Oui. À tout ce qu'il y a ici, fit Mattie en leur lançant un clin d'œil.

Elle tourna une autre feuille, lut la suite, puis jeta le document sur la table.

— C'est un chèque en blanc. Ils peuvent confisquer tout ce qu'ils veulent, que cela ait un rapport ou non avec le procès Hammer Valley.

Frohmeyer toqua à la porte et l'ouvrit dans le même mouvement.

— C'est l'heure, mesdames ! lança-t-il comme un mauvais acteur tandis que ses sbires réinvestissaient la pièce.

Ils étaient cinq à présent, et visiblement ça les démangeait de jouer les cow-boys.

— Maintenant, si vous voulez bien dégager le terrain.

— Bien sûr, répondit Mattie. Mais en ma qualité d'exécutrice testamentaire, j'aurais besoin de l'inventaire complet de toutes les pièces et documents que vous allez emporter.

— Cela va de soi. Vous l'aurez dès que vous serez mandatée par le tribunal.

Deux agents ouvraient déjà de nouvelles armoires à dossiers.

— Quand je dis tout, c'est tout ! répliqua Mattie presque en criant.

— Mais oui, mais oui, fit Frohmeyer en agitant la main pour leur indiquer la sortie. Bonjour chez vous, mesdames !

Au moment où les trois avocates quittaient la pièce, l'agent fédéral ajouta :

— Au fait, une autre équipe fouille en ce moment son domicile. Histoire de vous mettre au courant.

— De mieux en mieux ! Et vous cherchez quoi au juste, là-bas ?

— Vous avez lu le mandat, non ?

Les trois femmes étaient sous le choc et se doutaient que quelqu'un les observait. Elles décidèrent de ne pas rentrer au bureau et allèrent trouver refuge au fond du Brady Grill. Elles s'y sentaient un peu plus en sécurité. Mattie, qui n'avait pas souri depuis une semaine, faillit éclater de rire quand elle leur confia :

— Ils ne vont rien trouver dans les ordinateurs. Jeff a récupéré les disques durs mercredi dernier, avant les funérailles.

— Alors ils vont revenir, s'inquiéta Samantha.

Mattie haussa les épaules.

— Peu importe. On ne peut rien faire contre le FBI de toute façon.

— À mon avis, intervint Annette, la Krull Mining croit que Donovan a en sa possession des documents qu'il ne devrait pas avoir, ce qui est sans doute le cas. Et maintenant qu'il a déposé plainte, la Krull panique à l'idée que ces pièces soient révélées. Alors ils sont allés trouver le procureur fédéral, qui a ouvert une enquête pour vol, j'imagine, et il a envoyé ces abrutis chercher lesdits documents. Et comme Donovan est mort, ils pensent qu'il ne peut plus les cacher ailleurs.

— Oui, ce doit être ça, renchérit Mattie. La Krull se sert du proc' pour impressionner les plaignants et leurs avocats. S'il y a menace d'un procès au pénal, avec des peines de prison à la clé, l'accusation va prendre la poudre d'escampette. C'est une astuce vieille comme le monde, mais ça marche toujours.

— Voilà encore une raison pour laquelle je ne veux pas m'occuper de procès, se lamenta Samantha.

— Vous êtes vraiment l'exécutrice testamentaire de Donovan ? demanda Annette.

— Non, c'est Jeff. Je ne suis que l'avocate pour l'administration de ses biens. Donovan a actualisé son testament il y a deux mois. Il avait l'habitude de le mettre à jour régulièrement. L'original a toujours été dans mon coffre à la banque. Il laisse la moitié de l'héritage à Judy et à sa fille, dont une partie dans un fonds, et l'autre moitié doit être répartie en trois parts. Un tiers pour Jeff, un tiers pour moi, et un dernier pour un groupe d'associations caritatives dans les Appalaches, dont notre centre fait partie. Jeff et moi allons au tribunal mercredi matin pour ouvrir la succession. Notre premier travail, ça va être d'obtenir l'inventaire du FBI.

— Judy sait que ce n'est pas elle l'exécutrice testamentaire ? s'enquit Annette.

— Oui. On en a parlé plusieurs fois avant l'enterrement. Ça ne lui pose pas de souci. Nous avons de bons rapports. Mais avec Jeff, c'est une autre paire de manches.

— Vous avez une idée de l'ampleur de ses biens ?

— Pas vraiment. Jeff a les disques durs. Il dresse la liste des procès en cours, dont certains sont loin d'être jugés. Hammer Valley vient juste d'être lancé et je suppose que les avocats des autres plaignants vont prendre leurs cliques et leurs claques et filer en vitesse. Quant à l'affaire Ryzer, on peut faire une croix dessus. Et il y a cet accord verbal avec la Strayhorn pour régler le litige Tate pour un million sept.

— À mon avis, reprit Annette, il y a de l'argent à la banque.

— C'est certain. En plus, il a des dizaines de petites affaires. Je ne sais pas ce qu'elles vont devenir. On pourra peut-être en reprendre quelques-unes, mais pas beaucoup. J'ai passé mon temps à dire à Donovan qu'il lui fallait un associé ou un bon collaborateur, mais il aimait être seul aux commandes. Il ne m'écoutait jamais.

— Il vous adorait, Mattie, vous le savez, répliqua Annette.

Il y eut un silence, elles pensèrent toutes au défunt. La serveuse remplit leurs tasses. Au moment où elle passait à une autre table, Samantha s'aperçut que c'était cette même femme qui l'avait servie la première fois qu'elle était entrée au Brady Grill. Donovan venait de la sauver de Romey et de la sortir de prison. C'était le jour où elle devait passer l'entretien d'embauche avec Mattie. À peine deux mois plus tôt, et pourtant, cela paraissait dater de plusieurs années. Et maintenant, Donovan était mort et elles parlaient de ses biens.

Mattie s'éclaircit la gorge.

— On doit retrouver Jeff en fin d'après-midi pour régler des choses. Juste toutes les trois, loin du bureau.

— Pourquoi suis-je de la partie ? s'étonna Samantha. Je suis seulement stagiaire. Je ne fais que passer, comme vous dites.

— C'est vrai, confirma Annette. Pourquoi ?

Mattie répondit :

— Jeff tient à sa présence.

26

Jeff loua une chambre au Starlight Motel, à vingt dollars de l'heure, en tentant de convaincre le gérant qu'il n'y avait aucun projet immoral derrière tout ça. Le gérant feignit la surprise, se montrant même offusqué qu'on puisse laisser entendre qu'il se passait des choses douteuses dans son établissement. Jeff expliqua qu'il avait rendez-vous avec trois femmes, trois avocates, et que l'une d'entre elles avait soixante ans et était sa propre tante. Il voulait simplement un endroit tranquille pour discuter d'affaires sensibles. Le gérant était sceptique : si vous le dites. Vous voulez une facture ? Non, bien sûr.

D'ordinaire, Mattie se serait inquiétée qu'on voie sa voiture garée au Starlight, mais une semaine après la mort de Donovan, elle se fichait du qu'en-dira-t-on. C'était une petite ville. Qu'ils racontent ce qu'ils veulent ! Elle avait bien d'autres soucis en tête. Annette était à l'avant, Samantha à l'arrière. Quand elles se garèrent à côté du pick-up de Jeff, Samantha s'aperçut qu'il avait loué la même chambre que celle qu'occupait Pamela Booker. Et la porte à côté, c'était celle de

Trevor et Mandy. Durant quatre jours, il y avait une éternité, la famille avait trouvé refuge dans ce motel, après avoir vécu dans une voiture pendant un mois. Grâce à l'opiniâtreté de Samantha et à la générosité du cabinet, les Booker avaient été sauvés et vivaient désormais dans un mobile home à quelques kilomètres de Colton. Pamela travaillait de nouveau à la fabrique de lampes. Le procès contre Top Market Solutions – la première affaire de Samantha – n'était pas terminé, mais la famille était en sécurité et heureuse.

— Ce ne doit pas être la première fois qu'il vient ici ! railla Annette.

— Ça suffit avec ça, répliqua Mattie.

Les trois femmes descendirent de voiture et se dirigèrent vers la petite chambre.

— Tu es sérieux, Jeff, avec cette histoire d'écoute ? lança Annette.

Jeff s'assit sur le lit bringuebalant, se cala contre les oreillers, et leur fit signe de s'asseoir sur les trois chaises.

— Bienvenue au Starlight.

— Je suis déjà venue, répondit Samantha.

— Qui était l'heureux élu ?

— Ça ne te regarde pas.

Les trois femmes s'installèrent. Le lit était jonché de dossiers et de carnets de notes.

— Oui, je suis très sérieux. Il y avait des mouchards au bureau de Donovan. Et chez lui aussi. Donovan se doutait qu'on l'écoutait. Qui ? Aucune idée. Mais il vaut mieux être prudent.

— Qu'est-ce qu'a pris le FBI chez Donovan ? s'enquit Mattie.

— Ils sont restés deux heures et n'ont rien trouvé. Ils ont emporté les ordis. À l'heure qu'il est, ils ont dû s'apercevoir que les disques durs ont été remplacés. Tout ce qu'ils vont trouver comme fichiers, ce sont des photos de doigts d'honneur – un petit cadeau pour nos fouineurs ! Ils vont donc revenir. Grand bien leur fasse ! Ils ne trouveront rien de toute façon.

— Tu sais que tu joues avec le feu, lança Annette, à être toujours comme ça à la limite de la légalité.

Jeff sourit et haussa les épaules.

— Et alors, tu crois que la Krull Mining a des scrupules ? Aucun. En ce moment, la Krull est au téléphone avec le proc' fédéral pour savoir ce que le FBI a trouvé après leur petit raid.

— C'est une enquête criminelle, Jeff, le tança Annette. Elle vise Donovan et tous ceux qui ont travaillé pour lui, toi en particulier, surtout si tu es en possession de ces documents. Ces types ne vont pas disparaître parce que tu leur as joué un sale coup avec les disques durs.

— Je n'ai pas ces documents, répliqua Jeff.

Mais dans la pièce personne ne fut dupe.

Mattie leva les mains.

— C'est bon. Passons à autre chose. On va au tribunal mercredi pour ouvrir la succession et je pense que nous devrions en parler.

— Certes, mais il y a des affaires plus urgentes. Je suis convaincu que mon frère a été assassiné. Ce n'était pas un accident. L'avion est sous scellés et j'ai embauché deux experts pour travailler avec la police du Kentucky. Pour l'instant, ils n'ont rien trouvé, mais ils poursuivent leur analyse. Donovan s'est fait beaucoup d'ennemis. Mais le pire de tous, c'est la Krull Mining. Des dossiers très chauds ont disparu et ils se sont dit que c'est Donovan qui les avait. Ce sont des pièces redoutables. La Krull en avait des sueurs froides, ne sachant pas si Donovan allait intenter ou non une action en justice. Et il l'a fait – évidemment, les autres ont paniqué – mais Donovan n'a pas montré les documents. Maintenant qu'il est mort, ils se disent que ça va être compliqué de produire ces pièces au procès. La prochaine cible, ce sera moi. Je sais qu'ils me surveillent. Ils me suivent et écoutent peut-être aussi mes conversations. Ils se servent du FBI pour faire leur sale boulot. L'étau se resserre. Je vais donc devoir disparaître de temps en temps. S'il doit y avoir encore une victime, ce sera cette fois le type qui me file. Ils n'auraient pas dû toucher à mon frère, et j'ai les doigts qui me démangent.

— Allons, Jeff ! le sermonna Mattie.

— Je suis sérieux, Mattie. S'ils s'en sont pris à quelqu'un d'aussi important que Donovan, ils n'auront aucune hésitation avec un pion comme moi, en particulier s'ils pensent que je peux avoir accès à ces documents.

Samantha avait entrouvert la fenêtre avec l'espoir de faire entrer de l'air frais. Le plafond était jauni par la fumée de cigarette. La moquette verte était maculée de taches. Dans son souvenir, cette chambre était moins sinistre quand les Booker y vivaient. Elle avait envie de s'enfuir.

— Temps mort ! lança-t-elle, n'en pouvant plus. Je suis désolée, mais je ne vois pas ce que je fais ici. Je ne suis qu'une stagiaire, une stagiaire de passage, comme on le sait tous, et je ne veux pas en entendre davantage. Est-ce qu'on peut me dire, à la fin, ce que je fais ici ?

Annette roula des yeux d'agacement. Mattie croisa les bras sur sa poitrine.

— Parce que je t'ai invitée, répondit Jeff. Donovan t'appréciait beaucoup et t'a dit des choses parce qu'il avait confiance en toi.

— Confiance en moi ? Désolée, mais ce n'est pas l'impression que j'ai eue.

— Tu fais partie de l'équipe, Samantha.

— Quelle équipe ? Je n'ai rien demandé.

Elle se massa les tempes, comme si elle était prise soudain de migraine. Il y eut un silence.

Mattie continua finalement.

— Il faut vraiment que l'on fasse l'inventaire de la succession.

Jeff ramassa des papiers sur le lit et les distribua.

— C'est une première liste des affaires en cours.

Samantha avait l'impression d'être une voyeuse. Elle ne voulait pas connaître les secrets d'un cabinet d'avocats, qu'il soit grand ou petit. En haut de la première page, dans la rubrique « gros dossiers » il y avait quatre affaires : Hammer Valley, le procès Ryzer contre la Lonerock Coal et Casper Slate, le procès Tate. La quatrième était feu Gretchen Bane contre l'Eastpoint Mining, pour homicide involontaire. Le procès en appel était programmé en mai.

— Il y a juste eu une poignée de mains pour conclure l'arrangement de Tate, déclara Jeff en tournant la page. Je ne trouve nulle part le moindre écrit. Quant aux trois autres affaires, elles ne seront pas jugées avant des années.

— On peut tirer un trait sur Ryzer, à moins que d'autres avocats ne reprennent le flambeau, annonça Samantha. Le fonds s'est retiré. Nous allons poursuivre le recours pour le versement de la pension, mais la plainte de Donovan pour escroquerie et association de malfaiteurs n'ira pas plus loin.

— Pourquoi est-ce que tu ne la reprends pas ? avança Jeff. Tu connais le dossier.

Samantha fut prise de court et faillit rire.

— Tu plaisantes ? C'est un procès au niveau fédéral impliquant plusieurs États, fondé sur une thèse qui reste encore à prouver. Je n'ai même pas gagné ma première affaire et les tribunaux me fichent toujours autant les jetons.

Mattie feuilleta les autres pages.

— On peut reprendre certains dossiers, Jeff, mais pas tous. Je vois qu'il y a quatorze cas de poumon noir. Trois compagnies poursuivies pour négligences et homicides involontaires. Et une dizaine de plaintes liées à la protection de l'environnement. On ne peut pas s'occuper de tout ça.

— Je me pose une question, reprit Jeff. Une question de néophyte, évidemment. Est-ce qu'il serait possible d'engager quelqu'un pour gérer le cabinet de

Donovan ? Il s'occuperait des affaires mineures, et pourrait donner un coup de main pour les plus grosses ? C'est juste une idée. Ce serait envisageable ?

Annette secoua la tête.

— Les clients partiront si c'est quelqu'un qu'ils ne connaissent pas. Et les autres avocats en ville tournent déjà autour de la charogne, à l'affût comme des vautours, tu peux me croire ! Dans un mois, toutes les bonnes affaires se seront envolées.

— Et il ne nous restera que les pourries, ajouta Mattie.

— On ne peut pas garder le cabinet en activité, Jeff, reprit Annette, parce qu'il n'y a personne pour le diriger. On prendra le maximum de dossiers. L'affaire Hammer Valley est trop complexe. Et il faut oublier Ryzer. Pour le procès Bane, Donovan travaillait avec un autre avocat en Virginie-Occidentale, donc le cabinet de Donovan aura droit à une part des honoraires en cas de victoire. Mais ça n'ira pas chercher bien loin. Je ne sais pas grand-chose sur les autres cas d'homicide involontaire, mais l'accusation n'a pas l'air très solide.

— Je suis d'accord, renchérit Mattie. On regardera ça de plus près dans quelques jours. L'affaire la plus importante c'est Tate, mais l'argent n'a pas été versé.

— Dites, je préférerais vraiment être tenue en dehors de tout ça, insista Samantha.

— C'est absurde, répliqua Mattie. L'ouverture d'une succession n'a rien de confidentiel, Samantha. L'inventaire des biens sera consultable par tout le monde. N'importe qui peut aller au greffe et y jeter un coup d'œil. En plus, à Brady, rien n'est jamais secret. Vous devriez le savoir maintenant.

Jeff leur tendit d'autres papiers.

— Avec Dawn, sa secrétaire, on a examiné les comptes ce week-end. Les honoraires pour Tate s'élèvent à près de sept cent mille dollars...

— Moins les impôts, bien sûr, précisa Mattie.

— Évidemment. Et comme je l'ai dit, ce n'est qu'un accord verbal. Je suppose que les avocats de la Strayhorn vont faire marche arrière, n'est-ce pas, Mattie ?

— C'est couru d'avance. Maintenant que Donovan n'est plus là, ils peuvent réviser leur stratégie et nous claquer entre les doigts.

Samantha secoua la tête.

— Je ne comprends pas... ils ont conclu un arrangement à l'amiable. Comment pourraient-ils revenir dessus ?

— Il n'y a rien d'écrit, expliqua Mattie. Du moins, pour l'instant on n'a rien trouvé. D'ordinaire, dans ce genre de situation, les deux parties signent un accord et le font approuver par la cour.

— D'après Dawn, il y a un brouillon dans l'un des ordinateurs, mais il n'a jamais été signé.

— Alors nous sommes baisés ? lâcha Samantha, en employant involontairement le « nous ».

— Pas forcément, répondit Mattie. S'ils reviennent sur l'accord, l'affaire ira en appel, ce que Donovan ne redoutait pas. Le dossier est solide et propre, ça ne peut pas se retourner contre nous, du moins c'est mon opinion. Dans dix-huit mois, le verdict sera confirmé en appel. Si la cour suprême le déboute, il y aura un autre procès.

— Et qui s'en occupera ? s'inquiéta Samantha.

— Chaque chose en son temps.

— Qu'y a-t-il d'autre dans la succession ? s'enquit Annette.

Jeff consulta ses notes.

— D'abord, Donovan avait une assurance-vie pour un demi-million de dollars. C'est Judy la bénéficiaire. Selon son comptable, le versement est net d'impôts et n'entre pas dans la succession. Donc, elle a de quoi voir venir. Il avait quarante mille dollars sur son compte en banque perso, cent mille sur celui de la boîte, trois cent mille dans un fonds commun de placement ainsi que deux cent mille en réserve pour le cabinet. Il y a aussi le Cessna, hors d'usage évidemment, mais assuré pour soixante mille dollars. Sa maison et le terrain sont estimés par le comté à cent quarante mille dollars, et il veut qu'on vende. L'immeuble du cabinet est estimé par la ville à cent quatre-vingt-dix mille dollars et c'est moi qui en hérite, d'après son testament. Il y a un petit crédit sur la maison ; mais rien sur le cabinet. Après, il reste les biens personnels : la Jeep, le pick-up, le mobilier, les ordis, ce genre de petites choses…

— Et la ferme ? s'enquit Annette.

— Non. Gray Mountain appartient toujours à notre père et on ne lui a pas parlé depuis des années. Il ne s'est même pas déplacé pour les funérailles de son fils, c'est tout dire. De toute façon, la terre ne vaut plus grand-chose. J'en hériterai un de ces jours, je suppose.

— Vraiment, je ne devrais pas entendre tout ça, recommença Samantha. Ce sont des affaires personnelles. Vous vous rendez compte que j'en sais plus que sa propre femme ? C'est indécent.

Jeff haussa les épaules.

— Tout va bien, Samantha.

Elle attrapa la poignée de la porte.

— Continuez à parler argent. Moi, j'en ai assez. Je rentre.

Avant qu'ils n'aient le temps de répondre, elle était partie, s'éloignant à grands pas du parking. Le motel se trouvait dans les faubourgs de la ville, pas très loin de la prison où Romey l'avait conduite à peine deux mois plus tôt. Elle avait besoin d'air, besoin de marcher. Elle voulait s'éloigner des frères Gray et de leurs problèmes. Elle appréciait beaucoup Jeff et compatissait à sa peine. Chez elle aussi, la disparition de Donovan laissait un grand vide, mais la témérité de Jeff lui faisait peur. Bidouiller les ordinateurs ne lui attirerait que des ennuis. Jeff se croyait assez malin pour duper les fédéraux et disparaître à sa guise. Il jouait avec le feu.

Dans la grand-rue, certaines scènes derrière les fenêtres des maisons l'attendrirent : des familles dînaient ou débarrassaient la table ; les télévisions étaient allumées ; les enfants faisaient leurs devoirs. Elle dépassa le cabinet de Donovan et sa gorge se serra. Il était mort depuis une semaine et il lui manquait beaucoup. S'il avait été célibataire, sans doute auraient-ils eu une liaison peu après l'arrivée de Samantha à Brady. Deux jeunes avocats dans une petite ville, s'appréciant mutuellement, chacun cherchant à plaire. C'était inévitable. Elle se souvenait de la mise en garde d'Annette au sujet de Donovan et de son goût pour la gent féminine. Était-ce vrai ? Ou cherchait-elle simplement à protéger ses propres intérêts ? Peut-être voulait-elle avoir Donovan pour elle toute seule ? Jeff était convaincu qu'il s'agissait d'un meurtre ; pas son père. Qu'est-ce que ça changeait au fond ? Il n'était plus de ce monde, c'était le seul fait important à ses yeux.

Elle tourna au carrefour et entra au Brady Grill. Elle commanda une salade et un café, en essayant de tuer le temps. Elle ne voulait pas aller au bureau, et encore moins à son appartement. Après deux mois à Brady, l'ennui la gagnait. Elle aimait son travail, soulager les drames de tous ces gens, mais le soir il n'y avait aucune distraction en ville. Elle mangea rapidement, paya l'addition à Sarge, le vieux patron grognon du restaurant, lui souhaita bonne nuit et de beaux rêves, et s'en alla. Il était 19 h 30. Bien trop tôt pour rentrer. Alors elle se promena, pour profiter de l'air vif, pour se dégourdir les jambes. Elle avait parcouru toutes les rues de la ville. Il n'y avait aucun coin dangereux. Un chien pouvait aboyer, un jeune la siffler, mais elle était une fille de la ville et avait connu bien pire.

Dans une rue sombre à proximité du lycée, elle entendit des bruits de pas derrière elle, des pas lourds – quelqu'un qui ne cherchait pas à se faire discret. Elle tourna à un angle et les pas empruntèrent le même chemin. Elle aperçut une rue bien éclairée, bordée de maisons où toutes les lumières étaient allumées. Elle s'y engagea. L'inconnu fit de même. À une intersection, un endroit où tout le monde l'entendrait crier, elle s'arrêta et fit volte-face. L'homme continua à marcher et s'immobilisa à seulement un mètre cinquante d'elle.

— Qu'est-ce que vous voulez ? demanda-t-elle, prête à donner un coup de pied, à griffer, à appeler au secours.

— Rien. Juste me promener. Comme vous.

Un grand type. Blanc, la quarantaine, une grosse barbe, avec des cheveux broussailleux qui dépassaient de sa casquette. Il portait une parka et avait les deux mains enfouies dans ses larges poches.

— Foutaises ! Vous me suivez. Expliquez-vous vite avant que je ne rameute tout le quartier !

— Vous êtes en pleine paranoïa, madame Kofer.

Il avait un petit accent des montagnes. C'était donc quelqu'un du coin.

— Vous connaissez mon nom. Et le vôtre, c'est ?

— Choisissez. Vous pouvez m'appeler Fred si vous voulez.

— Oh, je préfère Bozo. Fred, c'est nul. Bozo, c'est mieux.

— Peu importe. Je suis ravi de voir que vous prenez tout ça avec légèreté.

— Dites ce que vous avez à dire, Bozo, et finissons-en.

Imperturbable et tranquille, il répondit :

— Vous n'êtes pas dans le bon camp, madame Kofer, et vous vous lancez dans une partie dont vous ne connaissez pas les règles. Un conseil : ne bougez pas votre joli petit cul du centre de la Montagne, là où vous pouvez aider vos pauvres, et éviter les ennuis. Le mieux, pour vous, comme pour tout le monde d'ailleurs, serait que vous fassiez vos valises et rentriez à New York.

— Vous me menacez, Bozo ?

Évidemment. Tout y était, l'heure, le lieu, le ton.

— Prenez-le comme vous voulez, madame Kofer.

— Je me demande pour qui vous travaillez. La Krull Mining, la Lonerock Coal, la Eastpoint Mining ? Il y a l'embarras du choix. À moins que ce ne soit pour ces bandits de Casper Slate. Qui signe vos chèques, Bozo ?

— Ils me paient en liquide, rétorqua-t-il en approchant d'un pas.

Elle leva les mains.

— Un pas de plus, Bozo, et je hurle si fort que tout Brady va rappliquer !

Un groupe de jeunes arrivaient derrière lui, bruyants et tapageurs. Bozo n'insista pas.

— On vous surveille, lâcha-t-il à voix basse, presque en chuchotant.

— Moi aussi, répliqua-t-elle, par réflexe, même si cela n'avait pas grand sens.

Elle avait la bouche sèche, les jambes tremblantes. Son cœur tambourinait dans sa poitrine. Sans un mot ni un regard, Bozo s'éclipsa au moment où les jeunes passaient à leur hauteur. Samantha, par des chemins détournés, retourna vers son appartement.

À cent mètres de la maison d'Annette, un autre homme apparut devant elle.

— Il faut qu'on parle, déclara Jeff.

— Décidément, c'est ma soirée ! lâcha-t-elle.

Ils s'éloignèrent dans la rue. Elle lui narra sa rencontre avec Bozo, tout en surveillant les alentours. Il n'y avait toutefois personne tapi dans l'ombre. Jeff l'écouta en hochant la tête, comme si Bozo était une vieille connaissance.

— Voilà les dernières nouvelles du front. Le FBI, non seulement, a fait une descente hier au cabinet, mais ils sont aussi allés fouiller les bureaux de trois autres avocats qui ont signé la plainte contre la Krull Mining. Ce sont des amis de Donovan. Ils étaient tous à ses funérailles mercredi dernier. Deux cabinets à Charleston, un à Louisville. Des avocats spécialisés dans des affaires de pollution et qui mettent leurs moyens en commun pour combattre ces salauds. Bref, ils ont perquisitionné chez eux aujourd'hui, ce qui veut dire, entre autres, que les fédéraux, et sans doute la Krull, savent maintenant la vérité, à savoir que Donovan ne leur a pas remis ces documents compromettants. Ce n'était pas le moment. Il y avait une stratégie. Donovan était très prudent et il ne voulait pas mettre ses partenaires dans une position délicate. Il les a simplement informés du contenu de ces pièces. Leur plan était de traîner la Krull devant les tribunaux, les laisser s'enferrer dans leurs mensonges, bien qu'ils soient sous serment, puis sortir les documents devant le juge et le jury. Avec ces pièces, Donovan et son équipe pouvaient demander un milliard rien qu'en sanctions financières. Selon toute vraisemblance, cela aurait débouché sur une enquête criminelle contre la Krull, avec condamnations et peines de prison à la clé.

— Donc, maintenant, le FBI va te tomber dessus.

— C'est probable. Ils pensent que Donovan avait les documents, et ils savent désormais que les autres avocats ne les ont pas. Alors où sont-ils ?

— Excellente question. Où ?

— Pas loin.

— Et tu y as accès ?

— Oui.

Ils marchèrent un moment en silence. Jeff salua un vieil homme sur son perron. Quelques minutes plus tard, Samantha revint à la charge :

— Comment Donovan a-t-il eu ces documents ?

— Tu tiens vraiment à le savoir ?

— Je ne sais pas. Mais savoir n'est pas un crime, non ?

— C'est toi l'avocate.

Ils s'engagèrent dans une rue peu éclairée. Jeff toussa et s'éclaircit la gorge.

— Au début, il a embauché un pirate informatique, un Israélien qui sillonnait la planète pour monnayer ses talents. La Krull avait numérisé des documents internes, et le pirate est parvenu à entrer dans leur système sans trop de difficultés. Il a trouvé des choses intéressantes sur la mine de Peck Mountain et le bassin de décantation, de quoi exciter Donovan comme une puce. Mais c'était clair que la Krull n'avait pas scanné tous ses dossiers. Le pirate est allé le plus loin possible, puis s'est fait payer, a masqué les traces de son passage et a disparu de la circulation. Quinze mille dollars pour une semaine de boulot. Pas mal, non ? Mais risqué. Le type s'est fait coincer sur une autre affaire il y a trois mois et il est en ce moment en prison à Vancouver. Bref, Donovan a décidé qu'il devait fouiller en personne le siège de la Krull qui se trouve dans les environs de Harlan dans le Kentucky. C'est une petite ville et c'était plutôt bizarre qu'une grosse société s'installe dans ce coin paumé. Mais ça s'est déjà vu dans la région. Donovan est allé faire plusieurs repérages, en changeant à chaque fois de déguisement. Se travestir, il adorait ça et se prenait pour un génie de l'espionnage. Et c'est vrai qu'il était plutôt doué. Il a choisi un long week-end, celui du Memorial Day de l'année dernière. Il est entré le vendredi après-midi, en tenue de technicien des télécoms. Il avait loué une camionnette blanche et l'avait garée sur le parking parmi les autres voitures. Il avait même installé de fausses plaques d'immatriculation. Une fois dans les murs, il s'est caché dans les combles et a attendu l'heure de la fermeture. Il y avait des patrouilles de vigiles et des caméras dehors, mais quasiment rien à l'intérieur. Je faisais le guet à proximité avec Vic. On était tous les deux armés et prêts à intervenir en cas de souci. Pendant trois jours, Donovan est resté là-dedans, et nous dehors, cachés dans les bois à surveiller les alentours, à attendre, à nous battre contre les tiques et les moustiques. C'était pénible. On avait des radios HF pour rester en contact et nous tenir éveillés. Donovan a trouvé la cuisine. Il a mangé toutes leurs réserves et a dormi sur un canapé dans le hall. Vic et moi, chacun dans notre pick-up. Donovan a trouvé des dossiers, un coffre au trésor plein de documents compromettants. Il en a fait des photocopies et a remis les originaux à leur place.

Le lundi du Memorial Day, une équipe de nettoyage a débarqué. Il a failli se faire surprendre. C'est moi qui les ai vus le premier. J'ai averti Donovan, et il a juste eu le temps de remonter dans les combles avant que les hommes n'entrent dans le bâtiment. Il est resté tapi là-haut pendant trois heures, à rôtir sous le toit.

— Comment a-t-il sorti les documents ?

— Dans des sacs-poubelles, qu'il a jetés à la benne derrière le bâtiment. Sept sacs ! On savait que le camion à ordures passait le mardi matin. Vic et moi on l'a suivi jusqu'à la décharge. Donovan est sorti du bâtiment, a changé de costume pour devenir un agent du FBI et s'est pointé à la décharge avec un joli badge. Les employés là-bas se fichent de l'endroit d'où proviennent les sacs-poubelles, et de ce qu'ils deviennent. Après s'être fait remonter les bretelles par l'agent Donovan, ils l'ont laissé fouiller. On a chargé les sacs dans la camionnette de location et on est rentrés aussitôt à Brady. On a travaillé sans arrêt pendant trois jours pour trier, classer, répertorier tous ces papiers, avant de les cacher dans un box pas très loin de chez Vic, à côté de Beckley. Après, on les a déplacés régulièrement.

— Et nos amis de la Krull ne se sont aperçus de rien ?

— En fait, on n'a pas été si discrets que ça. Donovan a été obligé de crocheter quelques serrures, forcer quelques armoires, et il a gardé certains originaux aussi. Bref, on a laissé des traces de notre passage. Et tout le périmètre extérieur était sous surveillance vidéo. On est sûrs qu'ils ont des images de Donovan. Mais ils ne peuvent l'identifier à cause du déguisement. En plus, Donovan et Vic jugeaient utile que la Krull sache que quelqu'un avait fouillé dans leurs affaires. On est retournés là-bas l'après-midi du mardi. Ça grouillait de flics. C'était visiblement panique à bord.

— Une belle aventure, mais en même temps, c'était très risqué.

— C'est vrai. Mon frère était comme ça. Il disait : puisque les autres ne respectent pas les règles…

— Je sais, je sais. Il m'a dit ça aussi. Qu'est-ce qu'il y a sur les disques durs ?

— Rien de vraiment important. Donovan n'était pas stupide.

— Alors pourquoi les avoir pris ?

— Parce qu'il m'a demandé de le faire. J'avais des instructions au cas où il lui arriverait quelque chose. Au Mississippi, il y a quelques années, le FBI a fait une perquisition dans un cabinet d'avocats et a saisi tous les ordinateurs. Donovan avait très peur de ça. J'avais donc des consignes.

— Qu'es-tu censé faire de ces documents ?

— Les donner aux autres avocats avant que le FBI ne mette la main dessus.

— Parce que les fédéraux pourraient les trouver ?

— C'est hautement improbable.

Ils parvenaient aux abords du palais de justice par une petite rue. Jeff sortit quelque chose de sa poche et le lui tendit.

— C'est un portable avec une carte prépayée.

— J'ai déjà un téléphone. Merci

— Mais le tien n'est pas sûr. Celui-là l'est.

Elle regarda Jeff fixement.

— Et pour quoi faire ?

— Pour m'appeler, moi, ou Vic. Personne d'autre.

Elle recula d'un pas en secouant la tête.

— Je n'aime pas ça, Jeff. Si je prends ce téléphone, je rejoins votre groupe. Pourquoi moi ?

— Parce qu'on a confiance en toi.

— Tu ne sais rien de moi. Je ne suis là que depuis deux mois.

— Précisément. Tu ne connais personne. Tu ne sais rien. Tu ne peux donc être corrompue. Tu ne diras rien parce que tu n'as personne à qui parler. Parce que tu es intelligente, pétillante et drôle, et que tu es très jolie.

— C'est ça. Je serai trop mignonne dans une combi de détenu orange, avec des chaînes aux pieds !

— Absolument. Tu serais belle avec n'importe quoi sur le dos, comme avec rien du tout.

— C'est quoi ça ? Tu me dragues ?

— Possible.

— D'accord, alors la réponse est : pas maintenant. Jeff, je comptais sérieusement faire mes valises, sauter dans ma voiture, et me tirer d'ici, pour rentrer d'une traite jusqu'à New York, là où est ma vie. Je n'aime pas ce qui se trame ici, et je n'ai jamais demandé à être mêlée à tout ça.

— Tu ne peux pas t'en aller. Tu en sais trop.

— T'inquiète, après une journée à Manhattan, j'aurai tout oublié.

En bas de la rue, Sarge fermait la porte du Brady Grill et s'en allait de son pas traînant. La rue était déserte. Jeff lui prit doucement le bras et l'entraîna sous les arbres qui bordaient le monument aux morts. Il désigna quelque chose au loin, par-delà le palais de justice, deux cents mètres plus loin.

— Tu vois ce pick-up Ford noir, garé à côté de la vieille Coccinelle ?

— Je ne saurais pas reconnaître une Ford d'une Dodge ! Qui est-ce ?

— Ils sont deux, sans doute ton nouvel ami Bozo et un connard que j'appelle Jimmy.

— Jimmy ?

— Comme Jimmy Carter. Des dents de lapin, un grand sourire niais et des cheveux blonds.

— Je vois. Qu'est-ce qu'ils font dans ce camion à cette heure-ci ?

— Ils parlent de nous.

— Je veux rentrer à New York, là où rien n'est dangereux.

— Je te comprends. Samantha, je vais disparaître pendant deux jours. Prends ce téléphone, s'il te plaît, comme ça, j'aurai quelqu'un à qui parler.

Il lui glissa l'appareil dans la main. Après une seconde ou deux, elle referma ses doigts dessus.

27

Tôt le mardi matin, Samantha quitta Brady et prit la direction de Madison, en Virginie-Occidentale. Il y avait une heure et demie de route, si les cars scolaires et les camions de charbon ne bloquaient pas la circulation. La bise arrachait les dernières feuilles des arbres. Le paysage avait perdu ses couleurs. Les monts et les vallées n'étaient plus qu'un camaïeu de bruns et le resteraient jusqu'au printemps. On annonçait de la neige pour le lendemain, la première de la saison. Par réflexe, elle surveillait le rétroviseur, son côté parano la faisait sourire. Pourquoi quelqu'un perdrait-il son temps à la suivre dans les montagnes ? Elle n'était qu'une stagiaire, pas payée, et qui avait le mal du pays – chaque jour un peu plus. Elle comptait rentrer à New York pour les fêtes, revoir ses amis, ses endroits préférés. Elle n'aurait peut-être même pas le courage de revenir dans les Appalaches.

Son nouveau téléphone se trouvait sur le siège passager. Elle y jetait un coup d'œil de temps en temps, se demandant ce que pouvait bien faire Jeff. Elle songeait d'ailleurs à l'appeler, juste pour s'assurer que l'appareil marchait. Bien sûr qu'il fonctionnait ! Pour quels événements, au juste, devait-elle utiliser ce téléphone ? Et pour demander quoi ?

Le long de la nationale, au sud de Madison, elle trouva le lieu du rendez-vous : l'église baptiste missionnaire de Cedar Grove. Elle avait expliqué à ses clients qu'elle avait besoin de leur parler, en privé, et pas à la cafétéria de la station Conoco où Buddy buvait son café tous les matins et où tout le monde se mêlait des conversations. Les Ryzer proposèrent leur église. Ils ne voulaient sans doute pas lui montrer leur maison, comprit Samantha. Ils l'attendaient dans leur pick-up sur le parking, regardant passer les rares voitures, déjà étrangers à ce monde. Mavis serra Samantha dans ses bras, comme si elle faisait partie de la famille. Ils se dirigèrent vers la salle paroissiale derrière la petite église. La porte n'était pas fermée à clé. La grande pièce était déserte. Ils prirent des chaises et s'installèrent autour d'une table de bridge, et parlèrent un moment du temps et des préparatifs de Noël.

Puis Samantha entra dans le vif du sujet :

— Vous avez reçu la lettre du cabinet de Donovan, pour vous annoncer la triste nouvelle ?

Le couple hocha la tête.

— C'était un gars bien, marmonna Buddy.

— Qu'est-ce que ça change pour nous ? s'enquit Mavis. Pour notre affaire ?

— C'est la raison pour laquelle je suis ici. Pour vous expliquer la situation et répondre à vos questions. Le procès pour l'indemnisation de votre maladie va continuer à vitesse grand « V ». La plainte a été déposée le mois dernier, comme vous le savez, et nous attendons l'examen médical. En revanche, le grand procès contre la Lonerock et Casper Slate est mort, pour l'instant du moins. Quand Donovan a lancé les poursuites à Lexington, il était seul. D'ordinaire, pour ses grosses affaires, en particulier celles qui risquent de durer des années et sont très coûteuses, Donovan s'entoure de toute une équipe et s'associe avec d'autres cabinets. Ils peuvent alors se partager le travail et les frais. Mais, cette fois, il n'avait pas encore réussi à convaincre d'autres avocats de se lancer dans cette aventure. Pour tout dire, personne ne se pressait au portillon. Attaquer la Lonerock et ses avocats et tenter de prouver leurs actions délictueuses n'est pas une partie de plaisir.

— On est au courant, répliqua Buddy.

— Je sais, Donovan vous l'a expliqué. J'étais présente, mais comme je l'ai précisé à ce moment-là, je ne m'occuperai pas de cette affaire.

— Alors il n'y a personne ? conclut Mavis.

— Exact. Pour l'instant, personne ne reprend le procès et il va donc être annulé. C'est comme ça. Je suis désolée.

Buddy avait déjà du mal à respirer quand tout allait bien, mais avec le stress ou à la moindre contrariété, il suffoquait carrément.

— Ce n'est pas juste, lâcha-t-il, la bouche ouverte, manquant d'air.

Mavis regardait Samantha incrédule, ses yeux s'embuant de larmes.

— Non, ce n'est pas juste, répéta Samantha. Mais ce qui est arrivé à Donovan n'est pas juste non plus. Il n'avait que trente-neuf ans et c'était un grand avocat. Sa mort est une tragédie. Tous ses clients se retrouvent sur le carreau. Vous n'êtes pas les seuls à vouloir des réponses.

— Vous pensez que c'est un acte criminel ?

— L'enquête est en cours. Pour l'instant on n'a rien trouvé. Il y a beaucoup de zones d'ombre, mais aucune réponse.

— Pour moi, ça pue, intervint Buddy. Donovan a des documents qui prouvent que la Krull baise les gens, il engage des poursuites et réclame à ces enculés un milliard de dollars, et comme par hasard son avion s'écrase.

— Buddy, surveille ton langage. On est dans une église.

— On est dans la salle paroissiale, nuance ! L'église est là-bas.

— On est quand même dans l'enceinte de l'église. Alors pas de gros mots, s'il te plaît !

Mouché, Buddy haussa les épaules et se contenta d'ajouter :

— Je suis sûr qu'ils vont trouver quelque chose.

— On lui mène une vie d'enfer au travail, expliqua Mavis. Ça a commencé après la plainte à Lexington. Raconte-lui, Buddy. C'est important, Miss Sam. Il faut que vous sachiez ce qu'ils lui font endurer.

— C'est juste des brimades, répondit Buddy. Ils m'ont remis dans un tombereau, ce qui est plus pénible que de conduire le bull, mais ce n'est pas si grave. Et ils me font travailler la nuit – trois fois, rien que cette semaine. Mon planning est calé pour plusieurs mois, et voilà qu'ils me changent d'équipe et de roulement. Mais je tiens le coup. J'ai toujours mon travail avec un bon salaire. Maintenant qu'il n'y a plus de syndicat, ils peuvent me remercier du jour au lendemain. Et je ne pourrai rien y faire. Ils ont viré tous les syndicats il y a vingt ans et depuis on se tient à carreau. Je peux m'estimer heureux d'avoir encore du boulot.

— N'empêche qu'il n'est plus en état de travailler, intervint Mavis. Il arrive à peine à monter l'échelle pour aller dans son camion. Ils l'observent et attendent qu'il s'effondre ou je ne sais quoi, pour dire qu'il représente un danger pour ses collègues. Tout ça pour le mettre à la porte.

— Ils peuvent me foutre dehors quand ils veulent. C'est comme ça.

Mavis se mordit les lèvres tandis que Buddy cherchait son air. Samantha sortit des papiers de sa mallette et les posa sur la table.

— C'est une attestation d'abandon de poursuites. J'ai besoin que vous la signiez.

— On abandonne quoi au juste ? demanda Buddy, même s'il avait compris.

Il refusait de lire les papiers.

— Les poursuites contre la Lonerock et Casper Slate.

— Qui a préparé ça ?

— Mattie, ma chef. Vous l'avez rencontrée au centre. C'est la tante de Donovan et elle est aussi l'avocate de la succession. La cour va lui donner autorité pour clore ses affaires.

— Et si je ne signe pas ?

Samantha n'avait pas prévu ça. Maîtrisant trop peu les procédures fédérales, elle n'était pas sûre de ce qui se passerait, mais elle improvisa une réponse.

— Si la plainte n'est pas retirée par vous, le tribunal le fera.

— Donc, dans un cas comme dans l'autre, le procès est à l'eau.

— Oui.

— Très bien. Alors je ne signe pas. Je refuse de laisser tomber.

— Pourquoi ne reprenez-vous pas l'affaire ? insista Mavis. Vous êtes avocate.

Le couple la dévisageait. Visiblement, ils avaient du mal à se faire à cette idée.

Ça, en revanche, Samantha l'avait prévu.

— Oui, je suis avocate, mais je n'ai aucune expérience au niveau fédéral et je ne suis pas inscrite au barreau du Kentucky.

Les Ryzer assimilèrent la réponse sans rien dire, sans vraiment comprendre. Un avocat était avocat, non ?

Mavis changea de sujet :

— Pour sa maladie, vous disiez que vous aviez calculé tout ce qu'ils nous doivent, les arriérés et tout ça. Et si vous gagnez le procès, ils devront nous payer depuis la première fois qu'on a déposé une demande de pension, celle d'il y a neuf ans. C'est bien ça ?

— Oui, c'est ça, acquiesça Samantha en fouillant dans ses notes. Et d'après mes calculs, cela fera dans les quatre-vingt-cinq mille dollars.

— C'est pas grand-chose, grommela Buddy, comme si c'était la faute de Samantha. (Il se pencha vers elle.) Ils doivent lâcher plus que ça, beaucoup plus, après ce qu'ils ont fait. J'aurais dû quitter la mine depuis des années, quand je suis tombé malade, et j'aurais dû avoir ma pension. Mais non, je dois continuer à travailler et à aspirer cette poussière.

— Et être de plus en plus malade, ajouta Mavis avec gravité.

— Je ne pourrai pas tenir longtemps. Un an, deux au maximum. Et s'ils sont condamnés, ils vont payer des clopinettes. Ce n'est pas juste.

— Je suis d'accord avec vous, répondit Samantha. Mais nous avons déjà eu cette conversation, Buddy, plus d'une fois.

— C'est pour ça que je veux traîner ces salopards devant la cour fédérale, nom de Dieu.

— Ton langage, Buddy.

— Je jure si je veux, Mavis, merde !

— Bien, je dois m'en aller, annonça Samantha en ramassant sa mallette. Je vous demande de bien réfléchir.

— C'est tout réfléchi. Je ne signe pas.

— Entendu. Mais le débat sur cette affaire est clos. C'est clair ?

Il acquiesça. Mavis sortit avec la jeune femme, laissant Buddy dans la salle.

— Merci pour tout, Miss Sam, dit-elle une fois qu'elles furent arrivées à la voiture. Nous vous sommes très reconnaissants. On a passé des années à nous battre tout seuls. Et aujourd'hui, vous êtes là. Ça fait tellement de bien. Il est en train de mourir et il le sait. Alors, certains jours, il est de mauvaise humeur.

— Je comprends.

*

Samantha voulut s'arrêter à l'ancienne station-service Conoco, pour faire le plein et avaler un café, du moins c'était son intention. Quelques véhicules étaient garés le long du bâtiment, tous avec des plaques de Virginie-Occidentale. Elle n'en reconnut aucun. Jeff lui avait dit de faire attention, de surveiller toutes les voitures, tous les pick-up, de noter les plaques minéralogiques, de mémoriser tous les visages, d'écouter discrètement les conversations. Pars du principe qu'ils t'observent tout le temps, avait-il insisté. Mais elle avait du mal à y croire.

— Nous avons quelque chose qu'ils veulent récupérer à tout prix, lui avait-il expliqué.

Le « nous » la troublait toujours. Elle ne se souvenait pas d'avoir officiellement rejoint l'équipe. Pendant qu'elle regardait les chiffres défiler à la pompe, elle vit un homme entrer dans la boutique, alors qu'aucun nouveau véhicule n'était arrivé depuis plusieurs minutes.

Bozo était de retour ! Elle paya avec sa carte de crédit directement à la pompe. Elle aurait pu filer aussitôt, mais elle voulait en avoir le cœur net. Elle poussa les portes, salua la caissière. Quelques vieux étaient assis autour du poêle. Personne ne fit attention à elle. Un peu plus loin, elle atteignit la petite cafétéria, juste une extension du bâtiment principal avec une dizaine

396

de tables recouvertes de toiles cirées à carreaux. Il y avait cinq personnes dans la salle, occupées à manger, boire un café, bavarder.

Il était assis au comptoir, le regard rivé sur le gril où le cuisinier faisait cuire du bacon. Elle ne voyait pas son visage et ne voulait pas faire un esclandre. Elle hésita quelques instants au milieu de la salle. On commençait à la regarder. Elle décida de s'en aller. Elle se rendit à Madison, acheta une carte routière. Sa Ford avait un GPS. Elle ne s'en était jamais servie. Mais, cette fois, elle avait besoin d'un itinéraire bis.

Une demi-heure plus tard, alors qu'elle roulait sur une petite route quelque part dans le comté de Lawrence, son nouveau téléphone trouva enfin du réseau. Jeff répondit après quatre sonneries. Elle lui annonça ce qui venait de se passer. Il lui fit répéter tout ça lentement.

— Il voulait que tu le voies, expliqua Jeff. C'est pour ça qu'il a pris le risque de se montrer. C'est assez courant. Il sait que tu ne vas pas lui mettre ton poing dans la figure ni rien. C'est une façon de te passer le message.

— Quel message ?

— On t'observe. On sait toujours où tu es. Ne traîne pas avec les mauvaises personnes ou il pourrait t'arriver des bricoles.

— D'accord. Message reçu. Et maintenant ?

— Rien. Continue à ouvrir l'œil et vérifie s'il est là quand tu seras rentrée à Brady.

— Je ne veux pas retourner à Brady.

— Je suis désolé pour toi.

— Où es-tu ?

— Par-ci, par-là.

— C'est plutôt vague.

Samantha arriva à Brady un peu avant midi et ne remarqua rien de suspect. Elle se gara dans une rue derrière le bureau. Elle scruta les alentours avant d'entrer. Personne. D'un côté, elle se sentait idiote. Mais de l'autre, elle s'attendait à voir Bozo caché derrière un arbre. Qu'allait-il faire ? Il devait s'ennuyer ferme à la suivre comme ça tout le temps.

Les enfants Crump n'arrêtaient pas d'appeler. À l'évidence, Francine avait confié à l'un d'eux qu'elle était revenue sur sa décision et comptait aller voir Me Kofer pour lui dire de ne rien changer à son testament. Et cela avait mis le feu aux poudres. Maintenant, pris de panique, ils voulaient tous joindre Mme Kofer pour rattraper encore le coup. Au centre de la Montagne, personne n'avait eu de nouvelles de Francine. Samantha, à contrecœur, prit la pile de messages. Barb, sans attendre qu'on lui demande son avis, lui conseilla de joindre au moins un des enfants Crump, par exemple Jonah, l'aîné, pour lui annoncer que sa mère n'avait pas contacté le cabinet et qu'ils cessent de harceler le standard.

Samantha ferma la porte de son bureau et appela Jonah. Il lui dit bonjour presque gentiment, mais il menaça aussitôt de la faire radier du barreau si elle recommençait à mettre son nez dans « le testament de maman ». Elle lui expliqua qu'elle n'avait pas eu de nouvelles de Francine depuis vingt-quatre heures. Et qu'elle n'avait aucun rendez-vous prévu avec elle.

Rien. Cela le calma un peu, mais on le sentait prêt à exploser à tout moment.

— Votre mère s'amuse peut-être à vous faire peur ?

— Ce n'est pas son genre.

Elle le pria poliment de baisser les armes et de demander à ses frères et sœurs de ne plus téléphoner. Il refusa. Ils parvinrent finalement à un accord : si Francine venait au centre pour avoir un conseil juridique, elle lui recommanderait d'appeler Jonah pour le tenir informé de ce qu'elle faisait.

Samantha put enfin raccrocher. Deux secondes plus tard, Barb l'appelait sur l'interphone.

— J'ai le FBI en ligne, annonça-t-elle.

C'était cette fois l'agent Banahan, du bureau de Roanoke. Il cherchait un certain Jeff Gray. Oui, elle le connaissait, mais avant d'en dire davantage elle voulait s'assurer que Banahan était bien un membre du FBI. L'agent lui proposa de passer à son bureau dans une demi-heure. Il était dans les environs. Samantha, ne voulant donner aucune information au téléphone, accepta le rendez-vous. Vingt minutes plus tard, il était à la réception où Barb l'examina de la tête aux pieds. Elle le trouva mignon et lui fit les yeux doux, se considérant elle-même comme irrésistible. Banahan ne fut pas sensible aux charmes de la secrétaire et alla s'asseoir dans la salle de réunion où l'attendaient Mattie et Samantha avec un magnétophone.

Après de courtes présentations et un examen attentif de son badge d'agent fédéral, Mattie ouvrit les débats :

— Jeff Gray est mon neveu.

— Nous sommes au courant, répondit Banahan avec un sourire hautain. (Les deux femmes le détestèrent dans l'instant.) Vous savez où il est ?

— Non. Et vous ? interrogea-t-elle se tournant vers Samantha.

— Non.

Et c'était la vérité. À cet instant, elle ignorait où Jeff se cachait.

— Quand lui avez-vous parlé pour la dernière fois ? demanda-t-il, s'adressant toujours à Samantha.

Mattie intervint :

— Écoutez, son frère est mort lundi dernier. On l'a enterré mercredi, et cinq jours après vos gars ont fait une perquisition dans son bureau. Selon ses dernières volontés, Jeff est son exécuteur testamentaire et moi l'avocate pour l'administration de ses biens. Alors oui, je parle beaucoup avec mon neveu. Qu'est-ce que vous voulez au juste ?

— Nous avons des questions à lui poser.

— Il y a un mandat d'arrêt contre lui ?

— Non.

— Donc, il n'est pas en fuite.

— Exact. Nous voulons simplement lui parler.

— Toute conversation avec Jeff Gray devra avoir lieu ici, en ma présence. C'est clair ? Et je vais lui conseiller de garder le silence hors de ma présence ou de celle de Me Kofer. Vous voilà prévenu.

— C'est sans problème, madame Wyatt. Quand allons-nous pouvoir lui parler ?

Mattie se détendit.

— Je ne sais pas trop où il est aujourd'hui. Je viens de lui téléphoner mais je suis tombée sur sa boîte vocale.

Samantha secoua la tête, comme si elle n'avait pas parlé à Jeff depuis des semaines.

— Nous devions nous voir demain au tribunal, poursuivit Mattie, pour ouvrir la succession de son frère. Mais le juge a reporté le rendez-vous à la semaine prochaine. Pour l'instant, j'ignore où il se trouve.

— Cela a-t-il un lien avec la descente du FBI dans les locaux de son frère hier ? demanda Samantha.

Banahan ouvrit les mains.

— À votre avis ?

— C'est évident. Et sur qui allez-vous enquêter maintenant que Donovan est décédé ?

— Je n'ai pas le droit de vous le dire.

— Jeff est-il considéré comme suspect ? s'enquit Mattie.

— Non. Pas pour le moment.

— Il n'a rien fait de mal, déclara Mattie.

28

La mine de Millard Break subit une attaque similaire aux autres, avec les mêmes dégâts. Les snipers, postés cinq cents mètres au-dessus de la carrière, dans la forêt couvrant la face est de Trace Mountain, eurent tout le temps de crever quarante-sept pneus. À dix-huit mille dollars pièce, cela commençait à chiffrer. Les deux gardiens de nuit, lourdement armés, expliquèrent aux autorités que les tirs avaient duré dix minutes. On se serait cru en pleine guerre. Les coups de feu claquaient et résonnaient dans la vallée, les pneus explosaient partout. La première salve avait commencé à 3 h 05 du matin. Les engins étaient tous à l'arrêt. Les conducteurs à l'abri chez eux. Même s'il ne savait pas trop où chercher, un vigile avait sauté dans un pick-up avec l'idée de poursuivre les attaquants, mais quand son véhicule fut pris pour cible et que deux de ses pneus éclatèrent, cela arrêta net ses velléités. L'autre gardien fonça dans le bureau en préfabriqué pour appeler la police, mais fut forcé de se mettre à couvert alors que les fenêtres volaient en morceaux. C'était un changement notable. Jamais, jusqu'alors, des vies humaines n'avaient été en danger lors de ces raids. Les snipers, d'ordinaire, veillaient à ne blesser personne. Ils s'attaquaient au matériel, pas aux employés. Mais, cette fois, la gravité des faits avait monté d'un cran. Cela devenait criminel. Les vigiles estimaient qu'il y avait trois tireurs, même s'il était difficile d'en être certain vu la brièveté et la violence de l'attaque.

Le propriétaire du site, la Krull Mining, proféra comme d'habitude des déclarations haineuses et menaçantes à la presse. Elle offrit une forte récompense. Le shérif promit une enquête minutieuse et des arrestations rapides – une affirmation un peu optimiste puisque les « éco-terroristes » sévissaient dans les Appalaches en toute impunité depuis déjà deux ans.

Les articles reprenaient l'historique des attaques et concluaient que les snipers utilisaient les mêmes armes : des munitions de 51 mm conçues pour des Remington M24E, des fusils de précision utilisés par l'armée en Irak avec lesquels on pouvait faire mouche à un kilomètre de distance. Un expert assurait qu'un tireur embusqué, se servant d'une telle arme, en pleine nuit, équipé d'une lunette infrarouge, était quasiment impossible à localiser.

La Krull Mining affirmait qu'il était très difficile de se procurer ces pneus, parfois il n'y en avait pas en stock, et la mine risquait de fermer plusieurs jours.

Samantha lut l'article au centre en buvant son café le vendredi matin. Elle avait un mauvais pressentiment. Jeff devait être impliqué… c'était même peut-être le chef de la bande ? Son frère était mort depuis presque deux semaines. Il lui fallait envoyer un signal fort, montrer

sa détermination et frapper la Krull Mining en représailles. Si tel était le cas, cela faisait une raison de plus à
Samantha de boucler ses valises. Elle transmit l'article
à Mattie, puis se rendit dans son bureau.

— Pour être honnête, je pense que Jeff est mouillé
dans cette histoire.

Matttie lâcha un rire forcé.

— Samantha, c'est le premier vendredi de décembre,
le jour où l'on décore le bureau, comme tout le monde
à Brady. C'est le premier matin où je me sens bien et
joyeuse depuis la mort de Donovan. S'il vous plaît, ne
gâchez pas mon plaisir avec des supputations concernant Jeff. Vous lui avez posé la question ?

— Non. Je devrais ? Le cabinet n'est pas officiellement en guerre contre les compagnies minières, comme
vous l'avez dit. Il n'a donc aucune raison de me rendre
des comptes.

— Comme vous voulez. Oublions Jeff pour le
moment. Et essayons de profiter de l'esprit de Noël.

Barb monta le son de la radio ; des chants de Noël
résonnèrent dans tout le cabinet. Sa mission, c'était
de s'occuper du sapin, une chose rabougrie cachée
dans un placard à balais le reste de l'année. Mais
avec les guirlandes et les boules, il reprit un semblant de vie. Annette accrocha du lierre et du gui
sur le perron, et une couronne de houx à la porte.
Chester apporta un ragoût qu'elles dégustèrent dans la
salle de réunion. Toutes les affaires courantes étaient
oubliées. Les clients aussi. Le téléphone sonnait rarement, comme si tout le comté honorait comme elles
la trêve de Noël. Après le repas, Samantha se rendit

au tribunal. En chemin, elle remarqua que tous les magasins et bureaux étaient décorés. Des employés municipaux suspendaient des clochettes aux réverbères. Une autre équipe installait un gros sapin fraîchement coupé dans le parc derrière le palais de justice. Noël était dans l'air et toute la ville voulait le fêter.

Avec la nuit, tout Brady arriva, les gens envahissaient les trottoirs de la grand-rue, passant de boutique en boutique, achetant du cidre chaud et des gâteaux à la cannelle. La circulation avait été coupée et les enfants attendaient avec impatience le défilé. Il apparut à 19 heures, quand retentirent les sirènes. La foule se pressa contre les barrières. Samantha était avec Kim, Adam et Annette. Le shérif ouvrit la procession, dans sa voiture de patrouille toute rutilante. Sa flottille d'adjoints le suivait. Romey était-il de la parade ? Elle ne le vit nulle part. La fanfare du lycée marchait en interprétant une version aléatoire de « O Come, All Ye Faithfull » – c'était la petite fanfare d'un petit lycée.

— Ils ne sont pas très bons, n'est-ce pas ? murmura Adam.

— Au contraire, ils sont très bien, répondit Samantha.

Les scouts arrivèrent ensuite, les filles puis les garçons. Et ce fut le tour des vétérans en fauteuil roulant, tous heureux d'être en vie et de fêter un autre Noël. La star était Arnold Potter, quatre-vingt-onze printemps, un survivant du débarquement de Normandie, soixante-quatre ans plus tôt. C'était le grand héros de Brady. Les Shriners vinrent après sur leurs mini-motos, volant la vedette, comme toujours. Le char du Rotary

Club représentait la Nativité avec de vrais moutons et de vraies chèvres. Un autre char, très grand, tiré par un pick-up Ford flambant neuf, trimbalait la chorale des enfants de l'église baptiste. Les gosses portaient des soutanes blanches et leurs voix angéliques entonnaient un « O Little Town of Bethlehem » presque sans fausse note. Le maire paradait dans une Thunderbird décapotable de 1958. Il faisait de grands signes et de grands sourires, mais tout le monde s'en fichait. Il y avait quelques autres voitures de police, un camion de pompiers de la brigade des sapeurs volontaires, et un autre char avec un orchestre de bluegrass lancé dans une interprétation enthousiaste de « Jingle Bell ». Un club d'équitation arrivait derrière au trot chevauchant des Quarter horses, tous en tenue de rodéo, montures comme cavaliers. Roy Rogers et son cheval Trigger auraient été fiers de l'hommage. La station-service avait un tout nouveau camion citerne et quelqu'un s'était dit qu'il aurait sa place dans le défilé. Pour rire, le chauffeur, un grand Noir, diffusait par ses fenêtres ouvertes un rap assourdissant.

Et enfin, apparut le clou du spectacle sur son traîneau. Ce bon vieux père Noël qui faisait coucou aux enfants et lançait des poignées de bonbons. Dans son micro, il psalmodiait en boucle « Ho, Ho, Ho ».

Quand le défilé fut hors de vue, les spectateurs se rassemblèrent dans le parc derrière le palais de justice. Le maire souhaita la bienvenue à ses administrés et se lança dans un discours bien trop long. D'autres enfants entonnèrent « O Holy Night ». La « Miss comté de Noland », une jolie rousse, commençait à chanter

« Sweet Little Jesus Boy » quand quelqu'un toucha le bras de Samantha. C'était Jeff, avec une casquette et des lunettes qu'elle ne lui connaissait pas. Elle s'écarta de Kim et Adam, et se faufila dans la foule pour rejoindre le bosquet d'arbres près du monument aux morts, à l'endroit même où ils s'étaient trouvés le lundi soir quand ils avaient repéré Bozo et Jimmy au loin.

— Tu es libre demain ? s'enquit-il, en chuchotant.

— C'est samedi. Bien sûr que je suis libre.

— Une petite balade, ça te dit ?

Elle hésita et regarda au loin le maire pousser un bouton pour illuminer le sapin de Noël.

— Pour aller où ?

Il lui glissa un bout de papier dans la main.

— Tout est indiqué là. À demain.

Il lui fit une bise sur la joue et disparut dans l'ombre.

*

Elle roula jusqu'à Knox dans le comté de Curry et se gara sur le parking de la bibliothèque. Elle ne pensait pas avoir été suivie. Elle marcha d'un pas tranquille sur trois cents mètres, puis entra dans le café Knox Market. Elle demanda où étaient les toilettes. On lui indiqua une porte au fond de la salle. Elle trouva l'entrée du personnel qui donnait dans la ruelle derrière. Elle put rejoindre ainsi la 5e Rue. Conformément aux instructions, après avoir longé deux pâtés de maisons elle aperçut enfin la rivière. Au moment où elle atteignait le quai sous le pont, Jeff surgit, sortant d'une boutique de pêcheurs, et lui montra la barque à fond plat amarrée au ponton.

Sans un mot, ils montèrent tous les deux à bord. Samantha en proue, recroquevillée contre le froid, Jeff à l'arrière où il démarra le moteur. Il détacha le bateau puis accéléra. Ils se trouvaient au milieu de la rivière Curry. La ville disparut rapidement derrière eux. Ils passèrent sous un autre pont et Samantha eut l'impression de quitter définitivement la civilisation. Durant des kilomètres – du moins un long moment, parce qu'il était difficile de se faire une idée des distances sur l'eau – ils glissèrent sur l'onde noire. La Curry était une rivière étroite et profonde, sans rochers ni rapides. Elle zigzaguait entre les monts, cachée du soleil par l'à-pic des falaises qui semblaient se refermer au-dessus d'eux. Ils dépassèrent un pêcheur dans son canot, oublieux du temps et du monde. Ils doublèrent des cahutes tout près d'un banc de sable, des baraques flottantes flanquées d'embarcations délabrées. Des « rats de rivière », comme les surnommait Jeff. Ils s'enfoncèrent plus profond dans le canyon. De chaque côté les rives se rapprochaient, l'eau devenait plus noire encore.

Le bruit du moteur empêchait toute conversation, mais il n'y avait pas grand-chose à dire. De toute évidence, Jeff l'emmenait dans un endroit qu'elle ne connaissait pas ; elle n'avait pas peur, pas la moindre appréhension. Malgré ses ennuis, sa colère, sa fragilité émotionnelle du moment, sa témérité, elle avait confiance en Jeff. Du moins, assez pour faire une balade, quel que soit le programme prévu pour la journée.

Jeff réduisit les gaz et mena la barque à tribord. Un vieux panneau indiquait la fin du comté de Curry et une petite rampe de béton apparut. Jeff les contourna et s'échoua sur le sable. « Saute ! » ordonna-t-il. Il attacha la barque à la rambarde du ponton et s'arrêta un instant pour s'étirer les jambes. Ils naviguaient depuis près d'une heure.

— Bonjour, capitaine ! lança-t-elle.

Il esquissa un sourire.

— Bonjour, moussaillonne ! Merci d'être venue.

— Comme si j'avais le choix ! Où sommes-nous, au juste ?

— Au fin fond du comté. Suis-moi.

— À vos ordres.

Ils quittèrent la rive, pénétrèrent dans les bois et suivirent un chemin que seul Jeff pouvait discerner – Jeff ou Donovan. Plus la pente se fit raide, plus il accélérait l'allure. Au moment où Samantha commença à traîner la patte, Jeff s'arrêta dans une petite clairière, attrapa un tas de branches qu'il jeta de côté. Et dessous, les attendait un magnifique quad Honda.

— Ah là là, les garçons et leurs jouets…

— Tu en as déjà fait ?

— Je vis à Manhattan.

— Grimpe.

Elle s'exécuta. Il y avait une sorte de siège à l'arrière. Elle referma ses bras autour de sa taille et il démarra.

— Accroche-toi, dit-il.

Et ils partirent en trombe, sur un chemin à peine assez large pour des humains. Ils rejoignirent une route gravillonnée où Jeff mit pleins gaz, comme un cascadeur.

— Tiens-toi bien, cria-t-il quand les roues avant se soulevèrent sous l'accélération.

Elle voulait lui demander de ralentir, mais au lieu de ça, elle le serra plus fort et ferma les yeux. La chevauchée était excitante et terrifiante à la fois, mais elle savait qu'il ne la mettrait pas en danger. Après les gravillons, ce fut de nouveau la terre. La piste gravissait le versant en ligne droite. Les arbres étaient trop gros pour qu'ils jouent les casse-cou, alors Jeff se fit plus prudent. Mais la virée demeura épuisante et riche en sensations fortes. Au bout d'une demi-heure secouée en tout sens sur le quad, elle regrettait le bateau.

— Où on va ? lui cria-t-elle dans l'oreille.

— Faire une promenade, pourquoi ?

Le terrain redevint plat et ils longèrent une crête. Jeff bifurqua sur un autre chemin et ils amorcèrent la descente, un slalom dangereux avec des dérapages d'un côté et de l'autre, pour éviter rochers et troncs. Ils ralentirent dans une trouée de la végétation pour profiter de la vue.

— Gray Mountain, fit-il en montrant un mont mutilé au loin. Nous arrivons sur nos terres.

Elle s'accrocha pour la dernière étape et, quand ils traversèrent Yellow Creek à gué dans une gerbe d'éclaboussures, elle vit la cabane. Elle était accrochée à flanc de colline, construite en rondins. Il y avait un auvent et une cheminée à une extrémité. Jeff se gara sur le côté.

— Bienvenue dans notre tanière !

— Je suis sûre qu'il y a un chemin plus facile pour venir ici.

— Bien sûr. Il y a une petite route pas très loin. Je te la montrerai. Jolie cabane, non ?

— Sûrement. Je ne suis pas experte en la matière. Donovan me l'a montrée un jour, mais nous étions à mille pieds d'altitude. Si je me souviens bien, il n'y a ni eau, ni chauffage, ni électricité.

— Exact. Si nous restons cette nuit, on dormira près du feu.

Ils n'avaient pas parlé de passer la nuit ensemble, mais Samantha n'était pas surprise. Elle lui emboîta le pas, monta les marches et entra dans la pièce principale. Une bûche se consumait dans l'âtre.

— Depuis quand es-tu là ?

— Je suis arrivé hier. J'ai dormi à côté de la cheminée. C'est vraiment joli et confortable. Tu veux une bière ?

Elle consulta sa montre. 11 h 15.

— C'est un peu tôt. (Elle aperçut une glacière contre la table.) Tu as de l'eau ?

Il lui tendit une bouteille et s'ouvrit une canette. Ils s'assirent sur deux chaises près du foyer. Il but une gorgée.

— Ils sont venus ici la semaine dernière, déclara-t-il. Je ne sais pas qui au juste, mais je ne pense pas que ce soit le FBI, parce qu'ils auraient été obligés de présenter un mandat. C'était sans doute des types de la Krull ou d'une autre société.

— Comment sais-tu qu'ils sont passés ?

— J'ai les images. Il y a deux mois, avec Donovan, on a installé deux caméras. L'une sur l'autre rive du torrent, et sa petite sœur sur un tronc à vingt mètres de l'entrée. Elles se mettent en marche dès qu'on ouvre la porte. Et elles tournent pendant une demi-heure. Les visiteurs n'en savent rien. Mercredi dernier, à 15 h 21 pour être exact, quatre types se sont pointés et sont entrés dans la cabane. Tu imagines ce qu'ils cherchaient : les documents, les disques durs, des ordis, tout ce qui pouvait être utile. Ce qui est intéressant, c'est qu'ils n'ont laissé aucune trace de leur passage. Rien. Même la poussière n'a pas bougé. Ces gars connaissent leur boulot. Ils me croient idiot... mais maintenant je sais à quoi ils ressemblent. Je connais leurs visages et, quand l'un d'eux s'approchera, je serai prêt.

— Ils nous observent en ce moment ?

— Je ne pense pas. Mon pick-up est garé à l'abri des regards. C'est notre terre, Samantha. Nous la connaissons mieux que personne. Je te fais visiter ?

— D'accord.

Il prit un sac à dos et elle sortit avec lui de la cabane. Ils longèrent Yellow Creek sur un kilomètre et firent halte dans une clairière, l'un des rares endroits que les rayons du soleil parvenaient à toucher.

— Je ne sais pas ce que t'a raconté Donovan, mais c'est la seule partie de la propriété qui n'a pas été ravagée par la mine. Il y a dix hectares propres.

Derrière cette crête, c'est Gray Mountain et tout a été détruit.

Ils reprirent leur marche et grimpèrent le versant jusqu'à ce que la forêt s'arrête net et offre une vue sur un paysage de désolation. L'endroit était déjà sinistre vu du ciel, mais d'ici, c'était pire encore. La montagne avait été réduite à une sorte de bosse de rocs et de terre, parsemée de cratères. Avec beaucoup de difficulté, ils escaladèrent le sommet et contemplèrent les vallées bouchées en contrebas. Pour déjeuner, ils avalèrent des sandwichs à l'ombre d'un mobile home en ruine, qui abritait autrefois les bureaux de la direction. Jeff lui raconta ses souvenirs d'enfance. Il était tout jeune quand le minage avait commencé.

Samantha se demandait pourquoi il l'avait emmenée ici. Comme Donovan, il préférait ne pas parler de ce qui s'était passé. La promenade était loin d'être plaisante ; des paysages meurtris, des belvédères gâchés. Ils étaient au cœur des Appalaches. Il y avait des milliers d'hectares de panorama vierge et magnifique à leur disposition. La situation avec la Krull Mining était très tendue. On avait pu les suivre.

Pourquoi Gray Mountain ? Mais elle ne lui posa pas la question. Plus tard, peut-être.

Alors qu'ils descendaient dans la vallée, ils longèrent l'épave d'un engin minier, envahi par les ronces, abandonné par la Vayden Coal. À côté, couché par terre, un grand pneu était caché par les herbes.

— C'était le pneu d'un tombereau, expliqua Jeff. Un petit. Il ne fait que trois mètres de diamètre. Aujourd'hui, ils sont bien plus grands.

— J'ai lu le journal hier. Tu es au courant de cette attaque de nuit à Millard Break ? Ces éco-terroristes...

— Bien sûr. Tout le monde en parle.

Elle se retourna et le regarda avec intensité. Il recula d'un pas.

— Quoi ?

Elle ne le quittait pas des yeux.

— Rien. Je me dis juste que les actions de ces gens doivent vous plaire, à toi et Donovan, et aussi à Vic Canzarro.

— J'adore ces types, même si je ne les connais pas. Mais je ne veux pas aller en prison, ajouta-t-il en recommençant à marcher.

Arrivés au pied de Gray Mountain, ils passèrent près d'une rivière. Il n'y avait plus d'eau depuis longtemps. Donovan et Jeff venaient y pêcher autrefois avec leur père, bien avant que les déblais ne l'obstruent. Jeff l'emmena ensuite à l'endroit où se trouvait leur ancienne maison, la maison construite par son grand-père. Il la lui décrivit dans le détail. Puis ils firent halte devant la croix marquant l'endroit où Donovan avait retrouvé leur mère, Rose. Il s'agenouilla au pied de la croix un long moment.

Le soleil disparaissait derrière les crêtes. Le vent se faisait plus vif, le froid descendait des montagnes. Il allait peut-être neiger demain. Quand ils furent de retour à la cabane, Jeff demanda :

— Tu veux rester ici cette nuit ou rentrer à Brady ?

— Rester ici.

*

Dehors, ils firent griller deux steaks au barbecue, qu'ils mangèrent devant la cheminée avec du vin rouge servi dans des gobelets. Quand la première bouteille fut vide, Jeff alla en ouvrir une seconde et ils s'étendirent sur le tas de couvertures au pied de l'âtre. Ils commencèrent à s'embrasser, avec prudence et retenue au début – rien ne pressait. Ils avaient toute la nuit devant eux. Leurs lèvres étaient toutes noircies par le vin et cela les faisait rire. Ils parlèrent de leur passé. Jeff ne fit pas allusion à Donovan et, de son côté, elle veilla à éviter le sujet. Le passé était paisible comparé à l'avenir. Jeff n'avait plus de travail et aucune idée pour la suite. Il lui avait fallu cinq ans pour terminer son premier cycle universitaire ; il n'était pas très doué pour les études. Il avait passé plusieurs semaines en prison pour consommation de drogue. Cette condamnation était dans son casier judiciaire et le suivrait longtemps. Il évitait tous les produits stupéfiants, à présent. Trop de ses amis s'étaient détruits avec la meth. Il roulait un joint de temps en temps, mais n'était ni fumeur, ni porté sur l'alcool. Peu à peu, ils en vinrent à évoquer leurs histoires de cœur. Samantha lui parla de Henry, comme si cette relation avait été importante. À l'époque, elle était bien trop occupée et trop épuisée pour avoir une liaison sérieuse. Jeff avait eu une véritable relation avec son premier amour d'école, mais son séjour en prison y avait mis fin. Pendant qu'il était derrière les barreaux, sa dulcinée était partie avec un autre. Ça lui avait brisé le cœur. Longtemps après, il ne porta plus les femmes en haute estime – juste bonnes pour le sexe. Aujourd'hui, il révisait son jugement. Depuis ces dernières années, il fréquentait une jeune divorcée qui habitait Wise. Elle travaillait à l'université, avait une bonne situation et deux enfants. Le problème : il ne supportait pas ses gosses. Leur père était schizophrène et les gamins montraient les mêmes signes. Leur relation s'était considérablement refroidie.

— Tu as ta main sous ma chemise, dit-elle.

— C'est parce que c'est agréable.

— Oui, c'est agréable. Ça fait si longtemps.

Cette fois, ils s'embrassèrent vraiment. Une étreinte fougueuse, leurs mains tiraient sur les vêtements, faisaient sauter les boutons. Ils s'arrêtèrent un court instant pour défaire leurs ceintures, balancer leurs chaussures. Le baiser suivant fut plus tendre, mais leurs doigts couraient sur leurs corps, ôtaient les habits. Une fois nus, ils firent l'amour à la lueur du feu. Au début, ils n'étaient pas en rythme. Lui était un peu brusque, elle un peu rouillée, mais rapidement leurs corps s'accordèrent. Le premier round fut rapide, l'un comme l'autre avaient besoin de se libérer. Le deuxième fut bien plus agréable, alors qu'ils s'exploraient, changeaient de positions. Quand ce fut fini, ils restèrent allongés sur les couvertures, se caressant doucement, épuisés.

Il était près de 21 heures.

*

La neige fondit en milieu de matinée. Le soleil brillait, le ciel était limpide. Ils se promenèrent pendant une heure autour de Gray Mountain. Ils traversèrent des torrents à sec qui autrefois abritaient des truites, explorèrent de petites grottes où les deux frères jouaient enfants, dans une autre vie, escaladèrent des rochers jetés là vingt ans plus tôt, et suivirent des sentes dont personne n'aurait pu soupçonner l'existence.

Samantha s'était remise de leur chevauchée de la nuit, mais quelques muscles étaient encore douloureux. Jeff, quant à lui, semblait infatigable. Qu'il sillonne la montagne ou fasse l'amour au coin du feu, il débordait d'énergie.

Elle le suivit dans une gorge au pied de Gray Mountain, puis sur un chemin qui s'enfonçait dans les sous-bois. Ils grimpèrent sur de nouveaux rocs, une formation naturelle cette fois, et pénétrèrent dans une caverne. Une cavité invisible de l'extérieur. Jeff alluma sa lampe torche et se retourna vers elle.

— Ça va ?

— Avance. Je te suis, répondit-elle, en s'accrochant à lui. Où allons-nous ?

— Je veux te montrer quelque chose.

Ils se courbèrent pour passer sous une arche et s'enfoncèrent plus profond dans la grotte. Sans la lampe électrique, ç'eût été les ténèbres totales. Ils progressaient lentement, comme s'ils pénétraient dans une *terra interdicta*. S'il avait crié « attention, un serpent ! » elle se serait évanouie sur place, ou ç'aurait été la crise cardiaque.

Ils débouchèrent dans une salle semi-circulaire. Un rai de lumière éclaboussait la roche. L'endroit servait de réserve, et on l'utilisait depuis longtemps. Deux armoires de l'armée étaient adossées contre une paroi. Plus loin, il y avait une pile de boîtes de rangement. Une table faite d'une planche de contreplaqué posée sur des parpaings accueillait une autre série de boîtes. Elles étaient en plastique et scotchées hermétiquement.

— On jouait ici quand on était gosses, expliqua Jeff. On est à environ soixante mètres sous Gray Mountain. C'est trop profond pour être atteint par la mine. Cet endroit était l'un de mes préférés, parce qu'il y avait de la lumière, et que c'est sec. Ni moisissure ni humidité. Rien. Et c'est la même température, toute l'année.

Samantha désigna la table.

— Et là, ce sont les documents volés à la Krull Mining, c'est ça ?

Il hocha la tête dans un sourire.

— Oui.

— Et maintenant, je suis complice d'un crime. Pourquoi m'as-tu fait venir ici ?

— Tu n'es complice de rien, parce que tu n'as rien fait. Et que tu n'as jamais vu ces boîtes. Tu n'es jamais venue ici, d'accord ?

— Je ne sais pas quoi en penser. Ça ne me paraît pas bien. Pourquoi est-ce que tu me les montres ?

— C'est à la fois tout simple, Samantha, et compliqué. Ces documents doivent être remis aux autres avocats, aux partenaires de Donovan. Et vite. Il faut que je trouve un moyen de les sortir de là, mais cela ne sera pas facile. Le FBI me surveille. La Krull aussi. Tout le monde voudrait mettre la main dessus. J'ai aidé à voler ces pièces, et à présent elles sont cachées sur les terres de ma famille. Je n'aurais pas grand-chose à dire pour ma défense.

— Oui, tu seras fait comme un rat.

— Exactement. Et si quelque chose m'arrive avant que je n'aie le temps de livrer ces papiers, il faut que quelqu'un le fasse à ma place.

— Et ce quelqu'un, c'est moi ?

— Tu trouveras un moyen. Tu es assez futée pour ça.

— Tu es bien optimiste. Qui d'autre est au courant ?

— Vic Canzarro. C'est tout. Il n'y a que vous deux.

Elle lâcha un long soupir et s'approcha de la table.

— Tout ça n'a rien de simple, Jeff. D'un côté, il y a ces documents volés qui peuvent faire condamner la Krull, leur faire cracher une fortune et les forcer à mieux se comporter. Et d'un autre côté, on risque la prison, toi comme tous ceux qui se retrouveront en possession de cette patate chaude. Tu as parlé à ces avocats, ceux qui devaient faire équipe avec Donovan ?

— Pas depuis sa mort. Mais toi, tu vas le faire, Samantha. Je ne suis pas avocat. Toi, tu l'es. Et il faut les rencontrer sans tarder. Organise un rendez-vous, quelque part où personne ne vous verra ou ne pourra vous écouter.

Elle secoua la tête. Elle sentait la toile d'araignée se refermer sur elle. Elle avait atteint le point de non-retour.

— Je vais y réfléchir, articula-t-elle. Pourquoi Vic et toi ne les rencontrez-vous pas ?

— Vic refusera. Il a les jetons. En plus, il traîne des casseroles dans le coin. C'est une longue histoire.

— Le jour où les choses seront simples…

Elle contempla les armoires métalliques.

— Et là-dedans ? Qu'est-ce qu'il y a ?

— Nos fusils.

Elle eut envie d'ouvrir l'une des portes pour jeter un coup d'œil à l'intérieur, mais elle ne connaissait rien aux armes à feu.

— Y aurait-il des chances, reprit-elle sans regarder Jeff, d'y trouver un fusil de sniper, avec une lunette de visée nocturne et des boîtes de cartouches de 51 mm ?

Elle se retourna vers lui mais il détourna la tête.

— Si tu ne veux pas le savoir, n'ouvre pas.

Elle se dirigea vers la sortie, en le bousculant au passage.

— Allons-nous-en !

Ils sortirent de la grotte et se retrouvèrent à nouveau sur les sentiers sinueux de Gray Mountain. Si quelque chose arrivait à Jeff, elle ne saurait même pas retrouver le chemin ! Pis encore, elle rentrerait à Manhattan avant que Mattie ait le temps d'organiser de nouvelles funérailles !

Ils demeurèrent silencieux un long moment. Ils partagèrent une boîte de chili con carne devant la cabane en guise de déjeuner, en faisant passer le tout avec le reste de la bouteille de vin. Puis ils firent une sieste près du feu. Quand ils se réveillèrent, ils étaient dans les bras l'un de l'autre, à s'embrasser. Les vêtements volèrent à nouveau dans les airs, retombant un peu partout dans la pièce. Et ils passèrent un délicieux dimanche après-midi.

29

La caution de Phoebe Fanning passa de cent mille dollars à seulement mille dollars. Un garant vint la payer et le lundi matin, à 9 heures, elle était libre. Samantha avait bataillé avec le juge pour qu'il réduise cette caution et laisse sortir la mère. Trois enfants innocents étaient en jeu, et après deux jours de harcèlement, le juge céda. L'avocat commis d'office de Phoebe se disait débordé. Ce fut donc Samantha qui s'était chargée de la faire libérer. Elle sortit du tribunal avec Phoebe et la conduisit chez elle. Elles attendirent pendant une heure avant qu'un lointain cousin n'arrive avec les enfants. Ils n'avaient pas vu leur mère depuis une semaine. On leur avait dit que leur maman irait sans doute en prison. Ils s'embrassèrent, en pleurs. Samantha s'ennuya rapidement. Elle avait expliqué à Phoebe qu'elle risquait une peine de cinq ans, et Randy beaucoup plus. Il fallait qu'elle prépare ses enfants à cette catastrophe.

Au moment de quitter les Fanning, le téléphone de Samantha sonna. C'était Mattie. Elle venait d'avoir des nouvelles de Francine Crump. Elle avait eu un AVC et avait été emmenée à l'hôpital. La saga du nouveau testament continuait.

L'hôpital était un bâtiment terrifiant, sorte de mise en garde subliminale à l'intention de tous les habitants du comté de Noland : ne tombez jamais malade ! Samantha trouva une infirmière au service de soins intensifs, qui eut le temps de lui dire quelques mots. La patiente avait été admise peu après minuit, inconsciente avec une pression artérielle au plus bas. Un scanner avait révélé une grosse hémorragie cérébrale. Elle était intubée et dans le coma. « Ça se présente mal, avait déclaré l'infirmière. Elle a dû passer plusieurs heures comme ça, avant qu'on ne la retrouve. Et elle a quatre-vingts ans. » N'étant pas de la famille, Samantha ne fut pas autorisée à pénétrer dans sa chambre. Elle aurait pourtant bien voulu voir qui était à son chevet…

Quand elle revint au bureau, elle avait des messages de Jonah et DeLoss Crump. Maintenant que leur mère était sur son lit de mort, ils étaient très pressés de parler de ses dernières volontés. Non, elle ne savait pas s'il y avait eu un nouveau testament rédigé, en tout cas aucun au centre de la Montagne. Et, en l'absence de nouvelles dispositions, le précédent document avait force de loi. Samantha aurait ces gens déplaisants sur le dos pendant des mois. Ils n'hésiteraient pas à porter l'affaire devant les tribunaux.

Elle décida d'ignorer les appels. La tribu était sans doute déjà en route vers Brady et elle aurait des nouvelles d'eux bien assez vite.

Le pique-nique du lundi au cabinet fut consacré surtout aux mauvaises nouvelles. Comme l'avait prédit

Mattie, les avocats de la Strayhorn Coal reniaient leur engagement concernant l'affaire Tate. C'était à elle qu'ils avaient écrit, puisque Mattie allait être l'avocate de la succession. Dans leur lettre, ils annonçaient qu'ils refusaient catégoriquement l'accord à l'amiable et qu'ils allaient faire appel de « ce verdict inique et scandaleux, et réduire cette abomination en miettes ». Mattie leur avait renvoyé un e-mail en leur disant qu'ils seraient plus avisés de tempérer leur agressivité. Ils espéraient que l'appel débouterait le jugement, et voulaient tenter leur chance dans un nouveau procès maintenant que Donovan était hors jeu. Ce nouveau procès n'aurait pas lieu avant trois ans, au plus tôt, et pendant ce temps-là, ils ne paieraient pas et pourraient faire fructifier l'argent. Annette était furieuse et insistait pour que Mattie avertisse le juge. La Strayhorn et Donovan avaient passé un accord pour un million sept cent mille dollars. C'était injuste, indigne, immoral que l'accusé puisse se rétracter parce que l'avocat de la plaignante était mort. Mattie était d'accord. Malheureusement, on n'avait retrouvé aucune trace de cet arrangement dans le cabinet de Donovan. Comme si le marché avait été conclu au téléphone, mais que rien n'avait été signé. Sans preuves écrites, la cour ne pourrait pas faire respecter l'accord. Elle en avait parlé à un ami avocat et à un juge à la retraite. Les deux étaient arrivés à la même conclusion. Certes, elle comptait aller trouver le juge chargé de l'affaire, officieusement, pour tâter le terrain. Mais il y avait de grandes chances que l'on doive embaucher, avec l'argent de Donovan, un avocat pour défendre le dossier en appel.

Ce n'était pas le seul souci du moment : Barb annonça qu'elle avait reçu, dans la matinée, onze coups de fil du clan Crump, tous demandant à voir de toute urgence Mme Kofer. Samantha répondit qu'elle comptait les recevoir dans l'après-midi. Comme elle s'y attendait, Mattie et Annette étaient débordées et n'avaient pas de temps à perdre avec les Crump. Samantha pinça les lèvres et accepta l'inévitable, mais précisa que ces gens n'allaient pas les lâcher.

Francine mourut à 16 h 30 l'après-midi même. Sans s'être réveillée et sans être passée au cabinet pour réviser le testament.

*

Tôt le mardi après-midi, Jeff arriva au centre par la porte de derrière. Quand Samantha l'aperçut, il se tenait sur le seuil de son bureau et la regardait depuis un moment déjà. Ils se sourirent, et se saluèrent sans montrer d'autres signes d'affection. Sa porte était ouverte et le cabinet était un repaire de cancanières ! Jeff s'assit sagement devant elle.

— Alors, partante pour une nouvelle petite virée en montagne ? On remet ça quand ?

Elle mit un doigt en travers de ses lèvres et répondit à voix basse :

— Dès que je trouve un trou dans mon emploi du temps.

Elle avait davantage pensé au sexe ces dernières vingt-quatre heures qu'au cours des deux dernières années, depuis sa rupture avec Henry.

— Je vais voir ça avec ma secrétaire, dit-elle.

Elle avait encore du mal à croire qu'il y avait des micros dans son bureau, mais elle préférait ne pas prendre de risques. Quant à lui, avec sa paranoïa naturelle, il ne disait que le strict minimum.

— D'accord.

— Tu veux du café ?

— Non.

— Alors allons-y.

Ils se rendirent dans la salle de réunion où les attendait Mattie. À 14 heures précises, les agents Banahan, Frohmeyer et Zimmer firent irruption dans la pièce, prêts à tirer et à discuter ensuite. Frohmeyer avait dirigé l'escouade lors de la perquisition au cabinet de Donovan. Zimmer était l'un de ses sbires. Banahan était passé dernièrement au centre. Après de rapides présentations, ils prirent position pour l'assaut. Dans le camp de la défense, Mattie et Samantha protégeaient les flancs de leur client. Annette se tenait en bout de table et alluma un magnétophone.

Mattie demanda à nouveau si Jeff faisait l'objet d'une enquête officielle du FBI, du procureur fédéral, de quelque agence gouvernementale ou d'un membre du ministère de la Justice. Frohmeyer lui confirma que ce n'était pas le cas.

Frohmeyer ouvrit la charge en commençant à poser des questions sur le passé de Jeff. Samantha prenait des notes. Après leur week-end en amoureux dans la montagne, où ils s'étaient raconté tant de choses, elle n'apprit rien de nouveau. Frohmeyer s'intéressa à sa relation avec son frère défunt. Depuis combien de temps travailliez-vous pour lui ? Qu'est-ce que vous faisiez ? Combien vous payait-il ? Suivant les consignes de Mattie et d'Annette, Jeff donnait des réponses courtes, s'interdisant toute digression.

Mentir au FBI constituait un délit en soi, quels que soient le lieu ou les conditions de l'entretien. Quoi qu'il se passe, l'avait averti Mattie, ne mens pas.

Comme son frère, Jeff aurait menti sans vergogne si cela avait pu aider sa cause. Il partait du principe que les autres – les compagnies minières, leurs avocats et maintenant le gouvernement fédéral – trichaient et ne suivaient pas les règles. S'ils jouaient à ce petit jeu, pourquoi ne pas faire pareil ? Mais Mattie avait été intraitable : Parce que le FBI peut t'envoyer en prison. Pas les compagnies minières, ni leurs avocats !

En feuilletant ses notes, Frohmeyer aborda ensuite les points les plus importants. Il annonça que les ordinateurs saisis par le FBI une semaine auparavant, le 1er décembre, avaient été trafiqués. Que les disques durs avaient été remplacés. Jeff était-il au courant ?

— Ne réponds pas ! intervint Mattie.

Elle expliqua à Frohmeyer qu'elle avait vu le procureur fédéral et qu'il était établi que Donovan était décédé sans savoir qu'une enquête le concernant était en cours. Il n'en avait pas été informé. Aucune notification écrite. Par conséquent, eu égard à ses archives professionnelles et ses dossiers, aucune action réalisée par ses employés après sa mort ne pouvait être considérée comme une entrave volontaire à ladite enquête.

En privé, Jeff avait expliqué qu'il avait récupéré les disques du bureau comme ceux du domicile de Donovan et qu'il les avait brûlés. Mais Samantha était certaine qu'ils étaient intacts. Même si cela n'avait guère d'importance pour l'affaire en cours, puisque Jeff lui avait assuré que les ordinateurs de Donovan ne contenaient rien d'important concernant la Krull Mining.

Je sais où sont ces disques ! comprit d'un coup la jeune femme.

Frohmeyer piqua une colère en apprenant que Mattie était passée voir le procureur fédéral. Mais Mattie resta imperturbable. Ils bataillèrent sur chaque question mais, rapidement, on sut qui tenait les rênes, du moins le temps de cette réunion. Si Mattie demandait à Jeff de ne pas répondre, Frohmeyer n'avait aucune info. L'agent parla des dossiers qui avaient disparu au siège de la Krull Mining, à Harlan. Il demanda à Jeff s'il était au courant de ce vol. Jeff haussa les épaules et secoua la tête avant que Mattie n'ait eu le temps de dire « Ne réponds pas ».

— Vous jouez le Cinquième Amendement ? railla Frohmeyer.

— Il n'est pas officiellement suspect, répliqua Mattie, comme si Frohmeyer était stupide.

En son for intérieur, Samantha appréciait la joute. D'un côté le FBI omnipotent. De l'autre, Jeff, leur client qui n'était certainement pas totalement innocent, protégé par les talents de juriste de Mattie, à l'abri, pour l'instant du moins.

— Je vois que nous perdons notre temps, lâcha Frohmeyer, en levant les mains. Merci de nous avoir reçus. Nous reviendrons, évidemment.

— Cela va sans dire, répondit Mattie. Et aucun contact avec mon client sans que j'en sois informée, compris ?

— C'est ce qu'on verra, rétorqua Frohmeyer en repoussant sa chaise pour se lever.

Il s'en alla. Banahan et Zimmer lui emboîtèrent le pas.

*

Une heure plus tard, Samantha, Mattie et Jeff étaient assis au fond de la salle d'audience, attendant l'arrivée du juge qui devait ouvrir la succession de Donovan. La cour ne siégeait pas encore et une poignée d'avocats allaient et venaient devant l'estrade, badinant avec les secrétaires et les greffières.

— J'ai eu les experts ce matin au téléphone, expliqua Jeff à voix basse. Pour l'instant, ils n'ont trouvé aucune preuve d'un sabotage. L'accident est dû à une panne moteur. Et le moteur s'est arrêté parce qu'il n'était plus alimenté en carburant. Le réservoir était plein. On passe toujours à la pompe à Charleston parce que c'est là le moins cher. C'est un miracle que l'avion n'ait pas pris feu, ni explosé sous l'impact en creusant un grand cratère.

— Comment l'arrivée d'essence peut-elle être coupée ? demanda Mattie.

— C'est là la grande question. Si on croit au sabotage, alors une version s'impose. Il y a un tuyau qui part de la pompe à essence et rejoint le carburateur, où il est fixé par un raccord à écrou libre. Si l'écrou est délibérément desserré, le moteur démarre et tourne normalement jusqu'à ce que les vibrations achèvent de le dévisser. Le tuyau d'arrivée d'essence se détache et c'est la panne. Le moteur a des ratés, puis s'arrête. Cela se passe très vite, sans signe avant-coureur, sans qu'aucune alarme s'allume. Et c'est impossible de redémarrer. Si le pilote ne quitte pas des yeux sa jauge d'essence, il pourrait remarquer une brusque chute de pression au moment où le moteur commence à flancher. Tout le monde s'étonne que Donovan n'ait pas lancé de SOS. Mais c'est normal. Imagine la situation. Tu voles de nuit et soudain ton moteur cale. Tu n'as que quelques secondes pour réagir, et c'est la panique totale. Tu essaies de redémarrer, mais le moteur ne veut rien savoir. Les pensées se bousculent et passer un appel de détresse, c'est bien la dernière chose qui te vient à l'esprit. Appeler à l'aide ? Mais qui pourrait venir te sauver ?

— C'est facile de dévisser cet écrou ? demanda Samantha.

— Si on s'y connaît, c'est tout simple. Tout le truc, c'est de ne pas se faire prendre. Il faut attendre la nuit, se glisser sur l'aire d'arrimage, retirer le capot moteur, avoir une lampe électrique, une clé, et faire sa petite affaire. Avec de la pratique, c'est terminé en

429

vingt minutes. La nuit en question, il y avait dix-sept autres petits appareils sanglés sur cette aire et quasiment aucune activité sur la piste. L'endroit était très calme. On a visionné les bandes de vidéosurveillance et on n'a rien trouvé. J'ai parlé avec le personnel de garde cette nuit-là. Ils n'ont rien remarqué de particulier. On a consulté les carnets d'entretien avec les mécaniciens de Roanoke et, bien sûr, tout était OK lors de la dernière révision.

— Dans quel état est le moteur ? s'enquit Mattie.

— Totalement écrabouillé. À l'évidence, le Cessna a taillé quelques arbres. Donovan a sans doute cherché à atterrir sur une route. Peut-être a-t-il vu des phares de voitures au loin ? Mais quand l'avion a touché les branches, il a piqué à la verticale. Le moteur a été écrasé sous le choc. Impossible de savoir dans quelle position était l'écrou. C'est facile de déterminer que l'essence n'arrivait plus, mais au-delà de ça, il n'y a aucun indice.

Le juge fit son entrée dans la salle d'audience et s'installa sur son estrade. Il observa l'assistance et glissa quelques mots à une greffière.

— Et maintenant ? demanda Samantha.

— On cherche toujours, répondit Jeff, sans trop y croire lui-même.

Le juge regarda les derniers rangs.

— Maître Wyatt ?

Mattie présenta Jeff. Le juge exprima ses condoléances et tout le bien qu'il pensait de Donovan. Jeff le remercia, tandis que Mattie apportait les documents au juge. Le magistrat prit tout son temps pour lire le testament. Mattie lui annonça son intention d'engager un avocat, aux frais de la succession, pour s'occuper de l'appel de l'affaire Tate. Le juge interrogea Jeff sur la situation financière de Donovan, ses dettes et ses avoirs.

Au bout d'une heure, tous les documents étaient signés et la succession fut officiellement ouverte. Mattie resta avec le juge pour discuter d'une autre affaire, mais Jeff fut invité à quitter la salle.

— Je vais disparaître une semaine ou deux, annonça-t-il à Samantha alors qu'il la raccompagnait au centre de la Montagne. Tu pourras me joindre avec le portable que je t'ai donné.

— Tu vas quelque part en particulier ?

— Non.

— Je m'attendais à cette réponse. Je pars aussi, pour les vacances. Washington, puis New York. On ne va donc pas se voir pendant un certain temps.

— Alors, je dois déjà te souhaiter un joyeux Noël et une bonne année, c'est ça ?

— C'est ça. Joyeux Noël et bonne année, Jeff.

Il s'arrêta et l'embrassa sur la joue.

— Bonnes fêtes à toi aussi.

Il tourna dans une petite rue et pressa le pas comme s'il se savait suivi.

*

Les funérailles de Francine Crump eurent lieu à 11 heures le mercredi matin, dans une église pente-côtiste du fin fond de la campagne. Samantha ne comptait pas y assister. D'ailleurs Annette le lui avait fortement déconseillé. À tous les coups, ils allaient sortir les serpents et se mettre à danser ! avait-elle lancé. Samantha n'en croyait pas ses oreilles. Plus tard Annette avoua qu'elle exagérait. Il n'y avait plus de paroisse en Virginie où on manipulait des serpents pendant la messe. « Tous les membres sont morts piqués ! »

Mais un nid de vipères n'aurait pu être pire que cette concentration de Crump qui débarqua dans l'après-midi pour régler son compte à cette « M'am Kofer ». Ils déboulèrent au cabinet pour une démonstration de force qui impressionna même Mattie : les cinq enfants Crump, leurs épouses, leur progéniture et quelques proches, eux aussi, aussi larges que hauts.

Leur chère mère était morte, il était temps de se partager les restes.

Mattie fit front et leur ordonna de réduire les effectifs du bataillon. Seuls les cinq enfants furent autorisés à prendre part aux réjouissances. Les autres durent aller attendre dans leurs pick-up. Mattie et Annette menèrent les élus dans la salle de réunion. Une fois qu'ils furent installés, Samantha entra dans la pièce et s'assit. Au sein du groupe, c'était le chaos. Ils venaient d'enterrer leur mère et ils étaient terrifiés à l'idée de perdre la terre de la famille, et l'argent qui allait avec. Toute leur rancœur se portait sur ces avocates qui étaient à l'origine de ce cauchemar. Ils étaient également aiguillonnés par leurs cousins qui leur avaient appris que des compagnies minières étaient intéressées. Ils étaient loin de chez eux, manquaient encore une fois leur travail. Et, comme le sentait Samantha, ils s'étaient aussi beaucoup disputés entre eux.

Elle commença par leur expliquer que personne au cabinet n'avait préparé d'autre testament, puisqu'elles n'avaient eu aucune nouvelle de Francine depuis leur dernière rencontre, neuf jours plus tôt. Si Francine leur avait fait miroiter autre chose, ce n'était pas vrai. Et à sa connaissance, aucun avocat en ville n'avait élaboré un autre testament. Mattie ajouta qu'il était fréquent – une coutume, plus qu'une obligation – que les avocats se préviennent mutuellement quand un nouveau testament était rédigé. Le testament signé par Francine deux mois plus tôt demeurait donc ses dernières et ultimes volontés.

Les Crump écoutèrent, bouillant de rage. Tant de colère les rendait muets. Quand Samantha en eut terminé, elle s'apprêta à essuyer un flot d'insultes. Mais il n'en fut rien. Il y eut un long silence.

Puis Jonah, l'aîné, prit la parole.

— Maman a détruit le testament.

Samantha ne s'attendait pas à ça. Annette fronça les sourcils, tout en passant en revue les vieilles lois de Virginie concernant la destruction des testaments. Mattie était saisie par l'inventivité de la contre-attaque et esquissa un sourire malgré elle.

— Je suis sûr que vous avez une copie, poursuivit Jonah, mais, si j'ai bien compris la situation, quand l'original est détruit, la copie n'est plus valide. C'est bien ça ?

Mattie hocha la tête. À l'évidence, Jonah s'était offert un conseil juridique. S'il était prêt à payer pour ça, pourquoi ne pas avoir fait rédiger un nouveau testament ? Il n'y avait qu'une seule réponse : parce que Francine ne voulait pas revenir sur sa décision.

— Comment savez-vous qu'il a été détruit ? demanda-t-elle.

Euna Faye intervint :

— Elle me l'a dit la semaine dernière.

— À moi aussi, renchérit Irma. Elle a dit qu'elle l'a brûlé dans la cheminée.

— On a cherché partout, précisa DeLoss. Et il n'est nulle part.

Quel bel ensemble ! Tant qu'aucun ne faisait d'impair, l'histoire était crédible.

Lonnie intervint, comme s'il lisait dans les pensées de Mattie :

— Et s'il n'y a plus de testament, on peut se partager la terre en cinq parts égales.

— Sans doute, répondit Mattie. Je ne sais pas quelle va être la réaction du Mountain Trust.

— Qu'ils aillent se faire foutre ! grogna Jonah. Ils ne connaissaient même pas l'existence de notre terre avant que vous ne leur en parliez. C'est notre terre, depuis toujours.

La fratrie hocha la tête à l'unisson.

Dans un éclair de lucidité, Samantha décida de changer son fusil d'épaule. Que Francine ait réellement détruit le testament, ou que ces cinq-là mentent, il n'y avait aucun moyen de le savoir. Alors donnons-leur ce lopin de terre et passons à autre chose. Se retrouver entre les Crump et le Mountain Trust était son pire cauchemar, à recevoir les salves des deux camps. Elle en avait assez de ces gens.

Mattie et Annette en étaient arrivées à la même conclusion. Elles aussi battirent en retraite.

— Très bien, nous n'allons pas défendre ce testament ni chercher à le faire appliquer. Ce n'est pas notre travail. Je doute fortement que le Mountain Trust ait envie de se retrouver englué dans un procès. Les frais de justice coûteraient plus que ne vaut la terre. S'il n'y a plus de testament, alors ainsi soit-il. Il vous suffit désormais de trouver un avocat pour ouvrir la succession et désigner un exécuteur testamentaire.

— Vous ne pouvez pas vous en charger ? demanda Jonah.

Les trois avocates eurent un sursaut de dégoût. Vous représenter ? Jamais !

Annette fut la première à botter en touche :

— Oh non, nous ne pouvons pas. C'est impossible.

— Mais cela n'a rien de compliqué, renchérit Mattie. N'importe quel avocat en ville pourra le faire.

Euna Faye sourit et lâcha :

— D'accord. Merci quand même.

— Et nous pourrons partager en cinq ? s'inquiéta Lonnie.

— C'est la loi. Mais il vous faut d'abord trouver un avocat.

Loonie jetait déjà des regards en coin. Ils étaient prêts à s'étriper avant même de quitter Brady. Et les cousins dans leurs pick-up allaient encore leur parler de l'argent des compagnies minières.

Ils partirent en paix. Quand la porte du cabinet se fut refermée derrière eux, les trois avocates eurent envie de fêter ça. Elles fermèrent le centre, retirèrent leurs chaussures et prirent leurs aises dans la salle de réunion, bien décidées à passer le reste de l'après-midi à festoyer avec un verre de vin à la main. Annette décrivit la scène qui avait dû se passer : un premier s'était mis à fouiller la maison à la recherche de ce satané bout de papier, un second l'avait rejoint, puis un troisième. Et l'hystérie avait gagné tout le monde. Leur mère n'était même pas enterrée qu'ils renversaient les meubles, vidaient les tiroirs. Et si d'aventure ils avaient mis la main sur le testament, ils l'avaient brûlé sur-le-champ.

Aucune des trois femmes ne pensait que Francine avait détruit ce testament.

Et elles avaient raison : l'original arriva par la poste le lendemain des funérailles, avec un mot de Francine demandant à Samantha de faire respecter ses dernières volontés.

Elles n'en avaient donc pas terminé avec les Crump. La guerre ne faisait que commencer.

30

Pour la troisième année consécutive, Karen Kofer passa Noël à New York avec sa fille. Elle avait une amie de l'université dont le mari, le troisième, était un industriel vieillissant. Il frôlait la démence sénile et coulait des jours tranquilles dans une maison de retraite luxueuse de Great Neck. Leur grand appartement sur la 5e Avenue dominant Central Park était quasiment inoccupé. Karen eut droit à sa propre suite pendant une semaine et fut traitée comme une princesse. Samantha aurait pu loger avec elle, mais elle préféra aller retrouver Blythe dans son ancien appartement de SoHo. Le bail expirait le 31 décembre. Elle voulait emballer ses affaires et trouver un garde-meuble. Blythe, qui travaillait toujours dans le quatrième plus gros cabinet du monde, allait emménager chez deux copines à Chelsea.

Après trois mois passés à Brady, Samantha se sentit revivre à New York. Elle fit du shopping avec sa mère, jouant au coude à coude au milieu de la foule, mais heureuse d'être de nouveau au contact de cette énergie contagieuse. Elle but des verres le soir avec ses amis dans les nouveaux bars branchés. Tout en appréciant le lieu et l'ambiance, les conversations l'ennuyèrent rapidement – plans de carrière, placements immobiliers et Grande Récession. Karen avait deux billets pour une comédie musicale à Broadway, un vrai attrape-touristes. Elles sortirent à l'entracte et allèrent dîner à l'Orso, le restaurant italien à proximité des théâtres. Samantha avait brunché avec un ancien copain de Georgetown au Balthazar. Son compagnon avait manqué de s'évanouir quand il avait aperçu dans la salle une célèbre actrice de série que Samantha ne connaissait ni d'Ève ni d'Adam. Elle fit de longues promenades solitaires dans le Financial District, son ancien lieu de travail. Le repas du réveillon de Noël fut un vrai banquet dans l'appartement de la 5ᵉ Avenue, avec beaucoup d'inconnus. Mais après quelques verres de vin, les langues se délièrent et ce qui devait être une corvée mondaine devint une belle fête tapageuse qui dura jusqu'au petit matin. Samantha dormit dans une chambre d'amis, qui était plus grande que son appartement et s'éveilla avec une petite gueule de bois. Une femme de chambre en uniforme lui apporta du café, un jus d'orange et de l'ibuprofène. Elle déjeuna avec Henry, qui lui cassa les pieds. Elle se rendit compte qu'ils n'avaient rien en commun. Il était persuadé qu'elle allait rentrer sous peu et qu'elle serait impatiente de renouer les liens. Elle lui expliqua que la date de son retour était loin d'être fixée. Elle n'avait pas de travail ici, et très bientôt, plus d'appartement. Son avenir était plus qu'incertain, comme le sien. Henry avait abandonné ses rêves d'acteur et songeait aujourd'hui à entrer dans le monde excitant des fonds spéculatifs. Un choix pour le moins curieux étant donné la situation actuelle ! Ces types étaient ruinés et tentaient d'échapper aux mises en examen. Henry n'avait qu'une licence d'arabe. Il allait droit dans le mur. Samantha ne voulait plus perdre de temps avec lui.

Deux jours après Noël, alors qu'elle se trouvait dans un bar de SoHo, un téléphone sonna. Au début, elle ne reconnut pas la sonnerie qui filtrait de son sac à main, puis elle comprit que c'était le GSM que lui avait donné Jeff.

— Coucou, c'est moi ! lança-t-il. Où es-tu ?

— À New York. Et toi ?

— Pareil ! J'aimerais bien te voir. Tu as le temps de prendre un café ?

Pendant un moment, elle crut qu'il la faisait marcher. C'était tellement incongru d'imaginer Jeff Gray arpenter les rues de Manhattan. Mais à New York rien n'était impossible, non ? La ville attirait toutes sortes de gens et de toutes parts.

— Bien sûr. En fait, je suis déjà en train d'en boire un. Toute seule.

— Quelle adresse ?

Pendant qu'elle l'attendait, elle songeait, amusée, à ce qu'elle avait ressenti. Au début, la surprise, puis, aussitôt après, une bouffée de désir. Y avait-il un moyen de l'emmener dans son appartement et d'éviter Blythe ? Blythe s'en fichait, mais Samantha n'avait pas envie qu'on lui pose des questions. Où Jeff était-il descendu ? Un petit hôtel sympa ferait l'affaire. Était-il seul ? Ou partageait-il une chambre avec un ami ?

Du calme, ma fille ! Il arriva vingt minutes plus tard et ils s'embrassèrent, sur la bouche cette fois. En attendant leurs doubles expressos, elle lui posa la question évidente :

— Que fais-tu ici ?

— Je suis déjà venu. Je bouge pas mal ces temps-ci. Et je voulais te voir.

— Un coup de fil aurait suffi, tu sais.

Un jean délavé, un T-shirt noir, une veste de laine, des Clarks, une barbe de trois jours, les cheveux un peu en bataille. Il n'avait pas exactement le look des clones de Wall Street, mais à SoHo personne n'aurait pu deviner qu'il venait du fin fond des Appalaches. Et qui s'en serait soucié ? En fait, il ressemblait à Henry, à un acteur au chômage, mais en mieux.

— Je voulais te faire la surprise.

— D'accord, je suis surprise. Comment es-tu venu ?

— En jet privé. C'est une longue histoire.

— J'en ai assez des longues histoires. Où es-tu descendu ?

— Au Hilton Midtown. Seul. Et toi ?

— Je suis dans mon appartement, qui n'est encore le mien que pour quelques jours.

Le serveur leur annonça que le café était prêt. Jeff récupéra les deux tasses. Il versa un sachet de sucre dans la sienne. Ce serait sans pour elle. Ils se tenaient au comptoir, serrés épaule contre épaule, tandis que le bar commençait à se remplir.

— On peut revenir à cette histoire de jet privé ? Je suis curieuse d'en savoir plus.

— Deux raisons, en fait, m'amènent ici. D'abord, je voulais te voir et peut-être passer un peu de temps avec toi. On pourrait faire une balade, en ville cette fois et trouver une cheminée quelque part. Ou alors un lit douillet. Ça, c'est ce que j'aimerais, mais je comprendrais que tu aies trop de choses à faire. Je ne veux pas chambouler ton programme de vacances.

— Pour la cheminée, impossible.

— On fera l'impasse. Je suis libre à partir de maintenant.

— Je suis certaine qu'on va se trouver du temps. Et l'autre raison ?

— Le jet appartient à Jarrett London, un avocat pénaliste de Louisville. Tu as peut-être entendu parler de lui ?

— Je suis censée connaître les avocats de Louisville ?

— Bref, lui et Donovan étaient très proches. Jarrett était aux funérailles. Un grand gars, la soixantaine, de longs cheveux gris et une barbe poivre et sel. C'était le mentor de Donovan, pour ne pas dire son héros. Son cabinet est l'un des trois qui attaquent la Krull Mining dans l'affaire Hammer Valley. Le FBI a fait aussi une perquisition chez lui, le même jour que chez Donovan. Inutile de te dire qu'un type comme London n'apprécie guère ce genre de manières. Et il est très remonté. Il a un ego gros comme ça, comme d'habitude chez ces gars-là.

— Tout comme mon père.

— Voilà ! Il se trouve d'ailleurs que London a rencontré ton père il y a plusieurs années au cours d'une fête après un procès. Bref, London a une nouvelle petite amie, une vraie cruche et elle voulait voir New York. Alors j'ai profité de l'avion.

— Comme c'est futé.

— London veut aussi te rencontrer, pour te saluer, te parler des documents.

— Les documents ? Jeff, je t'en prie, je suis déjà bien trop mouillée comme ça. Où tout ça va-t-il me mener ?

— Samantha, mon frère est mort et j'ai besoin de quelqu'un à qui parler, quelqu'un qui connaît la loi et qui peut me conseiller.

Elle se raidit et s'écarta de lui. Elle le fixa des yeux, prête à le frapper. Mais elle se contenta de regarder autour d'elle et de ravaler sa colère.

— À cause de toi, je risque de me retrouver dans une situation très délicate. Le FBI est sur les dents, et tu veux m'impliquer davantage ? Tu es encore plus incontrôlable que ton frère et tu te fiches de ce qui pourrait m'arriver. Qui te dit d'abord que je vais retourner à Brady ? Ici, je me sens tellement bien, tellement en sécurité. C'est chez moi. C'est là qu'est ma place.

Son grand corps sembla se ratatiner, son menton s'affaisser. Il paraissait perdu, atterré.

— Je me soucie de toi, Samantha, et de ce qui peut t'arriver. J'ai juste besoin d'aide en ce moment.

— Jeff, on a vécu un très beau moment ensemble il y a deux semaines. J'y ai beaucoup pensé. Mais pourquoi m'as-tu emmenée dans cette grotte ? Ça me dépasse. Pourquoi m'as-tu montré où étaient les documents ?

— Personne ne le saura jamais.

442

— Maintenant je suis complice. Je sais que ces papiers sont importants, que ce sont de véritables armes dans cette affaire, mais il n'en reste pas moins qu'ils ont été volés.

— Quelqu'un doit savoir où ils sont, Samantha, au cas où il m'arriverait quelque chose.

— Vic peut s'en occuper.

— Je te l'ai dit, Vic est hors jeu. Sa copine est enceinte et il n'est plus le même homme. Il ne veut plus prendre de risque. Il ne répond même plus au téléphone.

— C'est la preuve qu'il a un peu de jugeote.

Les cafés refroidissaient. Jeff s'en aperçut et but une petite gorgée. Samantha observa la foule.

— Si on s'en allait ? articula-t-il finalement.

Ils firent halte au Washington Square Park. Tous les bancs étaient vides, le vent soufflait et la température était passée sous zéro.

— Qu'est-ce que ce London sait de moi ?

— Que tu t'occupes de l'affaire Ryzer, du moins pour la partie maladie. Que tu as découvert que les avocats de la Lonerock Coal ont dissimulé des pièces du dossier médical. Il était vraiment impressionné. Il sait que je te fais confiance et que c'était aussi le cas de Donovan. Et qu'il t'a parlé de l'existence des documents.

— Et aussi que je connais l'endroit où ils sont ?

— Non. Je te l'ai dit, Samantha, personne ne le saura jamais. J'ai eu tort de t'emmener là-bas. Tu as raison.

— Merci de le reconnaître.

— Rencontre-le, s'il te plaît. Juste pour savoir ce qu'il a à te dire. Cela n'engage à rien, non ?

— Ce n'est pas si sûr.

— Allons, il n'y a rien de mal à ce que tu rencontres Jarrett London. Ce sera un rendez-vous totalement confidentiel. En plus, c'est un type intéressant.

— Quand veut-il me voir ?

— Je vais l'appeler. Je gèle. Pas toi ? Tu habites loin ?

— Pas très. Mais c'est le souk dans l'appartement. On fait toutes les deux nos valises.

— Peu importe.

*

Deux heures plus tard, Samantha entrait dans le hall de l'hôtel Peninsula sur la 55e Avenue. Elle prit l'escalier sur sa gauche, monta au premier et aperçut Jeff au bar, comme prévu. Sans un mot, il lui tendit un bout de papier avec un message : « Chambre 1926. » Il la regarda tourner les talons et s'éloigner, puis se posta devant les marches pour s'assurer que personne ne la suivait. Elle emprunta l'ascenseur jusqu'au dix-neuvième étage, puis sonna à la porte. Un homme grand avec des cheveux gris bien trop longs lui ouvrit.

— Bonjour, madame Kofer. C'est un honneur de vous rencontrer. Je suis Jarrett London.

La 1926 était une grande suite avec un vrai salon. Pas trace de la petite amie. Quelques minutes après l'arrivée de Samantha, Jeff sonna à son tour. Ils s'installèrent dans les fauteuils et échangèrent politesses et plaisanteries d'usage. London proposa à boire, mais tout le monde déclina l'offre. London en vint à l'affaire Ryzer et félicita Samantha pour son travail hors pair. Ils en avaient beaucoup parlé avec Donovan. London était encore en discussion avec ses associés pour décider s'ils devaient oui ou non faire équipe avec Donovan pour ce grand procès quand il avait déposé la plainte tout seul.

— C'était prématuré, lâcha London. Mais Donovan a toujours eu ce côté chien fou.

London n'avait pas encore pris sa décision. Ce n'était pas tous les jours qu'on avait l'occasion d'attaquer un grand cabinet comme Casper Slate pour dissimulation de preuves. Il y aurait appel, un long combat juridique. Il disserta sur la beauté de cette affaire, comme si Samantha ne l'avait pas déjà saisie. Elle avait déjà entendu s'extasier Donovan et son père. Aujourd'hui, le sujet était la Krull Mining. Maintenant que Donovan n'était plus là, London se retrouvait le chef de file des plaignants. Le recours avait été déposé le 29 octobre. La Krull avait obtenu plus de temps pour répondre. Début janvier, London et son équipe s'attendaient à ce que la compagnie demande le non-lieu, avec un gros dossier à l'appui, et la guerre serait déclarée. Très bientôt donc, dans les prochains jours, London allait avoir besoin de ces fameux documents.

— Vous êtes au courant de ce qu'il y a dedans ? demanda Samantha.

London poussa un soupir, comme s'il ne savait pas par où commencer, tant la question était importante et sensible. Il se leva et se dirigea vers le minibar.

— Quelqu'un veut une bière ?

Jeff et Samantha déclinèrent encore une fois l'offre. L'avocat but une longue gorgée.

— Il y a un an, on a eu notre premier rendez-vous avec Donovan. C'était à Charleston, dans les locaux de Gordie Mace, un cabinet dans notre camp. Donovan nous avait tous convoqués pour nous présenter l'affaire Hammer Valley. Il disait qu'il avait en sa possession des pièces compromettantes, obtenues par des voies non orthodoxes. On n'a pas posé de questions. Et il ne nous a pas fourni d'explications. D'après lui, il y avait là vingt mille pages de preuves accablantes. Pour résumer, la Krull Mining était au courant de la contamination, elle savait que le bassin fuyait et polluait les nappes et la vallée, elle savait aussi que les gens continuaient à boire l'eau, qu'ils tombaient malades et mouraient, elle savait qu'elle aurait dû nettoyer le site, mais estimait que cela coûtait moins cher de laisser les gens mourir que de faire les travaux. Donovan n'avait pas apporté les documents, mais il avait pris des notes, des notes qu'il a détruites après l'entretien. Donovan nous a décrit dans le détail une vingtaine de ces documents, les plus accusateurs, et franchement, on était soufflés. Pire que ça. Outrés. Révoltés. On a signé aussitôt et déclaré qu'on était avec lui dans cette affaire. Donovan a bien veillé à ne jamais dire que ces pièces avaient été volées, et il ne nous les a jamais montrées. S'il nous avait confié ces documents, tous autant que nous sommes, nous aurions été arrêtés à l'heure qu'il est.

446

— Comment comptez-vous récupérer ces documents sans vous faire coincer par le FBI ? demanda-t-elle.

— C'est la grande question. Nous sommes en contact par des voies détournées avec l'un des assistants du juge en charge de l'affaire, ce qui est très chaud et très délicat. Le plan serait de récupérer les documents, de les remettre aussitôt à la cour pour que le juge les place sous scellés. Et puis de lui demander de convaincre le ministre de la Justice de geler l'enquête pour vol jusqu'à ce que ces pièces soient produites au procès. Il faut arrêter de paniquer. La personne qui a volé ces pièces est morte. D'après nos spécialistes, les risques pour nous seraient assez limités. Et nous sommes prêts à les prendre. Le réel danger n'est pas là. Le problème est la sécurité des documents avant qu'ils ne soient remis à la cour. La Krull va tout tenter pour les faire disparaître et, en plus, ils ont le FBI de leur côté. Autant dire que ça peut dégénérer à tout moment.

Samantha lança un regard noir à Jeff.

London s'assit à côté de la jeune femme et vrilla ses yeux dans les siens.

— Peut-être pourrait-on actionner quelques leviers à Washington ?

— Comment ça ?

— Il y a au ministère de la Justice trois personnes qui ont un contact privilégié avec le ministre. L'une d'elles est Leonna Kent. Je suis sûr que vous la connaissez.

Elle se raidit.

— Oui. Je l'ai rencontrée il y a des années.

— Elle et votre mère ont débuté ensemble leur carrière au ministère, il y a trente ans. Votre mère est très appréciée dans cette noble institution. Elle est un pilier de la maison et y jouit d'une certaine autorité.

— Mais pas dans ce domaine.

— Détrompez-vous, Samantha. Un mot de Karen Kofer à Leonna Kent, puis de Leonna Kent au ministre, puis de celui-ci au procureur fédéral du Kentucky, et on sera débarrassés du FBI. Nous n'aurions plus qu'à nous soucier des hommes de main de la Krull.

— C'était ça le but de cette réunion ? Ma mère ?

— C'est juste le professionnel qui parle, Samantha, vous le comprenez bien. Avez-vous discuté de cette affaire avec votre mère ?

— Non, bien sûr que non. Ça ne m'est même pas venu à l'esprit. C'est tellement loin de son domaine de compétence.

— Pas autant que vous le pensez. On a de bons contacts à Washington et ces gens pensent que Karen Kofer peut nous aider.

Samantha n'en croyait pas ses oreilles.

— C'est pour ça que tu es venu à New York, demanda-t-elle à Jeff. Pour que je mêle ma mère à ça ?

— Non, répondit-il aussitôt. Je l'apprends en même temps que toi. Je ne savais même pas où ta mère travaillait.

Il paraissait sincère, comme un enfant accusé à tort. Et elle le crut.

— Je n'en ai pas parlé avec Jeff, confirma London. Il s'agit de mes sources au Congrès.

— Vos lobbyistes.

— Oui, bien sûr. On a tous des lobbyistes, non ? Qu'on les aime ou qu'on les déteste, ils connaissent le terrain. Ne le prenez pas aussi mal, Samantha. Nous ne voulons pas que votre mère interfère directement dans une enquête fédérale, mais nous savons, en même temps, comment ça marche à Washington. Tout ça c'est de l'humain, un petit mot dit au bon moment, à la bonne personne, et tout peut changer. Je vous prie juste d'y réfléchir, d'accord ?

Samantha poussa un soupir.

— Entendu, j'y réfléchirai.

— Je vous remercie.

L'avocat se leva, s'étira à nouveau. Samantha regarda Jeff qui gardait la tête baissée.

— Maintenant, Jeff…, reprit London, ce serait bien qu'on parle de la livraison de ces documents.

Samantha se leva d'un bond.

— Ciao tout le monde !

Jeff lui attrapa doucement le bras.

— Samantha, je t'en prie, ne pars pas. J'ai besoin de tes conseils.

Elle se libéra.

— Je ne veux rien savoir. Continuez à parler de tout ce que vous voulez. Vous n'avez pas besoin de moi. J'ai été ravie de vous rencontrer, monsieur London. Au revoir.

Elle ouvrit la porte et s'en alla.

Jeff la rattrapa dans le hall et ils quittèrent l'hôtel ensemble. Il lui présenta ses excuses. Elle lui assura qu'elle n'était pas fâchée. Simplement, elle ne connaissait pas ce Jarrett London, ne lui faisait pas confiance et ne voulait pas discuter de sujets sensibles en sa présence. Jeff et Samantha se promenèrent sur la 5ᵉ Avenue, se laissant porter par la foule, et parvinrent à parler d'autre chose que du charbon. Elle lui montra l'immeuble où sa mère squattait en ce moment dans le luxe et l'opulence. Une nouvelle sauterie était prévue le soir même, mais elle avait déjà prévenu qu'elle n'y assisterait pas. Elle avait réservé sa nuit pour Jeff.

*

Se doutant que Jeff n'apprécierait guère de rester trois heures à table dans un restaurant gastronomique, Samantha évita les endroits trop chics et réserva au Mas dans West Village. Par cette nuit fraîche, c'était l'endroit idéal – une salle cosy et douillette dans une ambiance « ferme provençale ». La carte changeait tous les jours et était d'une longueur raisonnable. Jeff la parcourut et avoua ne reconnaître aucun plat. Un serveur leur suggéra le menu à cinq plats pour soixante-huit dollars et Samantha accepta. Jeff était effaré par les prix, mais il fut rapidement conquis par les mets. Crevettes avec des spaghettis, porc aux pommes, bar avec une fondue de poireau, et une tarte au chocolat pour terminer. Ils burent une bouteille de côtes-du-rhône. Quand le chariot des fromages passa à côté de leur table, Jeff faillit faire signe au serveur de ne pas s'approcher. Mais Samantha l'appela et annonça qu'ils voulaient un supplément fromage et encore du vin.

En attendant que le chariot arrive, Jeff se pencha vers la jeune femme.

— J'ai quelque chose à te demander. Et je voudrais que tu prennes le temps d'y réfléchir.

— Je ne promets rien. Je ne te fais pas confiance à ce point.

— Voilà qui fait plaisir à entendre ! Écoute, ça peut paraître fou, mais ça fait un moment que cette idée me trotte dans la tête. Je n'ai jamais osé t'en parler. Mais c'est le moment ou jamais.

L'espace d'une seconde cauchemardesque, Samantha craignit qu'il ne la demande en mariage. Ils n'étaient même pas un couple ! Elle n'avait aucune intention de s'engager. Pour l'instant, le sexe était passé avant l'amour. À tous les coups, ce gars de la montagne était tout retourné et allait lui faire sa déclaration.

Mais ce n'était pas le cas. Quoique ce qu'il avait à dire fût aussi dérangeant.

— Le cabinet m'appartient, du moins j'en serai très bientôt le propriétaire. Je suis aussi l'administrateur des biens de Donovan et donc de son affaire. Avec Mattie et le juge, je suppose. Tu connais la liste des litiges en cours. Il a laissé beaucoup de dossiers inachevés. Mattie pourra en suivre quelques-uns, mais pas beaucoup. Elle est déjà débordée et ce n'est pas dans ses cordes. Ce qu'il faut, c'est que quelqu'un reprenne le cabinet. Il y a les fonds pour engager un avocat et finir ce qu'avait commencé Donovan. Et, en toute franchise, il n'y a personne d'autre dans tout le comté sur qui on peut compter.

Elle retenait son souffle, redoutant le pire : la demande fatidique. Elle décida de le prendre de vitesse.

— Non…, lâcha-t-elle.

— Tu travaillerais avec Mattie et Annette et je serais là pour t'aider.

Elle ne tombait pas vraiment des nues. Par deux fois déjà, Mattie avait lancé une perche quand elle évoquait le besoin de trouver un successeur à Donovan. Et les deux fois, elle avait fait la sourde oreille.

— Je vois au moins dix raisons pour lesquelles ça ne marcherait pas.

— Et moi, j'en vois onze pour lesquelles ça marcherait, répliqua-t-il avec un grand sourire.

Le chariot de fromages s'arrêta à leur table, libérant leurs arômes. Samantha choisit trois variétés. Jeff préférait le cheddar sous plastique, mais il se reprit et imita Samantha. Dès que le chariot s'en alla, il revint à la charge :

— Vas-y, commence. Donne-moi tes dix raisons, que je les démonte une à une !

— Je ne suis pas qualifiée.

— Tu es intelligente et tu apprends vite. Avec l'aide de Mattie, tu peux tout gérer. Suivante !

— Dans un mois ou deux, je serai partie.

— Tu peux t'en aller quand tu veux. C'est juste, que tu n'as aucune perspective d'embauche pour les douze mois à venir. Tu l'as dit toi-même, le secteur juridique est saturé et en pleine crise. Il n'y a pas d'emploi, point barre. Suivante !

— Je ne connais rien au pénal. Or au cabinet de Donovan, des affaires pénales, il n'y a que ça !

— Tu as vingt-neuf ans et tu peux tout apprendre. Mattie m'a dit que tu percutais très vite, et que tu étais déjà bien meilleure que les avocats qu'on a chez nous.

— Elle a vraiment dit ça ?

— Pourquoi je mentirais ?

— À ton avis ?

— Je ne te mens pas. Suivante !

— Je ne me suis jamais occupée d'un appel, et encore moins d'un appel concernant une telle somme.

— Mais cet appel est totalement vaseux. Gérer ça, ce n'est que de la documentation et de la paperasserie. Une pure formalité. Suivante !

— Je suis citadine, Jeff. Regarde ! C'est ça ma vie. Je ne pourrais pas tenir le coup à Brady.

— D'accord. Mais personne ne te demande de passer ta vie à Brady. Donne-toi deux ou trois ans, aide-nous à terminer les procès de Donovan et à récupérer l'argent. Il y a pas mal en jeu et je ne veux pas voir tout ça s'envoler. Suivante !

— Certaines de ces affaires vont traîner pendant des années. Je ne peux pas m'engager à ce point.

— Alors engage-toi seulement sur l'appel de l'affaire Tate. Il y en a pour dix-huit mois max. Ça passera vite. Après, on avisera. Et pendant ce temps-là, tu pourras choisir de t'occuper des cas qui te paraissent les plus prometteurs. Je t'aiderai. J'ai un certain flair pour ça. Suivante !

— Je ne veux pas avoir affaire à la veuve de Donovan.

— Aucun risque. Je m'y engage. Mattie et moi on s'occupera de Judy. Suivante !

Elle étala un morceau de camembert sur un toast et croqua dedans.

— Je ne veux plus que des gens me suivent, insista-t-elle en mâchonnant. Et je n'aime pas les armes.

— On peut être avocat sans porter d'arme. Regarde Mattie. Ils ont tous peur d'elle. Et, comme tu le sais, je serai là pour te protéger. Suivante !

Elle fit passer sa bouchée avec une gorgée de vin.

— Très bien, voilà une autre raison, et celle-là, je ne vois pas comment la présenter gentiment. Toi et Donovan vous avez vos propres règles. Vous avez volé des documents au siège de la Krull, et je suis sûre que vous avez déjà fait des choses comme ça dans d'autres affaires. Mon petit doigt me dit que bon nombre de dossiers au cabinet de Donovan ne sont pas très nets. Et je ne veux pas y toucher. Le FBI a fait une descente une fois. Je ne veux pas être là quand ils débarqueront à nouveau.

— Cela n'arrivera pas, je te le promets. Hormis la Krull, tout le reste est clean. Et je ne mettrai ni le cabinet, ni toi, en danger. Il faut me croire.

— Je ne te fais pas entièrement confiance.

— Tu l'as déjà dit. Mais je te prouverai que tu te trompes.

Un nouveau morceau de fromage, une autre gorgée de vin. Jeff se mit à manger aussi, attendant la suite. Il compta sur ses doigts :

— Cela fait neuf raisons, seulement. Et je les ai toutes démontées avec brio.

— Très bien. Alors voici la dixième. Je ne suis pas certaine de pouvoir travailler si tu es dans les parages.

— D'accord. Tu veux que je te laisse tranquille.

— Je n'ai pas dit ça. Jeff, regarde-moi. En ce qui concerne l'amour, je ne suis pas sur le marché, tu comprends ? C'est tout. On peut s'envoyer en l'air tant qu'on veut, mais c'est juste pour le plaisir. Si jamais ça devenait sérieux, les problèmes arriveraient.

Il esquissa un sourire, lâcha un petit rire.

— Donc, si je te suis bien, tu es prête à continuer à faire l'amour avec moi, mais tu ne veux pas entendre parler du moindre engagement affectif. Top ! Tu es dure en affaires. Mais c'est d'accord. Marché conclu. Écoute, Samantha, je suis célibataire, j'ai trente-deux ans, et être seul me va très bien. Il faut que tu comprennes que Donovan et moi on a été marqués quand on était gosses. Nos parents étaient malheureux et ne se supportaient plus. C'était la guerre ouverte et on a été les dommages collatéraux. Pour nous, le « mariage » est un gros mot. Et ce n'est pas un hasard si Donovan et Judy ont rompu.

— Annette m'a dit qu'il était coureur.

— Elle est bien placée pour le savoir !

— Je m'en doutais. Depuis longtemps ?

— On ne tient pas de registre ! Et il ne me disait pas tout. Donovan était quelqu'un de très secret, comme tu sais. Il t'a fait des avances ?

— Non.

— Et s'il l'avait fait ?

— J'aurais eu du mal à protester, je le reconnais.

— Peu de femmes résistent à Donovan, y compris Annette.

— Mattie est au courant ?

Il but un peu de vin et jeta un regard circulaire dans la salle.

— Je ne crois pas. Elle sait tout ce qui se passe à Brady, mais Donovan et Annette ont été très discrets. Si Mattie l'avait su, cela aurait posé problème. Elle aime beaucoup Judy et considère Haley comme sa petite-fille.

Le serveur passa à côté de leur table et Samantha demanda l'addition. Jeff proposa de payer, mais elle refusa.

— Tu peux m'inviter à dîner chez toi autant que tu le veux, mais à New York, tu es sur mes terres.

— Je gagne au change.

Ils avaient fini leur fromage, et vidé leurs verres. Ils se turent un moment, écoutant les conversations avoisinantes. On entendait parler dans toutes les langues.

— On est bien loin de Brady, n'est-ce pas, annonça Jeff avec un sourire.

— Oui. Brady, c'est un autre monde et ce n'est pas le mien. Je t'ai donné dix raisons, Jeff, et je suis certaine de pouvoir en trouver dix autres encore. Je ne vais pas rester longtemps. Essaie de comprendre.

— Je comprends, Samantha. Et je ne te reproche rien.

31

Jeff commença la nouvelle année par un coup d'éclat : il se fit arrêter à l'aéroport de Charleston en Virginie-Occidentale. Vers 22 heures, le premier dimanche de l'année, un garde faisant sa tournée dans la zone de l'aviation générale remarqua un homme tapi derrière un Beechcraft Bonanza, garé à côté d'autres petits appareils de tourisme. Le vigile avait sorti son arme et ordonné à l'intrus, à savoir Jeff, de s'écarter de l'avion. La police était arrivée. On lui avait mis les menottes et on l'avait emmené à la prison. Il appela Samantha à 6 heures le lendemain matin, mais juste pour la tenir au courant. Il ne lui demandait pas de venir à la rescousse parce qu'il avait des amis avocats à Charleston. Elle lui posa évidemment la question qui s'imposait :

— Que faisais-tu à rôder au milieu des avions en pleine nuit ?

— J'enquêtais, répondit-il, tandis que quelqu'un criait en arrière-plan.

Elle secoua la tête d'agacement. Pourquoi tous ces risques ?

— D'accord. Qu'est-ce que je peux faire ?

— Rien. Je suis juste accusé d'être entré sur la zone sans autorisation. Je serai relâché dans quelques heures. Je te rappellerai.

Samantha fonça au centre de la Montagne et alluma la cafetière. Il n'était pas 7 heures du matin. Elle n'avait pas le temps de penser à Jeff ni à son dernier haut fait. Elle révisa ses notes, organisa ses papiers, se prépara un café pour la route, et à 7 h 30 elle partait pour Colton. Une heure de trajet. Elle profita du voyage pour répéter son argumentaire, quand elle serait face au juge et aux avocats de Top Market Solutions.

Elle gravit les marches du palais de justice. Les jours étaient loin où Mattie ou Annette venaient l'aider. Elle était seule désormais, du moins pour l'affaire Booker. Pamela l'attendait dans le hall et la remercia encore. Elles entrèrent dans la salle d'audience et s'installèrent à la table que Donovan avait occupée avec Lisa Tate trois mois plus tôt, là où ils s'étaient tenu les mains au moment où le jury avait rendu son verdict. L'affaire Tate… Sans doute allait-elle devoir se charger du procès en appel. Mais pas aujourd'hui. Aujourd'hui, elle ne se battait pas pour trois millions de dollars. Simplement pour cinq mille. Et Samantha était tout aussi tendue.

Le juge appela leur affaire, et demanda à Samantha de commencer. Elle prit une profonde inspiration, regarda autour d'elle. Il n'y avait quasiment personne dans la salle. C'était un petit litige, concernant une saisie sur salaire, pour une somme misérable. Rassérénée, elle se lança. Elle fit quelques remarques préliminaires, exposa rapidement les faits et appela Pamela au box des témoins. Pamela détailla l'ancienne décision de justice concernant le débit sur sa carte de crédit, identifia le jugement de divorce, et expliqua l'effet que cela faisait de voir son salaire soudain saisi et de se retrouver du jour au lendemain sans emploi, à devoir vivre avec ses deux enfants dans une voiture. Samantha remit au juge les copies certifiées conformes de l'ancienne condamnation, du divorce, de la notification de saisie, et des bulletins de salaire de l'employeur de Pamela. Après une heure à la barre, Pamela put retourner à la table des plaignants.

Top Market Solutions avait une mauvaise défense et un avocat plus mauvais encore. Il s'appelait Kipling. Il dirigeait un petit cabinet avec un associé à Abingdon. Et il était évident qu'il n'avait guère d'empathie ni pour l'affaire, ni pour son client. Il ânonna une plaidoirie censée prouver que Top Market avait été abusé par la société de crédit et avait agi en toute bonne foi. Son client ignorait que le jugement qu'il tentait de faire exécuter était prescrit.

Le juge était exaspéré par Kipling et ses explications fumeuses.

— Votre demande de non-lieu est rejetée, maître Kipling. À présent voilà mon conseil, et je vais vous le dire à titre purement officieux.

La greffière retira les mains du clavier de sa machine, et en profita pour se servir une tasse de café.

— Je veux que cette affaire soit réglée à l'amiable, et maintenant. Il est évident, maître Kipling, que votre client est dans son tort et a causé bien des tracas à

Mme Booker. On peut aller au procès dans un mois. Et il se tiendra ici même, devant moi, sans jury, et ce sera une perte considérable de temps et d'argent car j'ai déjà pris ma décision. Et je puis vous assurer que cela coûtera beaucoup moins à votre client d'accepter un accord tout de suite.

— Très bien, Votre Honneur, bredouilla Kipling.

Il était assez rare qu'un juge annonce aussi clairement son jugement avant même que le procès soit tenu.

— Alors voilà ce qui me paraît juste, reprit le magistrat. (En d'autres termes : voici quel sera mon verdict.) Votre client a illégalement ponctionné le salaire de Mme Booker, à onze reprises, pour un total de mille trois cents dollars. À cause de cette perte de revenus, elle a été mise à la porte de son mobile home. Et votre client est directement responsable de son licenciement, quoique j'aie cru comprendre qu'elle a pu depuis retrouver son poste. Elle a toutefois connu des temps difficiles, et s'est retrouvée à la rue, à devoir vivre dans sa voiture avec ses deux enfants. Tout ça à cause de votre client. Mme Booker a droit à des réparations pour cela. Elle réclame cinq mille dollars de dédommagement, mais cela me paraît un peu trop faible. Si j'avais à rendre un jugement aujourd'hui, je demanderais la restitution des mille trois cents dollars, plus dix mille dollars en dommages. Mais si je suis contraint de le rendre le mois prochain, je vous assure que vous y perdrez au change. J'attends donc votre réponse, séance tenante, maître Kipling.

Kipling s'entretint avec son client, un représentant de Top Market. Un type rougeaud et court sur pattes, dans un costume bon marché, bien trop petit pour lui. Il était furieux et suait à grosses gouttes, mais il avait compris la situation. Visiblement, entre lui et son avocat, ce n'était pas la grande confiance.

— Peut-on avoir cinq minutes, Votre Honneur ? répondit finalement Kipling.

— Bien sûr. Cinq minutes, pas plus.

Les deux hommes sortirent rapidement de la salle d'audience.

Pamela se pencha vers Samantha.

— Je n'en reviens pas !

Samantha hocha la tête avec détachement, comme une vieille routière du barreau. Elle fit mine de s'intéresser à un papier, en biffant tranquillement çà et là quelques mots, alors qu'elle aussi avait envie de crier sa joie : « Je n'en reviens pas non plus ! C'est mon premier procès ! »

Bien sûr, ce n'était pas vraiment un procès, simplement une audience préliminaire. Mais c'était quand même sa première affaire, et gagner ainsi, battre la partie adverse à plates coutures, c'était jouissif.

Les portes de la salle d'audience s'ouvrirent à nouveau, et les deux hommes revinrent rapidement à leur table. Kipling se tourna vers le juge.

— Votre Honneur... il semble que mon client ait effectivement commis quelques erreurs et il regrette sincèrement les torts que cela a causés à Mme Booker. Votre proposition d'arrangement nous semble équitable. Nous l'acceptons.

*

Samantha revint à Brady sur un petit nuage. Elle pensait à Donovan et à Jeff après le verdict de l'affaire Tate, rentrant en ville avec trois millions virtuellement en poche. Ils ne pouvaient être plus transportés de bonheur que Samantha en ce moment. Avec ses collègues, elle avait sauvé Pamela et ses enfants ; elle les avait sauvés de la rue, voire de la faim, et leur avait permis de retrouver une vie normale. Elle avait réclamé justice avec détermination et son appel avait été entendu. Les méchants avaient été punis.

En tant qu'avocate, jamais elle ne s'était sentie aussi puissante. En tant que personne, jamais aussi utile.

Le pique-nique du lundi en salle de réunion fut très festif. On célébra l'exploit de Samantha pour sa première affaire. Annette lui conseilla de savourer ce moment car les triomphes étaient rares dans le métier. Mattie ne voulait pas crier victoire trop tôt. L'argent n'était pas encore versé. Après avoir fêté la belle résolution de l'affaire Booker, la conversation dévia naturellement vers d'autres sujets. Mattie annonça que Jeff était sorti de la prison de Charleston. Avait-il payé la caution ou s'était-il fait la belle ? s'interrogeait Samantha. Mattie lui répondit qu'un avocat important là-bas, un ami de Donovan, s'était chargé de sa libération. Et Jeff n'avait pas précisé quelles étaient les charges retenues contre lui.

Annette venait de recevoir un appel officieux d'une employée du tribunal : un avocat comptait déposer une requête pour faire valider le testament antérieur de Francine Crump, celui qu'elle avait signé cinq ans plus tôt et qu'elle avait montré à Samantha. La famille soutenait que ce document était le seul valable puisque leur mère avait détruit la nouvelle version, celle préparée par le centre de la Montagne. Un beau chaos en perspective, et personne autour de la table n'avait envie de se retrouver dans la tourmente. Laissons les Crump avoir leur terre et la vendre à une compagnie minière. Grand bien leur fasse ! Mais Mattie expliqua qu'en leur qualité d'avocates, elles étaient des officiers de justice et que, par suite, elles se devaient d'éviter qu'une escroquerie ne soit commise. Elles avaient l'original du testament, qu'une personne inconnue leur avait envoyé par la poste après l'attaque de Francine. Elle ne l'avait donc pas détruit. Elle avait caché ce document à ses enfants et voulait que le cabinet le protège et fasse exécuter ses dernières volontés. Restait à savoir si le centre devait révéler maintenant qu'il détenait l'original et ouvrir des hostilités qui allaient durer plusieurs années ou attendre et voir ce que tramaient précisément les Crump ? La famille allait sans doute continuer à soutenir que Francine avait détruit le testament. S'ils proféraient ce mensonge sous serment devant la cour, et que leur forfaiture fût révélée, les enfants Crump auraient de sérieux ennuis. Dans tous les cas de figure, la partie était perdue pour eux. Mais le cabinet pouvait leur éviter de tomber dans leur propre piège en montrant sans tarder cet original.

C'était un dilemme juridique, un cas d'école, la question d'examen qui rend fous les étudiants. Elles décidèrent de laisser passer la semaine, même si les trois avocates, comme Barb et Claudelle, savaient déjà qu'elles allaient alerter les Crump.

De fortes chutes de neige étaient annoncées pour la fin de l'après-midi. Comment allaient-elles s'organiser ? Mattie, Annette et Samantha se rendaient d'ordinaire au bureau à pied. Le centre pourrait donc ouvrir normalement. Claudelle, enceinte de huit mois, resterait chez elle. Quant à Barb, elle habitait dans la montagne sur une route qui voyait rarement passer un chasse-neige.

Vers 15 heures, la neige commença à tomber. Samantha regardait les flocons derrière la fenêtre, l'esprit ailleurs, quand le téléphone à carte prépayée sonna dans son sac à main. Jeff lui annonça qu'il était toujours dans les environs de Charleston.

— Alors ? C'était comment la prison ?

— Fais attention à ce que tu dis, répondit-il.

— Oups… j'avais oublié.

Elle se leva et sortit sur le perron.

Il expliqua qu'il était entré sur l'aire de l'aviation générale par un portillon qui n'était pas fermé à clé. Le petit terminal était ouvert mais il n'y avait qu'une employée à l'intérieur, une fille derrière un bureau qui tuait le temps en feuilletant des journaux people. Dans l'ombre, il avait observé la zone de stationnement des avions de tourisme pendant une demi-heure et n'avait vu aucune activité. Au loin, vers le terminal principal, il y avait quelques vols, uniquement des avions de ligne. Treize appareils coincés sur la zone, dont quatre Skyhawk. Deux étaient ouverts. Il monta à bord de l'un d'eux et attendit, dans l'obscurité, pendant dix minutes.

Il n'y avait aucune surveillance ! Il aurait eu le temps de saboter n'importe quel avion. Enfin, il vit un garde et décida de se faire arrêter. C'était juste une intrusion dans une zone à l'accès réservé, sans effraction. Un délit. Pas un crime. Pas de quoi s'affoler. Samantha lui rappela toutefois que son casier judiciaire n'était pas vierge. Le vigile était sympathique et Jeff l'avait embobiné. Il lui avait raconté qu'il était pilote et qu'il avait toujours rêvé avoir un Beechcraft Bonanza. Il voulait juste en voir un de près. Il n'avait aucune mauvaise intention. Le garde le crut et compatit, mais il devait appeler la police. C'était son travail.

Il se remettrait d'un petit séjour en cellule, lui assura Jeff. Et son avocat le sortirait rapidement de là.

Mais pendant qu'il attendait l'arrivée des flics avec le vigile, il le fit parler de ses collègues affectés à la surveillance de l'aviation générale, des présents ce soir-là comme des absents. Il avait ainsi obtenu le nom d'un type, un employé qui avait démissionné avant Noël. Et Jeff, en ce moment, essayait de le retrouver.

Samantha ferma les yeux et lui demanda d'être prudent. Mais elle savait que Jeff passerait le reste de sa vie à rechercher les hommes qui avaient tué son frère.

*

L'euphorie de la victoire cessa deux jours plus tard quand Samantha accompagna Mattie pour l'audition d'un cas de poumon noir devant le juge adminis- tratif de Charleston. Le mineur, Wally Landry, avait cinquante-huit ans et ne travaillait plus depuis sept ans. Il était accroché à sa bouteille d'oxygène et coincé dans un fauteuil roulant. Quatorze ans plus tôt, il avait déposé une demande d'indemnisation avec un rapport médical à l'appui, attestant qu'il souffrait d'une PMC à un stade avancé. Demande qui avait été accordée par le ministère du Travail. Mais son employeur, la Braley Resources, avait fait appel auprès du juge administratif, qui avait alors conseillé au mineur de se trouver un avocat. Mattie avait finalement accepté de le représenter. Ils l'avaient emporté devant le juge administratif, mais la Braley avait fait de nouveau appel, cette fois auprès du Conseil de révision des indemnisations, le fameux Benefits Review Board à Washington. L'affaire avait ainsi rebondi entre le juge administratif et le BRB pendant cinq ans, jusqu'à ce qu'enfin le BRB statue en faveur de Wally Landry.

La compagnie contesta alors la décision devant la cour d'appel fédérale, où le dossier fut instruit pendant deux ans avant d'être renvoyé au juge administratif. Le juge demanda de nouveaux examens, et la guerre des experts recommença. Landry s'était mis à fumer à l'âge de quinze ans, avait arrêté vingt ans plus tard et, évidemment, la partie adverse appelait à la barre un bataillon de médecins pour soutenir que la maladie pulmonaire de Landry était due au goudron des cigarettes et non à la poussière de charbon.

— Tout sauf le charbon ! fulminait Mattie. C'est toujours la même stratégie.

Mattie travaillait sur l'affaire depuis treize ans, et y avait consacré cinq cent cinquante heures. Si elle obtenait enfin gain de cause, elle devrait encore se battre pour faire valider sa rétribution à deux cents dollars de l'heure. Les honoraires seraient payés par la Braley

Resources et sa compagnie d'assurances, dont les avocats facturaient leur service bien au-dessus des siens. Les rares fois où le centre de la Montagne récoltait de l'argent à la suite d'une affaire de poumon noir, les fonds étaient versés sur un compte spécial pour pouvoir financer les prochaines affaires de mineurs silicosés. Aujourd'hui, il y avait vingt mille dollars dans cette réserve.

L'audition avait lieu dans une petite salle d'audience. C'était la troisième fois que les parties étaient réunies pour éplucher les rapports médicaux contradictoires. Mattie et Samantha s'assirent. À la table d'à côté, un groupe d'avocats de Casper Slate, dans de beaux costumes et tirés à quatre épingles, déballaient consciencieusement leurs gros dossiers. Wally Landry était derrière Samantha, tout fripé, respirant grâce à un tube dans le nez. Sa femme se tenait à côté de lui. Quand Wally avait déposé sa première demande, quatorze ans plus tôt, il avait droit à six cent quarante et un dollars par mois. Les honoraires payés à l'époque par la Braley à Casper Slate s'élevaient au bas mot à six cents dollars l'heure, d'après les estimations de Mattie. On marche sur la tête ! pestait-elle. Les frais de justice payés par les compagnies minières et leurs assurances dépassaient de loin le montant des pensions qu'on leur réclamait. Mais l'objectif n'était pas là. Ces combats juridiques et les délais décourageaient les autres mineurs. À quoi bon réclamer des pensions ? Et cela discréditait également les avocats. Sur le long terme, c'était le charbonnage qui gagnait, comme toujours.

Un type tiré à quatre épingles dans un costume noir vint à leur table.

— Bonjour, Mattie. C'est un plaisir de vous revoir.

Mattie se leva à contrecœur, en tendant une main guère enthousiaste.

— Bonjour, Trent. Moi de même.

Trent avait une cinquantaine d'années, les cheveux grisonnants, la mâchoire volontaire. Son sourire était faux et mielleux.

— Je suis désolé pour votre neveu. Donovan était un bon avocat.

Mattie retira aussitôt sa main.

— Parlons d'autre chose, je vous prie.

— Pardonnez-moi. Je comprends. (Il se tourna vers Samantha.) Et à qui ai-je l'honneur ?

La jeune femme s'était déjà levée et répondit :

— Samantha Kofer. Je suis stagiaire au centre de la Montagne.

— Ah oui… Notre Sherlock Holmes au féminin qui a fureté dans les dossiers médicaux de Buddy Ryzer. Je suis Trent Fuller.

Il tendit la main mais la jeune femme l'ignora.

— Je suis avocate, pas détective privée. Et je représente M. Ryzer pour sa demande d'indemnisation.

— Oui, je suis au courant.

Le sourire s'effaça et ses yeux se plissèrent dans un éclair de haine. Il tendit même le doigt vers elle en répliquant :

— Nous n'avons guère apprécié les allégations proférées par votre client à l'encontre de notre cabinet. Mesurez vos propos, vous voilà prévenue.

Il avait élevé la voix et ses trois collègues de Casper s'étaient figés et regardaient la jeune femme.

Samantha était saisie mais elle ne pouvait reculer.

— Sauf que vous savez que ces allégations sont vraies, répondit-elle.

Il fit un pas vers elle, et agita son index devant son visage.

— On vous traînera devant les tribunaux, vous et votre client, pour diffamation ! C'est compris ?

Mattie s'interposa et lui baissa doucement la main.

— Ça suffit, Trent. Retournez à votre table.

Il se détendit et esquissa le même faux sourire. Mais à voix basse, il ajouta à l'intention de Samantha :

— Votre client nous a causé bien des torts, maître Kofer. Même si ce procès est à l'eau, il reste un caillou dans notre chaussure. Sa demande d'indemnisation aura toute notre attention.

— Comme tous les autres ? lança Mattie en désignant Wally Landry. Celui-là attend sa pension depuis quatorze ans, mais vous ne voulez toujours rien lâcher.

— C'est notre travail, Mattie. Notre travail ! dit-il en repartant tout fat vers son fan club.

Les deux femmes se rassirent.

— Respirez un bon coup, ça va passer, conseilla Mattie à la jeune femme.

— Je n'en reviens pas. Il m'a menacée en plein tribunal.

— Vous n'avez encore rien vu. Ils vous menacent en salle d'audience, dans les couloirs, au téléphone, par e-mail, par fax, dans leurs recours et leurs appels.

Peu importe. Ce sont des voyous, comme leurs clients, et pour la plupart, ils passent au travers des mailles.

— Qui c'est celui-là ?

— L'un de leurs meilleurs assassins. Un associé senior du cabinet, l'un des six de leur service poumon noir. Ils sont une centaine d'avocats, des dizaines d'assistants, et tout le staff qui va avec. Imaginez Wally contre eux, sans avocat.

— Un massacre.

C'était inconcevable. Une injustice flagrante !

— Et ça se produit tout le temps.

Pendant un instant, Samantha regretta son grand et puissant cabinet. Scully & Pershing était bien plus important que Casper Slate, et bien plus riche. Personne n'aurait osé attaquer les avocats de S&P. Parce que bien souvent, c'étaient eux les méchants. Et en cas de combat, ils avaient une armée de soldats à disposition pour protéger leurs clients.

Trent Fuller ne s'en serait jamais pris comme ça à des avocats d'un autre grand cabinet. Il avait joué les gros durs parce qu'il avait affaire à deux femmes, deux avocates mal payées d'un centre d'aide juridique, représentant un mineur mourant. Il pouvait se lâcher sans risque. Toutefois son arrogance demeurait étonnante. Son cabinet avait caché des documents, il était coupable d'escroquerie en bande organisée et de dissimulation de preuves. Il avait été pris la main dans le sac par Samantha et tout le monde l'avait su quand Donovan avait lancé le procès Ryzer. Mais maintenant qu'ils ne risquaient plus de poursuites, Fuller et son cabinet se souciaient comme d'une guigne de leurs méfaits. Seule comptait, évidemment, leur image – désormais ternie.

Fuller ne les aurait pas agressées ainsi si Donovan avait été là. Ces types tenaient bien trop à leurs jolis minois pour risquer un mot ou une menace déplacés en sa présence.

Mais elles étaient des femmes. Par définition des êtres faibles et vulnérables à leurs yeux. En plus, elles défendaient une cause perdue pour pas un sou. Elles leur étaient donc inférieures !

Samantha enrageait tandis que Mattie classait ses papiers. Le juge s'installa et ouvrit l'audience. Samantha lança un regard circulaire dans la salle. Encore une fois, elle vit que Fuller la dévisageait. Il souriait, comme pour dire : « Ici c'est ma chasse gardée et vous n'avez rien à faire là. »

32

Tel était le texte de l'e-mail :

Chère Samantha,

J'ai apprécié notre brève rencontre à New York et j'ai hâte d'avoir une nouvelle conversation en votre compagnie. Hier, le 6 janvier, la Krull Mining a demandé le rejet de votre plainte à la cour fédérale de Charleston concernant l'affaire Hammer Valley. C'était prévisible, comme la longueur et la vigueur de leur requête. À l'évidence, la Krull est terrifiée par ce procès. En trente-cinq ans de métier, je n'ai jamais vu une telle virulence. Et cette demande de non-lieu va être difficile à contrer, puisque nous ne pouvons produire la preuve de ce que nous avançons. Pouvons-nous nous voir dans un futur proche ? Toujours aucune embellie du côté de Washington.

Amitiés,

Jarrett London

D'un côté, Samantha espérait oublier sa rencontre avec Jarrett London. Mais elle avait beaucoup pensé à lui après son altercation avec Trent Fuller. Personne de Casper Slate n'aurait osé agresser ainsi quelqu'un de la stature de London. Hormis son père et Donovan, London était le seul avocat pénaliste qu'elle avait rencontré, et aucun des trois n'aurait toléré cette bravade. Si l'un d'eux avait été présent, Fuller serait resté bien sagement à sa table.

Cependant, elle n'était guère impatiente de revoir London. Il voulait qu'elle soit complice et, justement, elle n'avait aucune envie de s'impliquer davantage. « Produire la preuve »… c'était un appel désespéré pour récupérer les documents de Donovan.

Elle répondit :

Bonjour Jarrett,

Je suis ravie d'avoir de vos nouvelles. Je suis bien sûr disponible pour que l'on se voie. Dites-moi simplement où et quand. Washington a été prévenu.

SK

En fait, Washington n'avait pas été prévenu, du moins pas totalement. Dans le train les ramenant à la capitale après Noël, Samantha avait raconté à Karen une partie de l'histoire, en insistant sur les « abus » du FBI qui harcelait les plaignants au nom de la Krull Mining. Elle ne parla pas des documents cachés, ni des autres drames qui se jouaient dans son coin reculé du Pays Noir.

Karen sembla intéressée, mais sans excès. Elle précisa cependant que le FBI était connu pour aller trop loin et s'attirer des ennuis. Du haut de son donjon au ministère de la Justice, les agents de terrain étaient de la piétaille pour Karen. Elle ne s'intéressait guère à leurs agissements que ce soit dans les Appalaches, à New York ou à Chicago. Son monde, aujourd'hui, c'était la stratégie internationale, les mesures à adopter pour juguler les prises de risques inconsidérées de certaines grandes banques et pourvoyeurs de subprimes, comment empêcher une crise financière planétaire, ce genre de grands desseins...

Le deuxième e-mail d'importance du matin venait d'un certain Dr Draper, un pneumologue de Beckley, qui avait été nommé par le ministère du Travail, pour examiner Buddy Ryzer. Son message ne laissait aucun doute :

> *Maître Kofer,*
>
> *Voici en pièce jointe mon rapport.*
> *M. Ryzer présente une fibrose pulmonaire symptomatique d'une PMC. Son état est critique. J'ai cru comprendre que votre client travaillait encore ; en toute franchise, je pense qu'il serait plus sage qu'il cesse le travail, même si je ne le spécifie pas dans mon rapport.*
> *Je reste à votre disposition pour toute question.*
>
> *LKD*

Elle parcourait le rapport médical quand le troisième e-mail crucial de la matinée arriva. Il était de Andy Grubman, mais ne provenait pas de son adresse chez Scully & Pershing.

Chère Samantha,

Bonne année !

J'espère que tu pètes la forme et que ton combat pour sauver le monde se passe au mieux. Ton joli minois souriant me manque et j'espère te revoir bientôt.

Je vais faire court et aller droit au but. J'ai décidé de quitter S&P à la fin février. Personne ne me pousse vers la sortie. Je ne suis pas viré ni rien. Nous nous séparons en bons termes. La vérité, c'est que je n'en peux plus du droit fiscal. C'est d'un ennui mortel et je veux revenir à mes premières amours. J'ai un ami qui depuis longtemps travaille au service immobilier d'un autre gros cabinet. Il n'en peut plus non plus. On va ouvrir notre propre boîte : Spane & Grubman, avec des bureaux dans le Financial District. On a avec nous deux gros clients – une banque coréenne et un fonds d'investissement koweïtien – et les deux sont prêts à sauter sur les bâtiments laissés à l'abandon de la côte Est. Comme tu le sais, ce ne sont pas les immeubles en faillite qui manquent. Le secteur a été touché de plein fouet par la Récession. Nos clients pensent que c'est le meilleur moment pour lancer des projets immobiliers dont la réalisation commencerait dans deux ans, une fois la crise derrière nous. Ils ont plein d'argent et ils sont prêts à passer à l'attaque.

Bref, Nick Spane et moi voulons monter un cabinet de vingt avocats. Les revenus seraient très proches de ce qu'ils étaient chez S&P, et nous n'avons pas le projet de nous tuer à la tâche, ni nous, ni nos salariés. Nous voulons un cabinet à échelle humaine où les avocats travailleront dur mais auront aussi droit au plaisir. Je promets à nos collaborateurs qu'ils n'auront jamais à travailler quatre-vingts heures par semaine. Nous visons cinquante heures hebdomadaires. Le terme « qualité de vie » est peut-être une vaste blague ailleurs, mais nous, nous prenons ça très au sérieux. Je suis fatigué et je n'ai que quarante et un ans.

Je te propose un poste. Izabelle est avec nous. Ben a trouvé autre chose – je crois qu'on l'a définitivement perdu !

Que dire d'autre ? Je ne veux pas te mettre la pression mais il me faudrait une réponse avant la fin du mois. Inutile de te dire que les avocats sans emploi se ramassent à la pelle en ce moment.

Ton boss préféré,

Andy

Samantha lut à nouveau l'e-mail, ferma la porte de son bureau et le relut une troisième fois. Au fond, Andy était un brave gars de l'Indiana qui avait passé trop de temps à New York. Il lui envoyait une gentille lettre, avec une offre généreuse et tentante, mais il ne pouvait s'empêcher de lui rappeler qu'il y avait plein d'avocats dehors prêts à sauter sur l'occasion. Elle éteignit son ordinateur, les lumières, et sortit en catimini par la porte de derrière. Elle monta dans sa Ford et quitta la ville, sans même se demander où elle voulait aller – parce qu'en vérité, cela n'avait aucune importance.

Le 31 janvier. Dans vingt-quatre jours !

Tout en roulant, Samantha songeait à ses clients. Buddy Ryzer lui vint en premier à l'esprit. Elle ne s'était pas engagée à mener l'affaire jusqu'à son terme, mais elle avait promis à Mattie de déposer la plainte et de s'occuper des démarches préliminaires. Et c'était une procédure toute simple par rapport au gros procès que quelqu'un devait reprendre contre la Lonerock et Casper Slate ! Il y avait les dernières volontés de Francine Crump et la bataille juridique qui s'annonçait... Cette perspective lui donnait envie d'appeler tout de suite Andy pour accepter le poste ! Il y avait aussi les Merryweather, un gentil couple qui avait mis toutes ses économies pour acheter à crédit une petite maison et qui se retrouvait aujourd'hui attaqué par une société véreuse qui leur réclamait le paiement du solde. Samantha tentait en ce moment d'empêcher la saisie. Il y avait aussi deux divorces, pas encore conflictuels, mais qui allaient le devenir sous peu. Et bien sûr, l'affaire de la Krull Mining à laquelle elle se trouvait mêlée malgré elle – c'était là une autre bonne raison de plier bagage ! Mais cela ne s'arrêtait pas là : elle aidait également Mattie pour trois faillites et deux licenciements discriminatoires, elle attendait toujours le chèque de Top Market Solutions pour Pamela Booker et donnait un coup de main à Annette pour gérer deux autres divorces et régler le chaos de l'affaire Phoebe Fanning – la mère et le père étaient en prison et personne ne voulait se charger des gosses.

Pour résumer, bien trop de gens comptaient sur Me Kofer pour qu'elle puisse faire ses valises et partir. La question du retour à New York ne devait pas se poser maintenant, trois mois seulement après avoir été jetée dehors ! Il lui fallait plus de temps, le temps de lancer quelques procès, le temps d'aider quelques personnes, tout en surveillant le calendrier, à mesure que les mois défilaient, que la crise passait et que les emplois refleurissaient à Manhattan. C'était ça le plan, non ? Peut-être pas retourner travailler comme un forçat dans une société gigantesque, mais trouver un emploi décent dans « un cabinet à échelle humaine » comme disait Andy ?

Une petite structure, une poignée d'avocats, cinquante heures par semaine, avec un bon salaire et tous les avantages qui vont avec… En 2007, sa dernière année complète chez Scully, elle avait déclaré trois mille heures de travail. Le calcul était simple. Soixante heures par semaine sur cinquante semaines, et elle n'avait pas été fichue de profiter de ses deux semaines de congés payés ! Pour faire valider soixante heures par semaine, elle en faisait en réalité soixante-quinze, souvent plus. Et cela signifiait, du moins pour Samantha : arrivée au bureau à 8 heures, départ douze heures plus tard, du lundi au samedi inclus, et jamais de vraies grasses matinées le dimanche.

Et ça, c'était quand tout allait bien. Qu'il advienne un travail urgent, un coup de sang de l'un des clients, et elle dépassait largement les quatre-vingt-dix heures.

Et aujourd'hui, on lui promettait cinquante heures hebdomadaires ?

Elle était dans le Kentucky à présent et approchait de Whitesburg, une petite ville à une heure de route de Brady. Les rues étaient dégagées, mais bordées de monticules de neige sale. Elle aperçut un café et se gara devant. La serveuse lui annonça que des petits pains sortaient juste du four. Comment résister ? À une table devant la fenêtre, elle beurra ses tartines et attendit qu'elles refroidissent. Elle but un café en regardant les voitures passer dans la rue. Elle envoya un texto à Mattie pour lui dire qu'elle était sortie faire des courses.

Elle mangea son pain avec de la confiture de fraises et commença à écrire dans son calepin. Elle ne dirait pas non à l'offre de Andy, mais pas oui non plus. Elle avait besoin de temps, quelques jours au moins, pour faire le point, analyser la situation, collecter le plus de renseignements possible, et attendre qu'une petite voix lui souffle la solution. Voici la réponse qu'elle prépara et qu'elle comptait envoyer par e-mail du bureau :

Cher Andy,

Bonne année à toi aussi !

Je dois admettre que ton e-mail m'a plus que sur-
prise ainsi que ta belle proposition. Pour tout dire,
rien durant ces trois derniers mois ne m'a préparée

à un retour aussi rapide en ville. Je pensais avoir au moins un an devant moi pour réfléchir à ma vie et à mon avenir. Mais ton courrier précipite tout. Et il me faut un peu de temps pour me décider.

Je ne suis pas parvenue à sauver le monde mais je fais des progrès. Mes clients sont de pauvres gens qui n'ont pas voix au chapitre. Ils n'attendent pas que je fasse des miracles et la moindre de mes actions envers eux est grandement appréciée. Je vais parfois au tribunal – tu imagines ça, Andy ? Moi, dans un vrai tribunal ! Et c'est très différent de ce qu'on voit à la télévision ! Je dis ça, mais comme tu le sais, je n'avais pas le temps de regarder la télé à l'époque de S&P. Lundi dernier, j'ai gagné mon premier procès. Dix mille dollars pour ma cliente, mais c'était comme si j'avais remporté un million ! Avec un peu plus d'expérience, je pourrais même aimer ça.

Passons à ton offre.
J'aimerais quelques précisions. Qui sont les autres salariés et d'où viennent-ils ? Ce ne sont pas des connards, j'espère. Je n'ai aucune envie de travailler avec un gang de requins. Quel est le rapport hommes/femmes ? J'espère qu'il n'y a pas que des mecs. Qui est ce Nick Spane et quel est son parcours ? Je suis sûre que c'est un grand avocat mais est-ce une bonne personne ? Il est marié ou saute-t-il sur tout ce qui bouge ? S'il s'avise de s'approcher un peu trop près, je porte plainte pour harcèlement sexuel, passe-lui le mot. Envoie-moi sa

bio STP. Où sont les locaux exactement ? Je n'ai pas envie de travailler dans des conditions misérables. Tout ce que je veux, c'est un petit bureau – mon bureau ! – avec une jolie fenêtre, un peu de soleil, et mon propre mur pour y accrocher ce que je veux ! Ces cinquante heures que tu me garantis, tu peux me mettre ça par écrit ? Ce sont mes horaires hebdomadaires à Brady et, effectivement, c'est bien agréable. Qui seront nos clients, hormis ces Coréens et ces Koweïtiens ? Ce sera, je suppose, de grandes entreprises, donc de grosses huiles avec de gros ego ; alors que ce soit bien clair : je n'accepterai plus qu'un client me crie dessus. (Mes clients ici m'appellent Miss Sam et m'apportent des cookies.) On peut discuter de tout ça. Et enfin, évoquons l'avenir. Rien ni personne ne me retient ici. Je suis une New-Yorkaise dans l'âme, Andy, et plus encore maintenant qu'il y a trois mois, mais j'aimerais en savoir davantage sur ce nouveau cabinet, et où vous pensez en être, Spane et toi, dans dix ans. Cela me paraît une demande raisonnable.

Merci encore, Andy, d'avoir pensé à moi. Tu as toujours été réglo ; pas toujours tendre, mais réglo. La douceur, je ne pense pas que tu aies ça dans les gènes !

Continuons de parler de tout ça.

Samantha

La température était passée sous les cinq degrés. La neige était gelée et couverte d'un glacis où se reflétait la lune. Après un agréable dîner chez Annette avec ses enfants, Samantha se retira dans son appartement au-dessus du garage où le petit radiateur n'arrivait pas à chasser le froid. Si elle avait payé un loyer élevé, la propriétaire l'aurait entendue ! Mais on était à Brady. Elle était logée gratuitement et Annette devait être plutôt juste financièrement. Alors Samantha se couvrit et se coucha pour lire. Le temps passa lentement. Elle survola un chapitre, puis posa le roman et songea à New York, à Andy et son nouveau cabinet. Tant de pensées se bousculaient dans son esprit.

Bien sûr qu'elle allait dire oui ! C'était si excitant. Le job était parfait. Elle rentrerait chez elle, dans sa ville qu'elle aimait tant, et pour un travail prestigieux et plein de potentiel. Elle éviterait les grands cabinets et leurs horreurs tout en poursuivant une belle carrière. Restait à dire au revoir. Et c'est là qu'était le problème. Elle ne pouvait pas s'en aller comme ça dans un mois et laisser tomber Mattie. Non, elle se devait de partir d'une façon moins brutale. Elle pourrait peut-être obtenir un délai ? Par exemple, accepter le poste maintenant mais ne prendre ses fonctions que dans six mois ? Ce serait pas mal, ou moins pire en tout cas. Elle pourrait proposer ça à Mattie et à Andy, non ?

Un téléphone sonna sous une pile de vêtements. Elle trouva enfin l'appareil et décrocha.

— Allô ?

— Tu as froid ?

Elle rit.

— Où es-tu ?

— À dix mètres de toi, caché derrière le garage, les pieds dans trente centimètres de neige. Tu entends mes dents claquer ?

— Je crois oui. Qu'est-ce que tu fais là ?

— C'est évident, non ? Annette vient d'éteindre les lumières, alors la voie est libre. Tu pourrais peut-être me faire un café, ou mieux, un déca si tu as, et m'ouvrir ta porte. Je t'assure, personne ne me verra entrer. Les voisins dorment depuis deux heures. Tout Brady est mort, comme d'hab'.

Elle ouvrit. Sans un bruit, Jeff apparut dans l'escalier et l'embrassa sur la bouche. Il retira ses chaussures et les posa à côté de celles de Samantha.

— Tu comptes rester, à ce que je vois, dit-elle en versant l'eau dans la cafetière.

Il se frotta les mains.

— J'ai l'impression qu'il fait plus chaud dehors ! Tu t'es plainte auprès de la proprio ?

— Ben, voyons ! Pas de loyer, pas de plaintes. Je suis contente que tu sois sorti de prison.

— Tu ne vas pas croire ce que j'ai découvert.

— Et c'est pour ça que tu es là, pour me raconter tout ça.

— Entre autres.

La nuit où Donovan était mort, son Cessna était resté stationné dans la zone de l'aviation générale pendant environ sept heures, entre 15 h 20 et 22 h 31, à en croire les registres du terminal de l'aéroport de

Charleston. Après l'atterrissage, Donovan avait loué une voiture et était parti voir ses confrères. Pendant son absence, quatre petits avions étaient arrivés. Deux avaient fait le plein, avaient déposé un passager et étaient repartis. Les deux autres s'étaient amarrés pour la nuit. Il y avait un Beechcraft Baron et un King Air 120, des bimoteurs pouvant transporter jusqu'à six passagers. Le King Air était arrivé à 19 h 35 avec deux pilotes et un passager. Tous les trois étaient descendus de l'appareil pour rejoindre le terminal, régler les formalités puis étaient partis à bord d'un minibus.

Samantha écoutait le récit de Jeff en servant le déca.

Aux dires de Brad, un vigile en service ce soir-là, il y avait en fait deux passagers dans le King Air, et l'un des deux était resté à bord. Absolument ! Il a passé la nuit sur la zone de stationnement ! Pendant que les deux pilotes faisaient les vérifications d'usage après l'atterrissage, Brad avait vu le passager parler à quelqu'un d'autre resté en cabine. Il avait observé la scène de loin. Il était formel. Les deux pilotes avaient refermé l'unique porte du King Air. Une fois l'appareil arrimé pour la nuit, ils s'étaient rendus au terminal, avec un seul des deux passagers, comme si de rien n'était.

C'était bizarre, mais Brad avait déjà vu ça. Deux ans plus tôt, un pilote avait atterri tard dans la nuit. N'ayant ni hôtel, ni réservation pour une voiture, il avait décidé de dormir quelques heures en cabine avant de repartir à l'aube. La différence, c'était que le pilote avait prévenu l'aéroport et que les vigiles étaient au courant. Mais avec le King Air, seul Brad savait ce qui se passait. Il garda un œil sur l'avion jusqu'à 22 heures, horaire de la fin de son service, et rentra chez lui. Deux jours plus tard, il était licencié pour absence injustifiée. Il n'avait jamais aimé son travail et détestait son chef. Son frère lui avait trouvé un job en Floride et il avait quitté la ville. Personne ne l'avait interrogé à propos des événements de cette nuit-là. Jusqu'à ce que Jeff débarque.

— Comment l'as-tu retrouvé ?

— Le garde qui m'a arrêté dimanche soir m'a donné son nom. En fait Mack, c'est le nom du garde, est un chic type. On a bu quelques bières ensemble lundi soir, à mes frais, évidemment, et Mack m'a parlé de Brad. Brad est rentré à Charleston. Je l'ai retrouvé hier soir, dans un autre bar, et on a bu des coups encore. Ce soir, je suis en désintox. Pas d'alcool s'il te plaît.

— Il n'y en a pas une goutte ici.

— Parfait.

— Alors ? C'est quoi ta théorie ?

— D'après moi, ce passager mystère a attendu le bon moment. Il est sorti du King Air, a marché trente mètres dans l'obscurité pour rejoindre le Cessna de Donovan et en vingt minutes il a dévissé le boulon d'arrivée d'essence. Il est ensuite retourné tranquillement dans le King Air, et a sans doute regardé Donovan décoller à 22 h 15. Puis il a retiré ses chaussures et a dormi comme un bébé jusqu'au matin.

— Mais comment le prouver ?

— J'y travaille.

— À qui appartient le King Air ?

— À une société de location à York en Pennsylvanie, une boîte qui travaille souvent avec les compagnies minières. Le King Air est un habitué des sites d'extraction parce qu'il est solide, a une bonne capacité de chargement et décolle et atterrit sur de courtes distances. Cette société de location a une flotte de quatre King Air. Il y a des registres partout. On ne tardera pas à tout savoir sur ce vol. Brad dit qu'il est prêt à faire une déposition sous serment. Mais je ne m'emballe pas.

— Jeff, c'est incroyable.

— C'est énorme, oui. Les enquêteurs vont tomber à bras raccourcis sur les loueurs de l'avion, sur les pilotes, sur le ou les passagers et sur tous ceux qui ont organisé ce vol. On s'approche du but, Samantha. C'est vraiment un tournant.

— Du beau boulot, mon cher Watson.

— Tu vois, parfois c'est bien utile de se faire arrêter. Tu as une couverture supplémentaire ?

— Elles sont toutes sur le lit. C'était là que j'étais quand tu as appelé.

— C'est une avance ?

— On n'a plus besoin de ça, Jeff. Le problème c'est que ça tombe mal, question sexe. Et ça m'embête bien mais ce n'est pas le bon moment.

— Oh… pardon.

— Tu aurais dû me prévenir.

— Sans doute. On peut toujours se pelotonner l'un contre l'autre, se réchauffer, et dormir ensemble, je veux dire, dormir vraiment.

— Oui, on peut faire ça.

33

Samantha ne savait pas combien de temps Jeff était resté. Quand elle s'éveilla, les premières lueurs de l'aube filtraient à travers les stores. Il était près de 6 heures. Le côté du lit où il avait dormi était froid, comme s'il était parti depuis longtemps. Rien de très surprenant. Jeff vivait dans l'ombre et laissait peu de traces, et cela convenait très bien à Samantha. Il portait un fardeau trop lourd pour elle, de toute façon. Elle pensa à lui quelques instants, en passant la tête hors des couvertures, et regarda son haleine blanche monter dans l'air. Il faisait froid hors du lit et la chaleur de Jeff lui manquait, elle devait bien le reconnaître.

Elle avait aussi envie d'une douche chaude, mais ça c'était un doux rêve. Elle compta jusqu'à dix, rejeta les couvertures et fonça vers la cafetière. Le café mit une éternité à passer. Quand enfin elle put se servir une tasse, elle revint le boire dans le lit et songea à New York. Elle comptait peaufiner encore un peu sa réponse à Andy et la lui envoyer par e-mail dès son arrivée au bureau. N'était-elle pas trop exigeante ? Après tout, elle était sans emploi et il lui offrait un job en or. N'était-ce pas déplacé de demander ainsi des précisions sur les autres salariés, les futurs clients, Nick Spane, et même sur la taille de son nouveau bureau ? Et cette idée de les rejoindre dans quelques mois n'allait-elle pas agacer Andy ? Elle n'en savait rien. Mais elle connaissait son ancien patron. Si elle n'imposait pas ses exigences tout de suite, elle se ferait marcher dessus.

Elle déclara forfait pour une douche froide et se contenta d'un brin de toilette au lavabo où l'eau était à peu près tiède. Comme elle n'avait pas de rendez-vous au tribunal, elle se contenta d'enfiler un jean, une chemise de coton et un pull-over. Une fois bien couverte, elle passa sa sacoche sur une épaule, son sac à main sur l'autre et partit au bureau à pied. L'air était vif, le ciel limpide. C'était une belle journée d'hiver, avec un tapis de neige immaculé entourant les maisons. Une bonne façon de commencer sa journée de travail, se dit-elle, en traversant Brady.

Colonne « points négatifs » : à New York, elle se serait retrouvée coincée dans le métro, puis bousculée par la foule se pressant sur les trottoirs. Ou alors assise sur la banquette d'un taxi crasseux, bloquée dans les embouteillages.

Elle adressa quelques mots à M. Gantry qui ramassait son journal sur le trottoir. Il avait près de quatre-vingt-dix ans, vivait seul depuis la mort de sa femme l'an passé, et quand il faisait plus chaud, il avait la plus belle pelouse de la rue. Toute la neige dans son allée avait été soigneusement pelletée et balayée.

Comme de coutume ces derniers temps, Samantha arriva la première au centre de la Montagne. En stagiaire consciencieuse, elle alla aussitôt lancer du café. Pendant que la machine crépitait, elle rangea la cuisine, vida toutes les corbeilles, réarrangea les magazines à l'accueil. Mais ça, personne ne lui avait demandé de le faire.

Colonne « points positifs » : à New York, Spane & Grubman paierait quelqu'un pour ces corvées.

Colonne « aucune importance » : cela ne la dérangeait pas de faire ça, pas ici en tout cas. Dans un autre cabinet, pas question, mais au centre d'aide juridique de la Montagne, tout le monde mettait la main à la pâte.

Elle s'assit dans la salle de réunion et regarda les voitures passer lentement au-dehors. Maintenant qu'elle prévoyait de partir, elle découvrait à quel point elle aimait cet endroit après seulement trois petits mois. Elle n'en parlerait pas à Mattie. Pas tout de suite. Elle attendrait d'en savoir plus sur l'offre de Andy. Lui annoncer son départ serait un moment pénible.

Les matins de Mattie n'étaient plus si enjoués, mais elle semblait remonter la pente. La mort de Donovan était une plaie ouverte qui ne se refermerait jamais, mais Mattie devait continuer à vivre. Trop de clients avaient besoin d'elle, trop d'engagements à honorer. Elle arriva un peu après 9 heures et demanda à Samantha de venir la rejoindre dans son bureau. Une fois la porte refermée, elle expliqua qu'elle avait passé une nuit blanche à penser à cette pauvre Francine Crump et à sa misérable progéniture. La meilleure approche était de savoir si la famille avait réellement engagé un avocat. Si tel était le cas, elles produiraient une copie du testament et la guerre commencerait. Mattie lui tendit une liste.

— Hormis nous, il y a quatorze avocats à Brady, ils sont classés par ordre alphabétique avec leur numéro de téléphone. J'ai déjà parlé à trois d'entre eux, dont Jackie Sporz, l'avocate qui avait préparé l'ancien testament il y a cinq ans. Aucun n'a eu de nouvelles de la famille. Appelez les autres et qu'on en finisse ce matin. J'en ai assez de m'inquiéter pour cette affaire.

Samantha les connaissait tous sauf deux. Elle alla dans son bureau, saisit son téléphone et appela Hump. Il répondit : non, jamais entendu parler des Crump. Il en avait de la chance ! Le deuxième coup de fil fut pour Hayes Sinclair, un avocat qui ne sortait jamais de son cabinet. On disait qu'il souffrait d'agoraphobie. Lui non plus n'avait pas eu vent de cette famille. Le troisième appel fut pour Lee Chatham. Lui, au contraire, n'était jamais dans son bureau. Il traînait toujours au palais de justice, paradant dans les allées comme s'il avait d'importantes affaires là, à colporter des ragots, dont la plupart étaient de son invention. Bingo ! C'était Chatham. Il avait rencontré plusieurs des enfants Crump et était mandaté pour représenter la famille.

À l'évidence, les descendants continuaient à raconter que leur mère avait détruit le testament préparé par ces sorcières du centre de la Montagne et qu'on devait donc s'en tenir à la première version où ils se partageaient l'héritage en cinq. Chatham comptait ouvrir la succession dans un futur proche et faire exécuter le testament antérieur. Toutefois, la famille se chamaillait pour savoir qui serait l'exécuteur testamentaire. Jonah, l'aîné, avait été désigné par Francine il y a cinq ans, mais il avait des problèmes cardiaques (à cause du stress de la situation), et ne pourrait s'acquitter de cette tâche. Quand Chatham avait annoncé qu'il fallait lui trouver un remplaçant, une dispute avait éclaté entre les quatre autres. Il essayait d'arbitrer la bagarre.

Samantha lâcha alors sa bombe. Elle raconta le mystérieux courrier qu'elles avaient reçu le lendemain des funérailles. Elle précisa bien à Chatham que personne au centre de la Montagne n'avait envie de se lancer dans un procès, mais il devait savoir que ses clients mentaient. Au moment de raccrocher, Chatham pestait déjà de frustration. Samantha lui faxa une copie du dernier testament et partit faire son rapport à Mattie.

— Cela va vraiment les énerver, conclut Mattie. À la moindre menace, je vais trouver le shérif.

— Vous pensez qu'on devrait s'armer ?

— Pas encore.

Elle lança une liasse de papiers sur son bureau.

— Jetez un coup d'œil à ça.

C'était épais. Samantha s'assit.

— Qu'est-ce que c'est ? demanda-t-elle en tournant une page.

— La Strayhorn. C'est l'appel de l'affaire Tate. J'ai parlé au juge la semaine dernière à propos de l'arrangement qu'ils avaient proposé. Il n'a rien voulu entendre. Donc on l'a dans l'os. On est bonnes maintenant pour assurer l'appel et croiser les doigts pour que la cour suprême confirme le jugement.

— Pourquoi vous me donnez ça ?

— Je pensais que ça pourrait vous intéresser. Il nous faut quelqu'un pour s'en occuper.

— C'est bien ce que je craignais. Mattie, je ne connais rien aux procédures d'appel.

— Vous ne connaissez rien à beaucoup de choses. Il faut une première fois à tout, Samantha. Pas de panique, je serai derrière vous. Et vous allez vite découvrir que c'est surtout de la paperasse et de la documentation. La Strayhorn a quatre-vingt-dix jours pour monter son gros dossier. Ils vont prétendre avoir découvert tout un tas de vices de procédure. On répond point par point, on démonte leurs arguments un à un. Dans six mois, le gros du boulot sera fait et vous serez impatiente d'aller batailler au tribunal.

Mais d'ici là, je serai partie ! brûlait de dire Samantha.

— Ce sera une belle expérience, poursuivit Mattie. Et pour le restant de votre vie, vous pourrez dire que vous avez défendu un appel à la cour suprême de l'État de Virginie. Vous ne pouvez pas rater ça !

Mattie adoptait un ton léger, mais son inquiétude était visible.

— Combien d'heures ? demanda Samantha.

Mais elle savait déjà qu'elle pourrait accomplir le gros du travail dans les six mois à venir, avant de partir.

— Donovan jurait que c'était un procès sans chausse-trapes. Aucune erreur qui puisse faire annuler le jugement en appel. Je dirais cinq cents heures à partir de maintenant, jusqu'à l'audience, qui aura lieu dans quinze mois. Je sais que vous nous aurez quittées à cette date, et que l'une d'entre nous devra prendre la relève. Le plus lourd, c'est en ce moment. Annette et moi n'avons pas le temps.

Samantha sourit.

— C'est vous la patronne.

— Et vous, vous êtes un amour. Merci, Samantha.

*

Andy ne tarda pas à répondre :

Chère Samantha,

Merci pour ta charmante lettre. Tu n'as rien perdu de ton mordant durant ces trois mois ! Ce doit être l'« effet cookies ». Si je comprends bien, tu veux des garanties. À savoir (1) que tu seras aimée par tes supérieurs, (2) vénérée par tes collègues, (3) appréciée de tes clients, (4) que tu vas devenir associée de la boîte et avoir une longue vie, pleine et heureuse, (5) que tu auras un joli bureau malgré le prix exorbitant au mètre carré demandé par les propriétaires à Manhattan (qui se trouvent être nos clients soit dit en passant), et ce, crise ou pas.

Je vais voir ce que je peux faire. Tu trouveras en PJ une bio de Nick Spane. Tu verras qu'il n'a divorcé qu'une fois et qu'il file le grand amour avec la même fille géniale depuis quinze ans. Tu verras aussi qu'il n'a été condamné ni pour viol, ni pour sévices à enfants, ni pour commerce de pornographie à caractère pédophile. Rien de tout ça. Il n'a jamais été poursuivi pour harcèlement sexuel, et autres joyeusetés de cet acabit. (Son divorce fut à l'amiable, et non pour faute.) C'est un type génial, je t'assure. Un gars du Sud – université Tulane, puis Vanderbilt – avec des manières impeccables. Ce qui est rare dans cette région.

À plus,

Andy

Le téléphone intraçable sonna à 14 h 30 alors que Samantha relisait la demande d'appel de la Strayhorn et révisait la législation pour ces procédures.

— Ne me dis pas que tu es devant mon bureau les deux pieds dans la neige ! répondit-elle.

Elle était partie dans la cuisine pensant cette pièce sans mouchards.

— Non, je suis à Pikeville, pour rencontrer des investisseurs. J'ai passé une nuit agréable, bien au chaud. J'ai dormi comme un bébé. Et toi ?

— Pareil. À quelle heure es-tu parti ce matin ?

— Un peu après 4 heures. Je ne dors pas beaucoup ces temps-ci. J'ai toujours quelqu'un derrière moi, qui me surveille. C'est dur de se reposer vraiment dans ces conditions.

— Je comprends. Qu'est-ce qui t'amène ?

494

— Samedi, une balade à Gray Mountain, dans la neige. Barbecue. Vin rouge. Et lecture au coin du feu. Ce genre de choses. Tu es partante ?

— Il faut que je voie.

— C'est tout vu, non ? Si tu regardes dans ton agenda, tu verras que tu n'as rien ce week-end. Allez, viens.

— Pour l'instant, je suis très occupée. Je te rappelle plus tard.

*

Personne ne l'avait prévenue au centre, mais Samantha s'aperçut qu'en janvier, avec le froid et les jours trop courts, les affaires ralentissaient. Le téléphone sonnait moins souvent, Barb passait plus de temps dehors, toujours à « faire des courses ». Claudelle enceinte de huit mois ne quittait plus son lit. Les tribunaux, qui d'ordinaire ne se pressaient pas, fonctionnaient encore plus au ralenti. Mattie et Annette étaient toujours aussi occupées par les affaires en cours, mais les nouvelles avaient cessé de pleuvoir. Comme si les conflits et les problèmes hibernaient avec le froid et la grisaille. Du moins la plupart.

Alors que Samantha traînait au centre le vendredi soir, elle entendit la porte d'entrée tinter. Mattie s'était enfermée dans son bureau et tout le reste de l'équipe était parti pour le week-end. Samantha se rendit dans le hall. C'était Buddy et Mavis Ryzer. Ils n'avaient pas rendez-vous, et n'avaient pas appelé pour l'avertir de leur venue. Non, ils avaient pris la voiture et roulé pendant une heure et demie jusqu'à Brady, un vendredi soir, dans le seul but de trouver du réconfort chez leur avocate. Samantha les serra tous les deux dans ses bras et sut immédiatement que pour eux le monde venait de s'écrouler. Elle les installa dans la salle de réunion, leur proposa à boire ; ils n'avaient pas soif. Elle referma la porte, leur demanda ce qui se passait, et les deux fondirent en larmes.

Buddy avait été renvoyé de la Lonerock Coal le matin même. Le contremaître avait déclaré que Buddy n'était plus en état de travailler ; d'où son renvoi immédiat. Pas de cadeau d'adieu, pas d'indemnités de départ, pas la moindre récompense pour des années de bons et loyaux services, pas de parachute doré, juste un coup de pied au cul, avec la promesse que son dernier chèque serait posté. Buddy avait failli ne jamais trouver la force de rentrer chez lui. Il s'était effondré sur le canapé, hébété.

— Je n'ai rien eu, lâcha-t-il, entre deux inspirations souffreteuses tandis que Mavis essuyait ses larmes. Pas un sou.

— Comme ça, d'un coup, il se retrouve jeté dehors, reprit Mavis. Pas d'indemnité de licenciement, pas de pension pour son poumon noir, et aucune chance de retrouver du travail. Il a passé sa vie à bosser dans les mines. Qu'est-ce qu'il va faire maintenant ? Il faut nous aider, Miss Sam. Il faut faire quelque chose. Ce n'est pas juste.

— Elle le sait, Mavis, que ce n'est pas juste, intervint Buddy.

À chaque mot, sa poitrine se soulevait et s'affaissait dans un râle sourd.

— Mais on ne peut rien y faire, poursuivit-il. Ils ont interdit notre syndicat il y a vingt ans, on n'a donc aucune protection contre la compagnie. Rien. Nada.

Samantha les écoutait, de tout cœur avec eux. C'était curieux de voir un type comme Buddy essuyer ses larmes du revers de la main. Il avait les yeux rouges et bouffis. D'ordinaire, il aurait été gêné de montrer ses émotions, mais là il n'avait plus rien à cacher.

— Nous avons déposé notre plainte, répondit finalement Samantha, et nous avons un bon rapport médical. C'est tout ce que nous pouvons faire pour l'instant. Malheureusement, dans cette région, un employé peut être renvoyé pour n'importe quelle raison, voire pour aucune.

Elle ne mentionna pas l'évidence : Buddy n'était plus en capacité de travailler. Même si elle méprisait la Lonerock Coal, elle comprenait que la compagnie ne voulait pas d'un ouvrier dans son état de santé aux commandes d'un lourd engin de chantier.

Il y eut un long silence, puis on toqua à la porte. C'était Mattie qui venait dire bonjour. S'apercevant de l'humeur sinistre, elle ne s'attarda pas.

— Je vous verrai pour le dîner, Sam.

— J'y serai. Vers 19 heures ?

La porte se referma et le silence revint. Finalement, Mavis déclara :

— Il a fallu onze ans à mon cousin pour toucher son argent pour son poumon noir. Il est sous oxygène maintenant. Mon oncle, neuf ans. Il paraît que la moyenne est de cinq ans. C'est vrai ?

— Quand il y a appel, oui, c'est entre cinq et sept ans.

— Je serai mort d'ici là, répliqua Buddy.

Et personne ne le contredit.

— Et vous dites qu'ils font appel à chaque fois ? reprit Mavis.

— Oui, malheureusement.

Buddy secouait la tête, légèrement, mais sans discontinuer. Mavis se tut et regarda fixement la table. Buddy toussa, sembla sur le point de s'étouffer, mais parvint à contenir la quinte. À chaque inspiration, on avait l'impression d'entendre bourdonner un petit moteur dans sa poitrine. Il s'éclaircit la gorge.

— Vous savez, j'aurais dû toucher ma pension depuis dix ans. Et je n'aurais pas dû retourner travailler à la mine. J'aurais trouvé un boulot ailleurs. Je n'avais que trente ans à l'époque, les gosses étaient petits. J'aurais pu faire autre chose, ne plus avoir à respirer cette poussière. Quelque chose qui n'aurait pas fait empirer la maladie. Mais la compagnie s'est défendue et elle a gagné. Alors je n'ai pas eu d'autres choix que de retourner à la mine et de continuer à avaler cette saloperie. Et ça va de plus en plus mal. Ça se sent. C'est insidieux mais je peux vous dire que les quatre marches du perron sont plus dures à monter que l'année dernière. Aller au bout de l'allée me prend à chaque fois un peu plus longtemps. Pas beaucoup, mais un peu quand même. Et c'est comme ça pour tout. Tout me prend plus de temps.

Il fit une pause pour reprendre sa respiration. Mavis se pencha et lui tapota la main.

— Je revois encore ces types au tribunal, devant le juge. Ils étaient trois ou quatre, dans leurs beaux costumes et leurs souliers vernis, en train de parader comme des paons. Ils nous regardaient comme si on était de la merde, juste un mineur ignorant avec sa pauvre femme, deux parasites qui voulaient profiter du système pour toucher un petit chèque tous les mois. Oui, je les revois encore, ces petits merdeux arrogants, ces escrocs, ces voyous, parce qu'ils savaient comment gagner et pas nous. Je sais que ce n'est pas très chrétien de haïr son prochain, mais là oui, ces types, je les hais. Et c'est pire encore maintenant que je connais la vérité, et que la vérité, c'est que ces salauds savaient que j'avais la maladie. Ils le savaient, mais ils l'ont caché. Ils ont menti au tribunal. Ils ont fait venir d'autres docteurs pour dire sous serment que je n'avais pas le poumon noir. Tout le monde a menti. Et ils ont gagné. Ils m'ont jeté du tribunal comme un malpropre et m'ont remis à la mine, pour dix ans.

Il s'interrompit et se frotta les yeux.

— Ils ont triché et ils ont gagné. Et ils le feront encore parce que ce sont eux qui écrivent les lois. On ne peut rien contre eux. Ils ont l'argent, le pouvoir, les médecins dans leurs poches, les juges sans doute aussi.

— C'est vrai qu'on ne peut rien contre eux, Miss Sam ? répéta Mavis.

— À part un procès, je suppose. Celui que voulait faire Donovan. Et il y a encore une chance que quelqu'un reprenne le dossier. On n'a pas encore baissé les bras.

— Mais cette personne, ce ne sera pas vous.

— Mavis, je vous l'ai déjà expliqué. Je viens de New York. Je ne suis que stagiaire ici, pour quelques mois seulement. Je ne peux lancer un procès qui va durer cinq ans, cinq ans d'un combat acharné à la cour fédérale. On a déjà parlé de tout ça, vous le savez bien.

Ni l'un ni l'autre ne répondit.

Les minutes passèrent. Seule la respiration ronflante de Buddy rompait le silence. Il s'éclaircit la gorge à nouveau.

— Vous êtes la seule avocate qu'on ait jamais eue de notre vie, la seule qui accepte de nous aider. Si j'avais eu un avocat il y a dix ans, on n'en serait sans doute pas là. Mais ce qui est fait est fait. On est venus ici pour vous dire une chose, une seule : merci d'avoir accepté de nous défendre.

— Et d'être si gentille avec nous, ajouta Mavis. On remercie chaque jour le Seigneur pour ce que vous faites.

— Vous ne vous rendez pas compte que ça change tout.

— Avoir une vraie avocate qui se bat pour nous, vous n'imaginez pas ce que cela représente pour de pauvres gens comme nous.

Et l'un et l'autre se remirent à pleurer.

34

La première fois que Samantha avait vu Gray Mountain c'était du ciel. La seconde, c'était en bateau et en quad, un tour du propriétaire beaucoup plus intime deux semaines avant Noël. Cette fois, ce fut en pick-up, un moyen d'approche bien plus conventionnel dans ces montagnes. Jeff était passé la prendre à Knox, où elle avait garé sa voiture encore une fois devant la bibliothèque.

— Tu t'es acheté un nouveau camion ? demanda-t-elle dès qu'elle vit le véhicule.

C'était un gros pick-up, un Dodge ou quelque chose comme ça, qu'elle n'avait jamais vu auparavant.

— Non, il est à un ami, répondit-il, toujours aussi vague.

Sur la plateforme, deux kayaks rouges, une glacière, un assortiment de sacs à dos.

Ils quittèrent rapidement la ville. Jeff semblait tendu, il n'arrêtait pas de regarder dans les rétroviseurs.

— Pourquoi ces canoës à l'arrière ?

— D'abord, ce sont des kayaks.

— D'accord. Pourquoi ces kayaks ?

— Tu n'en as jamais fait ?

— Je te rappelle que je suis une citadine pur jus.

— Très bien. Ça sert à aller sur l'eau.

— On peut aussi lire au coin du feu avec un verre de vin. Je n'ai pas très envie d'être trempée.

— Pas de panique, Sam.

— Je préfère Samantha, en particulier de la part du gars avec qui je couche. Sam, je supporte quand c'est mon père, mais pas quand c'est ma mère. Aujourd'hui, Mattie a le droit, mais c'est limite. Et si quelqu'un s'avise de m'appeler Sammie, je l'étripe. Ne cherche pas à comprendre, OK ? Bref, tiens-t'en à Samantha.

— Pas de problème. Je n'ai pas envie de faire ceinture ce soir !

— Au moins tes intentions sont claires.

Il rit et monta le volume de l'autoradio – c'était de la country. Ils quittèrent la nationale pour s'engager sur une petite route. Puis ils bifurquèrent sur une piste forestière, de celles qui longent les crêtes, avec des précipices insondables de chaque côté. Elle s'efforça de ne pas regarder en bas. Mais elle se souvenait de sa première escapade avec Donovan, quand ils étaient montés au sommet de Dublin Mountain pour contempler en contrebas la mine d'Enid Mountain. Vic les avait surpris, puis ils avaient été repérés par la sécurité. Cela paraissait si loin. Et maintenant Donovan était mort.

Jeff tourna encore et encore.

— Je suis certaine que tu sais où tu vas, dit-elle, juste pour montrer son admiration.

— J'ai grandi ici, répondit-il sans la regarder.

La voie à demi enneigée s'arrêta net. Derrière le rideau d'arbres, on apercevait la cabane.

Ils commencèrent à décharger.

— Et les kayaks ? s'enquit-elle. Je n'ai pas très envie de me les trimbaler.

— On va d'abord aller voir la rivière. J'ai peur qu'il n'y ait pas assez d'eau.

Ils emportèrent la glacière et les sacs à dos jusqu'à la cabane, à cinquante mètres de là. Le tapis neigeux faisait une quinzaine de centimètres d'épaisseur et était sillonné de traces d'animaux. Apparemment aucune empreinte de visiteurs humains. Samantha était ravie de remarquer ces détails. Elle devenait une vraie fille de la montagne !

Jeff ouvrit la porte de la cabane et entra lentement, comme s'il craignait de détruire quelque indice, et jeta un regard circulaire dans la pièce. Ils déposèrent la glacière dans la petite cuisine et les sacs à dos sur le canapé.

— Les caméras sont toujours là ? demanda-t-elle.

— Et on vient de les déclencher.

— Pas d'intrus dernièrement ?

— Pas que je sache.

— Quand est-ce que tu es venu pour la dernière fois ?

— Ça fait un bail. Trop d'allées et venues éveillent les soupçons. Allons voir cette rivière.

Ils escaladèrent quelques rochers le long du torrent. Jeff déclara que l'eau n'était pas assez profonde pour faire du kayak. Ils s'enfoncèrent alors dans les collines, loin de la cabane et de la propriété de la famille. Elle avait l'impression qu'ils se dirigeaient vers l'ouest, à l'opposé de Gray Mountain. Avec toute cette neige, il était impossible de suivre un chemin. Mais Jeff, comme son frère, aurait pu arpenter les lieux quasiment les yeux fermés. La pente se raidit et la marche se fit plus fatigante. Ils firent une halte pour boire et manger une barre de céréales. Jeff lui expliqua qu'ils étaient sur Chock Ridge, un pli de roche escarpé qui regorgeait de charbon, propriété de gens qui ne vendraient jamais aux compagnies minières. La famille Cosgrove, de Knox. Donovan et Jeff avaient grandi avec leurs enfants. De braves gens. Samantha et Jeff grimpèrent encore sur deux cents mètres et franchirent la crête. Au loin, Jeff lui montra Gray Mountain. Même couverte de neige, elle demeurait désolée, nue et violentée.

Et ils étaient bien loin aussi de la cabane. Après une heure de marche, Samantha avait froid aux pieds. Elle décida de résister encore quelques minutes avant d'implorer grâce. Au moment où ils commençaient la descente, des coups de feu retentirent, des détonations qui se perdirent en écho dans la vallée. Par réflexe, elle faillit se jeter au sol, mais Jeff resta impassible.

— Ce sont juste des chasseurs, déclara-t-il en ralentissant à peine.

Il avait un sac à dos et pas de fusil. Mais Samantha était certaine qu'il y avait une arme cachée au milieu des barres de céréales.

Enfin, convaincue qu'ils étaient irrémédiablement perdus dans les bois, elle demanda :

— On pourrait peut-être rentrer ?

Jeff consulta sa montre.

— Oui. Il est tard. Tu as froid ?

— J'ai les pieds congelés.

— On t'a déjà dit que tu avais de très jolis pieds ?

— Bien sûr. Tous les jours.

— Sérieusement ?

— C'est un tel compliment, Jeff, que j'en rougis.
Non, je ne me souviens pas que quelqu'un m'ait jamais
dit ça.

— C'est la vérité pourtant.

— Alors merci.

— Rentrons les dégeler.

*

Le retour fut deux fois plus long que l'aller. La
vallée était plongée dans l'obscurité quand ils atteignirent enfin leur havre. Jeff lança aussitôt un feu,
et le froid fut chassé par une tiédeur enfumée qui
pénétra Samantha jusqu'aux os. Il alluma trois lampes
à pétrole. Pendant qu'il faisait le plein de bois pour
la nuit, elle déballa la glacière et inspecta ce qu'il y
avait pour dîner. Deux steaks, deux pommes de terre et
deux épis de maïs. Et puis trois bouteilles de vin rouge
avec des bouchons à vis (Jeff avait veillé à ce détail).
Ils burent leur premier verre en se chauffant devant la
cheminée. Ils parlèrent politique. Obama allait prêter
serment dans quelques jours, et Jeff avait envie de se
rendre à Washington pour les festivités. Le père de
Samantha, avant sa chute, était un membre actif du
parti démocrate au sein du barreau, et aujourd'hui le
militantisme le chatouillait de nouveau. Il avait invité

sa fille pour partager cet instant avec lui. Assister à ce moment historique était bien tentant, mais elle ne savait pas trop si elle aurait le temps.

Elle n'avait parlé à personne de l'offre de Andy. Et ne risquait pas de le révéler ce soir. Cela ne ferait que tout compliquer. Alors qu'ils buvaient leur deuxième verre, Jeff demanda :

— Comment vont les pieds ?

— Ils fourmillent.

Ils avaient enfilé de grosses chaussettes de laine, des chaussettes qu'elle comptait bien garder quoi qu'il arrive. Jeff alluma le barbecue, et peu après leur dîner cuisait. Ils mangèrent à la lueur des bougies sur une petite table de bois. Après le repas, ils tentèrent de lire un peu devant le feu, mais des affaires plus pressantes leur firent lâcher leurs livres.

*

Samantha s'éveilla au milieu des couvertures et des plaids, nue, à l'exception des chaussettes. Il lui fallut quelques secondes pour s'apercevoir que Jeff n'était plus à côté d'elle. Les braises des dernières bûches fumaient dans la cheminée. Elle trouva une lampe électrique et appela Jeff, mais il n'était pas dans la cabane. Elle consulta sa montre : 4 h 40. Dehors, nuit noire. Elle sortit, éclaira les ténèbres autour d'elle, l'appela encore doucement, puis revint vers la chaleur de l'âtre. Surtout ne pas paniquer ! Il ne partirait pas en la laissant seule s'il y avait le moindre danger. N'est-ce pas ? Elle enfila un jean et une chemise et tenta de se rendormir, mais elle était trop tendue. Pour ne pas dire terrorisée. Et à mesure que les minutes s'égrenaient, elle sentit la colère monter. Seule la nuit dans les bois ! Comment en était-elle arrivée là ? Tous les bruits au-dehors la faisaient sursauter. 5 heures. Elle avait apporté un petit sac avec une brosse à dents et des vêtements de rechange. Il avait quant à lui pris trois gros sacs de randonnée. Elle les avait vus dans la benne du pick-up. Il ne s'était servi que d'un seul pour leur balade dans l'après-midi. Les deux autres semblaient remplis et il les avait balancés sur le canapé en arrivant, puis les avait placés un peu plus tard près de la porte. Et maintenant, ils n'étaient plus là.

Elle retira son jean et sa chemise, et les lança sur le canapé, comme si de rien n'était. Quand elle eut recouvré son calme et se fut un peu réchauffée sous les couvertures, elle respira lentement et analysa la situation. C'était si évident à présent ! Pour ceux qui surveillaient tous les faits et gestes de Jeff, leur venue ici n'était rien d'autre qu'une escapade romantique. Les kayaks apportaient une jolie touche, rouge et brillante, immanquable à l'arrière du camion. Jamais il n'avait été question de les mettre à l'eau. Les kayaks, la balade dans la montagne, le barbecue sous l'auvent, le câlin devant le feu... juste une petite soirée galante avec la nouvelle fille en ville. Et aux petites heures du matin, alors que toute la vallée était endormie, il s'était levé et était parti comme un voleur. En ce moment, il était dans les entrailles de Gray Mountain à remplir ses sacs à dos des précieux documents volés au siège de la Krull Mining.

Il l'utilisait comme couverture.

La porte s'ouvrit. Samantha se raidit, son cœur cessa de battre. Il faisait trop noir pour voir qui entrait et le canapé lui bouchait la vue. Elle était couchée sur le tas de couettes et de plaids, s'efforçait de respirer normalement et priait pour que ce soit bien Jeff. Il resta immobile pendant un long moment, qui sembla durer des heures, puis il se déplaça légèrement. Quand il retira son jean et le posa sur le canapé, la boucle de sa ceinture tinta. Une fois déshabillé, il se glissa doucement sous les couvertures, en veillant à ne pas la toucher ni à la réveiller.

Samantha espérait vraiment que l'homme nu à côté d'elle était Jeff Gray. Feignant de dormir, elle roula sur le côté et posa sa main sur la poitrine à côté d'elle. Il marmonna quelque chose, comme s'il était surpris dans son sommeil. Elle aussi, mais c'était de soulagement, parce que ce torse-là ne lui était pas inconnu. D'une main un peu trop froide, il lui caressa les fesses. Elle murmura un non et se détourna. Il se rapprocha d'elle, et fit semblant de se rendormir. Avant de repartir dans les bras de Morphée, elle décida qu'elle ferait comme si elle ne s'était rendu compte de rien. Histoire de se donner le temps de réfléchir et de surveiller ces deux sacs à dos.

Jeff le maraudeur nocturne bougea à nouveau, se leva avec précaution et remit deux bûches dans l'âtre, réarrangea les braises.

— Tu es réveillée ? murmura-t-il.

— Il me semble bien.

— Il fait un froid de canard ici !

Il revint sous les couvertures, à côté d'elle.

— Dormons encore un peu, dit-il en se blottissant contre elle.

Elle grogna quelques mots, feignant d'être encore dans ses rêves. Le feu se mit à luire et à crépiter. Le froid était de nouveau parti et Samantha put enfin dormir.

35

Les prévisions météo pour le lundi étaient une maximale à 13 degrés et du soleil. Les restes de neige avaient fondu et Samantha se rendait au travail à pied. On était le 12 janvier, mais on se serait presque cru au printemps. Elle ouvrit la porte du centre et commença sa routine du matin.

Le premier e-mail était d'Izabelle :

Salut Sam,

Andy m'a dit qu'il t'a contactée et que tu es quasiment dans l'équipe. Il m'a fait promettre de ne pas te donner de détails sur le travail ; il a les pétoches qu'on compare et qu'on tente de faire bloc pour avoir mieux ! Je ne sais pas pour toi, mais moi, Andy ne m'a pas beaucoup manqué. En tout cas, ni la ville, ni S&P ne m'ont manqué, et je ne suis pas sûre de vouloir revenir. J'ai dit oui à Andy mais maintenant j'ai des doutes. Je ne peux pas, en tout cas, tout quitter et revenir dans un mois. Et toi ? La perspective de lire et réviser des contrats

dix heures par jour ne me tente pas tant que ça.
J'ai besoin d'argent, bien sûr, mais je m'en sors et
j'aime mon job. Comme je te l'ai raconté, on défend
des enfants qui sont jugés et condamnés comme
des adultes, et jetés dans des prisons d'adultes. Je
te passe les détails. Le travail est à la fois pas-
sionnant et difficile émotionnellement, mais chaque
jour j'ai l'impression d'apporter ma petite pierre.
On a sorti un gosse de prison la semaine dernière.
Ses parents attendaient devant les portes, et tout le
monde était en larmes, y compris moi. Pour info :
l'un des employés chez Spane & Grubman est ce
con de Sylvio du service fiscal. Tu te souviens de
lui aux réunions ? Celui qui puait de la gueule.
C'était à tomber dans les pommes même à l'autre
bout de la table ! Et il voulait toujours te parler
sous le nez. En plus, il postillonnait. Une horreur !
Toujours pour info : il paraîtrait qu'un des gros
clients de Spane & Grubman sera Chuck Randover,
ce roublard qui croit, parce qu'il te paie neuf cents
dollars de l'heure, qu'il peut te traiter comme une
merde. Tu es bien placée pour le savoir.

Mais chut ! Je ne t'ai rien dit.
Bref, je me tâte. Et toi ?

Izzie

Samantha lâcha un petit rire en lisant l'e-mail. Et
répondit dans la foulée :

Iz,

Je ne sais pas si Andy a fumé la moquette, mais je peux t'assurer que je n'ai pas dit oui. Et s'il commence à déformer les faits comme ça, ça me met le doute pour tout le reste. Moi non plus, je ne peux pas faire mes valises et partir comme ça dans un mois, du moins pas en ayant la conscience tranquille. Je pensais lui demander un délai de quelques mois, disons pour une arrivée le 1ᵉʳ septembre.

Randover est le seul client qui m'ait fait pleurer. Il m'a humiliée une fois à un rendez-vous. J'ai réussi à contenir mes larmes jusqu'au moment où j'ai pu aller aux toilettes. Et ce gros naze de Andy était assis à côté de moi et n'a pas bougé le petit doigt. Il n'a pas eu le réflexe de défendre son équipe. Tu parles ! Il voulait surtout ne pas contrarier un client. J'avais fait une erreur, c'est vrai, mais c'était sans conséquence.

Une idée sur le salaire et les avantages ?

Réponse d'Izabelle :

J'ai juré de ne pas le dire. Mais c'est impressionnant.
À plus.

La première surprise de la journée arriva par la poste. Top Market Solutions avait envoyé le chèque de onze mille trois cents dollars pour Pamela Booker, avec l'abandon de recours à signer. Samantha fit une copie du chèque avec dans l'idée de l'encadrer. Son premier procès, sa première victoire. Elle montra fièrement son trophée à Mattie qui lui suggéra de filer sans tarder à la fabrique de lampes pour faire la surprise à sa cliente. Une heure plus tard, Samantha pénétrait dans la zone industrielle moribonde de Brushy. Elle salua M. Simmons et le remercia encore d'avoir réembauché Pamela.

Durant la pause, Pamela signa l'abandon de recours et pleura en découvrant le chèque. Jamais, elle n'avait vu autant d'argent. Elles s'installèrent dans la voiture de Samantha, garée sur le parking au milieu de vieux pick-up et de petites berlines étrangères délabrées.

— Je ne sais pas ce que je vais faire de tout ça, souffla Pamela.

En bonne stagiaire multifonction, Samantha avait son avis sur la question.

— D'abord, ne le dites à personne. Pas un mot. Sinon, vous allez voir toutes sortes de nouveaux amis rappliquer. À combien s'élève votre découvert sur votre compte ?

— Dans les deux mille.

— Remboursez-les. Puis résiliez vos cartes de crédit. Pas de dettes pendant un an. Payez en liquide ou par chèque. Mais plus de cartes de crédit.

— Vous croyez vraiment ?

— Il vous faut une nouvelle voiture. À votre place, je mettrais deux mille dollars d'acompte pour en acheter une nouvelle et prendrais un emprunt sur deux ans pour financer le reste. Payez vos autres factures en retard et placez les cinq mille restant sur un compte rémunéré, et oubliez-les.

— Et vous, combien vous allez prendre ?

— Zéro. Nous ne nous faisons pas payer, sauf en de très rares occasions. Cet argent est à vous, Pamela, vous en méritez jusqu'au moindre dollar. Maintenant ne traînez pas. Allez vite encaisser ce chèque avant que ces escrocs ne fassent opposition.

Les lèvres tremblantes, les joues mouillées, elle prit Samantha dans ses bras.

— Merci, Miss Sam. Merci. Merci.

En repartant, Samantha regarda dans son rétroviseur. Pamela était au bord du trottoir, lui faisant au revoir de la main. La jeune avocate ne pleurait pas, mais elle avait la gorge serrée.

*

La deuxième surprise de la journée arriva pendant le pique-nique du lundi. Alors que Barb racontait l'histoire d'un type qui s'était évanoui la veille pendant la messe, le téléphone de Mattie vibra sur la table, à côté de son assiette de salade. Appel inconnu. Elle décrocha. La voix lui était vaguement familière, mais impossible de mettre un nom dessus. Le message fut concis : « Le FBI sera là dans une demi-heure avec un mandat de perquisition. Sauvegardez vos dossiers tout de suite. »

Mattie resta un moment bouche bée, toute pâle.

— Qui est à l'appareil ? demanda-t-elle.

Mais l'inconnu avait raccroché.

Mattie répéta le message et tout le monde eut un hoquet de stupeur. Vu l'attitude du FBI au cabinet de Donovan, il était évident qu'ils allaient faire une razzia ici et tout emporter. Leurs premières contre-mesures furent de trouver des clés USB pour faire des copies des fichiers les plus importants.

— Je suppose que c'est encore lié à la Krull Mining, lança Annette en regardant Samantha.

Mattie se frotta les tempes, tentant de garder son calme.

— Je ne vois pas d'autres explications. Les fédéraux doivent penser qu'on a quelque chose parce que je suis l'avocate de la succession de Donovan. C'est incompréhensible, absurde, ubuesque. Je suis à court de mots. Vous comme moi, on n'a rien qu'ils n'aient déjà vu. Ils savent déjà tout.

Pour Samantha, toutefois, cette perquisition était plus inquiétante. Elle et Jeff avaient quitté Gray Mountain dimanche matin, avec, de toute évidence, les documents cachés dans les sacs à dos. Et le lendemain, le FBI faisait une descente, encore une fois pour le compte de la Krull. Ils tentaient un coup de filet, mais c'était aussi une manœuvre d'intimidation. Elle ne dit rien à ses collègues, mais fonça dans son bureau faire des copies de ses fichiers.

Au centre de la Montagne, c'était l'agitation totale. Annette eut l'idée de génie de demander à Barb de rentrer chez elle avec tous les ordinateurs portables. Elles diraient que la secrétaire les avait portés en réparation. Barb récupéra les appareils, trop heureuse de pouvoir quitter la ville. Mattie appela Hump, l'un des meilleurs spécialistes en droit criminel de Brady. Elle l'engagea sur-le-champ et lui demanda de débarquer au centre sitôt que la perquisition aurait commencé. Hump annonça qu'il ne raterait ça pour rien au monde. Une fois les clés USB chargées, Samantha les plaça dans une enveloppe kraft, avec son téléphone intraçable, et se rendit au palais de justice. Au deuxième étage, se trouvait une petite bibliothèque où personne n'allait jamais et qui n'avait pas vu un plumeau depuis des années. Elle cacha l'enveloppe sous une pile poussiéreuse de revues juridiques datant des années 1970 et se dépêcha de revenir au centre.

Dans leurs costumes noirs de fédéraux, Frohmeyer et Banahan firent leur entrée en scène, suivis de leur équipe. Tout ce petit monde débarqua dans le centre d'aide juridique de la Montagne, prêt à croiser le fer. Les trois autres agents portaient ces larges blousons bleu marine avec écrit « FBI » en grosses lettres jaunes. Mattie les accueillit dans le hall.

— Oh non. Pas encore vous !

— Eh oui… Et nous avons un mandat de perquisition.

Elle prit le document.

— Je n'ai pas le temps de le lire. Dites-moi simplement sur quoi ça porte.

— Sur toutes pièces en rapport avec les dossiers présents dans le cabinet de Donovan Gray, et susceptibles d'avoir un lien avec ce qui est communément appelé l'affaire Hammer Valley.

— Vous avez déjà tout pris la dernière fois, Frohmeyer. Donovan est mort depuis sept semaines. Vous croyez qu'il nous envoie des papiers d'outre-tombe ?

— Je ne fais que suivre les ordres.

— Bien sûr. Mais la logique m'échappe. Tous les dossiers de mon neveu sont là-bas, de l'autre côté de la rue. Le seul dossier que j'ai, c'est celui de sa succession. Nous ne nous occupons absolument pas des procès et affaires qu'il avait en cours. Combien de fois faut-il que je vous le répète ? C'est pourtant clair.

— Mes instructions aussi sont claires.

Sur ces entrefaites, Hump arriva et lança d'une voix de stentor :

— Je représente le centre d'aide juridique de la Montagne. Que signifie ce ramdam, messieurs ?

Annette et Samantha assistaient à la scène, chacune sur le seuil de leur bureau.

— Hump, intervint Mattie, voici l'agent Frohmeyer, c'est le chef de ce petit commando. Il pense avoir le droit d'emporter tous nos dossiers et nos ordinateurs !

Annette chargea soudain comme une furie :

— Pas même en rêve ! Je n'ai pas le moindre bout de papier qui puisse avoir un quelconque rapport avec Donovan Gray ou avec ses affaires. Ce que vous allez trouver dans mon bureau ce sont des dossiers sensibles et absolument confidentiels, des affaires de divorce, des sévices à enfants, des violences conjugales, des refus de paternité, des cas d'addiction, de désintoxication, d'invalidité mentale, et j'en passe. La liste de la misère humaine est longue. Et vous, le FBI, vous n'avez en aucun cas le droit d'y mettre votre nez. Si vous voulez toucher ne serait-ce qu'à une seule feuille de ces dossiers, il vous faudra me passer sur le corps. Arrêtez-moi si ça vous chante, mais je vous promets que la première chose que je ferai demain matin, ce sera de déposer plainte à la cour fédérale contre vous, nominativement, agent Frohmeyer, suivi des noms de tous vos sbires ici présents. Et vous vous retrouverez tous assis à la table des accusés, parce que je peux vous assurer qu'après ça je vais vous pourrir la vie.

Il en fallait beaucoup pour impressionner un type comme Frohmeyer, mais ses épaules s'affaissèrent imperceptiblement. Les quatre autres agents écoutèrent la tirade les yeux grands ouverts, ne sachant comment réagir. Samantha faillit éclater de rire. Mattie, quant à elle, souriait ostensiblement.

— Voilà qui est parfaitement résumé, maître Brevard, lâcha Hump. Vous connaissez donc notre position, messieurs, et je me ferai un plaisir d'appeler le procureur tout de suite pour mettre les choses au point.

— Nous avons ici deux cents affaires en cours et plus de mille aux archives, précisa Mattie. Aucune d'entre elles n'a de lien avec Donovan Gray ni avec son travail. Vous voulez vraiment tout emporter et tout éplucher ?

— Vous avez sans doute mieux à faire, non ? railla Annette.

Hump leva les mains pour calmer tout le monde. Frohmeyer bomba le torse et se tourna vers Samantha.

— On va commencer par votre bureau. Si on trouve ce qu'on cherche, on le prend et on vous laisse tranquilles.

— Et que cherchez-vous au juste ?

— Lisez le mandat.

— Combien de dossiers avez-vous, maître Kofer ? demanda Hump.

— Une quinzaine.

— D'accord. Faisons ça. Allons chercher ces dossiers et rapportons-les dans la salle de réunion pour que vous, les gars, puissiez les examiner. Allez fouiller son bureau, inspectez tout ce que vous voulez, mais avant d'emporter quoi que ce soit vous venez me trouver. Ça vous va ?

— On emporte ses ordis, celui de bureau et le portable, annonça Frohmeyer.

Ce soudain intérêt pour les dossiers de Samantha troubla Mattie et Annette. Samantha leur retourna un haussement d'épaules. « Je ne comprends pas non plus. »

— Mon portable n'est pas là, répondit-elle.

— Et où est-il ? aboya Frohmeyer.

— Il est chez le réparateur. Il y avait un bogue.

— Quand l'avez-vous emmené là-bas ?

Hump intervint.

— Elle n'a pas à vous répondre. Votre mandat ne vous donne pas le droit d'interroger les témoins.

Frohmeyer poussa un long soupir, ragea une seconde en silence, puis se força à sourire. Il suivit Samantha dans son bureau et ne la quitta pas des yeux tandis qu'elle sortait ses dossiers de sa vieille armoire de l'armée.

— C'est coquet, chez vous, la nargua-t-il. On va passer cet endroit au peigne fin en deux temps trois mouvements.

Samantha ignora sa remarque. Elle transporta ses dossiers dans la salle de réunion où Banahan et un autre agent s'étaient installés pour les examiner. Quand elle revint dans sa pièce, Frohmeyer fouillait ses deux autres armoires. Elle le regarda ouvrir un à un les tiroirs de son bureau branlant. Il touchait à tout, au moindre morceau de papier, mais n'emporta rien. C'était désagréable de le voir comme ça fouiller dans ses effets personnels.

Un agent suivit Mattie dans son bureau, un autre emboîta le pas à Annette. Petit à petit, ils examinèrent tous les fichiers mais n'emportèrent rien. Hump faisait la navette entre les pièces, surveillant le déroulement de l'action, prêt à intervenir au premier dérapage.

— Tous les portables ont disparu ? demanda Frohmeyer à Hump quand il eut fini de fouiller le bureau de Samantha.

Annette, ayant entendu la question, intervint :

— Oui. On les a tous envoyés en révision.

— Ben voyons ! Aucune importance, nous reviendrons avec un autre mandat.

— Ce ne serait pas drôle sinon.

Ils épluchèrent une centaine d'affaires archivées. Trois agents montèrent au grenier et sortirent des dossiers que Mattie n'avait plus vus depuis des décennies. L'excitation fit place à l'ennui. Hump s'installa dans le hall et bavarda avec Frohmeyer tandis que les femmes tentaient de répondre aux appels téléphoniques. Au bout de deux heures de fouilles, l'équipe s'essouffla et les agents partirent uniquement avec l'ordinateur de Samantha.

En les regardant emporter son matériel, Samantha eut l'impression d'habiter un pays totalitaire, où la police avait tous les droits, et les citoyens aucun. Ce n'était pas juste. Ce coup de force des flics, c'était à cause de sa relation avec Jeff. Maintenant, on avait confisqué son PC, et la confidentialité de ses clients était en péril. Jamais elle ne s'était sentie aussi démunie.

Et pour couronner le tout, elle allait se retrouver sous le feu d'Annette et Mattie. Les deux femmes devaient se poser des questions. Que savait-elle au juste de l'affaire avec la Krull ? Que lui avait dit Jeff ? Avait-elle vu les documents ? Samantha réussit à s'éclipser par la porte de derrière et alla récupérer les clés USB et son téléphone à la bibliothèque du palais. Elle partit faire un grand tour en voiture. Elle appela à plusieurs reprises mais Jeff ne décrochait pas. Pour une fois qu'elle avait besoin de lui !

Mattie l'attendait à son retour. Il faisait nuit. Les ordinateurs portables étaient revenus, intacts.

— Allons boire un verre de vin chez moi sur la terrasse, proposa Mattie. Il faut qu'on parle.

— Chester est déjà en cuisine ?

— Les repas, c'est sacré chez nous.

La promenade jusque chez Mattie fut agréable et revigorante, mais l'air était trop vif pour s'installer dehors. Chester n'était pas là. Elles étaient toutes seules dans la maison. Elles prirent place dans le salon, burent une gorgée ou deux en silence, puis Mattie déclara :

— Maintenant, Samantha, vous allez tout me raconter.

— D'accord.

36

À peu près au même moment, Buddy Ryzer gara son pick-up sur le parking d'un belvédère. Il parcourut à pied les deux cents mètres qui le séparaient des tables de pique-nique. Il s'assit à l'une d'elles, enfonça un pistolet dans sa bouche et appuya sur la détente. Deux randonneurs trouvèrent son corps le lundi soir et appelèrent les secours. Mavis étant au téléphone depuis des heures, les autorités vinrent toquer à sa porte. Puis les voisins arrivèrent et ce fut le chaos dans la maison.

Samantha dormait quand son téléphone vibra. Elle ne l'entendit pas. Qui appellerait son avocate à minuit un lundi ?

Elle consulta son téléphone à 5 h 30 quand elle s'éveilla, après avoir rêvé toute la nuit du raid du FBI. Il y avait trois appels manqués de Mavis Ryzer, le dernier à 0 h 40. Une voix tremblante lui annonça la nouvelle. Samantha oublia dans l'instant le FBI.

Elle en avait assez de tous ces morts. Celle de Donovan la hantait encore. Celle de Francine Crump, même si elle n'était pas une intime, causait dans son sillage bien des soucis. Deux jours plus tôt, sur Gray Mountain, Samantha avait vu à nouveau la croix blanche marquant l'endroit où s'était suicidée Rose. Elle ne connaissait pas les enfants Tate, mais cette tragédie la marquait. Elle songeait aussi souvent au père de Mattie, emporté par le poumon noir. La vie était rude dans les Appalaches. En comparaison, sa grande ville semblait un nid douillet.

Et voilà que son client préféré était mort et qu'elle allait encore devoir assister à des funérailles. Elle enfila un jean, une parka et sortit marcher. Les premières lueurs de l'aube éclairaient le ciel. Elle grelottait dans le froid. Que faisait-elle à Brady ? Pourquoi pleurait-elle la mort d'un mineur qu'elle ne connaissait que depuis trois mois ? Pourquoi ne faisait-elle pas ses valises pour fuir loin d'ici ?

Comme toujours, il n'y avait pas de réponse simple.

Elle aperçut de la lumière dans la cuisine de Mattie. Elle toqua à la fenêtre. Chester, en robe de chambre, préparait le café. Il la fit entrer et alla chercher Mattie qui devait être réveillée. La nouvelle lui ficha un coup. Et les deux femmes restèrent silencieuses un long moment, assises à la table de la cuisine, cherchant un sens à tout ça.

Dans le dossier que Samantha avait compilé sur Buddy Ryzer, elle avait vu passer une assurance-vie pour cinquante mille dollars.

— Le suicide n'est pas un motif de rejet ? demanda-t-elle en tenant sa tasse entre ses deux mains.

— Certes, mais seulement pendant un an ou deux. Sinon tous les désespérés iraient ouvrir une assurance-vie juste avant de se jeter des ponts. Si la police de Ryzer est plus vieille que ça, la durée de la clause d'exclusion est sans doute dépassée.

— Il se serait donc tué pour l'argent...

— On n'en sait rien. Quelqu'un qui met fin à ses jours ne raisonne pas comme tout le monde, mais je pense qu'on va découvrir que cette assurance-vie est l'un des éléments déclencheurs. Il n'avait plus de travail, pas de pension, et leurs économies s'étaient envolées. En plus, il avait trois enfants à charge et une épouse sans emploi. Il allait souffrir pendant plusieurs années et la fin ne serait pas belle à voir. Tous les mineurs connaissent quelqu'un qui est mort du poumon noir.

— Ça fait beaucoup.

— C'est le moins qu'on puisse dire. Vous voulez manger un morceau, un toast peut-être ?

— Non, merci.

Mattie remplit leurs tasses.

— J'aimerais vous poser une question, reprit Samantha. Une question purement hypothétique. Si Buddy avait eu un avocat il y a dix ans, que se serait-il passé ?

Mattie remua son sucre et fronça les sourcils.

— Difficile de savoir. Tout dépend s'il était bon ou pas. Mais s'il était tombé sur les dossiers médicaux que vous avez découverts, et qu'il était sur le point de révéler à la cour la dissimulation de Casper Slate, alors il est raisonnable de penser que Buddy aurait obtenu sa pension. Ce n'est qu'une supposition, mais je pense que Casper Slate aurait cédé pour éviter que tout le monde découvre leurs manigances d'escrocs. Ils auraient pris leurs cliques et leurs claques, et Buddy aurait touché ses indemnités.

— Et il n'aurait pas respiré pendant encore dix ans la poussière de charbon.

— Non, sans doute pas. La pension n'était pas bien importante, mais ils auraient pu survivre.

L'une comme l'autre se murèrent dans le silence. Chester apparut sur le seuil de la porte avec sa tasse de café vide, mais voyant les deux femmes immobiles comme des statues, il fit demi-tour. Enfin, Mattie se redressa et se leva. Elle alla chercher le pain de mie et glissa deux tranches dans le toaster. Elle sortit le beurre et la confiture du réfrigérateur.

Après deux bouchées, Samantha annonça :

— Je ne veux pas aller au bureau aujourd'hui, Mattie. C'est comme s'il avait été profané. Mon ordinateur a été emporté, tous mes dossiers ont été fouillés. Jeff, comme Donovan, pense que l'endroit est truffé de micros. J'ai besoin de faire une pause.

— Prenez un jour ou deux. Cela ne pose aucun problème.

— Merci. Je vais quitter la ville. On se reverra demain.

*

Samantha sortit de Brady et roula pendant une heure avant d'oser regarder dans son rétroviseur. Personne. Rien. Jeff appela deux fois, mais elle ne prit pas l'appel. À Roanoke, elle bifurqua à l'est, tournant le dos à la Shenandoah Valley et à la nationale. Pendant qu'elle traversait la Virginie, en insistant, elle réussit à organiser la rencontre par téléphone. Elle fit halte à Charlottesville pour déjeuner avec un ancien camarade de Georgetown. Dix minutes avant 18 heures, elle s'installa à une table d'angle au bar de l'Hôtel Hay Adams, qui se trouvait à cent mètres de la Maison Blanche. Pour cette réunion au sommet, il fallait être en terrain neutre.

Marshall Kofer apparut le premier, à 18 heures précises, toujours aussi élégant. Il avait tout de suite accepté le rendez-vous. Karen s'était montrée moins enthousiaste. Mais sa fille avait besoin d'aide. Elle voulait parler à ses deux parents et entendre leurs conseils.

Karen surgit avec seulement cinq minutes de retard. Elle serra Samantha dans ses bras, fit une courte bise à son ex-mari et s'assit. Un serveur vint prendre leur commande. La table était loin du bar et offrait une relative intimité, pour le moment du moins. Samantha allait prendre la conversation en main. Ce moment était pour elle, de toute façon. Elle ne voulait pas qu'il y ait des silences gênés. C'était la première fois en onze ans que ses parents se retrouvaient assis à la même table. Elle leur avait précisé au téléphone que ce n'était en aucun cas une rencontre pour essayer de les rabibocher. Elle voulait leur parler d'affaires beaucoup plus pressantes.

Les verres arrivèrent et tout le monde but une gorgée. Samantha les remercia d'avoir pris le temps de venir, s'excusa de les avoir avertis si tard, et entreprit son récit. Elle commença par le procès de

Hammer Valley, la Krull Mining, et le recours que voulait intenter Donovan Gray. Marshall connaissait les faits depuis un certain temps, et Karen en avait appris les grandes lignes après Noël. Mais ni l'un ni l'autre n'étaient au courant de l'existence des documents volés, et Samantha ne leur épargna aucun détail. Oui, elle les avait vus et supposait qu'ils étaient cachés au cœur de Gray Mountain. Du moins une bonne partie encore. Elle leur annonça qu'elle fréquentait Jeff mais que cela n'avait rien de sérieux. De toute façon, sur ce point, elle ne leur devait aucune explication. Ses parents feignirent de ne pas s'intéresser à cette relation.

Le serveur revint. Ils commandèrent une nouvelle tournée et quelque chose à grignoter. Samantha leur narra sa rencontre avec Jarrett London à New York, et son insistance pour que Jeff lui remette ces documents le plus tôt possible. Elle s'était retrouvée ainsi entraînée malgré elle dans une situation, peut-être pas illégale, mais déontologiquement très discutable. Elle était désormais dans le collimateur du FBI qui avait perquisitionné son bureau – une expérience assez traumatisante au demeurant. Autant qu'elle puisse en juger, c'était le procureur fédéral de la Virginie-Occidentale qui dirigeait cette enquête et, à l'évidence, il était convaincu que la Krull Mining avait été victime d'un vol. Alors que c'étaient eux les bourreaux, non les victimes. S'il y avait une justice, c'est la Krull Mining qui devrait répondre de ses méfaits.

De tout cœur, Marshall était du même avis que sa fille. Il posa quelques questions, toutes concernant le procureur fédéral et le ministre de la Justice. Karen était plus prudente dans ses commentaires. Marshall pensait – mais il ne le dirait jamais – que Karen avait usé de ses relations pour l'envoyer en prison dix ans plus tôt. Puisqu'elle avait déjà ce pouvoir, il y a une décennie, elle était capable d'aider sa fille aujourd'hui.

Une assiette de fromages arriva mais tout le monde l'ignora. Son père et sa mère s'accordèrent à dire que Samantha ne devait pas toucher à ces documents. Si Jeff voulait courir le risque, c'était son choix, mais elle, elle devait rester à l'écart. Jarrett London et ses avocats avaient des ressources et l'argent pour organiser ce sale boulot. Et si ces pièces étaient aussi cruciales, ils trouveraient bien un moyen de doubler la Krull Mining.

Tu peux t'arranger pour que le FBI nous laisse tranquilles ? demanda Samantha à sa mère. Karen affirma qu'elle allait s'en occuper tout de suite, mais toujours prudente, elle prévint qu'elle n'avait guère d'influence sur ces gens.

Raconte ça à d'autres ! faillit lâcher Marshall. Pendant ses trois ans d'incarcération, il brûlait de trouver le moyen de se venger de son ex-femme et de ses collègues. Mais avec le temps, il avait accepté qu'au fond ses problèmes venaient de son avidité obsessionnelle.

— Et pourquoi ne partirais-tu pas tout simplement ? proposa Karen. Fais tes valises et sauve-toi. Dis-toi que c'était une belle aventure et que maintenant tu rentres au bercail. Tu as donné le meilleur de toi-même et à présent tu as le FBI aux basques. Pourquoi t'entêtes-tu à rester dans ce trou ?

Marshall semblait du même avis que Karen. Il avait partagé sa cellule avec des cols blancs qui, au fond, n'avaient enfreint aucune loi. Si les fédéraux voulaient arrêter quelqu'un, ils trouveraient toujours un prétexte. « Association de malfaiteurs » était leur favori.

Plus Samantha parlait, plus elle avait des choses à dire. Quand avait-elle été ainsi le centre d'attention de ses parents ? Jamais sans doute. Ou alors quand elle était bébé. Et son père et sa mère, écoutant leur fille exposer ses peurs et ses doutes, semblaient oublier leurs différends, unissant leurs forces pour venir en aide à leur enfant. Rancœurs et dissensions, pour l'heure, étaient derrière eux.

Pourquoi se sentait-elle obligée de rester « dans ce trou » comme disait sa mère ? Elle s'expliqua en racontant l'histoire de Buddy Ryzer et de son recours pour obtenir sa pension d'invalidité. Sa gorge se noua quand elle leur apprit son suicide, qui datait de la veille. Elle irait à ses funérailles, dans une jolie église de montagne, et regarderait au loin Mavis et ses trois enfants rassemblés dans la douleur. S'ils avaient eu un avocat à l'époque, ils n'en seraient pas là. Maintenant, les Ryzer en avaient un, et elle ne pouvait s'enfuir comme ça dès que la situation se compliquait. Et puis elle avait d'autres clients, d'autres pauvres gens qui n'avaient pas voix au chapitre. Il fallait qu'elle reste quelques mois encore, pour que justice soit faite pour eux aussi.

Elle évoqua l'offre d'emploi de Andy Grubman. Marshall, comme c'était prévisible, n'apprécia pas, soutenant que c'était juste une « version plus glamour du même boulot de gratte-papier ». Le cabinet de Grubman allait grandir et, sous peu, ce serait pareil que chez Scully & Pershing. Karen jugeait cela préférable que de s'enterrer à Brady. Samantha leur confia qu'elle hésitait, mais que, tôt ou tard, elle finirait par accepter.

*

Ils avaient dîné au restaurant de l'hôtel. Salade, poisson, vin, et même café et dessert. Samantha avait tant parlé qu'elle en était épuisée, mais elle avait pu dire ses peurs à ses parents et cela lui avait fait un bien fou. Aucune décision n'avait été prise. Rien n'était réellement résolu. Leurs conseils avaient été conformes à ce qu'elle attendait, mais le fait d'avoir exprimé tout ça l'avait soulagée.

Elle avait réservé une chambre à l'hôtel. Marshall avait une voiture avec chauffeur. Il proposa à Karen de la raccompagner chez elle. Quand ils se dirent au revoir dans le hall, Samantha avait les larmes aux yeux quand elle vit son père et sa mère partir ensemble.

37

Conformément à ses instructions, elle se gara sur Church Street dans le centre de Lynchburg en Virginie, et marcha une centaine de mètres pour rejoindre la grand-rue. La circulation à la mi-journée était dense dans la vieille ville. On apercevait au loin le miroitement des eaux de James River. Elle était certaine qu'on la suivait, et elle espérait bien que ce n'était que Jeff. Elle avait réservé, à son nom, une table au RA Bistro, toujours selon ses instructions, et avait demandé un box au fond de la salle. Elle s'y installa à midi pile, le mercredi 14 janvier. Elle commanda un soda et se mit à pianoter sur son téléphone. Elle gardait un œil sur la porte, alors que les clients affluaient. Dix minutes plus tard, Jeff apparut de nulle part et s'assit en face d'elle. Ils se dirent bonjour.

— J'ai été suivie ? demanda-t-elle aussitôt.

— C'est toujours une possibilité. Comment ça s'est passé à Washington ?

— Le dîner était agréable avec mes parents, pour la première fois depuis longtemps. En fait, je ne sais même pas quand on a mangé tous les trois ensemble pour la dernière fois. Pathétique, non ?

— Au moins, tu as encore tes deux parents. Tu as parlé à ta mère pour le FBI ?

— Oui. Je lui ai demandé de donner quelques coups de fil. Elle le fera, mais elle ne m'a pas promis que ça marchera.

— Et Marshall ? Comment va-t-il ?

— Bien, merci. Il te passe le bonjour. J'ai quelques questions à te poser. C'est toi qui as appelé Mattie pour nous prévenir de la perquisition ?

Jeff esquissa un sourire et détourna les yeux. Dans ces moments-là, Samantha avait envie de l'étriper. Il ne lui répondrait pas.

— Passons. Et tu es au courant pour Buddy Ryzer ?

— Oui, c'est horrible. Encore une victime dans cette guerre. Dommage que nous n'ayons pas d'avocat pour reprendre le procès contre la Lonerock Coal et ces bandits de Casper Slate.

— Encore un appel du pied ?

— Non, je t'assure.

Une serveuse souriante s'arrêta à leur table, leur annonça les plats du jour, prit la commande et repartit.

— Troisième question…, poursuivit Samantha.

— Pourquoi cet interrogatoire ? Je pensais que le déjeuner serait agréable, loin de la morosité de Brady. Tu as l'air tendue.

— Combien de documents as-tu sortis de la grotte de Gray Mountain ? On y était le week-end dernier. Je me suis réveillée à 4 h 40. Et tu n'étais plus là. La première minute, ça a été panique à bord. Tu es revenu vers 5 heures, tu t'es glissé dans le lit comme si de rien n'était. J'ai vu les sacs à dos, les trois. Tu les as trimbalés tout le week-end et ils étaient visiblement plus lourds au retour qu'à l'aller. J'ai droit à une explication, Jeff. J'en sais trop maintenant.

Il prit une longue inspiration, regarda autour de lui, fit craquer ses doigts.

— Pour la troisième question, je dois encore aller chercher le reste des documents.

— Pour les emporter où cette fois ?

— Tu tiens vraiment à le savoir ?

— Oui.

— Disons dans une meilleure cachette. Jarrett London a besoin de ces papiers, de la totalité, et le plus vite possible. Il les présentera à la cour et, à ce moment-là, ils seront enfin en sécurité. J'ai besoin de ton aide pour les sortir de Gray Mountain.

— Je le sais, Jeff. Je ne suis pas idiote. Tu as besoin de moi comme couverture, pour jouer la fille que tu ramènes dans ta petite cabane pour un week-end en amoureux. Moi ou une autre, peu importe. Il faut simplement que les méchants s'imaginent qu'on vient faire du kayak, griller un steak au barbecue, et s'envoyer en l'air, alors que pendant ce temps-là tu files en douce dans les bois pour récupérer tes dossiers.

Il sourit encore.

— C'est presque ça. Mais pas n'importe quelle fille aurait fait l'affaire. Au contraire, tu as été choisie avec beaucoup d'attention.

— C'est trop d'honneur.

— Si tu me donnes un coup de main, on peut en finir ce week-end et passer à autre chose.

— Je ne veux pas m'approcher de ces documents, Jeff.

— Ce sera inutile. Joue juste la fille. Ils savent qui tu es. Ils te surveillent aussi. Depuis trois mois, dès que tu es arrivée en ville et que tu as commencé à traîner avec Donovan.

Les salades arrivèrent. Jeff commanda une bière. Après quelques bouchées, il reprit :

— Je t'en prie, Samantha. J'ai besoin de toi.

— J'ai du mal à comprendre. Pourquoi ne vas-tu pas en catimini à la grotte ce soir ou demain, tout seul comme un grand ? Tu récupères les documents, et tu files en voiture à Louisville pour les donner à Jarrett London. Pourquoi faut-il toute cette mise en scène ?

Jeff leva les yeux en l'air, jeta encore un regard autour de lui, prit une nouvelle bouchée.

— Pourquoi ? Parce que c'est trop risqué. Ils nous observent vingt-quatre heures sur vingt-quatre.

— En ce moment, par exemple ?

Il se frotta le menton, pensif.

— Ils savent sans doute que je suis à Lynchburg. Peut-être pas exactement où, mais ils ne perdent jamais ma trace. Je te rappelle, Samantha, qu'ils ont l'argent et jouent selon leurs règles. Je suis le lien avec ces documents. Ce n'est que par moi qu'ils ont une chance de mettre la main dessus. Alors ils dépensent une fortune pour me filer, mais le jeu en vaut la chandelle.

La bière arriva. Il avala une longue gorgée.

— Si je vais à Gray Mountain avec toi ce week-end, ils ne se douteront de rien. C'est plausible, non ? Deux personnes de trente ans dans une cabane au milieu des bois passant « un week-end en amoureux », comme tu dis. Je suis certain qu'ils seront là, mais il n'y a rien de bizarre à ce qu'on passe la nuit là-bas. Si j'y vais seul, ils vont s'exciter. Et ils peuvent chercher la confrontation, tenter le tout pour le tout, pour savoir ce que je fais. On ne sait jamais. C'est une partie d'échecs, Samantha, ils cherchent à prédire quelle pièce je vais avancer et moi, j'essaie désespérément de garder un coup d'avance. Je sais quel va être mon prochain mouvement, c'est mon avantage. Mais eux, ils ont des moyens illimités. Si l'un ou l'autre camp commet une erreur, quelqu'un risque d'être blessé.

Il but une autre gorgée et jeta un coup d'œil sur un couple à une table voisine qui consultait la carte des plats.

— Et il faut que je t'avoue quelque chose. Je suis à bout. Vraiment. Crevé. Je n'en peux plus de cette pression. Il faut que je me débarrasse de ces papiers avant que la fatigue me fasse commettre une erreur.

— Qu'est-ce que tu as comme voiture maintenant ?

— Une Coccinelle. Je l'ai louée à Roanoke. Quarante dollars par jour, plus l'essence et le kilométrage. Elle est vraiment chouette !

Samantha secoua la tête, incrédule. Quelle discrétion !

— Ils savent que je suis ici ?

— J'ignore ce qu'ils savent ou pas, mais je suppose qu'ils te suivent aussi. Et ils ne nous lâcheront pas, tant qu'ils ont une chance d'empêcher que ces documents soient rendus publics. Et ça, c'est une certitude.

— C'est quand même difficile à croire.

— Ouvre les yeux, Samantha. Il y a trop d'argent en jeu.

*

Quand elle arriva au bureau à 17 h 20 l'après-midi, son ordinateur était de nouveau sur son bureau, exactement à l'endroit où il était avant que le FBI ne le confisque le lundi. Le clavier et l'imprimante étaient en place, tous les câbles branchés. Mattie s'approcha de Samantha.

— Surprise !

— Quand sont-ils revenus remettre tout ça ?

— Il y a une heure. Je suppose qu'ils se sont aperçus qu'il n'y avait rien d'intéressant.

Peut-être. Ou alors Karen Kofer avait le bras plus long qu'elle ne voulait bien le dire. Samantha fut tentée d'appeler sa mère pour en savoir davantage, mais sa paranoïa l'en dissuada.

— Les funérailles de Buddy Ryzer sont vendredi après-midi, annonça Mattie. Vous voulez que je vous y emmène ?

— Bien sûr. Merci, Mattie.

38

Le 16 janvier 2009

Salut Sam,

Je suis un peu décontenancé. Je me demande bien de quel droit tu pourrais mettre ton veto à tel ou tel collaborateur que nous voudrions engager chez Spane & Grubman. De même, je suis perplexe de voir que tu t'inquiètes des futurs clients que notre cabinet pourrait attirer. Le plus simple serait à l'évidence que l'on te prenne immédiatement comme associée et qu'on te laisse tout décider. Tu veux un bureau d'angle ? Une voiture de fonction avec chauffeur ?

Non, nous ne pouvons attendre ta venue jusqu'au 1er septembre. Nous ouvrons nos portes dans six semaines et c'est déjà très chaud. La nouvelle s'est propagée et nous sommes submergés d'appels. Huit avocats nous ont d'ores et déjà rejoints et on a encore dix prétendants, dont toi. Le téléphone sonne

non-stop. De jeunes avocats nous harcèlent, mou-
rant d'envie de travailler pour nous – quoique peu
soient aussi talentueux que toi.

La rémunération est de 150 K$ par an ; plus
les avantages habituels. Trois semaines de congés
payés que je veux que tu prennes. Le cabinet sera
un édifice en constante construction, mais je peux
t'assurer qu'il sera plus prometteur que tous les
gros cabinets de Manhattan.

Nous pouvons attendre ta grande arrivée jusqu'au
1ᵉʳ mai, mais il me faut une réponse ferme d'ici la
fin du mois.
Bisous.

Andy

*

Mattie avait prévu qu'il y aurait du monde, et
elle avait raison. Pendant le trajet jusqu'à Madison,
elle avait tenté d'expliquer à Samantha pourquoi les
enterrements dans les Appalaches, en particulier ceux
avec une cérémonie à l'église, rassemblaient autant
de personnes. Sans ordre d'importance, les raisons
pouvaient être listées ainsi : 1. les funérailles donnent
lieu à d'importants services religieux, les vivants pouvant faire ainsi leurs adieux aux morts qui sont déjà
montés au paradis ; 2. il existe un nombre incalculable
de traditions voulant que les gens viennent présenter

leurs respects à la famille du défunt ; 3. les gens des campagnes s'ennuient ferme et sont preneurs de la moindre distraction ; 4. tout le monde voudrait qu'il y ait foule à son propre enterrement, alors autant montrer l'exemple de son vivant ; 5. il y a toujours beaucoup à manger après la cérémonie. Et il y avait d'autres raisons encore... Mattie disait qu'une mort brutale comme celle de Buddy allait attirer la foule. Les gens voulaient avoir un petit rôle dans cette tragédie. Et connaître tous les potins. Mattie évoqua aussi les débats théologiques que pouvait provoquer un suicide. Pour beaucoup de chrétiens, le suicide était un péché capital. Pour d'autres, il n'existait pas de péchés impardonnables. Il était toujours intéressant de voir comment le pasteur allait se dépatouiller avec ce problème. Quand on avait enterré sa sœur Rose, la mère de Jeff, il n'avait pas été mentionné qu'elle s'était donné la mort. À quoi bon ? Il y avait assez de souffrance comme ça. Mais tout le monde savait qu'elle s'était suicidée.

Elles arrivèrent à l'église baptiste missionnaire de Cedar Grove une demi-heure avant l'office et la salle était déjà quasiment pleine. Un diacre leur trouva de la place au troisième rang au fond. En quelques minutes, les bancs étaient complets et les gens commencèrent à s'agglutiner le long des murs. Par une fenêtre, Samantha vit que les retardataires étaient conduits dans la salle paroissiale, là où elle avait retrouvé Buddy et Mavis après la mort de Donovan. Quand l'organiste lança les premières notes, l'assistance se tut, retenant son souffle. À 16 h 10, le chœur s'installa derrière la chaire et le pasteur prit place à son lutrin. Il y eut un coup sourd à la porte. Il brandit les bras en l'air ordonnant aux ouailles de se lever.

Les porteurs progressèrent dans l'allée, le cercueil sur leurs épaules. Heureusement, il était fermé. Mattie s'y attendait, à cause, entre autres, des dégâts qu'avait causés la balle. Derrière, soutenue par son fils aîné, Mavis avançait d'un pas traînant. Ils étaient suivis par les deux filles, Hope, quatorze ans, et Keely, treize ans. Par les mystères de l'adolescence, Hope, qui n'avait que dix mois de plus, dépassait Keely d'une bonne tête. Les deux sœurs sanglotaient, endurant ce rituel douloureux.

Mattie avait expliqué à Samantha que toutes les étapes des funérailles étaient destinées à accentuer la souffrance et la douleur. C'était la dernière révérence de Buddy et on allait en tirer toute l'émotion possible.

Le reste de la famille marchait derrière – frères, cousins, tantes, oncles. Les deux premiers rangs leur étaient réservés. Le temps qu'ils s'assoient tous, l'orgue jouait à plein volume, et le chœur entonnait ses psalmodies. Partout dans l'église, des gens pleuraient.

La messe fut un marathon d'une heure. Quand elle prit fin, toutes les larmes avaient été versées. Tout le spectre des émotions parcouru. L'assistance endeuillée avait donné toute son affliction. Samantha avait les yeux secs, mais se sentait néanmoins vidée. Jamais elle n'avait eu autant envie de fuir la foule. Mais elle suivit l'assemblée jusqu'au cimetière derrière l'église où le cercueil de Buddy fut porté sous les prières et un « How Great Thou Art » à vous arracher les larmes. Le chant, *a cappella*, fut d'une grande beauté. Samantha fut saisie par cette voix de baryton et finalement versa une larme.

Comme le voulait la tradition, la famille resta assise près de la tombe tandis que tout le monde, en file indienne, venait dire un mot de réconfort. La queue faisait tout le tour de la tente et avançait lentement. Mattie avait conseillé à Samantha de rester. Il aurait été malséant de filer à l'anglaise. Alors les deux femmes marchaient pas à pas, en compagnie d'une centaine d'inconnus, attendant d'aller serrer la main de Mavis et de ses enfants, qui sanglotaient depuis des heures.

— Qu'est-ce que je suis censée dire ? demanda Samantha, alors qu'elles se rapprochaient de la fosse.

— Juste « toutes mes condoléances », quelque chose comme ça, puis vous continuez à avancer.

Samantha s'adressa d'abord aux enfants. Mais quand Mavis releva les yeux et vit Samantha, elle poussa un nouveau vagissement de douleur et la serra dans ses bras.

— Les enfants, c'est notre avocate, Miss Sam, la dame dont je vous ai parlé !

Mais ils étaient trop sonnés pour s'intéresser à la question. Ils avaient encore plus envie de s'en aller que Samantha.

— Restez dîner avec nous, je vous en prie. On se parlera plus tard.

— Bien sûr, répondit Samantha parce que c'était la seule chose à dire.

Alors qu'elle se libérait de son étreinte et s'éloignait de la tente, Mavis laissa échapper un autre gémissement.

Ce dîner, c'était « à la fortune du pot des baptistes », comme disait Mattie, et il avait lieu dans la salle paroissiale. De longues tables croulaient sous les plats et les gâteaux, et la foule sembla plus nombreuse encore quand les files se formèrent devant les deux buffets. Samantha n'avait pas faim. Que faisait-elle ici ? Elle regarda la horde attaquer les victuailles. La plupart des personnes pourraient sauter un ou deux repas, tant elles s'empiffraient. Mattie rapporta à Samantha un thé glacé dans un gobelet. Les deux femmes auraient bien aimé s'éclipser discrètement, mais Mavis les avait vues et leur avait demandé de rester.

La famille demeura auprès de la tombe jusqu'à ce que le cercueil soit descendu dans la fosse. La nuit était tombée et les plats bien entamés quand Mavis et ses enfants arrivèrent dans la salle. On leur avait réservé la meilleure table dans un angle. On leur apporta à manger. Quand Mavis aperçut Mattie et Samantha, elle leur fit signe de venir se joindre à eux.

Un piano jouait en sourdine, le repas se poursuivait. En partant, les gens passaient dire un dernier mot à la veuve qui n'avait pas touché à son assiette. Elle pleurait toujours un peu, mais elle esquissa quelques sourires, et même un rire quand quelqu'un raconta une anecdote sur Buddy.

Samantha goûtait du bout des lèvres à un assortiment de cakes rouges, pour se montrer polie, quand Keely, treize ans, vint s'asseoir à côté d'elle. Elle avait les cheveux couleur de feu et les joues constellées de taches de rousseur. Ses yeux étaient tout enflés après cette épreuve. Elle réussit à sourire, dévoilant une rangée de dents avec des trous – plus courant chez une enfant de cinq ans de moins.

— Papa vous aimait beaucoup.

Samantha hésita un instant.

— C'était un homme très gentil, répondit-elle.

— Vous voulez bien me tenir la main ?

Samantha prit sa main tendue et sourit. Personne autour ne faisait attention à elles, tous occupés à parler ou à manger.

— Papa disait que vous êtes la seule avocate assez courageuse pour attaquer les compagnies de charbon.

Elle faillit se mordre la langue. Elle parvint à répondre :

— C'était très aimable de sa part de dire ça. Mais il y a beaucoup d'autres bons avocats.

— Oui, madame, mais mon papa, c'est vous qu'il préférait. Il espérait que vous n'alliez pas repartir à New York. D'après lui s'il vous avait trouvée il y a dix ans, on n'en serait pas là.

— Encore une fois, c'est très gentil de penser ça.

— Vous allez rester et nous aider, pas vrai ?

La petite serra sa main encore plus fort, comme si Samantha pouvait la protéger.

— Oui. Le plus longtemps possible.

— Il faut nous aider, Miss Sam. Vous êtes la seule avocate à pouvoir le faire. C'est ce que disait papa.

39

Il avait plu dans la semaine, et l'eau venait gonfler les rivières du comté de Curry. Yellow Creek était cette fois assez profonde pour le kayak. Il faisait doux en cette mi-janvier. Jeff et Samantha passèrent l'après-midi du samedi à descendre la rivière – slaloms entre les rochers, pauses dans les trous d'eau. Surtout ne pas chavirer ! Ils firent un feu sur la rive pour cuire des hot dogs et déjeuner sur le tard. Vers 16 heures, Jeff annonça qu'ils devaient retourner à la cabane, qui se trouvait à sept cents mètres en amont. Ils arrivèrent épuisés. Sans perdre de temps, Jeff prit trois sacs à dos et un fusil.

— Donne-moi une demi-heure.

Et il disparut en direction de Gray Mountain.

Samantha mit une bûche dans la cheminée et décida d'attendre dehors. Elle s'emmitoufla dans un plaid et tenta de lire. Elle vit deux chevreuils boire dans les eaux du torrent. Puis ils disparurent dans les bois.

Si tout se passait comme prévu, elle et Jeff parti-raient ce soir. Avec le reste des documents de la Krull Mining dans la Jeep – la Jeep Cherokee de Donovan.

Jeff estimait qu'il y en avait pour cent kilos de papiers. Ils emmèneraient leur précieux chargement dans un lieu qu'il gardait encore secret. Moins il lui en disait, moins elle serait complice. Non ? Elle n'en était plus aussi sûre. Il avait promis qu'elle n'aurait pas à toucher ces documents, et avec un peu de chance, qu'elle ne les verrait même pas. S'ils se faisaient prendre, maintenant ou plus tard, Jeff dirait qu'il était le seul responsable. Elle n'avait guère envie de se mouiller davantage dans cette affaire, mais en même temps, elle était pressée d'en finir, pressée de pouvoir reprendre le cours de sa vie.

Deux coups de feu retentirent. Elle sursauta. Puis deux autres encore ! Ça venait de la crête de Gray Mountain. Elle se leva, et scruta les alentours. Encore un ! Cela en faisait cinq en tout. Puis ce fut le silence. Elle entendait son cœur battre dans sa poitrine. Hormis ce martèlement, c'était le silence total. Cinq minutes s'écoulèrent, puis cinq encore. Un quart d'heure passa ainsi. Elle avait son téléphone dans la main, mais il n'y avait pas de réseau.

Enfin, Jeff sortit des bois à travers les taillis, pas par le chemin. Il marchait vite et portait les trois sacs à dos. Elle courut à sa rencontre et le délesta d'un des sacs.

— Tu vas bien ?

— Oui, répondit-il seulement.

Il déposa les sacs, s'assit sur les marches, il respirait vite, très vite, comme s'il venait de piquer un sprint. Elle lui tendit une bouteille.

— Que s'est-il passé ? demanda-t-elle.

Il but une longue rasade et se versa de l'eau sur le visage.

— Au moment où je sortais de la grotte, j'ai vu deux types, avec des fusils. Ils m'avaient suivi, et je suppose qu'ils avaient perdu ma trace. J'ai fait du bruit. Ils se sont retournés et ont fait feu, mais ils m'ont raté. J'en ai eu un à la jambe et l'autre a eu la peur de sa vie.

— Tu as tiré sur quelqu'un !

— Bien sûr ! Face à des types armés, il vaut mieux être le premier. Je pense que sa blessure n'est pas grave, même si je m'en fiche. Il hurlait comme un goret et son pote l'a emmené.

Il but une autre goulée. Il retrouvait peu à peu une respiration normale.

— Ils vont revenir. Je parie qu'ils sont allés chercher des renforts.

— Que va-t-on faire ?

— On se tire d'ici. Ils étaient trop près de la grotte. Ils m'ont peut-être vu y entrer. Je peux aller tout récupérer en un seul voyage.

— Il fait nuit, Jeff. C'est de la folie d'y retourner.

Il n'écouta rien.

— Mais il faut faire vite.

Il se leva, attrapa deux sacs et désigna le troisième.

— Prends celui-là.

Une fois dans la cabane, ils les ouvrirent et retirèrent avec précaution les dossiers pour les poser sur la table de la cuisine.

Il y avait deux glacières dans un coin de la pièce. Des glacières en hiver ? Il les apporta et les ouvrit.

D'une poche intérieure de sa parka, il sortit un pistolet noir et le posa sur la table. Il saisit Samantha par les épaules.

— Écoute-moi, dès que je serai parti, tu vas ranger les papiers dans ces glacières. Il y a un rouleau d'adhésif dedans. Sers-t'en pour bien sceller les couvercles. Je reviens dans une heure.

— Il y a un pistolet sur la table, dit-elle, les yeux écarquillés.

Il le ramassa.

— Tu as déjà tiré ?

— Bien sûr que non. Et je ne vais pas commencer aujourd'hui.

— Si tu n'as pas le choix, il faudra bien. C'est un Glock automatique 9 mm. Le cran de sécurité est ôté, il est donc prêt à l'emploi. Ferme la porte derrière moi et assieds-toi là, dans le canapé. Si quelqu'un s'amène et tente d'entrer, tu appuies sur la détente. Tu peux y arriver !

— Jeff, je veux rentrer chez moi.

— Ne flanche pas, Samantha. Tu peux le faire. On en a presque terminé et après on s'en va. Promis.

Il avait ce don pour la rassurer. Que ce soit de la folie, de la témérité, le goût de l'aventure, le shoot d'adrénaline, il avait toujours cette assurance et cette autorité tranquille, au point de lui faire croire qu'à elle seule, elle allait pouvoir défendre la place. S'il osait retourner de nuit au tréfonds de Gray Mountain, elle pouvait au moins s'asseoir à côté de la cheminée et prendre ce pistolet. C'était la moindre des choses.

La moindre des choses ? Au secours ! Comment s'était-elle retrouvée dans cette situation ?

Il lui posa un rapide baiser sur la joue.

— J'y vais. Ton téléphone a un peu de réseau ?

— Non. Rien.

Il prit les sacs à dos, son fusil, et sortit de la cabane. Elle le regarda disparaître dans la forêt, en secouant la tête d'incrédulité. Donovan savait qu'il mourrait jeune. Et Jeff ? Une fois qu'on acceptait de mourir, était-il plus facile de foncer dans la gueule du loup en pleine nuit ? Pas sûr.

De retour dans la cabane, elle ramassa le Glock avec précaution et le posa sur le comptoir. Elle fixa du regard le tas de papiers. L'espace d'une seconde, elle fut tentée d'y jeter un coup d'œil. Pourquoi pas ? C'était des pièces si cruciales. Mais la curiosité passa et elle entreprit de charger les documents dans les glacières. Ils y tenaient tout juste. Au moment où elle scotchait les couvercles, deux coups de feu retentirent au loin.

Elle oublia le Glock et se précipita à l'extérieur. Puis il y eut un hurlement terrifiant et mystérieux. Ce ne pouvait être que le cri d'un homme touché par une balle... même si elle n'avait guère d'expérience en la matière. Au fil des secondes, son inquiétude grandit. Jeff était blessé ! Il avait été pris en embuscade par ces bandits, ces tueurs, qui étaient revenus en nombre.

Elle longea la rive, en direction du chemin où elle l'avait vu disparaître. Elle s'immobilisa un instant, songeant qu'elle avait laissé le pistolet dans la cabane, mais reprit sa marche. Ces papiers ne méritaient pas qu'on meure pour eux. Si ces types l'attrapaient, ils ne la tueraient pas. À condition qu'elle ne soit pas armée. Si elle fonçait dans les bois en tirant sur tout ce qui bouge, elle ne tiendrait pas trois secondes. Quelle chance avait-elle de sortir vivante d'une fusillade ? Non, ma fille, les armes, ce n'est pas pour toi. Laisse ce Glock où il est. Laisse-le là-bas avec ces documents. Et que ces escrocs emportent tout ! L'important, c'était de survivre à cette nuit et de pouvoir rentrer chez elle, à New York.

Elle arriva à la lisière des bois et scruta les ténèbres. Elle tendit l'oreille. Pas un bruit. Elle appela doucement : « Jeff ? Jeff, ça va ? » Il ne répondit pas. Elle avança lentement, un pas après l'autre. Elle parcourut ainsi vingt mètres. Appela à nouveau. Encore dix mètres, et la forêt s'était refermée derrière elle.

Espérer trouver Jeff, ou qui que ce soit, était parfaitement ridicule. Et elle ne suivait pas les ordres. Elle devait rester au camp de base, la porte fermée à clé et garder le trésor. Elle fit demi-tour. Il y eut un craquement derrière elle. Elle hoqueta de terreur, se retourna, sondant l'obscurité. Rien. Elle repartit en pressant le pas. Une fois sortie de la forêt, elle retrouva la clarté du ciel nocturne. Elle distingua même la cabane à cent mètres de là. Elle longea la rivière au petit trot et finit le reste du chemin en courant. Elle s'assit sur les marches de l'entrée, à bout de souffle, les yeux rivés sur les bois, priant pour que le pire ne soit pas arrivé.

Elle retourna finalement à l'intérieur, verrouilla la porte, alluma la lanterne, et faillit s'évanouir.

Les glacières avaient disparu. Le Glock aussi.

*

Il y eut du bruit dehors, des bruits de pas, des impacts de sacs qu'on lâche au sol. Une toux d'homme. On secoua la porte.

— Samantha, c'est moi ! Ouvre !

Elle était emmitouflée dans une couverture, recroquevillée dans un coin, armée du tisonnier, prête à s'en servir. Une clé cliqueta dans la serrure. La porte s'ouvrit.

— Qu'est-ce qui s'est passé ? lâcha Jeff.

Elle posa son arme de fortune et se mit à pleurer. Il se précipita vers elle.

— Dis-moi ! Dis-moi !

Elle lui raconta. Il resta calme et se contenta de répondre :

— Allons-nous-en. Tout de suite !

Il versa de l'eau sur le feu, éteignit la lanterne, et verrouilla la porte derrière eux.

— Prends celui-là, ordonna-t-il en désignant l'un des sacs par terre.

Il en chargea un sur son dos, coinça l'autre sur son épaule, pour pouvoir tenir son fusil à deux mains au cas où il aurait à s'en servir. Il était en sueur. Nerveux.

— Suis-moi !

Comme si elle allait partir dans le sens inverse !

Ils se dirigèrent vers la Jeep qui, comme le reste, était invisible dans l'obscurité. La dernière fois que Samantha avait regardé son téléphone, il était 7 h 05. Le chemin partait tout droit et en quelques minutes ils débouchèrent dans la clairière. Jeff appuya sur la télécommande et le Cherokee clignota. Il ouvrit le hayon. Ils lancèrent les trois sacs dans le coffre. C'est alors que Samantha vit les deux glacières.

— Mais qu'est-ce qu'elles font là ?

— Monte. Je t'expliquerai.

Il démarra, éteignit les phares, et avança lentement sur les graviers.

— C'est une tactique éculée. Les gentils sont envoyés sur site pour effectuer leur mission. Ils savent que les méchants les observent, les suivent. Mais ce que les méchants ignorent, c'est que les gentils ont une équipe de soutien qui suit elle-même les méchants. Une sorte de cordon de sécurité.

— Encore un truc qu'on n'apprend pas à la fac de droit.

Deux flashs jaunes éclairèrent la nuit devant eux. Jeff s'arrêta.

— Quand on parle du loup...

Vic Canzarro ouvrit la portière arrière et grimpa dans l'habitacle. Pas de bonjour. Pas de politesse. Juste :

— Bravo, Sam. Pourquoi avez-vous quitté la cabane ?

— Ça suffit, Vic, aboya Jeff. Comment c'est devant ?

— RAS. Fichons le camp !

Jeff alluma les phares et recommença à rouler, beaucoup plus vite cette fois. Ils rejoignirent rapidement la route bitumée. Petit à petit, la peur refluait, pour laisser place au soulagement. Chaque kilomètre parcouru était un kilomètre de plus vers la vie, songeait-elle. Cinq minutes passèrent. Personne ne parlait. Vic envoya un SMS, son fusil sur les genoux.

Finalement, Jeff lui posa à son tour la question, mais calmement :

— Pourquoi es-tu sortie de la cabane ?

— Il y a eu des coups de feu et j'ai cru entendre un cri. J'ai eu peur que tu sois blessé, alors j'ai paniqué et je suis partie te chercher sur le chemin.

— C'est vrai ! C'était quoi cette pétarade, d'abord ? tonna Vic sur la banquette arrière.

Jeff lâcha un rire, comme s'il était content de son petit effet.

— Je courais dans les bois, dans le noir total, et je suis tombé sur un ours. Un gros noir. Ils hibernent à cette époque de l'année, alors ils sont un peu à zéro de tension. Le bestiau n'avançait pas vite, mais il n'était pas content. J'imagine que c'était son territoire, alors il l'a mal pris. Et il a voulu chasser l'intrus. On a eu des mots. Il s'obstinait à ne pas me laisser passer. Alors je l'ai abattu. Pas le choix.

— Tu as tiré sur un ours ?

— Oui, Samantha. J'ai aussi tiré sur un humain, mais je pense que lui va s'en sortir.

— Et la police ?

Vic rit aux éclats sur sa banquette, ouvrit sa fenêtre et alluma une cigarette.

— C'est non fumeur ici, lança Jeff.

— D'accord, d'accord.

Jeff jeta un regard en coin vers la jeune femme.

— Non, ma chère, je ne me fais pas de soucis pour la police, que ce soit le shérif ou un autre guignol, parce que j'ai tiré sur un type armé qui me pourchassait sur ma propriété. On est dans les Appalaches. Aucun flic n'ira faire une enquête, aucun procureur du coin ne me cherchera des ennuis, et aucun jury n'ira me condamner.

— Et ce type ? Que va-t-il lui arriver ?

— Il va traîner la patte quelque temps. C'est un veinard. La balle aurait pu le toucher entre les deux yeux.

— C'est bien une parole de sniper !

— Il va se pointer aux urgences en disant qu'il est tombé dans l'escalier, reprit Vic. On a tout ?

— Tout. Jusqu'au moindre papier qu'a récupéré mon frère.

— Donovan serait fier de toi, déclara Vic.

*

Arrivée à la petite bourgade de Big Stone Gap, ils passèrent au drive-in du Taco Bell. Jeff commanda de quoi manger et boire. Pendant qu'il payait, Vic descendit de voiture.

— On va à Bristol ? demanda-t-il.

Jeff hocha la tête comme si c'était le plan prévu. Il regarda Vic se diriger vers son pick-up, celui que Samantha avait vu lors de son excursion à Hammer Valley avec Donovan.

— C'est quoi le programme maintenant ? fit-elle.

— Il nous suit jusqu'à Bristol et surveille nos arrières. Il transporte aussi les documents qu'on a récupérés samedi dernier, la première fournée.

— Je croyais que sa petite amie était enceinte et qu'il ne voulait plus être mêlé à tout ça ?

— C'est vrai. Elle est enceinte. Mais ils se sont mariés, il y a une semaine. Tu veux un taco ?

— Je veux un martini !

— Ça va être dur d'en trouver un par ici.

— Sans vouloir être indiscrète, pourquoi Bristol ?

— Parce qu'il y a un aéroport. En revanche, si je t'en dis plus, je vais devoir te tuer.

— Au point où on en est, ne te gêne pas.

L'odeur de la nourriture leur chatouilla les narines. Ils s'aperçurent qu'ils étaient affamés.

*

Seulement cinq appareils se trouvaient sur la zone réservée à l'aviation générale de l'aéroport régional de Bristol. Les quatre petits – deux Cessna et deux Piper – semblaient minuscules comparés au cinquième, un jet privé long et effilé, avec ses feux de position allumés et son escalier déployé, prêt à accueillir ses visiteurs. Samantha, Jeff et Vic contemplèrent l'avion au loin, en attendant les instructions. Après quelques minutes, trois types baraqués vinrent à leur rencontre. Les documents – deux glacières, trois sacs à dos, et deux cartons – furent rapidement emportés à bord de l'avion.

L'un des trois gars annonça à Jeff :

— M. London aimerait s'entretenir avec vous.

Vic haussa les épaules.

— Pas de problème. Allons voir de plus près ce beau joujou.

— Je suis déjà monté à bord, annonça Jeff. C'est un cran au-dessus du Skyhawk.

— Ne joue pas le blasé ! railla Vic.

Ils furent conduits jusqu'au jet à travers le terminal désert, puis sur le tarmac. Jarrett London les attendait en haut des marches, un grand sourire aux lèvres et un verre à la main. Il leur fit signe et leur souhaita bienvenue à bord de sa « deuxième maison ».

Samantha avait un ami à Georgetown dont le père possédait un jet privé. Ce n'était donc pas la première fois qu'elle pénétrait dans ce genre d'écrin. Les gros fauteuils étaient tendus de cuir épais et souple. Tout était doré. Ils s'installèrent autour d'une table et un steward vint prendre leur commande. Emmenez-moi à Paris ! eut envie de dire Samantha. Et ne venez pas me rechercher avant un mois !

Visiblement, Vic et London se connaissaient. Pendant que Jeff narrait leur nuit à Gray Mountain, on apporta leurs boissons.

— Vous voulez manger quelque chose ? proposa London en se tournant vers Samantha.

— Non, merci, je n'ai pas faim. Jeff nous a royalement offert un Taco Bell.

Son martini était une merveille. Jeff et Vic avaient opté pour un Dickel avec glaçons. London expliqua que les documents seraient emportés le soir même à Cincinnati, où ils seraient photocopiés durant le dimanche. Le lundi, les originaux seraient apportés par avion à Charleston et remis à un US marshal.

Le juge avait accepté qu'ils soient placés sous scellés jusqu'à ce qu'il puisse les examiner. La Krull Mining n'avait pas été informée de cet arrangement et ignorait tout de ce qui se tramait. Quant au FBI, il était sorti de scène, pour le moment du moins.

— Aurions-nous un ange gardien à Washington, Samantha ? demanda London.

— Peut-être.

Il but une gorgée, et agita ses glaçons.

— Quels sont vos projets maintenant, très chère ?

— Pourquoi cette question ?

— Pour tout dire, ce serait bien d'avoir un autre avocat sur le terrain pour cette affaire contre la Krull. Vous connaissez les faits. Donovan avait confiance en vous et son cabinet a un tas d'argent à récupérer. Il y a cinquante pour cent de chances pour que la Krull Mining baisse les armes quand elle saura qu'on a les documents. Un accord n'est pas impossible, quoique secret. S'ils veulent jouer les fiers-à-bras, on va au procès. Et pour tout dire, c'est ce que nous voulons – du sang, du spectacle, un gros blockbuster, tenir le haut de l'affiche pendant deux mois pour révéler au grand jour tous les crimes et saloperies de ces connards. Et on aura une belle condamnation. Ils paieront pour tous les autres.

London, Donovan, Marshall Kofer... ils étaient de la même trempe.

Il poursuivit sur sa lancée :

— Il y a du travail pour tout le monde, y compris pour vous, Samantha. Vous pouvez rejoindre mon cabinet à Louisville. Vous pouvez aussi ouvrir votre

enseigne à Brady. Ou reprendre le cabinet de Donovan.
Vous avez l'embarras du choix. Ce que je veux dire,
c'est qu'on a besoin de vous.

— Merci, monsieur London, répondit-elle poliment,
puis elle avala une gorgée de son cocktail.

Elle était sous les projecteurs et elle n'aimait pas ça.

Vic le sentit. Il changea de sujet et se mit à parler
du jet. C'était un Gulfstream V, le nec plus ultra des
avions d'affaires. Un rayon d'action quasiment illimité,
une altitude de croisière de quarante mille pieds, largement au-dessus des lignes aériennes, un habitacle
ultrasilencieux. La conversation s'étira et London finit
par consulter sa montre.

— Vous voulez que je vous dépose quelque part ?

Ah, les joies des jets privés ! On vous lâche ici, on
vous prend là. Tout était possible.

Le trio déclina l'offre, chacun ayant des points de
chute prévus. London les remercia encore d'avoir
apporté les documents et les raccompagna jusqu'au
terminal.

40

Mattie arriva tôt ce lundi-là et les deux femmes s'enfermèrent dans le bureau. Samantha lui annonça que les documents avaient été livrés, qu'ils étaient en sécurité, et que si tout se déroulait comme prévu, ils seraient remis à la cour dans l'après-midi. Elle passa sous silence les péripéties plus hautes en couleur de leur aventure : la fusillade dont un assaillant était ressorti blessé, l'ours noir tué, la présence miraculeuse de Vic Canzarro, et le cocktail dans le jet luxueux de Jarrett London. Il valait mieux taire certaines choses.

En attendant, les documents étaient à l'abri et seraient des armes redoutables. Quelqu'un pouvait à présent reprendre le flambeau. Samantha pensait le FBI définitivement hors jeu. Peut-être même l'orientation de l'enquête allait-elle virer de cent quatre-vingts degrés et s'intéresser cette fois aux actions de la Krull Mining. Il n'y avait rien d'officiel, juste quelques rumeurs en provenance de Washington.

Après la mort de Buddy Ryzer et la livraison mouvementée des documents, la vie allait reprendre son cours au centre d'aide juridique de la Montagne. Du moins, les deux avocates l'espéraient. Samantha était attendue à 10 heures au tribunal, pour une affaire sans lien avec le charbon ni les autorités fédérales. Et elle avait hâte de passer une journée sans coups de théâtre. Mais Jeff l'attendait du côté du palais de justice, comme s'il connaissait son emploi du temps.

— Je peux te parler ? demanda-t-il en montant les marches avec elle.

— J'espérais ne pas te revoir avant un moment.

— Désolé. Tu en as pour combien de temps au tribunal ?

— Une heure.

— Retrouvons-nous après au cabinet de Donovan. C'est important.

*

Dawn, la secrétaire et standardiste, n'était plus là. Le cabinet n'avait plus d'affaires à traiter, les stores avaient été baissés et la poussière s'accumulait déjà. Jeff déverrouilla la porte côté rue, fit entrer Samantha, et referma à clé derrière lui. Ils montèrent à l'étage pour rejoindre la salle des opérations de Donovan. Les murs étaient encore tapissés de photos et de pièces à conviction. Des dossiers et des papiers jonchaient la grande table, reliques du raid du FBI. Personne ne s'était donc donné la peine de ranger, d'effacer les traces de la perquisition ? La moitié des ampoules avaient sauté. La table était recouverte d'une pellicule grise. Donovan était mort depuis près de deux mois, et en regardant cette grande pièce, ce mémorial de son travail et de ses procès en cours, une bouffée de tristesse envahit Samantha. Elle l'avait peu connu, mais son sourire malicieux lui manquait.

Ils s'installèrent sur des chaises pliantes et burent un café.

— Que vais-je faire de cet endroit ? lança Jeff. Mon frère m'a légué le bâtiment et son affaire dans son testament, mais ça n'intéresse personne. Aucun avocat ne veut reprendre son cabinet, et personne ne veut racheter les murs.

— C'est encore un peu tôt. Le bâtiment est beau. Tu vas forcément trouver preneur.

— Tu parles. Même les jolis immeubles de la grand-rue sont vides. La ville se meurt.

— C'est ça le truc important dont tu voulais me parler ?

— Non. Je vais m'en aller pour quelques mois, Samantha. Un ami s'occupe de pavillons de chasse dans le Montana, et je vais aller lui rendre une longue visite. J'en ai assez d'être suivi, assez de devoir surveiller mes arrières, assez de penser toujours à mon frère. Il faut que je fasse une pause.

— C'est une très bonne idée. Et qui va tirer sur les roues des camions ? J'ai vu que la mise à prix est maintenant passée à un million de dollars, en liquide. Les enchères ne cessent de monter, hein ?

Il but une longue gorgée de café et ignora la pique.

— Je repasserai de temps en temps pour m'occuper des affaires de Donovan, et chaque fois que Mattie aura besoin de moi. Mais à long terme, je pense m'installer dans l'Ouest. Il y a trop de passif ici, trop de mauvais souvenirs.

Elle hocha la tête. Mais ne dit rien. Qu'est-ce qu'il attendait au juste ? Des adieux romantiques et déchirants ? Si tel était le cas, elle ne pouvait rien lui donner. Elle l'aimait bien, d'accord, mais pour l'heure elle était soulagée d'apprendre qu'il partait pour le Montana. Une minute s'écoula. Puis une autre.

— Je crois savoir qui a tué Donovan, annonça-t-il finalement.

Il marqua une pause, s'attendant sans doute à ce qu'elle demande « qui ? », mais Samantha s'abstint de dire quoi que ce soit.

Il poursuivit donc :

— Cela prendra du temps, cinq ans, dix ans peut-être, mais je vais me poster à l'affût, tendre mon piège. Ils aiment les accidents d'avion. Ils vont être servis.

— Je ne veux rien savoir, Jeff. Tu veux vraiment passer le restant de tes jours en prison ?

— Je ne serai pas pris.

— C'est le mantra de tout futur détenu ! Jeff, il faut vraiment que j'y aille. On m'attend au bureau.

— Je sais. Je suis désolé.

Elle n'avait aucun rendez-vous, si ce n'était le déjeuner du lundi, pique-nique et cancan. Une institution. En outre, il y avait une sorte de règle tacite entre les cinq femmes : on parlait toujours de celle qui n'était pas là.

— Excuse-moi de t'avoir retardée, reprit-il. Je reviendrai dans deux mois. Tu seras encore là ?

— Je ne sais pas, Jeff. Il ne faut pas penser à moi.

562

— Mais je pense à toi, c'est plus fort que moi.

— Jeff, on va passer un marché tous les deux. Moi, je ne vais pas me demander si tu vas revenir ou non, et toi, si je vais rentrer ou non à New York. D'accord ?

— Entendu. Je peux t'embrasser pour te dire au revoir ?

— Oui, mais garde tes mains dans tes poches !

*

À son retour au bureau, des nouvelles de New York attendaient Samantha :

Chère Samantha,

Spane & Grubman grandit à vitesse grand V. Nous sommes à présent dix-sept. Dix-sept parmi les meilleurs qui ont signé pour cette magnifique aventure. Il nous reste encore deux ou trois postes à pourvoir. On a besoin de toi ! J'ai travaillé avec une partie de ces perles rares. Nick Spane avec les autres. Alors, non, je ne peux pas dire que je les connais tous. Mais, toi je te connais, et je sais que je peux te faire confiance. Je te veux dans mon équipe pour couvrir mes arrières. Parce que ce n'est pas les requins qui manquent dans le métier, comme tu le sais.

Voici le détail de ma proposition : (1) salaire de départ de cent soixante mille dollars annuel (j'ai augmenté un peu la mise, c'est toi qui as le plus joli pactole, alors pas un mot ! Je ne veux pas avoir de problèmes avec les autres) ; (2) bonus annuel déterminé sur la rentabilité de la boîte (non, nous autres associés ne comptons pas garder tous les profits pour nous) ; (3) couverture santé totale : soins médicaux, dentaires, ophtalmologiques (tout sauf le Botox et la liposuccion !) ; (4) épargne retraite jusqu'à un plafond généreux de quatre cent un mille dollars ; (5) heures sup payées au-delà de cinquante heures par semaine. Oui, très chère, je l'écris noir sur blanc ; S&G est sans doute le premier cabinet d'avocats de l'histoire à proposer des heures sup (nous sommes sérieux quand nous parlons de cinquante heures hebdomadaires) ; (6) trois semaines de congés payés ; (7) bureau perso avec ta propre secrétaire (et sans doute un assistant, mais c'est un peu tôt pour s'engager sur ce point) ; (8) avancement garanti. Nous ne voulons pas que nos employés se saignent aux quatre veines pour devenir associés. Nous considérons que dans une fourchette de sept à dix ans d'ancienneté, le salarié aura droit à des parts de la boîte.

Je ne vois pas où tu pourrais trouver mieux ! Et tu pourras arriver le 1ᵉʳ juillet au lieu du 1ᵉʳ mai.

J'attends ta réponse. Il me la faut dans la semaine.

Andy

Samantha lut l'e-mail à deux reprises, l'imprima. Elle en avait assez de Andy et de ses relances. Elle récupéra son sac de victuailles et se rendit dans la salle de réunion pour le pique-nique.

*

Il était 18 heures quand le dernier client de Mattie s'en alla enfin. Samantha faisait le pied de grue devant son bureau, attendant le bon moment. Elle passa la tête à la porte.

— Vous avez une minute pour boire un verre ? demanda-t-elle.

Mattie lui retourna un sourire.

Les verres du lundi se limitaient à divers sodas light. Elles se servirent et s'installèrent dans la salle de réunion. Samantha lui montra le dernier e-mail de Andy. Mattie le lut avec attention, sourit et le reposa.

— Ouah ! Ça, c'est une belle offre ! Ce doit être agréable d'être désirée ainsi. Je suppose que vous allez nous quitter plus tôt que prévu.

Elle ne souriait plus.

— Je ne suis pas prête à partir, Mattie. Toute généreuse qu'elle soit, cette offre correspond à un travail fastidieux, des heures et des heures à lire et réviser des contrats, à préparer des accords. Ils ont beau se démener, ils ne peuvent cacher que ce sera ennuyeux comme la pluie. Je ne suis pas prête à ça, je ne l'ai jamais été. J'aimerais rester encore un peu.

Le sourire de Mattie revint, un sourire avec une pointe de malice et de satisfaction.

— Vous avez une idée derrière la tête. Je vous écoute.

— Il y a peu de temps encore, j'étais une stagiaire non rémunérée. Et aujourd'hui, je refuse toutes sortes de propositions d'emploi, parce que aucune ne m'attire vraiment. Je ne veux pas rentrer à New York, pas pour le moment en tout cas. Je ne veux pas travailler pour Jarrett London. Il ressemble trop à mon père. Et je me méfie des avocats pénalistes qui sillonnent le pays à bord de jets privés. Je ne veux pas non plus du cabinet de Donovan. L'endroit est trop chargé. Jeff est le propriétaire des lieux, et le connaissant, je vois les problèmes arriver. Il se prendra pour le patron et, tous les jours, ce sera de plus en plus tendu. Jeff est dangereux. Sa témérité me fait peur. Je préfère prendre de la distance avec lui. On a passé quelques bonnes soirées ensemble mais rien de sérieux. De toute façon, il quitte la ville.

— Alors vous voulez rester ici, au centre ?

— Oui, si c'est possible.

— Pendant combien de temps ?

— Je voudrais finir trois choses. Mes clients les plus importants, c'est la famille Ryzer. Je ne peux pas partir comme ça et les abandonner. Ils sont vulnérables maintenant et ils sont persuadés que je peux les aider. En tout cas, je ferai tout mon possible. Et j'aimerais aussi m'occuper de l'appel de l'affaire Tate, du début à la fin. Lisa Tate a besoin de nous. La pauvre femme vit avec des bons alimentaires de l'aide sociale et pleure toujours la mort de ses enfants. Je veux gagner cet appel et récupérer l'argent qui lui revient. Et soit dit en passant, je trouve que quarante pour cent de commission pour Donovan, c'est trop. Il a peut-être gagné cet argent, mais il n'est plus de ce monde. Lisa a perdu ses garçons ; pas Donovan. Et rien qu'avec les faits, de nombreux avocats auraient remporté cette affaire. Bien sûr, on pourra en reparler plus tard.

— Je suis de votre avis.

— Durant ma deuxième année de droit, on devait s'occuper d'une affaire fictive en cour d'appel. On nous a demandé d'écrire notre plaidoirie et de défendre l'affaire devant trois juges, qui étaient en fait de simples profs de la fac, mais ils étaient réputés pour déstabiliser les étudiants. La plaidoirie n'était pas une partie de rigolade ; un truc en grande pompe, avec les robes et tout le tralala, vous voyez le genre ?

Mattie sourit.

— On y a eu droit aussi.

— Je pense que tous les étudiants y passent. J'étais si angoissée que je n'ai pas pu dormir la veille. Mon binôme pour l'épreuve m'a donné un Xanax, deux heures avant l'épreuve, mais rien n'y a fait. J'étais si tendue que j'ai eu du mal à articuler le premier mot, et puis il s'est produit un truc étrange. L'un des juges m'a mouchée et c'était vraiment un coup bas, j'étais folle de rage. Je lui suis rentrée dedans et lui ai sorti toutes les affaires antérieures qui justifiaient notre position et je l'ai atomisé. J'avais oublié ma peur – j'étais trop occupée à démontrer à ce juge que nous avions raison. Mes dix minutes passèrent comme un éclair et quand je me suis rassise tout le monde me regardait. Mon binôme s'est penché vers moi et m'a dit un mot à l'oreille, un seul : « magnifique ». Bref, c'était l'un des plus beaux moments de mon droit, l'un de ces moments qui vous marquent à vie. Tout ça pour dire que j'aimerais reprendre l'affaire Tate, la défendre moi-même devant la cour suprême de Virginie, tourner en ridicule les avocats de la Strayhorn, et gagner ce procès pour Lisa.

— L'affaire est à vous.

— Ce sera dans dix-huit mois, c'est ça ?

— En gros, oui. Vous parliez de trois choses…

— La troisième, c'est juste terminer les affaires que j'ai commencées, et en prendre quelques autres. Essayer d'aider au mieux nos clients. Et passer plus de temps au tribunal.

— Vous êtes faite pour ça, c'est évident, Samantha.

— Merci, Mattie. C'est gentil. Je n'aime pas que des Trent Fuller m'agressent. Je veux qu'on me montre du respect et pour ça, il faut que je le mérite. Quand j'entre dans une salle d'audience, je veux que tous les types se mettent au garde-à-vous, et pas pour regarder mes fesses.

— Oh là là… Quelle transformation !

— Oui. Qui l'eût cru ? Parlons maintenant du stage. Si je dois passer les deux prochaines années ici, j'ai besoin d'un salaire. Pas beaucoup, juste de quoi vivre.

— J'y ai déjà réfléchi. Nous ne pouvons pas lutter contre votre gars de New York, mais on peut vous proposer quelque chose de correct pour une région rurale de Virginie. Annette et moi gagnons quarante mille par an. C'est le plafond. Le centre peut vous payer vingt mille. Et puisque vous allez vous occuper de l'appel de l'affaire Tate, je vais demander au tribunal d'autoriser à vous verser une rétribution de vingt mille de plus sur la succession de Donovan. Ça vous convient ?

— Quarante mille dollars, il y a quelqu'un qui risque de faire gloups. Vous voyez de qui je parle.

— Annette ?

— Absolument. Disons plutôt trente-neuf mille.

— Trente-neuf. D'accord. Marché conclu ! lança Mattie en tendant le bras au-dessus de son bureau.

Les deux femmes se serrèrent la main et Samantha ramassa l'e-mail de Andy.

— Je vais dire à ce crétin qu'il peut aller se faire voir.

NOTE DE L'AUTEUR

Heureusement, il existe de nombreux organismes à but non lucratif qui tentent de protéger l'environnement dans les régions minières, de changer la législation, et de défendre les droits des mineurs ainsi que leurs familles. L'un d'entre eux est l'Appalachian Citizens' Law Center de Whitesburg dans le Kentucky. Mary Cromer et Wes Addington, tous deux avocats, font un travail extraordinaire au sein de ce cabinet et ils ont été mes guides quand j'ai découvert leur région. Appalachian Voices est un groupe de protection de l'environnement basé à Boone en Caroline du Nord. Matt Wasson en est le directeur des opérations et il m'a été d'une grande aide durant ma collecte d'informations sur le sujet.

Merci aussi à Rick Middleton, Hayward Evans, Wes Blank, et Mike Nicholson.

Du même auteur :

Chez Robert Laffont :

Le Droit de tuer
La Firme
L'Affaire Pélican
Le Client
L'Héritage de la haine (Le Couloir de la mort)
L'Idéaliste
Le Maître du jeu
L'Associé
La Loi du plus faible
Le Testament
L'Engrenage
La Dernière Récolte
Pas de Noël cette année
L'Héritage
La Transaction
Le Dernier Match
Le Dernier Juré
Le Clandestin

L'Accusé
La Revanche
Le Contrat
L'Infiltré
Chroniques de Ford County
La Confession
Les Partenaires
Calico Joe
Le Manipulateur

Chez Lattès :

L'Allée du sycomore

Chez Oh ! Éditions / XO :

Théodore Boone : Enfant et justicier
Théodore Boone : L'Enlèvement

Chez XO Éditions :
Théodore Boone : Coupable ?
Théodore Boone : La Menace